殷谦————著

关中诡事

之

任氏家言

团结出版社
UNITY PRESS

图书在版编目（CIP）数据

关中诡事之任氏家言 / 殷谦著. —北京：团结出版社，
2016.7

ISBN 978-7-5126-4210-2

Ⅰ.①关… Ⅱ.①殷… Ⅲ.①长篇小说—中国—当代
Ⅳ.①I247.5

中国版本图书馆CIP数据核字（2016）第165646号

出　版：团结出版社
　　　　（北京市东城区东皇城根南街84号　邮编：100006）
电　话：（010）65228880　65244790
网　址：www.tjpress.com
E-mail：65244790@163.com
经　销：全国新华书店
印　刷：北京京都六环印刷厂

开　本：16
印　张：19
字　数：310千字
版　次：2016年8月　第1版
印　次：2016年8月　第1次印刷

书　号：ISBN 978-7-5126-4210-2
定　价：32.00元

本书人物小传

五爷：传说是《列仙传》中所记载的仙人任光的后人，自幼于山中学得异术，能卜吉凶，知后事，大家都叫他五爷，因为常行助人祈禳之事，却因而致死。

五叔（任儒云）：任氏后人，方圆百里的民间异人。能卜吉凶，懂祈禳之术。为人正直有义，在《任氏家言》的帮助下与"我"一起帮助了很多人。

我（任桀）：任氏后人。五叔的侄儿，我在我们弟兄中正好排行老五，上溯几代，也依然是这样，老五必然是干这一行的，我跟着五叔南来北往，亲历了很多神奇玄妙的故事。

郑雨：郑老板的千金，后来成为"我"的女朋友。因"我"与五叔被郑老板邀请去化解矿井"闹鬼"事件而相识，而后相爱，成为"我"的女朋友，她时常陪同我，与我一起见证五叔为人化灾解厄的神奇事件，有时候，她也能在此过程中出谋划策，显出非凡的智慧。

郑老板：郑雨的父亲。山西人，人长得五大三粗，年轻时候干过矿工，后来承包煤矿倒了几年霉，煤炭形势好转之后发了大财，后因听说矿井中"闹鬼"而请五叔来破解，化解了厄运。

蝶仙：牛脊梁沟人，一个掌握着巫术的古老的民族的后裔，喜欢搞一些稀奇古怪的实验，蝶仙把一种乌鸦用巫术培训成偷盗高手，这些乌鸦能一口气飞行几千上万公里，能从很远的地方给蝶仙带来大量的钻石和宝石，后来被村民们送到县城隔离起来。随后，有关部门派出数十位专家对他们进行彻底的治疗和研究，也去过牛脊梁沟考察，最终没有结果。

王六一：华阴县表演皮影的老艺人，他制作皮影的手艺了得，表演的功夫更是了得。一个艺人同时操纵两三个皮影人物的同时表演已经是非常了得了，可是王六一竟能操纵六七个，就是因为这样，他意想不到的是，厄运才刚刚开始。

双生：王云民家里一对双胞胎，王云民六代"双传"，算是创下了双胞胎遗传的奇迹。按道理来说，生不生双胞胎，取决于母亲方面，而在父系遗传，如果仅仅两代同是双胞胎，那算巧合，如果三代，也还可以信服，但是六代、七代都是双胞胎，而且都是男子，这就不免让人从非科学的角度对其进行分析了。

目　录

夜里十一点五十五分，有凉风吹起来，吹得那尼桑车上的塑料布哗哗作响。整个院子由于没有任何动物，更显得寂静。整个村子的狗似乎在一夜之间都死绝了，竟然不发出一点声音，完全不如白天那般喧闹。远处空阔的野外倒是有些浮光掠影的东西飘来飘去，我发现，这些东西在经过这个院子的时候，往往都绕道而行，并不十分靠近，似乎有什么可怕的东西逼迫它们远离这里。

"那蝶仙是地狱里最妖艳的鬼魂化成的，它最能迷惑人，如果让它们摄足一定数量的人的灵魂，就能蜕化作人形，然后继续修炼，最终修炼成长着翅膀的妖艳女子。在深夜的山中，蝶仙化作的女子经常飞来飞去，寻找着一个倒霉的灵魂……"五叔平铺直叙的语气更增加了这种恐怖感，我已经抖成一团。

这时候，那煤层里面出来了一个女人，那手就是这女人的。那女人长得漂亮，黑眼、浓眉，皮肤有光泽。刚开始这女人脸上没有一点血色，她蹲到周全娃跟前，那脸色就立刻不一样了。过了一会儿，那女人的脸色跟正常人没有差别了，就从煤层里面回去了。我仗着胆子大过去看周全娃，连热气都没有了！

这时候，他的吸引力又被一个用小珠子穿成的手链吸引住了，这个手链上的珠子实在太好看了，颜色非常艳丽。于是，二牛顺便捡了手链，戴在手上就离开了。而刚才还在那儿急着往这边爬的那个后生，阴冷无肉的脸上露出了一丝奸笑！

邻居们说：五爷出门才叫有风度呢。每次坐船都不用船桨和船户，自己用竹子做一个竹筏，然后往江河里一扔，人站在上面吹着笛子，竹筏子自己就向着目的地进发了。船家们也觉得神奇，仔细一看，原来五爷的笛声吸引来了很多的鱼儿在船底下游动，把竹筏子推着往前走，当然还有一些水下的不干净的东西。

苗萌戴着这个假发，从外面看根本看不出来。这头发好像就长在她的头皮上了一样，乌黑发亮又柔顺，苗萌一下子从假小子变成了一个长发飘飘的大美女，宿舍的女生们无不羡慕。诡异的事情就发生在当天晚上，苗萌频繁地说着梦话，甚至大喊大叫："快救救我，爸爸！快救救我！"声音非常大，把所有人都吵醒了，过了后半夜这才安静下来。

果然如五叔所说，每个人家门口都有一个守门的魂灵。村巷里很静，偶尔几只狗叫起来，它们就开始警觉，一旦有狗溜出门来，它们立即隐去了，一会儿意识到没有危险了，这才重新现出形状来。五叔说，猫狗是可以看见这些东西的，而且，这些东西大都没有恶意，但是害怕猫狗。

大乐介绍的情况基本和郑雨信里所说的一样。除此之外，大乐还交代了几个比较重要的线索。第一个是棺材的摆放位置：一进隧道两口棺材，紧接着后面两口，然后是三个一字排开的棺材，呈一个北斗七星的形状摆放；另一个是隧道的走向：早上进入的时候隧道是通往东面的，下午就转到西面了。

我知道我做了什么，也知道该做什么。一切后果由我承担，与你们无关。那年遇到"鬼裁衣"之后，我的手艺就完全断送了。为了咱们"宜衣社"的牌子，我想尽一切办法，却都没有用。杨扬小姐来做旗袍，我很矛盾，做不好不仅牌子保不住，很可能连命都没有了！为了这么一大家子，我只有铤而走险了。

老人颇为激动，所以话也多了起来："这古书上记载，古代有一种东西专吃死人的脑髓，唤作'觜阌'（音：资纹），这种怪物后腿发达，前腿退化，站立行走，比人略低。雌兽有翼，善飞跑，食人尸脑髓，无涉活人。也有一种说法，说这觜阌乃是地狱的一种怪物，生于阴山之阴，非常健忘，记性极差，所以吃人脑髓，来记住一些紧要的事情。"

是的。那个老太太才是最高明的小偷。她的阳寿已经不多，所以就布下这个丢钱局让人钻，只要有人从她身上尝到甜头，贪欲就会越来越大，偷得也越来越多，而你们从她那儿拿钱的一瞬间，你们的寿命也被她拿走了，因为在你们专注地偷别人的时候是顾不上留心自己身上的东西是否丢失的。特别是你们这个行业那些高手，手艺好而又看得开，只要有钱拿，其余的都不管不顾。你算是运气好的了，她看你并没有太多的贪欲，所以就放过了你。

"见鬼！"他明白了，这间储蓄所到了晚上就成了阴间的储蓄所了。这些人都是阴间的灵魂，在七月初一之后来这里用阴折取钱的！可是他担心自己知道了他们的秘密会有危险，于是尽管内心非常害怕，仍然装作不知道，假装在办公室处理文件，即使在金会计给他端来茶水的时候，他仍然像往常一样用鼻子哼了一声，看都没看她一眼。

天明了我四处打听，我给我娘跪下了，问孩子当初送哪儿了。娘说送山里刘家埆老刘家了，老刘家说送华阴陈家了，陈家说送到我们村了。我信了，是我的孩儿。因为那天晚上，孩儿的大腿肚子上有一块胎记，我记得是铜钱形状的。是我的孩儿，我把她弄死了。

此，这名生前备受欺凌的女子终于报仇完毕。"一切都结束了。"五叔怅然地说，他看着那个牛头，那牛头的眼睛里面，分明饱含着眼泪……五叔扒开牛嘴，里面没有舌头。

第二十章　麟洞　201

只见池攻玉眼睛紧闭，牙关紧咬，从七窍里面喷出鲜血来，眼看就要毙命了！五叔扑上前去，狠狠掐住他的人中，一会儿工夫，这池攻玉算是又清醒过来，度过了又一次的危机。可是他死活不再躺下，说自己背上有东西。我们揭开他的上衣看了一下，不禁大吃一惊，只见上面有两行笔法非常好的隶书："入洞者七日亡"。五叔连忙问村民，这后生进去多久了，村民算了一下，今天正好是第七天。

第二十一章　青莲　225

村里人感到大难临头了，慌乱地准备到外地躲避土匪，却意外地发现青莲家的门开着，正门口坐着一个姑娘！那不是青莲是谁？这丫头不是已经死了吗？怎么现在又……村民们暗中观察这女子，竟然有影子！这说明青莲根本就没有死！村民们感到得救了，也顾不得许多，直接冲进门去，二话不说就把青莲捆了个结实。青莲就像小时候被小孩子欺负一样，很安静地看着这群人，好像他们的粗鲁与自己无关。

第二十二章　梦咒　233

这个晚上，升寇不敢睡觉，他总觉得有什么事情要发生。他喝了很多咖啡，不停地抽烟。到了午夜，他还死死地盯着电视机。突然，电灯灭了！电视机里传来沙沙沙的声音。一会儿，画面出现了，越来越清晰：妻子不顾自己全身是火，冲进女儿的房间，抱着女儿就往跑。可是，那块方顶突然坍塌，就快逃出火海的妻子和女儿，被砸个正着。

情就麻烦了！两个产妇不同意吃这两个看着就非常恶心的胞衣。在老太太一再劝说，并以数以万计的饥荒为由，勉勉强强做通了她们的工作。可是吃掉之后，根本一点反应都没有。日头好像在讽刺这伙人一般，更加毒辣地照射这已经非常干涸的土地！

第二十七章　山坟　281

这座山坟实在太诡异了。这封信却让我们重拾信心，因为整个事件虽然离奇古怪，但是这封信却让我们找到了一个大致方向：首先这个事件是人为的；其次，这是为钱财而来。但是目前仍然不能排除与灵异事件是否有所关联，因为五魁遇到的一些事情，以及今天上午我和五叔在车上的经历已经很能说明情况，这件事情并不是单为要钱那么简单的。

第一章　腊人

　　四个人举目望向雕像，见雕像不像是石头做的，倒有点像枯木雕琢的，浑身上下亮晶晶的，更像是一尊蜡像。尤其是雕像上的人头，就像是腊肉做成的，深褐色的皮肤没有一点水分，泛着暗红的光。毛发和长须清晰可见，双目圆睁，嘴角上翘，颇有些吓人。"这估计是过去人们祭祀用的玩偶，咱们把它抬出去，若是有人收旧物，倒也能换几个钱花。"其中一个说。话音刚落，突然一只黑蝎爬上了雕像，随即消失不见了。

民国时，村里有一幢废弃的宅子，《任氏家言》传为宋哲宗绍圣元年建的。虽说是断壁残垣，但中间厅堂一直到民国还完好无损。已经褪漆的门窗紧闭，从外面根本看不到里面。院子角落里有一口荒芜的枯井。目光所及之处，只有灌木和石头，一丛杂草，一群纷飞的昆虫。

当时大人们一再给孩子们强调，不准靠近这间老宅，否则会出人命。大多数孩子都能听从父母的训导，尤其听说老宅是会出人命的地方，都避而远之。然而有四个孩子却调皮捣蛋，大人们越说得神秘兮兮，他们就越想去老宅探个究竟。

盛夏，烈日当空，四个孩子趁大人们还在田里干农活儿的空当，溜进了老宅院子。其中一个往枯井里撒了泡尿，紧了紧裤子，见四下无人，便小声道："你们三个可愿意随我去宅中看看？"其他三个当即同意。

他们看到锈迹斑斑的两把大铜锁还好好地挂在门上，其中一个撬开一扇窗钻进老宅的正堂，其他三个紧跟其后，蹒跚地走进幽暗里，不约而同地感到冷风嗖嗖，后背发凉。

"里面有点儿暗，看不清楚，你们谁带着洋火？"其中一个蹑手蹑脚地边走边说，小心翼翼地观察着周围的动静。

"洋火是有，只可惜没有火把。"另一个战战栗栗地说。

"妈呀！吓我一跳！这里怎么还有个人！"其中一个止步，战栗道。

四个人屏声敛气，都停下脚步，朝前看去。

只见靠墙立着一尊雕像，张牙舞爪，面目狰狞，腿上的肌肉绷得紧紧的，好像随时都会扑过来。

"不怕，只是雕像而已。"其中一个松口气说。

"那边有个香案，上面有蜡烛，我们点上蜡烛也好看清楚。"另一个说着便去点蜡烛。

随着火柴"刺啦"一声划下，蜡烛被点燃，屋子里明显亮了起来。

四个人举目望向雕像，见雕像不像是石头做的，倒有点像枯木雕琢的，浑身上下亮晶晶的，更像是一尊蜡像。尤其是雕像上的人头，就像是腊肉做成的，深褐色的皮肤没有一点水分，泛着暗红的光。毛发和长须清晰可见，双目圆睁，嘴角上翘，颇有些吓人。

"这估计是过去人们祭祀用的玩偶，咱们把它抬出去，若是有人收旧物，倒也能换几个钱花。"其中一个说。

话音刚落，突然一只黑蝎爬上了雕像，随即消失不见了。

四个孩子想出各种办法要把这个玩偶抬走，但是没有得逞，他们费尽全力，然而雕像却纹丝不动。

"该死的东西，这么沉！"其中一个抹了抹脸上的汗水，沮丧地说。

"那咱们还搬不搬了？"一个孩子气恼地问。

"不搬了！不如把它的头发和胡子都烧了，咱们回去吧！"另一个饶有兴趣地说。

于是，其中一个举起蜡烛将雕像的辫子和胡子一齐烧了。

第二天，奇怪的事情发生了，人们发现四个孩子的头发竟全部脱落，一夜之间变成明光闪闪的秃瓢，大人们都一致认为，村里和镇子，没有哪个剃头师傅能有这般精巧的手艺。

大人们带四个孩子围在我五爷跟前，五爷端详了他们一会儿，脸色越来越难看。孩子的父母们见状，脸色大变，个个惊恐不安。

"你们四个兔崽子昨天去哪里了？"五爷责问道。

四个孩子扛不住威逼利诱，说出了去那间废弃宅子里面的秘密。

"你们触犯镇宅的灵物了啊，它在惩罚你们，头秃了是小事，只怕是以后这头都要掉了。"五爷瞪大眼睛，长叹一声道。

"五爷啊，这回要麻烦您了啊！"四个家长不约而同地齐刷刷跪在五爷脚下，其中一个一把鼻涕一把泪地道，"我四十岁上才有了这么个传宗接代的种，要不是怕断了香火，我也就不怕什么了，得罪了神灵，让神灵带他走，可是不成啊，他要走了，我也就不活了。五爷，您能通阴阳三界，您跟神灵老爷说说看，能不能饶了我娃，神灵老爷要怪就怪我，哪怕把我带走也行啊！不能让他带走我娃啊！"

"唉，你们不懂，这事情一码归一码，谁惹了神灵，神灵就找谁算账，不会乱带人的。你看他们一个个印堂发黑，边城暗紫，日角无光，这是大凶之相啊，我也无能为力。"五爷仔细地看着四个孩子的面相，头摇得像拨浪鼓，一本正经地说。

"我咋就看不出来娃的脸上有颜色？"一个家长中的女人打量着孩子的脸说。

"你懂个啥？你要能看出来还用来找我？"五爷不耐烦地摆摆手，"去去去，一边待着去，这神灵无小事，女人家不宜过问，你不怕惊了仙尊，我还怕哩！"

"五爷，您就行行好，帮孩子躲过这一劫吧，我们以后就把你当神灵老爷一样供着。"其中一个孩子的家长满脸愁苦。

"你咋就不会说句人话？我还没到升天的时候，这就叫你咒上了。"五爷斜了家长一眼说。

"五爷，我从小没念过书，不识字，这狗嘴里也说不出什么有文化的话来，您就发发慈悲，救救娃儿们吧！"孩子家长连连叩头。

"唉——！那就死马当活马医吧，行不行也就看他们的造化了！"五爷长叹一声道。

"多谢五爷，多谢五爷！"四个家长带着女人跪了一大片，头磕得砰砰响。

五爷也不理会他们，闭眼掐指一算，忽然睁眼道："我算了一下，今天不行，今日诸神在西天门外作法修行，万般辛苦，若有人求福佑，主死子孙亡，大凶之兆也，不宜求神拜仙，你们暂且回去吧。"

"我的娃啊——！"一个女人一手揽着孩子，一手拍着大腿，撕心裂肺地号哭起来。

"咋了这是？咋了这是？"五爷被吓了一跳，转身急道，"这谁家的女人，尽管哭个啥啊？"

"五爷，您说今天就'主死子孙亡'啊，她能不哭么？"女人的丈夫哽噎道。

女人继续号叫，仰面朝天，看她颧骨突出，眼睛有点下凹，面色黯然无光。

"我说你们这一惊一乍的想干啥？我不是说今天不行吗？我若今天给你们弄这个事儿，就会惹怒神灵，导致你们主死子孙亡；我若今天不弄这个事儿，那还亡个什么？不懂就知道瞎号，你这样会触犯神灵的！"五爷大吼大叫，周围的人一言不发。

女人的哭声戛然而止。

"五爷，您的意思是说不帮我们了？"其中一个家长战战兢兢地问道。

"你们是不见棺材不落泪啊！那好，我说了你们不信，那我就让你们亲眼看看。"

五爷无奈地摇头，拿着三炷香就往老宅去，村里的男男女女跟在后面一大片，五爷就像一个元帅带领着一支部队浩浩荡荡地朝老宅走去。五爷将香点燃之后，双手插在神像前香案上的香炉里，恭敬地拜了三拜。

"咱们都出去吧，一炷香的工夫咱们再来看，现在不要惊扰神灵享用香火。"五爷严肃地说，然后摆摆手，示意大家都出去，不一会儿人们退出正堂，又满满地挤在院子里。

半个时辰后，五爷和人们又重新回到正堂。

五爷看了看香炉，大吃一惊道："不得了！不得了啊不得了！"

家长们挤在前面，几乎都贴在了五爷身上。

"咋了五爷？咋就不得了了？"几个家长不约而同地问道。

一时间人群炸开锅，窃窃私语起来。四个女人满地打滚，哭天喊地起来。

五爷听到女人哭，眉头立时皱了起来，他望着女人声色俱厉道："你们当这是什么地方？啊？你们这成什么规矩？！还想不想活了？！"

那四个女人一听这话，不约而同地翻起身蹲在地上，堂上忽然出奇地安静。

"人怕三长两短，香忌两短一长。我说什么你们都不信，现在请你们看看这三根香！"五爷吹胡子瞪眼，颤抖的手指着香炉大声说道。

众人一看，果然诡异！三根香明明是同时点着的，有一根明显比其他两根长出一大截儿。

"五爷，那您说怎么办？"孩子家长急了，泪如雨下，上气不接下气地喘作一团。

"多亏我掐算一番，如若不然，今日作法解襄，定然会引杀身之祸。老祖宗说什么来着？趋吉避凶！听清楚没有？不听老人言，吃亏在眼前。我这话，今天你们都给我牢记在心里，不懂就是不懂，不要添乱，侍仙奉神的事儿可不是闹着玩的！"五爷缓了缓，挥手又道，"好了，都散了吧！"

"五爷，这到底是怎么一回事啊？"人群中有人大声问道。

"这宅子里的腊像是镇宅灵物。如今你们的娃烧了神灵的毛发和胡须，冲撞了神灵，这可是罪大恶极，神灵怎么会饶了他们？"

"我的五爷啊，那您老就不管我们了？让娃们等死？"一个家长说着就跪了下来。

"不急不急，今天不能解禳，明天就可以了。我明天在这里设坛作法，你们几个家长去镇子的城隍庙里磕头上香，不但要给城隍老爷磕头上香，还有城隍老爷身旁的判官和小侍从们也要磕头上香，再还有两廊下的那十殿阎罗王也必须要磕头上香，就连大门口的马夫皂役等，只要是城隍庙里的，不论是站着的坐着的卧着的你们都要磕头上香，然后敬上满堂灯烛。你们明天上午先去城隍庙磕头烧香，下午再到老宅来，在我设的坛下磕头上香，兴许神灵老爷念你们虔诚，会饶了这四个娃儿。你们能做到吗？"五爷如数家珍地说，表情很严肃。

"五爷，您老就放心吧，为了我们的娃，我们就是死也一定做到！"一个孩子的家长代表另外三个家长诚恳表态。

"都走吧，不要围在这里，这宅子阴气重，小心中邪！"五爷开口撵着众人。

大伙儿一个个蹙眉沉思，跟着五爷的脚步缓缓走出正堂。

五爷在宅子门前凝神，一双眼睛空洞投向天边，发现西边已经薄幕低垂，晚霞已是近在咫尺了。一个孩子的家长乘机搬来一把椅子，五爷也没说什么，正襟危坐。有些人也不走，围着老槐树心事重重地兜着圈子，踱着方步。空气干燥，凉风习习，倒也让人生出几分惬意。

第二天中午，四个孩子的家长带着各自的孩子来到老宅找五爷，已经有几十个村民在这里等着看热闹了。

五爷见四个孩子的家长到齐了，就上前急问："上午去城隍庙烧香了吗？"

"保证没问题，按照五爷说的，一步都不差，该拜的和不该拜的我们都拜了，就连城隍庙墙根底下的草，我们也拜了，香都烧了一箩筐，就连城隍庙守门的老秦都说今天香火太大，呛得他出不上气来！"一个孩子的家长大声汇报。

"行了行了，剩下的看我的。"五爷嫌他太啰唆，摆摆手说。

五爷在香案前点上香，举着一把桃木剑，双目紧闭。地上画着星宫图，他一会儿急步走到左边，一会儿又急步走到右边，口中念念有词。大伙都盯着他的剑，神情紧张，好像五爷那把剑随时都能出现特别的异象，比如突然冒出火，突然一声巨响什么的，可是看了半个小时，也没看到有什么变化。

"这算什么作法？怎么连个屁响声都没有？"人群中不知是谁嘲笑道，还有几声紧跟而来的笑声。

五爷很尴尬，他停了下来，扫视着人群。

"你们懂什么？这叫踩罡踏斗。"五爷说着收起桃木剑，又补了一句，"反正你们也不懂，不和你们说这个了，不过我可把丑话说在前，谁要在这里说那些不干净的话，还有那些乱笑的，夹不住沟门子放屁的，谁就是不敬神灵，到时候自食苦果。你们得了报应那是活该，但不要耽误了别人家的大事儿。"

众人听到这话，肛门一紧，便不敢再出声。

四个孩子的家长一听，立即就急了，转过身瞪着人群，恨不得将刚才说话和笑的人搜出来，想破口大骂，但又不敢张嘴。

按说这样的事情五爷应该手到擒来，没想到被称为半仙的五爷此刻也甚是无奈，这不免让人小看。五爷却是爱面子的，他随即拿出一樽香炉，缓缓地往里撒一层白色的细沙，动作娴熟，干净利落。然后，五爷小心翼翼揭开盖住沙子的黄绸布片儿，焚了香、叩了头，这才举起香火在细沙上方划起来。

不消一刻，五爷便见细沙上面已有了结果：是一个篆体的"佛"字。五爷眼睛一亮，恍然大悟！

众人心上一惊，目瞪口呆，这才佩服五爷的真本事，大家都屏住呼吸，一脸恭敬的态度。

五爷对四个孩子的父母说："你们要想保孩子的命，只有在他们的脑袋上刺上戒疤，从此之后戒了五荤三厌，方能保命！"

那四个父母见到孩子有救，就要跪下磕头，哪儿还有不肯的道理？但是想起和尚戒色，不免担心。

一个孩子的家长轻手轻脚地凑近五爷问道："我们救孩子就是为了不断香火，您说被您一句话就给戒了色，这娃们还咋给我们续香火哩，这不是让我们白折腾吗？"

五爷一听，抬起袖子擦擦额头上的汗珠儿，笑道："这个却无妨，并不是真个儿出家，也只是应个景儿，羁縻神灵，使其开心，倒是不影响传宗接代的！"

五爷攥着香头，令大人摁住孩子，两下三下地逐个给四个孩子光头上烙了戒疤。孩子们疼得哇哇大哭，很是凄惨。做父母的不忍，但想到能救孩子的命，也就心硬了下来。

五爷仔细看了看扶的那个乩，竟然吓了一跳！原来在那"佛"字下面还有一个很小的字"暂"，说明这种方法只是暂时的。

五爷惊得一身子冷汗。

五爷心里就明白，此方法只是权宜之计，且用过之后必损阳寿。

五爷郁郁起来，思忖道："损我一点阳寿倒也无妨，我也老了，何必在乎少活三两年的，而重要的是，即使这样，也没有从根底上解决问题，将来我这张老脸，还有整个任家的口碑，岂不就真的毁在我手里了。"

"我先看一眼那腊人！捣鼓捣鼓那降头儿到底是怎么下的！说不定就有个好办法！"五爷心里想着。

说干就干，五爷约好了两个专看阴宅风水的阴阳先生，带着一些祭祀的法器，趁着天黑就去了那个宅子。

夜晚走近宅子，就能感觉到一股阴冷的气息。宅子周围的树木在夜风吹拂下不断摇摆，宅子里面的树木和蒿草却纹丝不动。不仅五爷打了一个寒战，连那两个阴阳先生也不敢轻易上前，躲在五爷身后。

五爷回头看看两个阴阳先生，笑了笑，提着东西就进去了。那两个阴阳先生露出诧异的神情，两只眼睛闪闪发光，紧紧地跟着。

穿过狭长的前院，这里除了树木和蒿草，其余什么都没有。五爷缓缓地拨开蒿草，终于接近那个腊人了。

五爷刚一进门，就能感到一对阴冷和怨恨的目光。五爷抬眼望去，正好和腊人的脸撞着，于是四目相对，五爷并不害怕，那两个阴阳先生双腿抖动，已经发软了。

五爷回头，奇怪地盯了他们一眼，道："你们到底怕什么？它都已经成鬼了，你们还担心它能变成其他的？"

那阴阳先生惊疑不定，道："我的亲大爷呀！您是不怕！我们担心不能轮回，那就惨了！"

五爷低声道："不妨事的，到时候我帮你们，有我在，你们不用怕。"那阴阳先生这才稍稍放心，分别站在五爷的左右两边靠后的位置。

五爷有了两个阴阳先生壮胆，更不怕这场面了，他目不转睛地盯着那腊人的眼睛。四目相对将近半个时辰。五爷这才发现，原来这腊人的头却像是真人的头，自脖子以下却是木雕的，身上涂了漆料，若它不动弹，真个是浑然一体，看不出来区别。

"这腊人头是真的人头。"五爷喃喃道。

两个阴阳先生吓得浑身乱抖，一句话也说不出来。

五爷盯着腊人的后脑勺，轻蔑地一笑。

五爷正得意，却不想又出了一个问题。那腊人没了毛的后脑勺的头皮上看似有文着地图那样的东西。五爷束手无策，不敢轻举妄动，也只好拿出提前准备好的毛笔，将那地图描了下来，这才不去顾看那腊人的后脑勺了，只管与腊人正面相对，五爷只把两个眼睛，下死地瞪着腊人的脸。

不多一刻，刚刚还晴好的夜空，瞬间便乌云密布，瓢泼大雨哗哗地就下来了。五爷和阴阳先生都大为不解，却也分不清究竟是巧合还是其他缘故。

"神像雨夜哭，冤气冲天斗，一朝拿命来，怨消阴魂走。"五爷嘴上念着，转脸对两个阴阳先生道，"此地不宜久留，赶紧收了东西离开这里！"

两个阴阳先生听他说的话，不觉心中热血上冲，头上"噌"的一声，魂儿也不知飞到哪里去了，只是暗暗忖道："要是这样说，岂不是要我们的命么？早知不来了，如今看这情形，果然是煞气冲天，这可如何是好？"两个阴阳先生一时间不得主意，脸上的颜色也变了，头上的汗珠子早已滚了出来，呆呆的一语不发。正要抬腿逃去，哪知两条腿儿竟如几千斤重，心上想叫它走，无奈却差遣不动，只得又蹲了下来。

"蹲下干啥？赶紧走，不走就闹出人命来，我可担不起。"五爷急道，却也顾不得多想，催促着让两位阴阳先生抬着自己离开了这里。

翌日夜，五爷照地图上的描述，带几个壮汉来城隍庙斜对面的一块空地上，这里有一棵大榆树，枝叶葱葱郁郁的，夜色中更显硕状伟岸。

几个壮汉腰上系着红布条儿，握着铲子和锄头，望着五爷，就等他发话。

五爷平静地道："开挖吧！"

几个壮汉得令，挥汗如雨，不消一会儿工夫，榆树便见了根底。在五爷的指挥下，几个壮汉抬着榆树移到了城隍庙门口正对着的方位。

五爷弯腰拾起一撮儿泥土，放鼻子前闻了闻，又摊开手撒在地上。

"继续挖！"五爷一声令下，声音铿锵有力。

几个壮汉又挥起了锄头，就像是挖宝贝一样，一点儿也不觉得累，忽然听得"咣当"一声，锄头碰着了东西。

"果然有货！"一个壮汉惊喜道。

五爷挥挥手，示意停下，几个壮汉闪到一边。五爷拿着铲子小心地撒开泥土，却发现一个漆黑大瓮，上面封了带有道符的盖子。

五爷又让壮汉将这大瓮抬了上来，见五爷要动手打开瓮口，几个壮汉不约而同地闪到一边。五爷动手打开瓮口上的封印，立刻有一股恶臭扑面而来，五爷拿火把照了照，发现瓮里面是一具尸体，已经高度腐烂，白骨浸泡在散发着恶臭的水里。

几个壮汉吓得不轻，谁也不敢说话，只管捂住口鼻。五爷将这瓮重新封好，赏了他们一些钱，打发了他们。五爷又叫来两个阴阳先生，将瓮搬到了有腊人的老宅里。

五爷望着腊人的脸，半晌不说话。两个阴阳先生神色紧张地望着五爷。

五爷对着腊人的脸道："我们不是故意要冲撞你，只是那四个小孩不谙世事，却也是无辜的，你就放过他们吧。照你说的，我们已经把你的尸身找回来了，只是那封印我却解不了，这尸体就暂时埋在这里吧，若有机会，我的后人或许能够帮你恢复肉身，那时候你就可以报仇了。"

五爷说完这话就有些悔意了。那四个孩子虽然没事了，但说出去的话却不能再收回来，他担心自己的后人难免要有一劫。

"唉！天意啊！"五爷摇摇头叹道。

五爷回去后将这个事情记在《任氏家言》里面，留给我们这些后人一个记号。

如今，五爷已经去世多年，这个事情只有当年那四个孩子知道详情。

在我们找那四个人了解了具体情况之后，五叔决定将这个事情做个了结。然而，当我看见那四个光头老人脑门上的戒疤时，总有一种不祥的预感，我估计五叔跟我的感觉差不多，因为他脸上的肌肉也不自觉地抽动了一下。

五叔带着我来到这幢旧宅子的时候正好是黄昏，那时正是深秋季节，黄昏的气温已经开始转凉，走近这宅子，一股阴冷的空气围绕着我们，那种不祥的预感越来越强烈。正在我们准备推开这宅子前院的木门时，一声怪叫响起，在这寂静的夜里是那么清晰，那么刺耳，但是由于紧张根本判断不出来声音的来源。我心里一紧，正待适应过来的时候，怪声又一次响起，我这次才终于小出了一口气，原来是一只猫头鹰，站在门口大树上，绿得发亮的眼睛泛出阴冷的光，每次在我们推门的时候它就盯着我们叫。

五叔准备推门的动作也停了下来，他看了一眼猫头鹰，那家伙咕咕两声，飞走了。

整个宅子的氛围立即变得更加诡异。我们推门而入，阵阵凉意让我不禁拢紧了衣服。

"这里却比坟墓还要阴森。"五叔停顿一下，语气深沉地道，"但愿我们这一行，能顺利揭开这里的秘密。"

齐腰深的杂草和茂密的树冠使这里到处长满苔藓，很奇怪这些杂草在这样缺少阳光的状态下依然能长得这么好。乌云开始汇集在天空，这个没有月光的夜晚，连星星微弱的光芒也消失了。

我们的脚步很轻，但是仍然能很清晰地听见。房子的格局很老套，是农村最常见的那种格局，周围围墙上开个门，进去之后便是一进大院子，穿过院子才能进入第二道门，这便是宅子的主门了，也叫二门子。与之相对的是后门，出去便是后院。

我们从二门子进入大堂，我们掌握的情况是刚进门三米远的地方就是腊人仁立的地方。屋里太黑，我们根本看不见。五叔点起一根荧光棒，屋里有了亮光。我的眼前一晃，看到的情景让我们大吃一惊！一具尸体半跪着挂在腊人上，看得出是死了很久。

不过，这个腊人已经不像五爷和那四个当事人描述的那样了，它已经恢复了原有的样子，整个头颅看起来跟正常人的没有区别，只是眼睛却红得可怕。

"这个咒语解除了，没咱们什么事儿了。"五叔若有所思地道。

话音刚落，就只见尸体轰然倒下，扬起一片尘土，在荧光的照射下闪闪发光，一股恶臭扑面而来，让人几乎窒息。

五叔这才意识到自己失言，忙用荧光棒照了一下四周，见墙上有两个大字"锄头"，一个箭头指向门后。五叔找到锄头，在那腊人正对的地下开挖，不一会儿工夫，一个贴着封印的大瓮出现了。五叔解开瓮口上的封印，又一股恶臭腾起。五叔仔细地看了看那张封条，上面除了原有的符咒之外，还有一个符咒，五叔将这个符咒揭下来。

五叔来不及多想，立刻将那恢复原状的腊人头摘下来，放在瓮里，那人头的眼睛盯着我们，似乎笑了一下就闭上了。

我们很快把这个瓮用普通的泥巴封起来，把那个尸体也掩埋在院子里。

当晚在梦中，我见到五爷了，他对我道："孩子，当时挖出腊人的尸身时，我担心你们解不了这个降头，反而害了你们，于是又下了一个降头在我的阴阳上面，代价是我十年的阳寿。还记得我是怎么死的么？是鬼抬轿的时候被扔下去的，这就是天意，天意不可违啊。那男子命苦，他老婆不仅偷人，还联手奸夫把他害死，割下他的头做成腊头悬在榆木雕的身体上，肉尸扔在瓮里并贴上下了降头的封条，再将封印的瓮埋在城隍庙的榆树底下。这是让他永世不得翻身，这种耻辱不是一般人能承受得的。四个小孩恰巧又烧了他的辫子和胡须，等于毁了他的面容，这让他更觉得无颜面，所以孩子也受了惩罚。但是他与孩子们仇恨不大，不会对孩子们有什么生命威胁。扶乩的结果有一个'暂'字，说明咱们任家介入的这个时间才刚刚开始，并不是我最初理解的暂时解除孩子们的危险。等我走访了城隍庙之后，我终于明白了，这个人的冤仇要我们家人才能伸张。做了降上降以后，那下降的人终于出现，她要解我的降，就必须来到我下降的地方，我在锄头上下了符咒，那具尸体就是那个女人的，腊人终于报了仇。我知道我活着是等不了那个时间了，就把这事情写在《任氏家言》里，让你们做完最后的工序，现在你们没有让我失望，终于完成了我的遗愿。"

我恍然大悟，原来五爷一直在庇佑着我们。我大声喊着五爷，可是没有一点用，在梦中我根本不能说话。

五爷临走前问我："那只猫头鹰的叫声还好听吧？"我看着五爷的眼神，终于明白猫头鹰叫声的含义了，那正是五爷提醒我们，让我们小心呢。

翌日中午，我被说话声吵醒。四个老头找到五叔，脱下戴了大半辈子的帽子，每个人都长出了黑油油的头发。

他们的诅咒解除了，一切都结束并恢复正常了。

偶尔一天晚上，当我从那个宅子门口过的时候，听到里面有各种虫子的叫声响成一片。

第二章　风蠹

五叔说："那不是孩子，只是一种虫子，叫作风蠹。它们寄生在一种生长在狼粪上的腐烂植物身上，专杀地窝子蜂，然后吸食其体内的蜂蜜。坟头上那个大家伙就是地窝子蜂的巢穴，风蠹这东西遇到太阳暴晒就会产子，而产子之后就会灰飞烟灭，化成红粉，这红粉里面有一种能让人产生幻觉的东西。所以平娃拿回来的东西根本不是什么婴灵，而是一窝子风蠹，平娃每天拿糖水喂它们，它们不满足，所以每天太阳最热的时候去那坟头吃蜂，然后交配，最后寻踪觅迹转回来。风蠹通身鲜红，没有太阳的时候又变成黄白颜色，加上对人幻觉的暗示，就成了婴灵了。"

这个诡异的故事发生在陕西关中的村庄。

这是一个很平常的早上，五月的关中，虽说已经步入初夏，但是平娃还是感觉有些凉。

这也难怪，他家的地紧挨着锁头家的地，锁头地里有一座新坟，是锁头的婆姨的，葬了一个月了，坟头上的草还没有长起来，那土还是很新鲜的颜色，插在坟头的花圈已经被风吹去了大半的纸活儿，余下的一些残片儿如烂布条儿在风中刺啦啦作响，声音凄惨而恐怖。

这个地方背阴，也很偏僻，平娃一边在自家地里干活，一边有意无意地用余光扫一眼不远处的坟头。

"她也是个苦命的婆姨呀。"平娃心里嘀咕着。

虽说锁头是个不争气的东西，却比平娃这根光棍儿好一点儿，因为他命好，娶了个漂亮婆姨。

锁头是个愣头青，一天，秃村长吵起来。

村长急了，抬起胳膊想出手，却被众人拦住，自是气不过，跳起来，指着锁头大骂道："锁头，你狗日的骨头痒了是不是？我不跟你干，我跟你婆姨干。你婆姨不会说话，炕上哼哼却来劲。你以为你媳妇肚里的娃子是你的？就你那个尿样也行？我告诉你吧，你爹当年就是出了名的骡子，不下崽儿，还是我爹给他帮的忙儿。现在轮到你了，还得我给帮忙。谁让咱们两家有缘呢。"

锁头怒气冲天，抡起铁锹就上去了，要不是被众人拼命拽住，那村长至少也得少半条命。

锁头耳红面赤，喘着粗气跺着脚，怒吼道："你狗日的说的可是真话？"

村长不依不饶，又跳起来，指着他大喊道："哄你是驴崽子！"

锁头风风火火地一路跑回家，进屋就把院门顶上。他对着婆姨一顿好打，把个正在做饭且怀了八个月身孕的漂亮婆姨的脑袋压到米汤锅里，熬了整整半个钟头，等众人从外面冲进来的时候，那婆姨已是面目全非，惨不忍睹。

锁头坐在厨房里，不停地抽烟，抹眼泪儿。

锁头被逮走前，给婆姨修了这座新坟。

平娃已经走到地的另一头了，离着坟地有些远了，却隐隐听到除了风吹纸活儿以外的声音，像是婴儿哭闹的声音，若隐若现，听得平娃一身鸡皮疙瘩。他停住手中的活儿，把耳朵竖起来，这次听得真真的，确实像婴儿哭闹的声音！而且是从地下传出来的。

"坏了，怕是闹婴灵哩！"平娃忐忑地想。

他慌忙扔下手里的家伙，就想跑出去，却怎么也迈不动腿，似乎被什么东西吸附着。可是他向着声音的方向走，却没有任何羁绊。

就这样，一身冷汗的平娃离那诡异的坟头儿越来越近。等到了跟前儿，那孩子却不闹了，只听得坟旁传出婴儿笑的声音。这下确实挺真切了，是婴灵。

他想尿一泡，赶紧躲开，不想双腿就像是灌了铅，早就动弹不得。

平娃扯长脖子大喊："有人没有？快些救救我呀！"

这里离那村里尚有一段距离，莫说没人听见，就算有人听见，看他这般模样，任谁也都不敢来救。

忽然，他发现坟头有一个光着屁股的小女孩儿对着他嘻嘻直笑！

平娃待在旁边，嗓子里像被袜子堵上一般，连气儿都没了。半晌，他才醒过神来，只好按照当地的规矩，带着这个明知是婴灵的孩子离开，好在这里没有别人来，锁头现在还在牢里蹲着。

按照当地的风俗，这婴灵选中谁，谁就得养着，直到婴灵寿终正寝。养得好了，能给一家人带来好福气，养得不好或者开罪了她，那就只好等着倒霉。

平娃战战兢兢地带着这孩子回了家，见了村里人也不敢说破，就说是在路上捡的。

平娃小心地伺候着这个不速之客，直到三岁这孩子能说话了，方才慢慢放下心来。她能说话就好了，便能搞明白她的意图，伺候起来方便了许多，不必成天提心吊胆地害怕开罪了她。这孩子说吃，平娃就赶紧给张罗吃的；孩子说尿，他就赶紧端尿盆儿……总之一句话，这孩子说什么就是什么，平娃不敢不应。

村民们也有怀疑这孩子来路的。有说是偷的，有说就是捡的，也有说得有鼻子有眼的："平娃人看着挺老实，其实早就在外面有了相好的了。你们知道是谁么？是镇上账房先生的寡妇闺女儿！我那天进城回来，老远就瞧见两个人进了高粱地，我到跟前一看，你们猜怎么着？亲上了！"

众人听了大笑。

但也有人对此提出异议："这平娃家里穷得叮当响，人也长得不咋地，账房先生闺女儿凭啥能看上他？"

"这也难说。这闺女当初就不是省油的灯，离了婚的女人亢旱，那事儿也不能闲着，平娃人很精壮呀，除了他这老光棍儿，谁还能肥了她的地？"

而此时，那婴灵却站在众人身后，用异常恐怖的眼神盯着他们，众人感到脊梁一阵发凉，实在害怕，就四散走开了，那婴灵看着众人一个个消失在村巷里，这才回家。

第二天一大早，就有消息在村子里蔓延开了：账房先生那离了婚的闺女死了！而且死得很难看，一丝不挂不说，脑子都让掏空了！下身还一股恶臭。警察都换了三拨了，味道实在大得没人能近身。这案子一时半会儿也破不了的，只好作为悬案挂在那里。

村民们还在谈论这个事情的时候，刘老头的驴惊了，满村子疯跑，后来实在累得跑不动了，"轰"的一声，倒地死了，然后，村里的老寿星陈婆在八十九岁高龄上也死了。一天三命，众人觉得甚是蹊跷。

而此时，更诡异的是平娃在自家墙上发现几行字："两个寡妇一头驴，对门瓮里漂死鱼。龙王弄罢千斤坠，六个老汉都姓徐。"

平娃心想："坏了！这正是婴灵的嘴头子呀！准是有人得罪了婴灵，看来村里人要有大难了！"

前面的第一句已经应验，平娃知道后面的话是什么意思，却又想看看这话里说的准不准。所以晚些时候，他准备问婴灵到底是怎么回事，不过他还是打住了。

待到第二日，对门儿的栓柱家的婆姨披头散发，提着一只鞋惊慌失措地从院里冲出来，身上也带着一股恶臭！村民很快围了这家院子，栓柱的婆姨就瘫坐在众人中间。

村长也来了，掩着鼻子问道："这是咋了？掉粪坑里了？"栓柱的婆姨说不出话，就有人开始喊栓柱。

栓柱出门来，先跟村长点了点头，才低头看着婆姨骂道："屁大点儿事儿，你球都弄不了。"

栓柱骂完婆姨，这才看着村长道："我就给村长说报一下，一早起来，我看见瓮里漂着一层死鱼，她就在瓮上躺着，也不知道咋回事。兴许是有人夜里捣鬼？"

栓柱是村里的会计，念过完小，略微有点儿见识，一般不相信那些鬼神之类的事情。

村长摸着下颌想了想，严肃道："先瞅瞅再说。"

众人这才进了栓柱的院门。平常村民们不常到这家来，这次却跟着村长进来，长了大见识：且不说那满囤的各种粮食，单单卧房里那套家具，也不是一般人家能置办得起的。

连村长看了也唏嘘不已："栓柱，你狗日的好能干呀。"

栓柱不好意思地笑笑："也没啥值钱货，就是些破烂儿。"

村长瞪眼道："那把你家这些个破烂儿搬到我家去，行不？"

栓柱连忙摆手，道："不行，不行，哪儿能搬到您家去呢？您家是搁这东西的地方吗？"

栓柱话里有话，村长也不敢再多说，毕竟屁股后面跟着一大堆村民呢。

栓柱的婆姨清醒了一些，径自闯进来，指着水瓮道："夜个儿迷迷糊糊就瞅见一个女娃子，对着俺就笑，给俺吓得半晚上没睡着，早起天亮一看，瓮里全是死鱼。我就在瓮上面躺着哩，全身都臭了！"

众人倒吸一口凉气。最近，这村里不大太平，事情发生得太诡异。

村长也没什么好辙儿，只好先把村民遣散了，这才进屋爬上炕，坐下来跟栓柱两口子拉呱起来。

"你婆姨说的可是真的？"村长盯到栓柱脸上问道。

栓柱挠挠头皮道："倒是差不多。我早起尿尿，看见她就躺在瓮上，屁股没在水里，人仰面躺着，屋里全是臭的，我就赶紧叫醒了她。"

"你可是得罪过谁啊？"村长小心地问。

"哎呀！这可多了！"栓柱恍然大悟的样子，一头冷汗。

"你狗日的糟蹋过几个婆姨？"村长仍旧很小心，悄声问道。

"这……"栓柱有些羞怯，却不敢说，抬眼扫一下婆姨，那女人正不怀好意地盯着他。

"快说，这都恶鬼找上门了，你要再遮遮掩掩的，就算我是村长，我也帮不了你！"村长一脸严肃地警告道。

"嗯……就跟窑后头的疙瘩娃他娘，还有麦村的胖虎儿，再就是我家老六的婆姨……"栓柱的脑袋耷拉着，声音越来越低。

还没说完，他那婆姨就扑上来抓破他的脸，叫骂道："你个没德行的货，只把裆里的那物件儿当屎一样使唤呢？哎呀，我不活了！我不活了！咋就遇着你这么个公鸡货哟！"

那婆姨满地驴打滚，要死要活的。

"古人说，'他妻莫爱，他马莫骑'，你咋就把持不住呢！贪多嚼不烂啊，你也不怕遭了报应？！"村长诡异地告诉栓柱，"锁头婆姨的坟坑被人刨了！"

"啊？！"栓柱吃了一惊，连那撒泼的婆姨也立即停止哭闹，惊愕地望着村长。

"你们知道，那坟头可在牛头沟的狼窝顶上，平时也没人去，只有锁头和平娃家的地在那儿。每年的六月节庙会人们就非得从那儿走不可。前年六月节，我娘和几个婆子赶庙会去，从那儿过时，见坟头上长了一个通透血红的大西瓜走过！"村长神秘兮兮地道。

那两口子面面相觑。

栓柱也趁机打趣道："村长，你莫不是糟蹋了那婆姨，现在也是怕了？"

"那倒也不至于，我量那妮子也不敢把我怎样。倒是平娃这狗日的最近打牌赌钱，手气却不好，莫不是他收养的那个女娃就是……"村长再不敢往下说了，但是两口子却都明白他说的意思。

栓柱若有所思，道："怕是难说，那娃儿来路不正。最近这些个事情出得蹊跷。"

　　婆姨起身拍了拍屁股，捣着栓柱的脑门骂道："来了好！看把你个种猪让女鬼给劁了，弄成个太监，看你以后还跟谁快活！"

　　栓柱打开她的手，梗着脖子骂道："放你娘的狗屁！我跟村长说正事儿呢，你瞎鸡巴胡扯啥哩！"

　　女人鄙夷地看了两人一眼："哼！看你那尿样儿，却有个鸟的正经事儿！"说罢起身出门了，留下两个大男人冷冷清清地坐在炕头上，有一搭没一搭地说着那婴灵的事儿，平娃仍然是他们重点怀疑的对象，还有他捡来的那个十分诡异的孩子。

　　二人说了半天，也没人拿得出主意，村长有点无聊，便惶惶然地下了炕，披上褂子离开了。

　　栓柱把那水瓮里的水全部倒进了茅坑里，洗了洗水瓮，又去挑水。他担着扁担出门，婆姨却找不见了人影。他愤愤地骂了几句娘，正要走时，猛然间觉得背后一阵凉，回头一看，住在对门儿的平娃家的那女孩儿正站在家门口的石头碾子上冷冷地盯着他。

　　栓柱瞧了一眼，不敢再看她，赶紧回了头，嘴上却不饶过她，骂骂咧咧道："没爹妈的野种，看你娘的脚哩！"

　　栓柱快步离开。村子水源紧缺，只有三里外的一眼水井能用，附近三村两庄的人都在这里打水。栓柱打了水，挑着担子往回走，半道上就打了雷，雨说下就下！一会儿工夫，栓柱就淋了个痛快。而那副担子，却也越来越沉，压得他喘不过气来。

　　栓柱实在扛不住了，想扔掉担子却发现根本动不了。

　　"这下完球了。"他心里想，"定是那婆姨报复我哩！"

　　栓柱精神一松，那担子把他的肩膀压碎了，他口吐鲜血，一头栽倒在地，再也没有起来。

　　雨也停了，天上的一轮日头红得像那坟头上的西瓜。

　　栓柱的死又给这个小村子笼罩上一层诡异的氛围，村里的人都感到害怕。也不知是谁走漏的风声，村民们都知道平娃的孩子是坟地旁拾来的，是锁头的婆姨死了以后生产的，而且六月间有人看见平娃给那孩子吃从坟头上摘下来的血红西瓜……

　　平娃自己也着实矛盾，却实在不敢忤逆了这婴灵，只得牙关紧闭，啥都不说。

村人终于发怒："你要不说，我们就把你们一起烧死！"

平娃不干，搂着女孩儿哭号道："婆姨我是没想过，拾下这个娃娃，想着养大了俺老了，将来好歹也有个哭坟的。咱们乡里乡亲的，你们可不敢把人往绝路上逼呀！"

那孩子却并不为之动容，瞪着一双铜铃大的眼睛冰冷地望着众人。

众人被这眼光所迫，都下意识地往后退缩着，刚才的狂热劲儿顿时没了踪影。有几个心软的婆姨还流了泪。

"这后生也是苦。大伙儿缓缓再说吧。这孩子就这么大点儿，也不至于能有下咒的大能耐，大伙儿先别乱想，行了行了，都回吧。"村长说完，众人依次散去。

村长见众人散尽，这才走到平娃跟前，关切道："别哭哭啼啼的像个娘们儿似的，你也领着孩子回去吧。"

平娃这才收了鼻涕眼泪，拉着孩子准备回去，不料孩子纹丝不动，任凭平娃使出多大力气。平娃自然不敢违逆，他知道这其中的道道儿，因此也就收了力。

那婴灵盯着村长看，眼睛里满是愤怒。

村长也不是省油的灯，鬼神之类的东西，他虽然信，但是他却不怕。他平日信奉的就是"阎王也怕恶鬼"，所以他敢和这妮子对视，双目充满杀气。

不料那妮子的目光遇到村长的目光，却也有三分惧怕，她先是一怔，紧接着便暗淡下去，不敢再看他，急忙拉着平娃进了屋。

村长转身也走，心里却没了谱，只管抓耳挠腮，心里嘀咕道："难道我比恶鬼还厉害？"

第二天，又有新鲜的消息传遍村子，栓柱余下的弟兄五个都在睡梦中死去了，个个都表情恐怖，怕是在梦里遇到了不好的事情。村里接连一个星期丧事不断，不仅村里人议论纷纷，很多外村人也都知道这个村子破了风水，变成灾难之源，以前那些来来往往的小商小贩此后也都不敢再来了。

经历这一系列事件之后，终于回归平静，但是村民们心里的阴影却挥之不去。

平娃家的女孩子和往常一样，每天中午吃过两大碗玉米粥，就一个人跑到牛头沟狼窝顶上她的出生地。然后下午五六点吃饭的时候才回来。虽然平娃感到很好奇，但是却也不敢贸然窥探。

村里诡异的事情越来越多，先是那口唯一出水的井打出来的水，颜色变得血红，再是成年人一个个都精神恍惚，经常感觉脑门子疼。村民们开始越来越担心，白天不敢出村，晚上不敢出门。

村长却是个胆子大的，眼见村民人心惶惶，却也没有办法，于是便来到邻县我五爷家里打问。

我五爷是方圆百里唯一的一个周易先生，好看风水，也能问卜打卦，准与不准就不得而知了。这村长也是出了名的猛汉子，原来对与封建迷信这一切根本不信，也压根就看不起我五爷这个行当。

村长鉴于以前跟我五叔有过矛盾，也不得不放下架子，恭维道："任先生，您一定要帮帮忙。我们村那帮狗日的整天说村里头闹鬼，养了一群懒汉，地里也撂了荒。您给想想办法，把村民们的问题解决了。"

我五爷对这些冠冕堂皇的话本来就很反感，但是仍然酸不溜地回道："哎呀！您跟我说这些，不怕失了身份？就不怕给自己惹事儿？"

村长很是尴尬，擦着满脸的汗水道："务必劳驾您亲自出马，您是信这个的，救人一命，胜过七个斧头不是？"

我五爷被这话逗笑了，于是也就跟着他去了他村里。

对于这个村发生的事情，我五爷也听说了一些，在路上，村长也给我五爷说了具体的情况，包括栓柱的婆姨那天的遭遇。

我五爷听完，心里大概有了底。

刚到村口，五爷就闻到一股奇异的味道，他停了停，然后拿出一个小瓶子，在鼻子底下抹了一些，又给村长鼻子底下抹了一些。那村长还有些害怕，却也不敢多问，也只好任由我五爷折腾。

进了村，只见几乎所有人都迷迷瞪瞪地窝在家里，小孩子却没有任何影响，依然活蹦乱跳的。

就在这个时候，一个小孩爬到了树上，其他小孩赶紧劝他下来，而且道："不要上树，小心锁头婶子捏你呢。"那孩子下树，立刻头晕起来。

五爷拉住一个小子问道："为什么上树就会头晕？"

小孩转着眼珠子，边想边道："锁头的婆姨被弄死了，冤魂不散，村里死了好些人了，我爹说，只要是欺负过锁头婶子的那些人都没有什么好下场。我爹还说了，那村长……"

那孩子只说了一半，盯着村长不说话。

我五爷盯着村长看了一会儿，又鼓励孩子道："你把你知道的都说出来。"

孩子说："好吧！我爹说了，村长伯伯把锁头婶子给糟蹋了，还怀了孩子。"

五爷回头看村长，脸上浮现出一丝难以捉摸的神色。

只见村长那一张老脸青一块紫一块的，非常难看，他对着那孩子喊道："放你娘的臭屁！你告诉你爹，再胡说八道我就叫人把你们爷俩都阉了！"

再往村子里面走，气氛越来越诡异，气味也越来越浓烈。村长知道，这是接近平娃家了。

村长和五爷来到平娃家，见他正给那孩子喂饭，那孩子见来了生人，竟也不怕，转过脸仍然用那惯有的眼神望着来人，五爷有些寒战，而村长却依然不怕。

我五爷长时间盯着那孩子，就连旁边喂饭的平娃也转过头来看着五爷。村长看到这情景也很纳闷，心里也有些慌了，尽管他并不害怕，还是对五爷道："任先生，您这是咋了？哦，我忘了跟您说了，这就是平娃，旁边就是从坟地旁拾的孩子。"

忽然，平娃发疯一样站起来，对着村长吼道："这孩子是我捡的！捡的！你再敢胡说我就抽了你的舌头！"

村长吃惊地望着平娃，板着脸骂道："你狗日的是不是吃错药了？连老子你都敢骂？我看你是活腻歪了！"说完就要上去拿脚踹，却被五爷一把拉住。

五叔盯着眼前这两个人，脸上挂着一丝诡谲的笑。

村长看五爷的表情，心里一冷，几滴尿水已经渗出裤子了，还好及时憋住，要不然就糗大了。五爷没有注意到村长的窘态，村长着实吓了一跳，因为他从来没有见过笑也能让人这么害怕的。

五爷并不说话，仍然冷冷地盯着他们。随后，两人可能在五爷尖锐眼光的威慑下，缓缓回到里屋去了。村长和五爷这才出来。

在村长家，村长急切地想知道这究竟是怎么回事，就问五爷观察的结果。

五爷笑而不答，却深深地呷了一口茶水，随着茶水被送下肚去，他舒服地眯起了眼睛，并缓缓地、长长地嘘了一口气，那样子非常惬意，不亚于抽了一口上好的福寿膏。村长看着他享受的样子，狠狠地咽了一下口水，然后充满期待地望着享受接近尾声的五爷，并舔了舔有些干燥的嘴唇。

五爷呷了三口茶水之后，才过了瘾。村长已经着急得快尿裤子了。

村长赶紧问道："那孩子到底有没有问题？"

五爷说："刚才我根本没有看见什么孩子，只看见平娃端着一碗蜂蜜，喂着一个阴影。"

村长更加吃惊，眼珠子几乎要突出来了！

五爷叹道："明日开棺，一切自然会真相大白。"说完喝了一口茶就准备离开，最后又交代了村长一句，"开棺的时候你在就行了，其他人不要通知，我自有道理。"

那村长迟疑地应了一声，方才作罢。

翌日，太阳尚未升起的时候，坟地周围搭起了棚子。周围放满了艾草，三个我们村的后生拿好家伙，只等一声令下，便开始挖坟掘墓。

露水下去了一些，五爷发动这三个后生开工。后生们把坟包上的乱草割了一遍，在坟包顶部发现了一个蜂巢一类的东西，似乎是从墓地里面长出来顶到外面的。

"这就是了，接着挖！"五爷下令道。

三个后生小心翼翼把周围的土挖开，一会儿工夫露出整个物件的模样，这东西长得很怪，枣核形状，但要大很多，最粗的地方在中间，直径有一米左右，周身通红，疙疙瘩瘩的，也有很多小孔，就像火山石那样的小眼儿，密密麻麻地爬着蜜蜂大小的虫子，只是翅膀都收着，不能飞动。五爷用一个大的塑料袋把这个东西包起来，指挥后生们继续挖。

三个后生长得很壮实，这点活儿轻车熟路，过得了三分钟，那寿材就露了土。一个后生正准备跳下坑把那寿材撬开，五爷及时制止。他拿出药水，往每个人身上喷遍，这才开始撬棺。

棺材刚一打开，众人都忍不住吃了一惊，特别是那村长，盯着那棺材里面眼睛都不眨一下。

我不顾五爷的白眼，拼命围到跟前，往里面一看，哎哟！我这辈子都忘不了那情景！一个女人，顶着大肚子躺在棺材里，身体完好无损。

五爷拿出药物，往里面喷了喷，一切都像被施了魔法一样，完全消失，只剩下一大一小两副骨架。

众人不禁倒吸一口凉气，村长也不例外。

正在五爷准备让人搬出棺材和尸体，准备用艾草点火烧掉的时候，村民平娃带着那个实际上不存在的孩子，还有若干村民拿着家伙冲过来了。

"坏了！"村长大叫一声，立刻上前阻止。

平娃哪儿管得这些，照着村长的头狠狠拍了一铁锹，村长顿时血流满面。

见来人气势汹汹，五爷把那个包着古怪东西的袋子打开，把那东西放到太阳底下，那虫子们见了阳光顿时围绕怪东西飞舞起来，一层红色的雾气从村民方向移了过来。村民们也开始迷糊，不一会儿都倒下了。村长满脸血污地来到五爷面前，五爷抓了几个未来得及飞走的虫子，放在手里捏成膏状，敷在村长的伤口上，立即就止了血。

趁着这个当口，众人赶紧将那棺材挖出，把艾草尽量多地集中在棺材周围点着，一刻钟过去了，那棺材开始燃烧，五爷拿着一个小巧的铜锅，里面放着一大块松香，在这火堆上化了，然后黏住那个蜂巢似的怪东西。那棺材和里面的尸骨终于化为灰烬，看看日头，已然正午时分了。

平娃和那些村民们也渐次醒来，对于他们怎么会在这里感到很奇怪。

平娃看到村长就问发生了什么事，村长正在气头上，上去就是一脚："你个狗日的，把老子的脑袋都打开花了，我日你亲娘。"

村里恢复了往日的宁静，平娃从坟地旁捡回来的那个婴灵也不见了，人们恢复了正常的生活。

对于这件事的原委，五爷跟村长的一段谈话内容能够说明。

五爷说："那孩子根本就不是什么婴灵，你不信问问村里的孩子们，看看他们能不能看见。"

村长还真问了一个孩子："你能看见你平娃叔家的女娃不？"

那孩子说："他家哪儿有娃娃？我咋不知道？我爹妈说有，我就从来没见，跟他们说了，他们还骂我王八羔子，不许我说。"

村长信了，但仍然有一个十岁的小子能看见，为此还和孩子们打过架。

但是村长实在搞不懂，为什么除了娃娃，全村的人都能看见那孩子？

五叔说："那不是孩子，只是一种虫子，叫作风蛊。它们寄生在一种生长在狼粪上的腐烂植物身上，专杀地窝子蜂，然后吸食其体内的蜂蜜。坟头上那个大家伙就是地窝子蜂的巢穴，风蛊这东西遇到太阳暴晒就会产子，而产子之后就会灰飞烟灭，化成红粉，这红粉里面有一种能让人产生幻觉的东西。所以平娃拿回来的东西根本不是什么婴灵，而是一窝子风蛊，平娃每天拿糖水喂它们，它们不满足，所以每天太阳最热的时候去那坟头吃蜂，然后交配，最后寻踪觅迹转回来。风蛊通身鲜红，没有太阳的时候又变成黄白颜色，加上对人幻觉的暗示，就成了婴灵了。

"这东西化成红粉之后，有一层粉气会在一定范围内的空间飘荡，一半高度会在一米五左右，孩子们个子矮，自然受到影响很小，所以除了高个儿的栓狗，其余孩子都不受影响。那风蛊数量不断扩大，看着就像孩子不断长大一样。"

"所以栓柱媳妇看到的其实就是幻想，是风蛊在吃蜂蜜呢？"村长狐疑道。

五叔回答说："就是这样。栓柱的死也是因为他看到了可怕的幻觉，惊吓而死，根本就没有被压断什么骨头。还有就是，他家弟兄六个都死了，这很可能是他们本身心里有鬼，肯定做过什么对不起锁头婆姨的事情。"

村长回答说："是了。那六弟兄可都不是什么好东西，年轻时候一起把那婆姨糟蹋了，后来那丫头没人要才嫁给了锁头，要不然就凭锁头那东西还能娶上婆姨？"

"锁头在大牢里所以没有受到影响，但是我奇怪为什么你没有被幻觉控制？你不是说你曾经睡了锁头婆姨吗，那孩子是你的么？"五叔好奇地问。

村长哈哈大笑："哪儿的事儿。我可没那本事，我婆姨的肚子我还喂不饱呢，还有工夫闹那事儿？锁头他算什么玩意儿？婆姨竟然都能挂上娃子，我怎么就不行？我是气不过才信口胡说的。所以我才不怕什么婴灵寻仇呢。"

五爷道："这就对了。所有谜团都解开了，我要走了。"

村长搭讪地说："吃了饭再走么？啥事儿这么急？"

"镇上账房先生的闺女二婚，我去喝喜酒去。"五爷笑说。

村长问："那闺女不是死了么？怎么还……哦，幻觉！幻觉！"

众人一听，顿时呆若木鸡。

第三章 浮生

　　夜里十一点五十五分，有凉风吹起来，吹得那尼桑车上的塑料布哗哗响。整个院子由于没有任何动物，更显得寂静。整个村子的狗似乎在一夜之间都死绝了，竟然不发出一点声音，完全不如白天那般喧闹。远处空阔的野外倒是有些浮光掠影的东西飘来飘去，我发现，这些东西在经过这个院子的时候，往往都绕道而行，并不十分靠近，似乎有什么可怕的东西逼迫它们远离这里。

我和五叔赶到西河村这个有着颇为气派的小洋楼院子里的时候，这里已经围了一群人。这些人都是附近的村民，这群人中间有一对中年夫妇，与其他村民不同的是，这对夫妇衣着光鲜，在这群"泥腿子"中间显得鹤立鸡群。

我们是今晨六点钟接到的电话，打电话的人叫刘庆根，也就是那对夫妇中的男子，他是西河村一带最有钱的包工头，他的发家是从修筑拦河大坝开始的。

刘庆根在电话中慌忙说："老五，家里出事儿了！"

我和五叔就赶紧开着车过来了。

围观的人见有车进来，纷纷让开一个大的口子，我和五叔趁机把车停在院子里面。刘庆根的车就在墙根处不远的两棵树之间停着，大概是为了防雨吧，这辆黑色的尼桑车被主人蒙上了一层彩条塑料布，显得不伦不类。然而车前面的标志还是很不配合地从彩条布的遮挡中露了出来。当我和五叔乘坐的奥迪车出现在院子的时候，刘庆根走到自己的车跟前，将彩条布拉住了，正好遮挡了车的标志，大概是他觉得没面子吧。

院子较大，挤满了围观的人群，一张大床包括上面的床上用品都在院子中央。

刘庆根的老婆已经吓得脸色苍白，很长时间不能说话，看到我们来了，这才恢复了一些气色，便唠唠叨叨地说个没完，却根本不得要领，我和五叔听得云里雾里的。

"你滚一边待着去！来回话都说不清楚，球事儿都弄不成。"刘庆根生气地骂了妻子一句，然后客气地将我们让进屋里，让儿子刘晓沏了茶，和我们坐下慢慢说事情的来龙去脉。

五叔一边听着，一边贪婪地盯着那茶杯，仅仅一分钟，他立即将那茶杯端起来，狠狠地呷了一口，然后闭上眼睛，入定一般慢慢地享受起来，丝毫不管那刘庆根在说什么。

刘庆根也知道五叔有这个毛病，也就开了个场，等着五叔过完瘾，这才开始正式说起家里这件离奇的事件：

这两天家里一直不太正常，先是每天晚上十一点多的时候能听见院子里面有脚步声，那种拖着鞋蹭地走道的脚步声，还时不时地传来一两声老太太的咳嗽声。我壮着胆子出门去看，院子里面什么都没有。我刚出去，声音就没了，可我一回屋，那声音又响起来，让人害怕。再就是昨天晚上，我和老婆睡下没多久，就觉得生冷，醒来一看，吓了一大跳！发现床不知道什么时候移了位置，竟然在院子里面！而且不是在地上，是悬在两米高的半空里，好像周围都是水一样，这床就像漂在水里一样，晃晃悠悠，我和老婆在床上动也不敢动，这样对付了大半晚上，鸡叫了三遍，这才慢慢落下来。为了让你看个清楚，我没有挪动床，回家穿了衣服，就在门口等着你们。一落地这死婆娘就喊叫起来，把大半村子的人都喊来了。

五叔不说话，继续喝茶，等那茶喝了差不多一半了，这才缓缓道："今天晚上先换个地方睡吧。我在你家这儿待着。"

那刘庆根这才微微释怀，不似刚才那般紧张。

又闲聊一阵，五叔突然问起刘庆根一件事情："你家搬到这里大概多久了？"

刘庆根有些不好意思，因为他发家也就是三四年的事情，原先在这个村子里，刘庆根是出了名的破落户，连这一带讨饭的花子都绕着他家走。几间破房子漏风漏雨，什么牲口都养不住。养了头猪瘦得赛狗，时常没有硬料，整天的糠草还不能保证正常供应，那猪营养不良饿得两米高的猪圈围墙，一跃就能跳出来。猪满身的红绒，能清楚地看见骨架，没几天，这头倒霉的猪就在刘庆根家饿死了。

村里人长时间将这件事情作为笑谈。然而他家当时有一样畜生却养得极好，那就是老鼠。刘庆根的屋子破，到处是洞，这正好给了老鼠生存的空间，一时间满地老鼠，上上下下非常热闹。老鼠吃百家饭，却怎么也饿不死。刘庆根不仅穷，而且懒，地里的活儿不会做，于是过得更穷了，即使在联产承包责任制之后，一家人还穿着破了腔的裤子招摇过市。

当时的刘庆根是村里的落后典型，二十年来一直是农村贫困人口的一面旗帜。然而此一时彼一时也，虽然不会种庄稼，但是刘庆根脑子好使，自从承包了这个拦洪坝工程之后，他就像吹了气的猪尿泡——发了。

村里人开始有人眼红，随着刘庆根财富的不断增加，那些眼红的村人再也不敢拿原来的眼光看待他了。

当然有人对此颇有微词："他的庄稼种得最差，咋就能发财呢？"

听到的人说："盘子装水，咋也不如碗，人家是盛大菜的。"

如今富起来的刘庆根开始在这据说风水最好的地界给自己修了别墅一样的房子，还买了车，总算是出人头地了。这也不过是三五年之内的事情。

刘庆根回答："三年了！整整三年！"

五叔皱起眉头道："那三年间，你没有觉得家里有什么不对吗？"

那刘庆根想了想笑道："说有还真有一件事儿！我搬过来之后，这家里竟然没有闹过一次老鼠，不管隔壁或整个村里老鼠有多少，这整个院子周围都见不着一只老鼠！那猫更别说了，根本就不敢踏进我家的范围。所以说这人一有钱呀，连畜生都害怕三分。你想我当年，家里那老鼠，整个成一集中营了。"

五叔皱眉道："你不觉得有蹊跷吗？你家的树上连只雀儿都没有。"

刘庆根大吃一惊，当时就待在一边，连话都不会说了，刚刚缓和了的气氛又紧张起来。我也发现，这家里别说没有别的动物，就是我们坐在这里，都感到隐隐的凉风吹起。

刘庆根好一会儿才清醒过来："你这么一说，我想起来了，我搬过来之后总共养过六条狗，没有一个能活过三个月的，都死翘翘了！老五，这究竟是怎么回事呢？"

五叔问道："这风水是谁给你看的？"

刘庆根道："是老年，年卫平。"

年卫平也是我们这一带颇有几分道行的阴阳先生，平时驱鬼除魔还真有两下子。

这年卫平虽然没有开天眼，但是驱邪除灾的本事却是真的。当年我们村有一个后生，出去玩闹，到了半夜回家，路过村口乱葬岗子的时候急尿，对着一个新坟就是一通水柱，晚上回家之后，家里的狗咬着他死活不让进门。其母拉住狗，这才让儿子回了家，刚躺下就高烧不退，满嘴只顾说胡话。

第二天，年卫平过来一瞧，二话没说烧了符，念了咒，当时就好了，连那狗也不叫了。

年卫平还有一样特异功能，据说也是祖上传下来的，在五叔面前还施展过。当时二人去了甘肃的一个村子，这地方五叔可以确认二人绝对没有来过。因为是在火车下错站的情况下才偶尔遇到的。

到了一处坟地，年卫平对五叔说："老五，这一路也真无聊，这样，我跟你玩个戏法。你去前面随便找一个坟头，抓一把草下来。我看一眼就知道这里面死者的身份、死亡年龄、死亡原因。"

五叔不说话了，脸上是一副半信半疑的神色，他就抓了草回来，这年卫平放在鼻子底下闻了闻，然后用手量了一下最长的草和最短的草，断言道："死者女性，四十五岁死亡，死于肺病。"

五叔到附近村子找人一打听，果然一字不差，五叔这才信服了。

他甚至对五叔说："老五，你开了天眼，会祈不变之术，但是论起这看风水、驱邪、看死，你确实不如我。"

五叔信服。所以说，年卫平在风水上看差了那绝对不可能！但是，这究竟是怎么回事呢？

"这风水肯定有问题，要不然怎么连个生灵都没有。"我在一边断定。

五叔瞪了我一眼："不说话没人把你当哑巴，你懂个啥？"

五叔对年卫平还是很尊重的，不容许任何人亵渎他。

"只好把年老请来问问，一切都清楚了。"五叔建议。

刘庆根眉头紧锁，道："年老打看完我这个风水之后就回成都老家去了，他老孤身一人，成都的地址没人知道。而且现在生死都不知道，怎么请？"

五叔无奈，只好作罢。于是按照前面的安排，今晚刘庆根和老婆换个地方住，我和五叔今晚在这房子里守着。

"你们俩管好自己的嘴巴，若将此事对他人透露半点风声，不管你躲到哪里，那东西都可以拿你们的人头是问，听明白了吗？"五叔严肃地叮嘱道。

刘庆根和老婆连连点头，发誓不会透露半点风声。

当天趁着夜深人静的时候，刘庆根开着五叔的车，载着老婆和儿子刘晓，去了县城的宾馆住去了。我和五叔则在这里住下，等待那个时刻到来。

月黑风高。我和五叔在刘庆根家的二楼上面找了一个好的位置藏好，虽然这个屋子没有灯光，但是周围的光亮也能让我们一眼就看清这院子里发生的一切。

夜里十一点五十五分，有凉风吹起来，吹得那尼桑车上的塑料布哗哗作响。整个院子由于没有任何动物，更显得寂静。整个村子的狗似乎在一夜之间都死绝了，竟然不发出一点声音，完全不如白天那般喧闹。远处空阔的野外倒是有些浮光掠影的东西飘来飘去，我发现，这些东西在经过这个院子的时候，往往都绕道而行，并不十分靠近，似乎有什么可怕的东西逼迫它们远离这里。

指针指向十二点整，新旧一天就在这一刻交替。院子里开始响起了脚步声，这脚步声很有特点，完全是一个腿脚不方便的老人发出的，因为明显这鞋子是蹭着地发出的。随着脚步声的不断增强，一种类似于老人的咳嗽声也渐渐清晰起来。可是楼上的两个人睁大了眼睛看，整个院子里面却什么都看不到，漆黑一片。声音渐渐清晰，五叔突然打开灯，整个院子被这灯照得恍如白昼。我俩迅速下楼，循着声音的来源在院子里寻找。果然找到了一只鞋子！不同的是，还有一个蛤蟆在前面蹦着，鞋子被拴在蛤蟆的脚上，这蛤蟆一蹦一跳，拖动着鞋子走，还真像一个老太太走路的声音啊。

可是问题出现了，这老太太的咳嗽声是怎么回事呢？这蛤蟆究竟是谁放到院子的呢？谜团还没有完全解开。

按照五叔的解释，这蛤蟆的嘴里被放了盐巴，故而会发出类似于老人咳嗽和清理肺部的声音，至于这蛤蟆是谁放的，目前还没有准确的线索，不过这肯定是人为的。最大的问题是，床的漂移之谜还一点线索都没有。

我们等到天亮，这床纹丝不动，而五叔的电话却在天亮之后响起来了。

挂掉电话，五叔神色凝重地说："宾馆出事了。刘庆根和他老婆的床再次飘浮出来，而且这次是从六楼飘走的，猛然摔下来，他们两个受伤入院了。"

我和五叔赶紧开着那尼桑车前往出事地点，床已经完全破损，而且能明显看到床上两个人形的压痕，重要的是，这次床上用品全部湿淋淋的，好像从水中刚捞上来一样。

我和五叔赶紧开车去了医院，由于警方怀疑有人故意伤害，所以对伤者进行了相当严密的保护。我和五叔到了病房门口之后，警方死活不让进入。看着这么坚持原则的小武警，我和五叔无计可施，在外面干着急。

这时候，走廊那头出现了一个瘦小的身影，是刘晓，刘庆根的儿子。他拎着一个包，血红的颜色，半透明状，包里面什么东西看不清楚，但是鼓鼓囊囊的一堆。他径自从我们跟前走过，招呼也不打一个。他似乎刚洗了头，因为他的头发是湿的，眼前的刘海遮住了眼睛的大部分，但是仍然能透过头发感觉到那冷冷的眼神。

他跟武警说："让我进去，我是他们的儿子。"声音疲惫沙哑。

武警看了看登记簿，准备放行，却被五叔制止，他一下子冲到门前："不行，他不能进去！"

武警感到莫名其妙："按照规定，这是伤者的亲属，我们不能阻拦。"

"在事情没有查出来之前，任何人都不能进去，否则出了什么差错，谁都承担不起。"五叔说着。

我也感觉到这后生有些不正常，但哪儿不正常呢？我仔细看了看这后生，终于发现问题所在：刘晓在昨天还是小平头，今天竟然长出这么长的头发，简直是不可能的。而且这孩子的头发还是湿的，整个身子好像也在不停地往下滴水，地板上已经有面积不小的一块水渍。

五叔已经没有时间仔细斟酌，干脆直截了当地说了出来，此时脸上的表情使人感到事关重大，而且迫在眉睫。

五叔指着那水渍对武警说："你不觉得奇怪吗？再仔细核对一下照片，那孩子是短头发，这个是长头发。"

武警这才恍然大悟，但是明显感到很吃惊，因为从照片上看，这完全是一个人，除了上述不同之外！他一时竟然不知道该怎么办。

说时迟，那时快，五叔立即转身在医院的房门上尽可能多地贴了几道黄符。那后生见到灵符，竟然往后退了好几步，扔下包裹，匆匆地跑掉了，在地板上留下一串带着水渍的脚印……

我和五叔长长地嘘了一口气。那武警呆呆地望着我们，一时之间竟然不知道该说什么。我拿起那个"刘晓"留下的包裹，刚准备打开，五叔一把夺了过去。他从怀里掏出几张灵符夹在指头上燃了，并将那正燃着的灵符吞进嘴里。不懂的人看了，还真以为是江湖上卖狗皮膏药的在卖弄本事呢。那武警哭笑不得地盯着五叔怪异的动作，不知所措。

做完这些，五叔将那包小心翼翼地打开，我正要往前凑，那包里竟然流出大量的水来，源源不断，好像一个泉眼。五叔也觉得那包越来越沉，终于坚持不住的时候，才将包放下，并用双手紧紧捂着包口，以减少水的流出。我和那武警战士都惊呆了，从来没有见过这包里能流出来这么多的水。不一会儿，整个医院的这一层楼道都出现了积水现象。所有的人都赶过来想看究竟发生了什么事，见五叔在这儿捂着一个出水的包，都觉得不可思议。

院长说："怎么会这样？一会儿医院该被水淹没了。这个人你怎么回事儿啊？在搞什么鬼？"

五叔一脸痛苦的表情，看样子支持不了多久了。这时候，所有的水都集中流向刘庆根夫妇住的特护病房！

五叔对我大喊一声："老五！快进去把门窗打开，要不然他们就该被淹死了！"

我也急了，和那武警一脚踹开门，只见一大股水从整个房子里面涌出来。好在水还不深，再晚一会儿，就要殃及躺在病床上的刘庆根夫妇了。

然而那水仍然没有停止流动的迹象，五叔再次大喊："老五，咬破右手食指，点在包上！"

我迟疑地咬破了手指，钻心地疼，却只有一个小口子。挤了半天，才出现一个绿豆大小的血珠子，这显然是不够的。这时候，五叔已经满头大汗，顾不了那么多了，我又狠狠心，使劲一咬，这一下可真带劲，指头都快咬掉了！那滋味更不用说了。按照五叔的要求，用血把这包的口儿给封住了，水随着我手指的滑动渐渐小了下来，终于不流了。

我和五叔颓然地坐在水里，连裤子湿了都完全不顾，五叔是累和紧张造成的，而我除了紧张，就是手指上的疼痛让我不爽。

我和五叔来到病床前，刘庆根已经清醒，而且能开口说话了，只是他的妻子，却仍旧昏迷。

五叔将晚上的事情说了个原委，那刘庆根哼哼两声道："原来是这样。可是这浮起来的床怎么解释呢？"

　　我和五叔面面相觑，不得要领。而且刘晓的反常状况，也成为一个新的谜团。

　　看来一切问题的关键都集中在年卫平身上了，只要找到年卫平，这一切反常的现象就都能够解释了。因为任何动物都不曾光顾的刘家大院，只有一只嘴里被放了盐巴的蛤蟆来过。蛤蟆是至阴之物，说明这宅子的风水绝对不是兴旺之选，而是一个楔子，根本就是有人故意要害死刘庆根一家，而选风水的年卫平成为关键人物，也在情理之中。

　　但是究竟是什么人要害死他们一家呢？

　　五叔盯着刘庆根问："你最近几年有没有得罪什么人，或者说你有没有做过什么违反天理的事情？"

　　刘庆根支支吾吾地说："这……"

　　可是刚开了头，他仍然在昏迷中的老婆却咳嗽了两声，这咳嗽声一般属于两种，一种是发自肺腑的难受的咳嗽，而另一种就是为了发送某种信号，传递某种信息而发出来的，刘庆根老婆的咳嗽明显属于后者。

　　刘庆根转头看了她一眼，摇了摇头，但是眼角却流出了泪水。

　　五叔将这间屋子的门窗紧闭，然后在所有地方都贴上了用血写就的灵符，我的手指头难免再次被他蹂躏一番。

　　干完所有的事情，我们驱车准备去成都寻找年卫平，尽管没有线索，但是也要搏一搏。

　　正准备走的时候，却被院长一把拉住："你们可是任老五的后人？"

　　五叔点点头。院长从一个发黄的信封中拿出一个纸片交给五叔："你家五爷生前交给我的，让我第一次见到你的时候，亲手交给你！"

　　五叔点点头，打开纸条，见上面写了一个地址，是成都某个地方的，而且上面写了三个大字：年卫平！

　　我和五叔立即上车，按照纸条上的地址一路狂奔。经过八个小时的长途跋涉，在一个偏远的小镇子里，我和五叔找到了地址中的这间房子。而且重要的是，我们见到了年卫平，只是，他已经挂在了墙上。

　　我和五叔向他的灵位上了香，然后问了问这家人年卫平什么时候来的这里，这家人说："年卫平是我家二伯，早年流落陕西，三年前突然有一封没有署名的信寄到了我们家，信中说我二伯已经死了，让我们这些侄子们去领骨灰。我们到了陕西之后，找到了二伯住的屋子，这屋子里面什么都没有，只有在炕上放了一个骨灰盒子，我们急忙将骨灰带走了，因为当地没有亲人，也就没有逗留。"

"大概什么时候接到的信？"五叔急问。

"是三年前的六月初三，我记得很清楚，因为那天是我丈母娘六十大寿，我连寿宴都没来得及去，还因此被老婆骂了许久。"那人一边回忆一边说，语气缓慢。

"不可能啊！七月十五那天我们村的人还都看着他给人看风水盖房子呢。六月初三你们就接到死讯。这怎么回事呢？"

那人也瞠目结舌："这，怎么可能，我们两个人去的，根本错不了，而且骨灰现在还摆在后院的佛堂上呢。"

五叔急道："快带我们去！"

到了后院儿，那骨灰盒穿过院子一眼就能看见，只是走到跟前，却发现这骨灰盒上竟然长出了三根草来，看得出这骨灰盒天天有人擦，因为上面一点浮土都没有，如今却长出草来，实在令人费解。

年卫平的侄儿感到奇怪："怎么回事儿，今天早上还好好的，怎么现在就长了草了？"

五叔笑道："我知道怎么回事儿！"说完吩咐道，"老五，你去拔了那草下来。"

我依言去了，将草交给五叔，五叔闻了闻，然后用手量出最长的一根和最短的一根，算了一会儿，皱起眉头道："六月初三早上六点殁的，死者是年老没问题。"

虽然五叔判断得很精确，但是这后面的事情怎么回事呢？

五叔对年老的侄子道："我能不能打开盒子看看，因为他是我的师傅，我想看看他老人家。"那侄子同意了。

五叔打开盒子，里面竟然有一封书信，上面赫然写着："任儒云收启"。

五叔拿起书信道："是我师傅的手笔。"

信中写道：老五，我去了，但是还有一件事情没有完。因为我要害一个人，尽管你知道我这一辈子从来没有害过人，但是这一次跟以前不一样，我一定要亲手惩罚这个人，确切地说是两个人——刘庆根夫妇。刘庆根偷工减料修大坝的事也许你们并不知道。他甚至用草来糊弄，整个大坝没有用一点水泥，全部用土垒起来，要不然他能一夜暴富？可是你也看到了，前两年那么大的洪水，大坝安然无恙，第三年却出了大事故，为什么呢？之所以前两年稳固是因为刘庆根和水鬼们说好的。到时候洪水来了，水鬼们挡着，第三年给他们找替身，如果找不到替身，或者替身不够，就要用自己家人的命顶上！水鬼们顶了两年的洪水，第三年的时候，大坝突然坍塌，死了十四个人。按照约定，刘庆根还差两条人命。他当然不会把自己的家人搭上，这两条人命从哪儿出了？那天晚上，下着大雨，十六个水鬼齐刷刷地站在刘庆根家门口，等到每个人领到一个陶罐之后，纷纷离开，最终剩下两个水鬼，依然等在那里，刘庆根自然不敢得罪，只好让他们附在儿子的身上，按照他老婆的指示，去了村东头东风母子家里，你知道，这对母子是盲人。被两个水鬼附身的刘晓在这对母子门前的水井跟前大喊救命，然后跳到井里，这母子虽然眼盲，耳朵却好使，听见救命连忙从屋里摸到门外，守在井口处，对着那孩子喊话，并大声喊人，可是一瞬间，这对母子就在井里了，而刘晓已然站在井口……

我和五叔彻底明白了，那蛤蟆应该也是年卫平放的，模仿的就是盲眼老太太的蹭地的脚步声，而自己的儿子，自然是被那东西附身了。至于他们的床会浮起来，也是那对母子冤魂的作用，加上年卫平的推波助澜，于是离奇的事情发生了。年卫平生前不能害人，这是祖训，只有死后才能为这对母子申冤，才有了死后看风水的这一幕。当然，死人认为至阴的地方最好，年卫平也没有看走眼，对于死去的人来说，这确实是好地方，也没有失了手艺。

五叔呆呆地拿着那封信道："如果我没猜错的话，刘庆根夫妇已经死了。而且，咱们拿的那个地址，也绝对不是你五爷的手笔。"

五叔拿出那个写有年卫平成都地址的纸条，上面果然一片空白。

我和五叔立即赶回陕西，果然不出所料，刘庆根夫妇已经死了。整个病房变成了海洋馆，即使打开门窗，水也不曾流出来一滴。医院的院长也在我们走后不久，命令工作人员摘掉了所有的灵符，之后就消失得无影无踪了。

一切都结束了。

我和五叔回到刘庆根家里的时候，却没有找到刘晓，但是在村东头，我们看见一个瘦小的身影，短短的头发，趴在井沿上，对我们笑了笑，就落下去了，只留下那个瞬间的身影，永远留在我的记忆中。

第四章　蝶仙

　　"那蝶仙是地狱里最妖艳的鬼魂化成的，它最能迷惑人，如果让它们摄足一定数量的人的灵魂，就能蜕化作人形，然后继续修炼，最终修炼成长着翅膀的妖艳女子。在深夜的山中，蝶仙化作的女子经常飞来飞去，寻找着一个倒霉的灵魂……"五叔平铺直叙的语气更增加了这种恐怖感，我已经抖成一团。

我的家乡有一个传说：有一种很美丽的蝴蝶，它的翅膀有着无与伦比的颜色，这种蝴蝶是不能碰的，一旦碰了，你将会遭遇你所能想象的最恐怖的事情。

五叔和我第一次联手做事，是在我大学毕业之后的一个惨淡的夜晚，这天刚刚下过雨，因而天气很凉爽，因为没有月光，五叔家里那盏十五瓦的灯泡显得很暗淡。

在这样的夜晚，沏壶清茶，坐在梧桐树下，谈一谈鬼神的传说，有一种令人恐惧而又非常刺激的感觉，那发凉的后背，往往每一根毛孔都会竖起来，甚至会觉得鬼神就在自己身后，那阵阵的清风，似乎就是冤魂行动的脚步。

我是很害怕，五叔却能稳坐钓鱼台，脸色和神情没有一点点改变，似乎谈话的内容涉及的主角只是一个邻居，而不是令人恐惧的鬼神。

今天有着很好的环境，五叔谈性正浓，我却吓得已经瑟瑟发抖了，即使我穿着一件比较厚的外套。

五叔说："这里曾经是蝶仙的聚集地，成群的蝶仙就在后山上飞舞。如果有幸能够抓住一两个，那可是能换很多钱的。不知道现在还有没有，反正很长时间没有见到这种东西了，它们是很有灵性的。"

五叔并不看我，只是专注地盯着玻璃茶杯里面那青绿色的茶水，似乎从里面能够穿越时空，回到那个蝶仙飞舞的时代一样。

"那蝶仙是地狱里最妖艳的鬼魂化成的，它最能迷惑人，如果让它们摄足一定数量的人的灵魂，就能蜕化作人形，然后继续修炼，最终修炼成长着翅膀的妖艳女子。在深夜的山中，蝶仙化作的女子经常飞来飞去，寻找着一个倒霉的灵魂……"五叔平铺直叙的语气更增加了这种恐怖感，我已经抖成一团。

正听到紧张的时候，只闻门外一声怪响，我甚至从凳子上摔了下去，不一会儿，一个神秘的人物进来了。

那人长着一张奇怪的面孔，整个脸上的颜色非常古怪，她有一张奇形怪状的嘴，甚至看不见她的嘴唇，她的声音很奇怪，但是从体形上仍然可以看出是一个女人。

她径自走进屋里，对五叔说："她又出现了！这次是冲着你来的，你要小心！"说完就离开了。

我感到莫名其妙，五叔继续喝他的茶，似乎刚才的一切根本就没有发生过一样。

然而，整个晚上他不再说话，似乎有着很重的心事，临睡觉前，他说了一句："陕西地方真是邪，说起王八来个鳖！"就回屋里了，不一会儿，房间的灯熄灭了，我才意识到只有我一个人在这里坐着，这真是一件恐怖的事情。

我正要回去蒙着被子休息（尽管是夏天，但是刚才的情景让我很害怕，只好捂着被子保护自己，其实这种方法是很愚蠢的，因为人家既然有着法力，连门床和墙壁都抵挡不住，更别说一层薄薄的被子了，这样做顶多是一个心灵上的安慰而已），可是，我却看到了我不该看到的东西，一个长着翅膀的妖艳女子正从我头顶飘过，那对美丽的大翅膀让她在空中自由自在。我此时已经完全看不见她的美，只能感到自己很害怕，想尽快回去休息。

然而，她却注意到了我的存在，冲我微微一笑，飘落在我的面前。女子两眼直直地盯着我，我们靠得如此之近，我感到了一种从未体验过的女人特有的气息向自己袭来。

我两眼直勾勾地盯着她，口里不住地喃喃自语道："果真不是一般的女子。"

"我知道你的，告诉你五叔，我在等他！"这女子用天籁般的声音对我说，我当时非常紧张，因为周围静得一点儿声音都没有，五叔睡着了没有我并不知道，气氛非常诡异，连那些夏虫都不再鸣叫。只能听见她的声音。

你可以想象，一个人长着一对硕大的翅膀在你眼前飞舞，是怎样一个情景？！我知道，这绝对不是幻觉，因为我可以清楚地闻到那股浓烈的香味，我可以看见那翅膀上诡异的花纹，而且她说话的声音甚至可以穿透你的心灵，似乎根本不是让你听的！

她说完话，围着我飞了几圈，然后用指头在我额头上点了一下，终于飞走了。

我感到一阵眩晕，然后就呆若木鸡。我刚才培养的一点儿睡意完全没有了，大脑里的一片空白中只有那个轻盈的影子在飞舞。她那婀娜的身段、甜美的声音让我魂牵梦绕，我的恐惧在她来到我面前的那一刻就已经没有了，只有疑惑和迷离，我迷上了那张面孔，更痴迷于那个身材。我不禁热血沸腾，心旌摇荡，再也无法按捺心中压抑已久的激情，真想一把将她揽在怀里。

等到重新冷静下来后，我由衷地感到负罪的内疚，心里一阵阵地隐隐作痛。我就傻傻地坐在那儿，一直到天亮。

五叔收拾停当，将早饭做好端上来，看见我仍然傻笑地坐在梧桐树下，眉头微微皱了一下，道："一晚没睡？吃饭吧，吃完睡会儿。"

我们坐下来自顾自地开始享用这美味的早餐（五叔曾经对餐饮很感兴趣，研究过一段时间，所以深谙此道）。他也不问我为什么一夜没睡，这让我很失望，我已经清醒一些，除了忘不了那个影子，倒也没什么大的不正常。

我希望五叔问问我，然后可以得到一些多一点的关于"蝶仙"的信息，以便我出发去寻找。五叔的不闻不问让我很失望。但是我也满足了，因为五叔在蝶仙来临之前就已经告诉我它们的藏身之地了。我决定吃完饭带上一些干粮就去后山寻找。

后山的直线距离其实并不太远，只是要翻过好几座山头，这样下来就很耽误时间了，一般没有十个小时是不可能到达的，这还要脚力好的山里人才行。像我这样的文弱书生，虽说小时候也在山里跑来跑去，但是现在很长时间不来这里，路不熟悉且不说，单单这体力能与儿时相比已经很不错了。

我带着一大包牛肉丸子，一个探照灯，一个军用大水壶，一把两尺长的军刺，一根救生绳索和一小块五叔从坟墓上缴获的地窝子蜂的蜂巢就出发了。那蜂巢有着很奇特的用处，我撕下一块儿把它含在口里，压在舌头底下。

在翻过前面几座山的时候没有遇到什么危险的事情。可是越接近后山，时间越接近晚上，周围的环境就变得诡异起来。首先是那些树，上面不再是浓密的树叶，而是一朵一朵又大又鲜艳的花儿！在树上还用丝吊挂着一个一个形如蚕蛹却不知要大多少倍的丝状物体，被风一吹，晃晃悠悠地荡漾在这原始森林之间，有的大蛹甚至渗出殷红的血来。

这个时候已经是下午了，太阳的光很费力地穿透了那一朵一朵密密麻麻的大花儿，透出一点光亮来，我才不至于在这个时间就使用探照灯。继续前进，沿途的大蚕蛹越来越多，有些甚至开始从里面突破，从那破洞里面看到黑乎乎的东西在蠕动。

我此时正来了兴致，就坐在那个大蚕蛹跟前，想看看这东西究竟是什么。不一会儿，那蚕蛹的洞越来越大，足有篮球那么大。里面的东西大动了一下，那蚕蛹也开始晃悠，慢慢地从里面钻出一个东西来，满是血污还有类似黏液一类的东西，非常恶心。我呆呆地看着这个"不知何物"，全身已经虚脱，吓得不敢发出哪怕一点点的声音，我的呼吸被我自行停掉了。随着那东西的不断爬出蚕蛹，我看清了它的真实面目：这是一个人！确切地说这是一个被裹在蚕蛹里，刚刚挣脱束缚，仅仅露出了一个头颅的人！

正在此时，令他意想不到的事情发生了，一群大乌鸦已经飞临他的头顶，不断啄食他的身体！他立即发出令人惊心动魄的号叫，那声音太恐怖了。随着他的叫声不断减弱，乌鸦们开始加快攻击速度，一袋烟的工夫，那个刚从蚕蛹里面爬出一半的"人"，已经完全变成了一堆白骨，架在已经空落落的蚕蛹里面，与人骨不同的是，他的脊背上还有两条反向生长的肋骨！

那群乌鸦盯着我看，眼神里面透出贪婪的摄取的光芒。我非常害怕，但是想到那个长着翅膀的妖艳女子，我什么意识都没有了，即刻打起精神开始新的旅程。

那群乌鸦却并不离开，在我身后不远不近地跟着。

我拼命地往前跑，希望甩掉那群恐怖的乌鸦，而脚下却已经没有了路。我在这逐渐阴暗的原始森林里像一只无头苍蝇，到处乱闯，可是仍然无法摆脱那些可怕的乌鸦。大概过了两个小时，我已经没有力气了，耳边却传来清晰的几声乌鸦的叫声。我回头一看，那群乌鸦就在我身后的树上落着。森林里越来越暗，这群乌鸦肯定不是一般的乌鸦，因为正常的这个时候，乌鸦应该回巢休息了，可它们却根本没有一点懈怠的意思，而且它们的眼睛，在黑暗的森林里发出蓝色的阴冷的光芒，这蓝色的点不断增多，我的处境就越危险。

由于紧张，我已经忘记了此行的目的。在我极度虚弱的时候，我想起了那个女子，那个让我魂牵梦绕来到这里的女子——月光下，她顾盼生辉，美目流盼，举止言谈，恰如玉树临风。不知道是因为她的美丽，还是因为她的娇嗫，我始终没有勇气与之对视，但她的声音、笑容却刻骨铭心地留在我的记忆之中。

很奇怪，一旦想起她，我一下子全身都充满了力量，我稍作休息，接着狂奔逃命。

我打着探照灯，在这黑漆漆的原始森林里面，除了漫山遍野的奇石怪树，还有脚下厚厚的一层树叶。我毫无目的地奔跑，即使树木的枝杈和灌木的荆棘在我身上、脸上划出一道道血痕也在所不惜。

我感到像是进入了一片太虚幻境之中一样，眼前是瓷白色的阳光，黄褐色的丘陵，还有湛蓝色的天空，飘浮着五光十色的云彩。

就在我跑入一个峡谷的时候，月亮升起来了，周围一片寂静，那些乌鸦躲在峡谷入口的树上，静静地看着我，眼神却不再贪婪，却有着几分恐惧。不管怎么说。虽然我也感到奇怪，但是总算摆脱了这些鬼东西。

峡谷里静得厉害，只能听到我的脚步声。峡谷中间的道路倒也平坦，偶尔有一两棵奇形怪状的树，却都满是裹着人的蚕蛹，个个红得通透，并有像心脏一样跳动的频率。有的已经伸出了头来，露出狰狞的面孔，不时地大吼一声，那声音却不及我的脚步声。

我漫无目的地走向整个峡谷的深处，也不顾得前面是否有更大的危险。

此时我只有一个信念，就是一定要见到那个女子，至于见到她干什么，说什么，我都不知道，就是要见她，似乎我此时就是为了见到她而存在。

月亮越升越高，峡谷的部分地方变得亮堂起来，而背着月光的部分却已然黑暗，"这寂静的黑暗中肯定有意想不到的事情发生，究竟是什么呢？"我想，"如果我不能见到她，我宁愿变成那些人的样子，作茧自缚般地挂在树上，等待乌鸦啄食！"

正在这个时候，远方山顶上一个影子出现了，那优美的线条，灵动的挥舞着的翅膀，还有那沁人心脾的香气，唤起了我强烈的欲望，我迈开双腿向着那个方向奔去。可是就在我要到达目的地的时候，我却跑不动了，不是我没有力气，而是——我的身上开始被一种类似于蚕丝的东西束缚住了。

这丝缠绕得非常快，突然，我的面前一片黑暗，峡谷、蚕蛹、树、月亮，还有我魂牵梦绕的那个女子都不见了，我浑身疼痛，特别是后背，简直要昏厥过去，我的意识开始变得微弱，我甚至想不起来我是谁。感觉太累了。

“睡吧。想睡那就睡吧。”一个软软的声音在我耳边响起，在这寂静的峡谷里，在这臃肿可怕的蚕蛹里面，我昏睡过去了。

在梦中，我似乎看到了五叔，他也被困在峡谷里，与我不同的是，他却没有被困在蚕蛹里，而是变成了一个虫身人首的大青虫，大口大口地啃着树叶。

“不能吃啊，五叔，吃了会被困在蚕蛹里的！”我的声音小得连我自己都听不见。

五叔自顾自地啃着树叶，根本不理睬我。

这个时候，我的周围全部围满了等待进餐的乌鸦，整个峡谷里到处是乌鸦狂热的叫声和被啄食者的惨叫声。我却发现我自己的脑袋也已经透出蚕蛹，一只乌鸦已经飞到我的头顶，准备开始一个美好的野餐，它细长的喙准确无误地啄向我的眼睛……

我惨叫一声，噩梦惊醒。我看看四周，漆黑黑一片，我尚在蚕蛹中，这个时候还比较安全。

可是我却分明听见了五叔的声音：“你放了他，除了那件事情，你说什么我都答应你！”

一个熟悉的女子的声音再次响起：“算了吧！要不是我抓了他，你能这么痛快地答应吗？我不知道为什么，当年我丑陋，却有自知之明，连跟你表明心迹都不敢，你却对我那么好，那么温柔！现在我这般美貌，你却对我避而远之！为什么？！”

五叔额头汗出，长久沉默。

“你说话啊！怎么不说了？我就想知道为什么！”那女子的声音甜美动人！

“不可能的。咱们不是同类，这样做会遭天谴的！”五叔平静地回答。

“天谴？你竟然会害怕天谴？笑话！当年叱咤灵人双界的任儒云竟变成现在这般模样？是不是还想娶一个农村姑娘当媳妇，安安稳稳地过下半辈子？告诉你，想都别想！别说我不会放过你，就是蝶仙也不会放过你！”

“蝶仙？她难道不是蝶仙么？”我心里想，正在这个时候，我突然想起来五叔给我的地窝子蜂的蜂巢还压在舌头底下，我赶紧把那东西吐出来，叼在嘴上，希望能够让我自己脱身，毕竟那些乌鸦可不是好对付的！

“怎么样？你答应我心甘情愿跟我在这世外桃源一起生活，你的侄子我可以完全保证安全，毫发无损地让他离开。这个条件不过分吧？”

那女子对五叔好像余情未了！这下好了，我得救了，还能有一个非常漂亮的婶子了，哈哈！但是这女人如此狠毒，五叔还是不要答应的好。

五叔沉默良久。

"你要是不答应，就等着你侄子变成灵鸦的腹中食吧。以我的能力不能把你怎么样，但是当你拿到你哥哥面前的是一副白骨，看你怎么跟你哥哥交代！要知道，他可是在你家里失踪的。"

我明显感到五叔已经忍不住了。

这时候，我的身体周围发生了一些戏剧性的变化，一群红蚂蚁三下五除二把我身上的丝状物吞噬得干干净净，我突然之间就从树上掉落下来，正好掉落在五叔身旁。

五叔吓了一跳，连那老巫婆也吃惊不已。我赶紧把那小块蜂巢含在口中，继而和五叔站在一起。

"叔！俺错了！您批斗俺两句吧。"我惭愧地说。

"回去再收拾你！"五叔狠狠地对我说，但是我能明显感觉到，他悬在心中的一颗石头终于放下了。

"哼！别以为这么容易就能逃脱。不要忘了，你和你侄子身上现在都有蝶仙的符咒，每当月圆之夜，你们运气好的话能躲过灵鸦的攻击，运气不好那就等死吧。"那女子的声音柔美，但却透着恨，她板起脸阴森森地说道。

"你不要忘了，我是干什么的。你们的符咒，我一定会解开，你就等着瞧吧。但是我警告你，不许你再害人！"五叔义正词严地对那女魔头喊道。

"你凭什么管我？凭什么！这次算你们运气好，下个月十五，就不会有这么好的运气了！任儒云，咱们后会有期！"说完闪动了那灵动的翅膀，缓缓飞走了。

我和五叔在这大峡谷里面待到了天亮，直到太阳升得很高了，才缓缓走动。我原本以为五叔会对我说些什么，他却一直沉默着，慢慢地朝着峡谷深处走去。

"叔，咱们回吧。不要在这里待了。"我有些害怕地说。

五叔不理我，继续往前走。我只好跟着他，感到浑身无力，两只脚像踩在棉花堆里一样。因为经过昨天那么一通折腾，我早已经迷了路，现在也只能跟着他走，因为我的潜意识里面，五叔是很熟悉这里的地形的。

我默默地跟着五叔，不知道为什么，我总觉得他这并不是想回去，而是有别的目的。就这样一直走了两个时辰，我感到很累了。我习惯性地想了一下那个长着翅膀的女人，奇怪的是，这次她并没有带给我力量，反而让我感觉越来越累了。没有办法，我只好自己打开包裹，拿出里面的牛肉丸子一边走一边吃。昨天那么大的活动量，我竟然都感觉不到饿，今天才走了这么点路，我已经快要崩溃了。

五叔看着我吃东西，脚步渐渐慢了下来，终于停住了。在一棵挂满人形蚕蛹的树下，我们停住了，都各自吃了一些东西，补充了一些淡水。吃饱喝足，五叔并没有离开的意思，我知道，他要给我讲一个故事了：

这女子叫红英，是五叔的高中同学。五叔之所以在全班女生中注意到这个相貌有些丑陋的姑娘，完全是因为她美妙的声音。她的声音太好听了，听她说话简直就是一种享受。五叔是一个相貌英俊的年轻后生，对周易相学又有着很深的研究。如果说真的有什么东西能跟一个陌生的女孩子搭讪而不招致对方讨厌的话，那么占卜是最简便好用的途径。于是，五叔成了整个学校神一样的存在，受到各种各样女孩子的青睐。尽管随后受到政治运动的影响，给他带来了不少的麻烦，但是当时确实很风光。

五叔和红英的交往，便是从这个时候开始的。既然五叔有那么多女孩子喜欢，他找一个漂亮的女孩子当女朋友是很自然的事情，然而令他的同学大跌眼镜的是，五叔偏偏喜欢这个除了声音、其余部分绝无可取之处的丑陋的女孩子作为女伴。

尽管红英也很喜欢五叔，但是她受不了那么多嫉妒和奚落甚至挑衅的目光，长此下去，她估计要得神经病了。后来学校开始频繁地搞运动，学业也就耽误了，最终两个人都回到了各自的村里。没有学可上，并不能阻碍他们的交往。两人都是上过高中的人，这在当时可是了不得的，算是知识分子了。红英当了公社的广播员，正好充分利用她的优势，当时整个公社的人都以为这个广播员是一个大美女，但是认识的或者见过她的人往往都很失望。只有五叔在劳动之余，享受地听着那恍如天籁的声音。

他们的交往仍然遭到大多数人的反对，这次就不单单是因为红英长得丑了，而是因为五叔的成分不好，而且又搞过封建迷信那一套，所以在当时可是一个破落户。

墙倒众人推，根正苗红的红英的家人根本看不上五叔。

　　我爷爷和奶奶却很开心，奶奶告诉五叔："还不稀罕那女子呢。长得没个人样，解放前可是有名的穷鬼。她爷爷弟兄六个，一个比一个懒。"

　　爷爷酸溜溜地说："人家八辈贫农，那么好的成分，咱们这地主家可是高攀不上。"五叔不说话，他知道，没有人明白他的心思。

　　那红英却不顾家人的反对和世俗的眼光，仍然跟五叔来往。

　　五叔说，两个人当时那段时光虽然很艰难，即使见一面也不容易，但是非常值得留恋的，也是非常美好的。

　　"文化大革命"结束了，两个人的年纪也都不小了，却也都是单身。那个时候的阶级成分虽然不重要了，但是也还有一定的市场。激发红英改变自己是在一次的庙会上。

　　那天街上人很多，大家都去庙上看热闹，因为有社火表演，还有戏班子献唱，所以五叔和红英都去了。在那个时代，这种场合是年轻恋人的天堂。就在看热闹的过程中，红英不小心踩了一个小孩的脚（红英说就是碰了一下），人家家长不依不饶，那孩子更是如丧考妣一般扯着嗓子号起来。

　　红英和五叔跟那人理论，孰料那人说："踩的也好，碰的也罢。问问孩子！"

　　那倒霉孩子第一句话就是："妈妈，我害怕。"

　　红英彻底伤了自尊心，在崇尚心灵美的那个时代，外形美从来没有被彻底抛弃过。红英哭着离开了热闹的庙会，后来就失踪了。

　　"再一次见到她已经是你考上大学以后的事了。那天晚上，我一个人在家里后院的梧桐树下面喝茶，突然有一个轻盈的身影降临，我当时被那女子的美貌惊呆了。心想世界上竟然还有这么美丽的人。然而，她背后那对大翅膀，让我大吃一惊！她竟然对我说话了，而且声音非常美妙，却也很熟悉。"五叔顿了顿说。

　　"是红英？"我小心翼翼地问。

　　"是的。"五叔回答，"她说她受到了蝶仙的庇护，现在终于变得漂亮了，再也不用担心别人说她丑，更不会吓着小孩了。我说，你的翅膀仍然会吓坏小孩子的。她要跟我结婚，我当即拒绝了，我觉得她的这种变化太不正常了。"

　　"那么说，跟我在后院说话、刚才在那上面站着的就是红英了？"我脸上立刻露出了胆怯的神色。

问题已经不需要五叔回答了，可是这其中究竟隐藏着什么样的大秘密呢？难道真的有所谓来自地狱的鬼魂化作蝶仙？难道红英真的出卖了自己的灵魂，受到蝶仙的奴役，并以此为代价使自己变得漂亮了么？

我们往峡谷深处走的目的就是要找到这个根源，而我们身上的符咒，能不能解开，也必须从源头上找起。

我们在峡谷中艰难地跋涉，虽然这里有很多人形生物，然而能够发出声音的除了我们叔侄两个就完全没有了，我们的脚步声因而显得异常沉重。

我左顾右盼的当口，猛一转头，发现前面有一个直立行走的人，这实在太稀罕了，在这里遇到一个人！千真万确，那人还穿着"文革"时期的典型的黄军装，一个巨大的军用水壶和我一样挎在肩上。但是在这里出现真正意义上的人实在是不可思议，我很害怕，下意识地躲在五叔的身后，五叔也及时地护住我的身体，缓缓地向那人走去。

那个人站在那里一动不动，背对着我们，想要看清他的真实面孔就必须走到他的前面去。我们移动着身体，终于走过他，转过身来看他的模样，我害怕地把眼睛捂了起来，身体更贴近五叔。

我确实不敢看他，因为经过这一天一夜的折腾，我见过的恐怖的东西实在太多了。然而又忍不住想看，缓缓伸开手指，从指缝里瞄着这个人。

"啊！"我惊叫一声！

这人的模样与常人无异。我之所以惊叫是因为原本想象中的这人的模样与现实中的差距实在太大了，我想着在这种环境下遇到的人不是恐怖的，就是没面目的让人害怕，这人一正常，反而不适应了。

"老乡，这里是什么地方？怎么会有这么多怪人？"五叔问那人。

"你们的口音不像外地人啊。"那人一开口也是一准儿的陕西话，"怎么连这个地方都不知道？这个沟叫牛脊梁沟，我们村子就在前面的沟底。你们哪儿村的？"

"我们是任家沟子的。来这儿打听个事儿。"五叔回答说。

"任家沟子？小时候去过，山外头呢。咱们这里没有路，离得远也没什么人来过，所以也就和外面没有什么交往。家里坐去。"这人说着便邀请我们去他家。可是自己却站在原地不动。

"大爷，您还等谁呢？"我问他。

"没谁。我孙子上那边梁子上屙屎去了，一会儿就过来了。咱们等等他。"不一会儿，就看到一个小孩儿，脑袋上盖着一个茶壶盖儿，跑过来了。

"爷爷！有客人？"小孩儿七八岁模样，说话却跟大人似的。

"有客人，这是山外头任家沟子的两个人，快叫叔！"那人连忙招呼小孩儿叫人。

"叔！"脆生生的声音响彻整个峡谷。我们高兴地应了，一行大小四人开拔进村。

路上五叔跟那老人闲聊，我则逗那小孩儿："你叫什么名字？"

"洋蛋！"小孩儿不怕生，一会儿工夫就跟我聊开了。

"洋蛋，你们村这树上怎么挂着这么大的虫子啊？"我好奇地问，因为这爷孙俩似乎对这树上的东西见怪不怪，这就让我感到很奇怪。

那小孩儿却不再说话，而那老头儿也表情木然地盯着我。有鉴于此，我也再没有多问，却和五叔更加小心起来，跟着这两个人准备进村。

不一会儿，村子就在眼前了，两个粗壮的大槐树，上面挂满了蝶蛹，所谓的灵鸦现在又出现了，它们在村子的树上不住地哀鸣。村民们都表情木讷，冷冷地盯着我们，一老一少在前面带路，进了村子，他们的表情也就不一样了。这种奇怪的表情让人不寒而栗，我似乎有一种进了坟场的感觉，而那些村民，却都是已经死亡的鬼魂。尽管现在艳阳高照，又是七月间，整个村子却是阴气逼人，让人不寒而栗。

来到老头儿家里，一个老婆婆似乎知道我们要来，早已经在厅堂里等候。这是一个普通的农家院落，大门内里依旧是很大的院落，然后是二门，进了二门，才算是进了主人的厅堂。我们进了厅堂，老婆婆并不说话，将早已经提前准备好的茶水端上来，我看着五叔，五叔镇静自若地喝了一口，但是在喝之前给我使了一个眼色，我早已经知道是怎么回事，也假装喝了一口。五叔突然眼睛圆睁，几秒钟前后就晕过去了，我也立即照猫画虎，照着五叔的样子晕了过去。

这一家三口却并不说话，把我们抬到另一个地方，锁了门才说起话来："洋蛋！去告诉主子，咱们成了，这个月已经有了，让他赶紧派人过来收拾。别忘了带药回来。"

洋蛋应了一声，跑出去了。

老头儿和老婆婆这才在屋里高兴地说笑起来："这下好了，这个月又完成了。咱们又可以过上一个月的好日子了。"

"是啊！这下好了！这一个月就不用发愁了，吃喝用度都有了。解药也有了，又能变年轻漂亮了！"老婆婆的声音。

不一会儿，有人进来，进门就问："货在哪儿？"便听见一阵凌乱的脚步声，随后，开锁推门，我们便被人抬着离开这个地狱，进入另一个地狱。

到达另一个目的地的时候，我微微睁开眼睛看了一下周围的情况：这就像一个很大的监狱，铁笼子里面还关着很多像我们一样昏迷的人，我们身上被贴上了编号。

就在我们要被抬进那监狱的时候，一个人喊了起来，听口音也是本地的："这两个已经下了符咒，红英的标记，告诉梁金兰夫妇，这两个算一个，不能算两个。"

不一会儿，就听见那两个人的声音："怎么会？我亲眼看见他们进的谷，明明没有印记的！"

"你们说的都不算，这就是证据。"那人狠狠地敲了一下我们的额头！我痛得差点叫出声了，但是却不得不忍住。两人唯唯诺诺地离开了，声音里面充满了失望和不甘。

随后，一个熟悉的声音响起："你们都出去吧。这两个我来处理。"

其他人离开了，那声音又响起来："别装了，你起来吧，这里没有人看见。"

我这才睁开眼睛，坐了起来。五叔却依然昏睡不醒。那声音的主人果然是红英。与上次截然不同的是，这次的她一点儿都不漂亮，我想，这个才应该是她的真面目吧。她的头发枯黄，额头宽大，甚至上面满是苍蝇排泄物一样的麻点。她眼睛突出，一大一小，眼皮很鼓厚重，颧骨高高的，好像底下垫了什么东西一般，她的鼻孔很大，示威似的向外翻着，可以很轻易地看见长出鼻孔外面的一根根的鼻毛。最恐怖的是她的嘴唇，很厚，下嘴唇几乎遮住了整个下巴，显得下巴非常短，那嘴唇又很可笑地向外突出，好像要随时准备接吻的样子……

我几乎吓了一跳，这个身材臃肿的女人难道真是那个声音甜美的红英吗？没想到，这样一副尊荣却真的说话了，而且那声音让人每一个毛孔都舒服："你们到底还是来了。"

五叔似乎很无奈："我们不来有什么办法，已经被下了符咒了，能怎么样呢？"

红英说："你们不该来的，你们本来就不应该来的！"

"这究竟是怎么回事呢？"我问红英。她长叹一口气，给我讲起她当年失踪之后的事情：

"当年我从庙会上离开之后，就一个人来到后山。我想一个人好好地大哭一场。为什么上天对我这么不公平？我跑了整整一天，看到树上有很多人形蝶蛹，还有那些乌鸦，感到很害怕。误打误撞地走到一个峡谷里面，继续往前走，就走进了这个村子。这里的人很古怪，在白天一个个相貌丑陋，到了晚上却都变得异常美丽，而且都有一对美丽的翅膀。我很羡慕，我也要变得漂亮。于是和你昨晚的经历一样，我被他们带到了这里。我见到了一个人，就是被村民们称为蝶仙的人。"

"他告诉我，我是第一个自愿接受他奴役的人，我听到奴役这个词，有些后悔，但是一想起庙会上的遭遇，我什么都不在乎了，我只要我爱的人能够看到我洗心革面的样子，只要他喜欢，我什么都愿意做！蝶仙听见我的声音很美妙，就告诉我说，我可以把你变得很漂亮，你必须帮我完成我未竟的事业。我于是答应了。一方面我是自愿的，另一方面我不得不答应，因为我的身上，也有了他给下的符咒。我后来才知道，这里其实是一个很大的实验室，蝶仙其实是这里的最高统治者，他应该是一个掌握着巫术的古老的民族的后裔，喜欢搞一些稀奇古怪的实验。我们能变成这个样子，都是拜他的试验所赐。可是，村民们并不知道这些，只知道这个人有法力，又会给人下咒，都尊称他为蝶仙，所以村民们对蝶仙死心塌地。而且，他们每个月只要抓到两个外面的人，就可以领到一份丰盛的奖金，可以让他们在外面的世界任意挥霍。"

"其实，这只是表面现象。这个蝶仙把一种乌鸦用巫术培训成偷盗高手，这些乌鸦能一口气飞行几千上万公里，能从很远的地方给蝶仙带来大量的钻石和宝石。这些东西都被通过秘密途径出售，换成的钱继续支持蝶仙的人体试验。他将一种蝴蝶的生殖因子输入人体，然后用过高强度的辐射，人就立刻变成蝴蝶一样，开始作茧，然后挂在树上，供乌鸦食用，然后不断循环。我们这些人主要负责给他找标本，就是供他做实验的人，试验之后，这些人不人鬼不鬼的东西就喂了乌鸦，乌鸦又给他带来数量可观的宝石充当研究经费，如此循环，没有穷尽。"红英说。

"那为什么这些人不选择离开呢？"我好奇地问。"因为他们和你一样，都被下了符咒，每个月月圆的时候就会发作，必须有专门配置的解药才能暂时缓解，要不然就会像你那天晚上一样，把自己变成蝶蛹，等出来的时候就成为乌鸦的美餐。这里的人都是这样，如果不能完成任务，就会变成蝶蛹，被乌鸦吃掉，然后另外选择听话的人，负责找寻标本。还有另外一个原因就是，这些人大都好吃懒做，在这里找一两个人非常容易，他们随后就能享受一个月快乐安逸的生活。我在这里算是一个小头目，所以对内情都比较清楚，现在我很清醒，但是到了晚上，我就不知道会变成什么样子。所以趁着我还没有变身，你们快点走吧。要不然就来不及了。"

"不行，就算要走，我也要把你解救出去！"五叔突然之间坐起来了，把我和丑女吓了一跳！那丑女坚持让我们先走，要是等到晚上，一切都完了！

五叔说："我们很快回来！"就拉着我随着丑女指的道路离开了。

这个时候已经是下午两点多了，我们刚刚逃出那个村子的势力范围，五叔立刻拿出一个长哨，一声长啸，周围几百号人好像从地底下钻出来的一样，我一看，原来我们村子周围的人都在，包括那个村长和平娃！他们手里拿着猎枪，跃跃欲试。五叔一声令下，众人立即四散开来，很快围在村子周围。

五叔和村长商量："擒贼先擒王，咱们把那个日本鬼子兵先收拾了，然后就什么都好办了。"

村长点头，拿了一把盒子炮，这可是当年造反的时候用的，立即带了三两个壮汉，按照五叔指点的方向去了。

"其余人原地待命，有情况立刻报告！"五叔对其他人喊道。

时间在一分一秒地过去，村长他们几个已经离开一个小时了，还没有一点动静，其他人都开始蠢蠢欲动了。五叔紧张得满脸是汗，眼睛一眨不眨地盯着村长离开的方向。

正在这时，前面的人一阵骚动，只见村长押着一群人过来了！

"太好了！成了！"我欢呼，大家也欢呼。

可是，五叔却并没有任何表示，他冷冷地盯着村长带回来的这些人，不断地审视："坏了！蝶仙没有抓住！唉！"

英雄一声长叹，我的心也一下子凉了半截儿，毕竟我也受到了诅咒啊！

村长将这些人押起来，对五叔说："蝶仙早跑了，里面全空了。红英也不见了！只把这些人带来了。"

五叔彻底绝望了，他双手抱头，跪倒在地上，所有人都无言。我发疯似的跑到那对老夫妇面前，一阵拳打脚踢，直打得我再也没有力气，才躺倒在地上。这对贼人竟然没有丝毫反应，好像我打的是别人，跟他们毫不相干。

这些人在天黑之前被带回村里，那一晚，整个村子都能听见乌鸦的叫声。没有了解药，这些人就只能变成蝶蛹了。村长用土枪和弹弓打了一夜，打下来一部分，其余的在天亮的时候都飞走了。

第二天一早，我和五叔去了一趟村长家，看了那些乌鸦的尸体，这些乌鸦一个个嗓子鼓囊囊的，剖开之后里面却是一颗颗价值连城的钻石和各类宝石，分发给村民之后，我们也带走不少，这些石头足以让我们几辈子衣食无忧。

这是唯一值得高兴的事情，只是想起那个诅咒，我们怎么也高兴不起来。

那些变成蝶蛹的人后来被村民们送到县城，之后立即被隔离起来。随后，有关部门派出数十位专家对他们进行彻底的研究和治疗，也去过牛脊梁沟考察，最终没有结果。

而我和五叔，却带着这个诅咒，等待着下一个月圆之夜的来临。

第五章　地女

　　这时候，那煤层里面出来了一个女人，那手就是这女人的，那女人长得漂亮、黑眼、浓眉、皮肤有光泽。刚开始这女人脸上没有一点血色，她蹲到周全娃跟前，那脸色就立刻不一样了。过了一会儿，那女人的脸色跟正常人没有差别了，就从煤层里面回去了。我仗着胆子大过去看周全娃，连热气都没有了！

这天，周全娃正在矿洞的煤炭作业面挥动着洋镐，随着他挥舞的频率，硕大的煤块不断地剥落下来。

"这下应该有半吨多了吧？"他心里想着。

周全娃是熟练工，又在一线，一个班出一吨半煤，层面好的话能混上两吨，一吨煤能给五十块钱，一个班挣一百块钱，一个月下来仅仅绩效收入就能有两千多块钱了，加上基本工资和补助，一个月能挣三千块钱。对他一个村里的劳动力来说已经很不错了，他对目前自己的状态非常满意。

已经要歇班了，他赶紧挥舞几下洋镐想着尽量多挖一些。十五分钟之后，实在累得不行了，而矿洞里的照明灯大部分已经熄灭了，每个洞段只留下一盏，发出微弱的光芒。周全娃这才放下工具，拿了矿灯和下井牌去到矿洞中间的休息间。他一边走一边盘算着这个班的收入，忽然听见身后有脚步声，他敢肯定，这个脚步声绝对不是他的，因为那个脚步声非常急促，而他的脚步缓慢，明显拖沓。

他紧张地转过头，举着矿灯向矿洞深处探了探，什么都没有看见。上一个灯已经很远了，另一个还没有到，周全娃加快脚步向前走，没想到后面的那个脚步声也加快了速度！周全娃立刻停住，再次转过头来，可是，仍然什么都没有发现。

"怪了。个龟儿子闹鬼哩撒？！"周全娃已经有些害怕了。他拼命地向前跑，顾不得挖煤的劳累，那个脚步声也立刻急促起来，周全娃不敢歇气，一口气跑到休息间。其他矿工已经在这里聊了好一会儿了。他们聊得正热火，看见周全娃上气不接下气地跑进来，都问他怎么了。周全娃已经累得说不出话来，他不断地咳嗽，脑门上的青筋条条绽出，憋得面红耳赤。

正在这个时候，同一个工段的潘老二也跑了进来，上气不接下气地说："矿坑闹鬼呢！可给我吓坏了！我走他走，我停他停！"

工段长上来就给了他一巴掌："就你他妈妖言惑众。刚才那是周全娃，他刚跑进来，他是鬼吗？再给老子胡说抽不死你！"

众人这才释怀，两个当事人也稍稍放心了。只是不久，潘老二便辞职了，原因是工段长看他不顺眼，打了他好几次，而且验工作量的时候不公平，总是欺负他。

潘老二走了以后，也没发生什么事情。大家和往常一样，照样挖煤挣钱。直到入了冬，眼见煤价要涨了，工人的工资也要涨了，可是矿洞里出事了！

一天中午，矿上电工罗拐子在井下检修电路，突然听见矿洞里有女人的哭声，当时他很害怕，而且他确信他没有听错，那哭声很明显，好像就在附近。等他壮着胆子去循着声音找声源时，那声音却戛然而止。当时只有他一个人在六号工作面，所以他很害怕。所以很快就升了井，从井上把轮班休息的徒弟刘麻子带上一起下井。

罗拐子这次下去可不是要弄清楚哭声的来源，而是要有个人壮胆赶紧把剩下的线路检修完毕。两人来到井下刚才罗拐子工作的地方，继续刚才的工作。他并没有告诉刘麻子有女人哭声的事情，要不然刘麻子打死也不会跟他一起下井！他只说是井下需要一个人手，一个人干活儿不方便，顺便也想给刘麻子传授点儿手艺，刘麻子当然高兴了。二人边说边笑继续工作。

正在他们检修完六号工作面准备离开的时候，那哭声又响起来了。

罗拐子经历过，故作镇静，好像什么也没听见一样，可是刘麻子吓得够呛："师傅！你有没有……听见，什么……怪声？"

罗拐子一下瘫坐在地上！如果刚才他一个人还心存听错了的侥幸，现在千真万确是有这个哭声了！刘麻子也早已经吓得尿湿了裤子。

罗拐子毕竟年纪大，有这方面的经验，他让自己冷静了一会儿，对吓成一摊烂泥的刘麻子说："不怕，咱们两个人，二人齐心，其利断金。"

刘麻子紧张地环顾一下漆黑的四周，结结巴巴地说："师傅，难道……难道这里有……鬼？"

罗拐子横下心来镇定地呵斥："世界上哪里有鬼？少胡说！跟我走！"

两个人准备从矿洞出来，但是一想到第七工作面的线路还没有检修完成就出井，老板要知道肯定又是一顿臭骂，搞不好就干不成了，但是还是觉得保命要紧，即使现在闹不清究竟啥情况，也不敢贸然待在矿洞里，于是心一横："去球！升井！大不了不干了！"两人于是丢下干了一半的活儿回到了地面上。

两个人一商量，要是有人问就说检修完了。

这一天过去了，到了第二天，工人们在经过了一天线路检修的休息之后开始下井挖煤，在第七个工作面上，周全娃突然离奇死亡。没有塌方，也没有瓦斯爆炸，更没有人谋财害命，事实上，周全娃的身上连一点伤痕都看不到。难道是病死了？

这时候，关于矿坑里面闹鬼的传言疯狂蔓延。

有人绘声绘色地描述："当时我跟周全娃都在七号上，突然之间就听见有女人的哭声，哭得那叫一个惨呀！我当时都吓蒙了，什么都不知道，就看见周全娃顺着那个声音就追过去了。我一看，这过去怕是凶多吉少。我拿了家伙就在后面跟着，谁料想，周全娃却在一个工作面那儿停住了，我仔细一看，这可不得了，从煤层里面伸出一只手来。那手白白净净的，谁看了也不会相信那是从煤层里面伸出来的。那是一只女人的手，她还跟周全娃打招呼呢。周全娃中了邪，就一直抓着那只手不放，一会儿工夫人就倒下了。不过他还能喘气，还没死，我当然能确定了，我看见他后背还在动呢。"

"这时候，那煤层里面出来了一个女人，那手就是这女人的，那女人长得漂亮、黑眼、浓眉、皮肤有光泽。刚开始这女人脸上没有一点血色，她蹲到周全娃跟前，那脸色就立刻不一样了。过了一会儿，那女人的脸色跟正常人没有差别了，就从煤层里面回去了。我仗着胆子大过去看周全娃，连热气都没有了！"

这一下，整个矿上可热闹了，没人愿意下井，都担心撞邪，任凭老板把工资加到三倍，也没人敢下去。眼见着月底的交货期要到了，这缺口还大着呢。矿长焦头烂额，任凭他磨破嘴皮子，就是不能打动"煤黑子"，没人下井，老板总不能自己下井吧？

但是，工人们不愿意下井，老板也只能自己下了，倒不是想挖煤，他只想看看这井底下到底出了什么事情，难道真的闹鬼？他不信。

等一切安全措施都准备妥当之后，这个身价过亿的煤老板要自己下井了，这可是煤炭形式大好以来的第一次，想那些煤老板自从有了钱，可是从来不下井的，甚至很大程度上连自己的煤矿都不来，整天在外面搞公关。这下这些"煤黑子"可算是长了见识了。

这煤老板姓郑，山西人，人长得五大三粗，年轻时候干过矿工，后来承包煤矿倒了几年霉，煤炭形势好转之后发了大财。

眼见郑老板下了井，那边工人早就乱成一窝蜂，守在矿上商量对策，几个胆大的说："咱们得下去几个，要不然他要出个什么事儿，咱们的工钱可全都瞎了！"可是谁也不愿意下去。

郑老板来到陌生的矿洞，沿着矿坑一路向前，矿坑里面温暖潮湿，而且通风较差，郑老板是个胖子，难免感到憋闷。他一边摸索着前进，一边留意着脚底下深深浅浅的水坑。

正走着，突然觉得脚底下一沉，有什么东西拉住他的脚了，他使劲，那东西也使劲，他放松，那东西也放松，总之就是走不动了！

郑老板惊出一身汗来：怕是鬼打墙。这就怪了，刚才口口声声不相信鬼神的人，现在竟然能说出这样的话。他站在那儿不能动，那东西牢牢地抓着他穿着防水靴子的左脚，他四周环顾了一下，这一看不要紧，正前方的坑道中间坐着一个一身白衣、戴着重孝的女人！那女人的面容看不清楚，但能看见她身边还有一个坟堆儿。

那女人双膝一弯，跪倒在地，两行热泪潸然而下，一边哭着一边烧着纸钱，郑老板大喊一声："矿坑里严禁烟火！不要放火！"

那女人忽然停止了烧纸的动作，眼睛盯着郑老板，郑老板看着那双眼睛，天哪！这是怎样的一双眼睛啊！眼眶子全是黑的，眼珠子却通红，整个眼睛看上去就像两个深深的洞，而且洞口还渗出两行殷红的血渍，像泪水一样流下来，在那苍白消瘦的脸颊上留下两行类似于眼泪流下的轨迹。

女人脸色惨白，消瘦得只有皮和骨头，甚至整个牙齿都能在那层皮肤上看见凸印，没有嘴唇，那一笑整个牙齿全部露出来，整个人就是一个披着人皮的骷髅。

与之形成鲜明对比的郑老板，却是体格肥胖。那女人贪婪地看着郑老板，然后缓缓飘近他，郑老板早已吓得没有了意识，加上脚下不能动弹，只好任人摆布，那女人先用长长的头发把郑老板捆了个严严实实，然后对着郑老板的脖子就是一大口咬，郑老板大叫一声，立刻晕过去了。

等他醒来，已经躺在矿洞外面了。周围的人恐惧地看着他。旁边一个漂亮的年轻女子扶着他，关切的目光让他感到了温暖，也完全明白是怎么回事了：他活着上来了！他直起身子，终于站住了，但是一看自己的身体，立刻大吃一惊，他几乎瘦了一半，原本一百多公斤的体重，现在顶多六十公斤。

他明白众人眼神的含义了。他相信了，矿坑里确实闹鬼！

他看着自己已经变得消瘦的身体，倒是有点开心：这么些年自己一直很在意自己的身材，也一直嚷嚷着要减肥，可是根本没有任何效果，这一吓倒好了，全身的体重减去一半，自己一下子变得苗条起来。可是他自己看到那张脸的时候，却再也高兴不起来了，因为他原本因为肥胖而被撑起来的皱纹，现在却又再次在脸上生根，而且比以前更严重，还有蔓延之势。

不过总的说来，他还是感觉良好，总算自己有点收获，没白被吓掉了魂。他于是想到，找一个懂得灵异现象的人，赶紧将矿上的问题解决了，毕竟这可是关系到他发财的大事。可是到了晚上，他就觉得这件事情已经到了非常紧迫的程度。因为就在这个晚上，发生了一件诡异的事情。

这天晚上，郑老板在澡堂子里洗着澡，认真地欣赏着自己变瘦的身体，浴室里的蒸汽升腾着，这个非常自恋的中年男人在蒸汽的包围中要利用浴室的这种环境放松自己的精神，因为这一天发生的事情太多了，每一件事情都让他精神异常紧张，他确实需要放松，所以他把所有的精力都放在了自己的身材问题上，只有这样他才能放松。他正扬扬自得，突然镜子里的一个变化让他自己已经松弛的神经又一次空前紧张了：他的脸在镜子里面变成了另外一个模样！就是在矿坑里见到的那个女鬼的脸，而且异常清晰。

他又看到了这张女人的脸，可是一切都来不及了，他的身体立即被那长头发包了个严严实实，他甚至被拖进了镜子！在镜子里面，他看到自己的身体仍然在镜子外面，一动不动！无论他在里面如何挣扎，怎样被那女鬼折磨，外面的真身都没有移动半下。

突然间，束缚他的头发散开了，这个只有人头的女鬼从镜子里面出去了，他也想出去，可是却根本无从下手。他被锁在镜子里面了。

他受不了了，他需要找一个坚硬的物体打破这个镜子，出去救自己，因为无论他在镜子里面如何大喊大叫，连自己都听不见任何声音。他在镜子里面看到一个马桶盖，这是和外面的东西相对应的，可是他再怎么努力也拿不起来这个马桶盖，因为他根本就摸不到。

这个时候，郑老板想起自己曾经在五台山的时候请到一个咒语，这个咒语是一个落魄的喇嘛教给他的，说是能驱邪避祸，不到万不得已的时候千万不能念，要不然会全家不安。

郑老板开始努力去回忆那句咒语怎么念，可是时间太长，他根本想不起一点头绪来，看来这一招已经没有用了，咒语也救不了他，他只能等待神仙来搭救他了。可是神仙为什么会来救他呢？他自己也想不出个所以然来。确实，根本无法预料的情形是不能用来做希望的。而没有希望的人是没有明天的。

郑老板一筹莫展，他想："难道我只能在这里等死么？绝对不行！我不能这样！我一定要找到出去的方法！我要想起那个咒语。"

他开始平心静气，慢慢回想那个咒语，直到他女儿来叫他。他猛然间听到女儿的声音，喜出望外，随后心情又压抑起来了："闺女，你怎么也跑进来了？老爸被困在这里出不去了，怎么你也被那女人挟持进来了吗？她究竟想干什么？"

女儿吃惊地望着他，然后递过了一条浴巾给他，他奇道："怎么你能拿起这地上的东西？"

女儿吃惊地说："爸爸你怎么了？这不是很轻易的事情吗？我看见你在浴室里面晕倒了，赶紧赶过来救你！"

他明白了，这个才是真实的他！吓得他担心了这么长时间，不过总算又躲过一关。可是下一关怎么办呢？什么时候到呢？于是，我和五叔开始了和煤老板的第一次打交道。

我们和警察查案一样，先去了现场勘查了一番。五叔带了四样东西：一本铜片做成的绿锈斑斑的书、一小块地窝子蜂的蜂巢、一小瓶无色无味的药水，还有从来不离身的茶杯，此刻里面倒满了刚刚烧开的茶水，他旁若无人地小心呷着：看了郑老板的体检报告以及医生下的结论，他似乎对此次行动成竹在胸。

五叔给我们俩的鼻子底下都抹了些药水，带着书和蜂巢（当然还包括我这个侄子）准备下矿井。可是没有一个人愿意陪我们下去给我们当向导。我们人生地不熟的，只身下去迷了路就麻烦了。

那老板拖着已经瘦弱不堪的身体给工人们说好话："列位，我郑某人扪心自问平日里对弟兄们不薄，从来没有拖欠过大家的工资，吨煤的奖金也比其他地方要高。现在矿上出事了，请了这两位先生给咱们看看，他们两个都是这一带有名的周易先生，一定能帮我们解决。现在就需要一个人能带他们下井，我是被折腾坏了，不行了，要不然我自己就下去了。大家帮帮忙，能把矿井里面的事给平了，咱们大家都有钱赚不是吗？"

那些工人们没人应，有人小声嘀咕："一个月挣那么点钱，我们的命就不值钱？"

见没人应声，郑老板也没有办法，一时间事情僵住了。

这时候，一个人站出来说话了："我带你们去吧。"我抬眼一看，是个女的，还挺正点！我差点口水就忍不住下来了。

我狠狠地咽了一口口水，感觉不那么"饥渴"了："行！有人带路就行！"

五叔却瞪了我一眼，我知道那是什么意思：那点儿出息！这女子便是郑老板的女儿——郑雨。

郑老板心疼地搓起了那鸡爪子一般精瘦的手，看得出他很矛盾，最后一咬牙："小雨，你可不能去啊！这样，两位！郑某舍命陪君子，你们都下去了我不下去不合适，而且我知道那东西在哪儿，我跟你们下去。"

五叔说："郑老板，您现在的身体下井肯定不合适，到了井下我们还得照顾你，这样吧。郑雨跟我们去吧。我们会把她毫发无损地送上来。怎么样？"

郑老板犹犹豫豫，他只有一双儿女，大儿子郑云尚在国外读书，只留着这一个女儿在身边。出了这么大的事，也没敢让儿子知道，现在确实是没有可用的人了，无奈之下，只好勉强答应。

我们下井的人员就算是敲定了，我比较兴奋，因为有美女在，我干事儿都比平时利索了不少。

下井的时候，五叔提醒我："以后有点儿出息，要不是你管不住自己那点儿德行，也不至于中了符咒，现在每个月熬那蜂巢水！"

我吐了吐舌头。自从中了蝶仙的符咒以后，我们每个月都要喝令人难以下咽的地窝子蜂煮成的汤药，以缓解每个月望日（农历十五日）那天的异变，好在还比较有效，这么长时间以来，倒也没什么特别不适的感觉。不过那块大蜂巢就快用完了，下次还能不能找下，真的很难说，想起这个，我心里也不免有些担心。

五叔说话从来言简意赅。只不过有时候也会说出一两句经典的话来，让大家哈哈一笑。我们下到井下，郑雨在前面矿坑带路，我在中间，五叔在最后。

我对这个安排很不满意："叔，人家女孩子应该走后面，咱们走后面让人家当挡箭牌不合适吧？"

五叔笑说："就你小子懂得怜香惜玉，那你走前面！"

我立马超过郑雨："走前面就走前面，我害怕什么！"

五叔说："小子还算有点冲劲儿！"

郑雨在我后面指挥："该拐弯了，右拐！"这女子家里出了这么大的事情，心情糟糕的情况可想而知，在井上我们没有看到她一丝笑容，在井下太黑，她具体什么表情我也看不清楚。

为了照明，矿坑里的所有灯都打开了，我们手里还拿着矿灯，光线应该充足了。可是前面一块地方任凭我们怎么加强光线，就是穿透不了，好像一堵无形的墙堵在前面，我们在这里走不下去了。

五叔在这"墙"跟前看了看，对我说："小子，把叔的书拿来！"

"叔！我有名字，别叫我小子行不行？在外人面前也不给我一点面子。"我嘀咕着。

"还想要面子？小子，小子，小子，跟着我干你就是学徒，我乐意叫你什么，你就叫什么。给你安排那么好的工作不干，非要跟我瞎逞能。在我这儿就得听我的！我让干啥就干啥！什么时候都要记住一点：你不仅是我的侄子、晚辈，还是我的徒弟！"五叔拿了沉重的铜盘书说了一堆的话。

"那您以后叫我小名得了！也比小子好听！"我咕哝着。

"你小名叫什么呀？"郑雨终于跟我们开始"业务"以外的交流了。我不好意思说，因为我的小名实在太难听了，比"小子"还要难听。

我脸一红，不敢开腔。

"叫什么呀？说呀！"五叔似乎故意要拿我开心，看得出他不怀好意，我甚至能感觉到他幸灾乐祸的样子！他还在不断地逼我。

"行了行了，别问了！我的小名叫驴蛋！"我实在受不了了！

他们两人不顾我的窘态，放肆地大笑起来。笑声在整个矿坑里回荡，好像在无情地讽刺我。

我的表情更难看了，五叔还不依不饶，故意问我："驴蛋，你这小名谁取的？"

"你妈！"我不假思索地回答。

"你奶奶！"五叔也不示弱。

"一个意思。说的都是一个人！"郑雨打圆场，我们一想，也是。气氛开始活跃起来，这矿坑里也不像刚才那么沉闷了。

"人是很重要的风景"，看来这话一点儿不错，矿坑这种无聊的地方也能让人给整出氛围来，也实在不容易。

五叔拿着罗盘在"墙"周围测来测去，依我看，他这纯粹是瞎耽误工夫："叔，你费那事儿干吗？咱们直接浇上油一把火点了！"

郑雨说："矿坑里从来都是严禁烟火的，你不会连这点常识都没有吧？"

被美女这么一说，我立刻就软了。

五叔却说："别说，你小子还真给想了个好办法！"我和郑雨两个人的眼睛瞪得大大的：这人不会让鬼迷住了吧。刚说完严禁烟火的，难道他要把我们都报销？

五叔不理我们，径自从书里面拿出几张所谓的灵符。那灵符我见过，完全是滥竽充数走形式的产物，如果说灵符能够降妖除魔是真的话，那么说我五叔这灵符有这能耐打死我我也不信。因为他弄这灵符的时候我就在跟前，我知道怎么做的。

"人家都是咬破手指头，五叔你怎么用鸡血？"我好奇地问。

"别废话啊！我告诉你，你要敢说出去，我就给你作个法，让你不能尿尿！"五叔阴险地看着我，我立马感到憋尿，出门就美美撒了一泡，五叔在里面哈哈大笑。

我撒完尿回去，鸡血已经用完，这个据说是比较著名的周易先生开始用红墨水代替，这更假了，我又忍不住："叔，人家要把手指头咬破的。"

五叔说："还想不想尿尿啊？我哪儿有那么多血？你看你叔瘦的，不知道心疼我？"

就是这种偷工减料的灵符能有什么效果，我才不信呢，对五叔拿出灵符的动作很不屑。

五叔显然记得我们以前那段对话："好好上厕所啊。不要瞎想！"

我一个尿颤打出来，条件反射般想上厕所！

五叔已经把那灵符点燃了："不用怕，这是冷火，没有任何温度的。"

随后火扔到前面，那堵"墙"立即往后退了一步。

我们就跟着往前走，郑雨依然指挥着前面的路。其实这时候已经不用她指挥了，因为那堵墙的行动路线跟她说的路线完全吻合，她一看这情况，就不说话了，我们也形成了默契，直接跟着那堵"墙"的路线。

"驴蛋儿，跟紧了！没尿裤子吧？"五叔还在调侃我。

"您就放心吧！我这可是童子尿，能避邪。金贵着呢！我才不会轻易浪费呢？"

"哟！还准备回去泡茶喝呢？"五叔继续拿我开心。

"就算是泡茶，也得先紧着您，谁让咱孝顺呢！"

"臭小子，回去收拾你！"五叔终于败下阵来，我却以胜利者的姿态吹了一声口哨。谁料想，这一声口哨不要紧，整个矿洞都颤动起来了。在一边掩着嘴偷笑的郑雨，笑容也僵在脸上，下意识地靠近了我，我闻到一股女孩子特有的清香，非常受用。

五叔做了一个按兵不动的姿势，不一会儿，动静小了，紧接着一切恢复了正常，可是我们前面的那堵墙却转眼间消失了！刚到手的线索登时就断了，大家都很郁闷，但是窝火也不是办法，于是由郑雨带路，我们继续摸索着前进，希望在郑老板出事的地方能够把线索接起来。

继续往前走，一路上漆黑黑一片，因为这个作业面的线路已经出现问题，所以只有我们的探照灯能够照出一点儿亮光来，能见度却并不是太高。在经过一处地方的时候，郑雨突然不动了，她呆呆地望着一处支架发愣，我和五叔面面相觑，不知道这姑娘究竟怎么了？只见她不慌不忙地从随身带着的一个兜里拿出一副绝缘手套，随后拿出相关电工的工具，不一会儿工夫，整个矿洞里面就亮起灯了。

我和五叔暗暗佩服这姑娘想得周到。

正准备继续往前走的时候，五叔却有了一个惊人的发现，那电线旁边有一个洞，不注意根本发现不了，因为这个洞实在太隐蔽了，在一个大灯的背后阴影处，只有用探照灯的灯光才能发现。五叔说这里面有响动，一定有什么古怪在里面，我们赶紧行动，五叔拿出那瓶药水，在我们每个人的鼻子下面抹了一下，这才拿了一个小凿子，戴上手套，慢慢敲击那个洞周围的岩石，想把那个洞扩大，看看里面到底有什么。

凿子一下一下敲击着岩石，在矿洞里回荡着有节奏的声音，这空洞的矿道里变得更加阴森恐怖。五叔终于有了收获，他在洞里面抓住了一种奇怪的虫子，他把这虫子用镊子拿出来，然后放在放大镜底下看了看。又着急忙慌地翻了翻书，这才平静下来。

我和郑雨期待地望着他，很想知道答案。五叔拿出茶杯，狠狠地呷了两口，这才缓缓地说道："我现在还不敢肯定是不是这东西在作祟。这种虫子按道理在这里不会出现，但是既然出现了，那么发生的一系列事情即使不是这虫子扮演的主要角色，也跟它有很大的关系。这东西叫骨虫，原产越南，周身都是骨头状的硬甲壳，一般人是杀不死它的。它的食物也很奇怪，尸虫以尸体为食，有一种蚂蚁专门吃尸虫，而它就以这种蚂蚁为食。"

"这虫子跟咱们这矿洞的事情有什么关系？"郑雨好奇地问，而我也很想知道。

五叔认真道："云南有一种蛊，专门施展在虫子身上，这叫作递生蛊。递生蛊和其他巫蛊的制法不同，其他蛊是将一百个施蛊对象放在一个封闭的器皿里面，趁着五月节（即端午）阳气最盛的时候炼蛊，然后放在一边，一年之后打开，活下来的一个就是蛊。而递生蛊是将一百个尸虫和一个天敌放在一起，天敌死后继续放入，直到最后一个尸虫存活下来，再放进去一个天敌，这个尸虫就一定能将这个天敌杀死。这样炼上一百次，炼成一百个尸虫蛊出来，然后用这种方法再炼出一百个以尸虫为食的蚂蚁出来，然后用普通制蛊法炼出一百个骨虫蛊来。三种虫子都是一百个，这下才用普通炼蛊法，将这三种虫子分别放在三个密封的器皿里面，一年之后打开，得到三个，那么这三个虫子就是递生蛊的施蛊对象了。"

"那岂不是要炼很多年？"我问五叔。

"是的。这种蛊由于很难操作，一旦失败，满盘皆输。所以一般人控制不了，但是一旦炼成，一定能下重蛊！你父亲一定是被人下了这种递生蛊。这种蛊术有一个特点，它底端的尸虫没有递生的食物，所以就以生人为食，你父亲一定是被这种虫子吸食了血肉才变得那么瘦弱。"

"那他之前看到的那些鬼影子呢？难道都是幻觉？"郑雨问五叔。

五叔告诉她："巫蛊术除了伤人、害人之外，最重要的就是让人产生幻觉。如果不是蛊术所要发泄的对象，那么受到的伤害可能就会很小，有可能只是看到一些幻觉，比如那些矿工。你父亲是中蛊者，所以一定会受到身体上的伤害，他看到的幻象也会更厉害。现在当务之急是要找到下蛊之人，如果找不到会很麻烦。你父亲时间不多了，这种蛊施展起来必须要有很大的空间流通性，这么小的洞大概只是一个引子，不是蛊源所在。"

三人立刻开始行动。按照五叔的吩咐，还要将灵符用灵火燃起，顺着蛊源地将烟雾放过去就能让施蛊之人现身，只是现在怎么找到蛊源地呢？五叔拿出罗盘，在矿坑里来来回回走了好久没有结果，最终只好作罢。

"镜子！叔！镜子有古怪！"我提醒五叔。

五叔恍然大悟："快升井！"

一行三人赶紧返回地面，来到郑老板出事儿的卫生间。三个人盯着那个镜子，希望找出那个镜子里面的破绽。我把整个镜子拆下来，发现镜子背面的漆面被人为地蹭破了一个洞，五叔看到说："这就对了。让他也尝尝咱们的厉害！"

五叔用灵符贴住这个漆面缺失的一块，然后点燃这张灵符，灵符燃烧并不完全，有点像点燃的熏香，冒烟不见火。不一会儿工夫，一个蓬头垢面的老者就在镜子里面出现了，毋庸置疑，这人一定是蛊师了，在他的前面摆着三个蛊盅，蛊盅像遭遇小型地震一样颤抖着。五叔让在场的人辨认，没有一个人认识蛊师。

可是郑老板却突然指着这作法人的后面那个大胖子说："这是平天煤矿的老板梁鑫！原来是他在害我！我告他去！"

"你告他也没有用，谁会相信呢？"五叔冷冷地说。

"那怎么办？这小子早就看我不顺眼了，他的煤矿管理不善，挣不下钱，老早就想把我挤走了。没想到用这么下三烂的手段！"

"那不是潘老二吗？怎么他也在那边？"工人们指着镜子里面的人说。

众人终于明白了，那潘老二一定是将上次在矿洞里与周全娃的遭遇说了，那梁鑫才想出的这方法！

五叔用手指轻轻一甩，便在指尖留下一个红色的血渍，对着镜子里面作法的人的额头点了一下，那人额头立刻出现一个血印。任凭他再怎么努力，蛊盅纹丝不动。

五叔对他说："你过来吧！"那人便立刻从镜子里面穿过，来到卫生间！

真是神奇!

　　五叔说："这种蛊害人不浅,你赶紧把这个郑老板的巫蛊给解了,我就不追究。要不然,不仅我不饶你,恐怕连你们祖师爷也要不容你了。这郑老板并不是大奸大恶之人,不应该受到这样的惩罚,你是逆天而动,难道不怕折寿吗?"

　　那蛊师再也不敢多嘴,五叔替他擦净了额头上的血印,他及时给郑老板解了蛊,一会儿工夫,郑老板就像气球吹起来一样,变成了原来的大胖子。

　　郑老板看着自己重新肥胖的身体,皱着眉头去矿上忙去了。

第六章　手链

　　这时候，他的吸引力又被一个用小珠子穿成的手链吸引住了，这个手链上的珠子实在太好看了，颜色非常艳丽。于是，二牛顺便捡了手链，戴在手上就离开了。而刚才还在那儿急着往这边爬的那个后生，阴冷无肉的脸上露出了一丝奸笑！

　　黄昏，邻居家六岁的小孩儿二牛正从同学家回来，他手里还拿着刚刚写完的作业。走到村口不远的乱葬岗子的时候，这个淘气的孩子看见坟墓边的树上有一个乌鸦窝，就放下手里的作业，爬到树上掏鸟窝去了。

　　他拿着几个刚刚孵化出来的小鸟溜下树，却忘了作业本放在这里。等他想起来回来拿的时候，已经到了晚上了。

　　一个六岁的孩子，在土丘林立的乱葬岗里找东西，到处都是鬼火，月亮惨白的光照得地上也是一片惨白。二牛在路上蹦蹦跳跳地来了，他还哼唱着在学校里刚刚学会的歌。

　　路边的草被晚风吹得颤抖似的招摇起来，不远处的一堆鬼火晃了一下，熄灭了。一只夜猫子从一个开了口的墓坑里爬出来，朝二牛过来的地方张望了一下，又迅速地躲回去了。还有那只被掏了窝的乌鸦，站在不远的树上，低低地哀鸣。

　　二牛已经进入了这片坟地，周围的气氛变得不正常起来，似乎有一种声音在轻轻地响起。而二牛也肯定听到了，因为一般小孩的听力范围要比成人高出很多。二牛仍然不害怕，只是好奇地歪着脑袋看声音的来源，他当然看不见。

　　如果此时你有阴阳眼的话，你就能看见一个年轻的精瘦的后生，正从一个墓坑里爬出来，他眼睛惨绿，望着这个胖乎乎的小男孩，小男孩显然看不见他，但是听见了他的声音。这正是他需要的。

　　正在他卖力地往这边爬的时候，二牛已经对这个声音不感兴趣了。他迅速地来到那棵有乌鸦窝的柳树下，找到了已经被露水打湿的作业本，准备离开了。

这时候，他的吸引力又被一个用小珠子穿成的手链吸引住了，这个手链上的珠子实在太好看了，颜色非常艳丽。于是，二牛顺便捡了手链，戴在手上就离开了。而刚才还在那儿急着往这边爬的那个后生，阴冷无肉的脸上露出了一丝奸笑！

当天晚上，二牛正在睡觉，突然之间大哭大闹，说手上的链子实在太紧了，勒得他疼。二牛的母亲打开灯一看，这孩子手上果然多了一个漂亮的手链。但是，这个链子一点都不紧啊，非常宽松。于是，二牛母亲以为孩子做了噩梦，就安慰他一会儿，二牛一会儿就不感到疼了。母亲看着没事了，就关了灯睡觉了。可是刚关了灯，二牛又哭闹起来，而且谁也止不住。就这样一直折腾到天亮。

二牛母亲着急地来到我五叔家里，说明了一下情况。五叔于是来到二牛身边，这个孩子经过一晚上的折腾，这会儿睡着了。

五叔看了看孩子手上的链子，道："从坟地里捡的。这是勾魂链。"

二牛母亲非常害怕，不知道怎么办好，只是不停地说："救救我的牛牛！"

五叔说："不怕，很一般的伎俩。换个大人他都不敢。"

五叔问二牛母亲："家里是不是刚刚有人过世？"

二牛母亲说："牛牛他奶奶刚刚走了，还没过七七。"

五叔说："这就是了。孩子奶奶做的事情。"

二牛母亲当时就跪下了，嘴里念叨着："妈！你有什么不满意就往我身上来，不要跟孩子过不去。我是儿媳妇，可是牛牛是您的亲孙子呀！"

五叔连忙制止说："你还没听我说完。孩子奶奶是不想让孩子睡觉，才专门回来的。如果孩子咋晚上睡着了，估计现在已经没有呼吸了，孩子的魂就被吸到链子里去了，随后就会由这链子的主人托生投胎，这人一般是死于非命，不能尽快投胎的。这勾魂链一定是从跟牛牛比较要好的一个年轻后生的坟地上捡来的。孩子奶奶不忍心看到孩子被害，所以一晚上不走，守着孩子不让他睡觉，天亮也不肯走，现在估计已经魂飞魄散了。"

二牛的母亲想了想："陈有法正月里出了车祸死的，他生前喜欢跟牛牛玩。"

五叔说："这就对了！你去祭拜一下陈有法，然后把这链子埋进他的坟坑。顺便多给老人烧点纸。唉！估计老人已经用不上了。尽一下心意吧！"

二牛母亲连连点头。

当天晚上，五叔家的窗户上一直有一个老人的背影，鸡叫头遍的时候才离开。

早上起来，五叔看见窗台上的一块砖头下面压着纸灰，笑了笑，说："这老太太，真有意思。心意我领了，东西我用不上！"

问起五叔，他才说："老太太在下面使了钱，又能轮回转世了，所以来感谢我救了她的孙子，也救了她。"

第七章　五爷

　　邻居们说：五爷出门才叫有风度呢。每次坐船都不用船桨和船户，自己用竹子做一个竹筏，然后往江河里一扔，人站在上面吹着笛子，竹筏子自己就向着目的地进发了。船家们也觉得神奇，仔细一看，原来五爷的笛声吸引来了很多的鱼儿在船底下游动，把竹筏子推着往前走，当然还有一些水下的不干净的东西。

五爷能掐会算，被称为是半个神仙。

我家里这一辈很奇怪，连续十几代几百年，都是保持长子生子弟兄五个，其他孩子都没有儿子。这绝对不是巧合，因为每一代的老五身上毕竟有着奇怪的能力。我五爷是这样，我五叔也是这样，我在我们弟兄中正好排行老五，对这个周易行当确实非常感兴趣。上溯几代，也依然是这样，老五必然是干这一行的。

不过，手艺能达到五爷那水准的，估计找不到几个。

五爷被称为是半个神仙是很有根据的。首先算卦，五爷算卦从来不往精确里算，比如，王家丢了牛，让五爷给算算在哪儿能找到，五爷算了下，说："南山上，从西往东第六个谷里。"

来人要是还问："五爷，再具体一点，那沟深着呢！"

五爷眼睛一瞪："我给你找去？"

来人一看五爷生气了，绝对不再问，赶紧扔下礼物（一般是二斤鸡蛋，不过多少五爷也不计较，就是什么也不带，五爷也照样给算）去沟里找去了。不两天，还真在谷里面找回来了，于是又是千恩万谢。

五爷很爱五叔，也很爱我，因为我们俩都是老五，但是五爷还是爱我多一些，因为我上过大学。

五爷每次见了我，都说："我家的洋学生回来了！让爷爷抱抱。"说着真的就把我给抱起来了，根本不管我已经长成一个大小伙子，也无论他年纪多大。这就是五爷的过人之处。

据村里人传说，五爷年轻时候那能耐才叫大呢。当时大伙干活儿累了，五爷就把鞋子脱掉，然后放在一块石板上，轻轻念几下咒语，那两个鞋子还真就像两个动物一样打起架来！非常神奇，据说当时很多人都见过。

我小时候缠着五爷，让他给我表演，五爷不肯，说："现在不行了，没有那么多的时间可以挥霍了，用一次，爷爷就早死几天，你就少跟爷爷待几天。"既然这么说，我也就不缠着五爷了。因为毕竟，我也是很爱五爷的。

五爷有什么好东西总是先给我尝，其他孩子即使大哥来了，也没有份儿。于是哥哥们都非常嫉妒我，经常打我，五爷每次都能准确计算我挨打的地点和时间，因此也能很快制止这场群殴。

五叔告诉我，以后尽量少跟哥哥们打架，他们要打你你就跑，不要再让五爷管这些小事了，因为就你挨打这种事情，你五爷算了很多次密卦，那可是要折阳寿的！

听了五叔的话，我再也不跟兄弟们抢吃的了，有什么好吃的，我跟大家一起分，甚至我自己不吃，全部给他们，尽量减少产生摩擦的机会。五爷知道以后，更加疼我了。

邻居们说：五爷出门才叫有风度呢。每次坐船都不用船桨和船户，自己用竹子做一个竹筏，然后往江河里一扔，人站在上面吹着笛子，竹筏子自己就向着目的地进发了。船家们也觉得神奇，仔细一看，原来五爷的笛声吸引来了很多的鱼儿在船底下游动，把竹筏子推着往前走，当然还有一些水下的不干净的东西。

五爷坐轿子也是很有特点。有一次晚上，五爷从外面喝酒回来，天色已经很晚了。有人在街巷上看见五爷，他就坐在半空中，像坐着一顶轿子一样，飘飘忽忽地就回了家了。

可是五爷还是不行了，他的身体越来越差，记忆力也越来越差，甚至记不起我爷爷是谁。但是他仍然能想起我来。

每次我见他，爷爷总是说："看！你孙子来了！"五爷便露出孩子一般开心的笑容，拉着我的手说个不停，只有这个时候，他的思维才是最清晰的。

五爷死的那天晚上，我和五叔跟五爷聊到很晚，最后大家都饿了。五叔说去买点下酒菜，然后打一壶好酒回来，五爷偏偏不让，非要自己去。我们拗不过，送他到门口，只见五爷上了一顶轿子。不一会儿工夫，五爷回来了，这次却是自己走回来的。

喝完酒五爷就不行了，临死前，五爷说："刚才坐了个鬼抬轿，却没看时间。往回走的时候，鸡叫二遍了。我原来想着让这几个抬轿子的小鬼先回去，我自己走回去就是了，可是一想我孙子还饿着肚子呢，就让他们多抬了一会儿。鸡叫三遍的时候，这几个鬼小子把轿子一扔就跑了，把我给扔到地上去了。这一下摔得不行了。唉！到头了。"

五爷临死前把一本书交给了五叔，并告诉他说："这是祖上传下来的，"文化大革命"的时候我舍命保下来的，记住：传男不传女，而且只传老五！"说完就去世了。

那天晚上，乌鸦在五爷家的树上叫了一夜，我和五叔看时，那乌鸦竟然全身雪白。

五叔说："你五爷确实不是一般人，能让乌鸦戴孝的，真就不是一般人。"

第八章　发咒

　　苗萌戴着这个假发，从外面看根本看不出来，这头发好像就长在她的头皮上了一样。乌黑发亮又柔顺，苗萌一下子从假小子变成了一个长发飘飘的大美女，宿舍的女生们无不羡慕。诡异的事情就发生在当天晚上，苗萌频繁地说着梦话，甚至大喊大叫："快救救我，爸爸！快救救我！"声音非常大，把所有人都吵醒了，过了后半夜这才安静下来。

自古以来，身体发肤，受之父母，每个人都对头发和肌肤的完整程度非常看重，一旦受到损害，便要诚心祷告，要不然轻易自残，就是不孝。

东汉末年，曹魏名将夏侯惇，被人用箭射掉眼球，夏侯惇竟"出而啖之"，以为"父精母血，岂能丢弃"，更有曹操割发代首，可见身体发肤对古人的重要。

其实，这种重要性是建立在古代的巫术的基础上的。古人对头发的重视，可以追溯到远古时期，当时只有巫医可用，所以一旦有人生病，就割掉此人一部分头发，请巫医对头发作法，希望能"巫到病除"。当然也有治好的，但是据传说，用这种巫术治好病，"必妨父母"，也就是说对父母不好，所以每次不到万不得已，是绝对不会用这种方法治病的。

我和五叔经历的这次关于头发的故事跟郑雨有关。郑雨来电话说，她的一个同学遇到了一个大麻烦，让我们立即去西安一趟。我们风尘仆仆地赶到西安的时候，她的这个同学已经昏迷不醒了。好在郑雨长时间陪同，知道这件事情的来龙去脉。以下是郑雨的回忆：

由于星期六要召开迎新生晚会，一些彩排用的东西在星期五晚上就必须准备好了。于是郑雨和同学苗萌一起去饰品店买一些东西作为道具。她们几乎跑遍了所有的店铺，却没能买到一个急需的假发套。两个姑娘无助地在街上溜达，表演的时候要是没有这个可就麻烦了。

快天黑的时候，两个人蹾进一个不起眼的小店里。这店虽然小，货物倒很全，两个人在里面挑了很多东西，正准备离开的时候，苗萌发现了在一个小角落里挂着的一串长长的假发。郑雨一看那假发，立即感到头晕，而印堂上的封印也频频泛红。

她告诉苗萌："这串假发有古怪，千万不要买。"

苗萌笑道："哪儿有那么多的讲究，咱们用一天，又不是天天戴，怕什么？"

说完就喊来店主，提出要买这个假发。

这店主老态龙钟，步履迟缓，他缓缓地走到假发跟前，然后喃喃地说："终于有人看中你了，哎，这么多年了。"

说完就递给了苗萌，并且嘱咐她："这东西是租给你们的，不能卖的。你要交一百块钱押金才行。"

郑雨看着这串假发：黑得发亮，简直跟真人的头发一模一样！就问这店主："这头发是真头发做的吗？"

老店主回答说："当然是真头发做的，好多年了，你看看这光泽多好，发质多柔软。"

郑雨却越发觉得这头发有古怪，因为她的印堂上的封印已经变得殷红！可是一旦苗萌把这假发拿到手里，就怎么也不想放下，她摸着假发，就好像摸着自己的头发一样，眼睛甚至都呆滞了。

二人离开后，郑雨仍然劝苗萌把这头发留下，但是苗萌的态度越来越强硬，最后甚至差点跟郑雨吵起来。回到宿舍，苗萌把假发精心清洗之后，就戴在自己头上了。因为苗萌头发稀少，留不住长发，她很羡慕那些辫子又粗又长的同学，甚至连清朝那些大男人们的辫子她也羡慕。这下，这个假发终于满足了她梦寐以求的愿望。

苗萌戴着这个假发，从外面看根本看不出来，这头发好像就长在她的头皮上了一样。乌黑发亮又柔顺，苗萌一下子从假小子变成了一个长发飘飘的大美女，宿舍的女生们无不羡慕。

诡异的事情就发生在当天晚上，苗萌频繁地说着梦话，甚至大喊大叫："快救救我，爸爸！快救救我！"声音非常大，把所有人都吵醒了，过了后半夜这才安静下来。

自从有了这个假发，苗萌整天就在宿舍里欣赏着自己。在表演结束之后，她仍然舍不得将这假发送回去，有一次她甚至跟郑雨说："我不打算把这假发送回去了。让他拿走一百块钱好了。"郑雨仍然冷冷地盯着这个诡异的假发，对苗萌的安全隐隐担忧。

该发生的还是发生了。一天早上，郑雨发现苗萌的枕头和床单上沾满了血渍，以为苗萌碰破头了，赶紧把她叫醒，谁承想，这一旦叫醒，苗萌立即痛苦地捂着头，缩在墙角，不停地喊疼！郑雨发现，苗萌的假发被人剪掉了很多，相当一部分散落在地上，立即干枯了，用脚一踩，就变成黑色的粉末了。而参差不齐的发梢，却明显地一滴一滴地往下流血！

原来，宿舍里有一个女生，头发非常好，经常引来苗萌的羡慕，可是，自从苗萌有了这个假发之后，不仅对她的长发没有了热情，甚至有些不屑一顾。更重要的是，这个女生暗恋的一个阳光男孩，最近频频向苗萌献殷勤，让这个女生非常不爽，才导致了昨夜偷偷剪掉她假发的一幕。发现苗萌痛苦的表情和不断流淌到地上的鲜血，这名女生后悔不迭，这才说出她在幕后下了黑手。

苗萌面色惨白，没有别的办法，只能卧床休息，对外宣称苗萌生了病，希望能把这件事情捂住。一天晚上，苗萌在睡梦中突然坐起来，郑雨被惊醒了，她惊奇地发现，苗萌的假发竟然长起来了，和原来一样长，甚至比原来还要黑还要亮。

郑雨大吃一惊，好在并没有被这惊吓弄得手足无措，她赶紧下床开灯。这时候，其他人也都醒了，看见苗萌的假发又完好如初，甚至比以前的还要黑还要亮，都觉得很诧异：假发还能生长？这太匪夷所思了！这时候众人才发现，虽然苗萌饭量大增，而身体却越发直瘦了，对于一个曾经胖乎乎的短头发姑娘来说，这似乎都是好事儿，可是郑雨却隐隐觉得一场大的灾难就要降临。

郑雨及时安抚了宿舍的人心，让大家不要胡思乱想，更不要把这件事情传出去。然后趁苗萌熟睡之际，连根揪下她一根头发。孰料，这一下可捅了马蜂窝了，苗萌突然惊醒，大汗淋漓，头发间的血顺势而下，而苗萌更是面色惨白。郑雨吓了一跳，一根头发没想到会导致这么大的反应。苗萌疼痛过后，渐渐恢复了平静，而她的脸上仍然没有一丝血色。

随着苗萌身体状况越来越差，与之相反的是她头上的假发却越来越黑，越来越亮，一度有广告公司的人聘请苗萌做洗发水的代言。这下苗萌更加得意，每天不断变换着发型，显示自己头上假发的惊人魅力！事实上这个假发已经不能称之为假发了，因为它已经牢牢长在苗萌的头上，与她的身体融为一体了。

郑雨估计再这样下去，苗萌就会没命，这才打电话给五叔，通知我们尽快赶到西安。我和五叔见到郑雨之后，却没有见到苗萌，有同学说苗萌去外地拍广告了，三天之后才能回来呢。郑雨跟苗萌通了电话，苗萌说正在香港，三天后就回来。可是郑雨明明听出苗萌说话声音的苍白无力。

"苗萌有危险，我有预感！"郑雨说，"咱们立即去香港！"

我和五叔面面相觑，也只能尽快赶到苗萌身边，这件事情才能解决。

我们立即订了机票，当天夜里十一点钟到了香港，再经过长时间的奔波，才到达香港的轩尼诗道，也就是苗萌拍广告的地方。

苗萌看到郑雨大吃一惊："你……你们怎么过来了？这太让我惊讶了！"

郑雨道："没什么，我们过来玩玩。顺便来看看你。"

"怪不得你给我打电话呢。"苗萌说。

"这个姑娘如果不把假发尽快退下来，就只剩一天的性命了。"五叔盯着不远处的苗萌说道。

这时候郑雨也来了，她告诉我和五叔："苗萌已经拍完广告了，她只不过是想在香港玩两天。咱们怎么办？"

五叔道："有的是办法。走！"

我和郑雨紧紧跟上。到了苗萌面前，郑雨互相介绍之后，我们便约好在湾仔一个大排档吃湾仔翅。

趁着苗萌不注意，五叔将一包闪闪发亮的晶体放在苗萌的碗里，谁料这个小心翼翼的举动却被多管闲事的老板娘抓了个正着："你搞咩？"

五叔一愣，只好搭讪："味道有点淡，放点盐。"

没想到那老板娘却极为鄙视："大圈仔口味呢异！"

五叔却有口难言，好在苗萌并未发现，要不然就麻烦了。终于找到一个机会，五叔将那晶体放在苗萌的饮料中，苗萌顿时昏厥。五叔却也惨了，那药本是用于女性的，女性用过，立即停止一切生命活动，处于假死状态，两天之内再度施药，能保无虞，但是男性服用之后，就会说话尖声尖气，活像一个妙龄女子。

五叔自然知道这药的后果，我自然也能洞悉，所以五叔不说话之后，我故意招逗他："叔，这丫头没事吧？"

五叔点点头，我又问："您点头是什么意思？究竟是有事还是没事啊？"

五叔对我怒目而视，而我则暗暗发笑。

这时候，郑雨把苗萌放在宾馆的床上，也走过来了。看见五叔对我怒目而视，不知道什么状况，这下就更热闹了。

郑雨问五叔："下一步咱们该怎么办？"

五叔还是不说话，表情痛苦，突然发现宾馆留下的纸笔，灵机一动，在纸上写下："摘掉假发，给我准备一盆水。"

郑雨不解："你怎么不说话？"

五叔有口难言，我却大笑。

这一笑可不得了，五叔突然忍不住，大骂道："兔崽子，回去我弄不死你！"

哎呀，郑雨大眼圆睁，她当然不相信这是五叔的声音了，大惊："刚才谁在说话？"

我已经笑到岔气，拼命道："刚才是我五婶说话呢。"

郑雨更加迷惑："怎么又出了一个五婶？"

五叔恨恨地盯着我，然后伸出右手，我知道他要干吗，立即求饶，可是已经晚了，五叔默念三遍咒语，我立即一边大笑，一边跳舞，而且不受控制，直到筋疲力尽，方才罢了。

郑雨仍然搞不懂是怎么回事，我已经虚脱了，断断续续地告诉她，她这才笑道："既然这样，那你活该。"

五叔见已经公开，便也不好隐藏，只好就着女人的腔调打发我们做好准备工作。我们当然感到别扭，一边干活一边笑，五叔也不以为意。水已经准备好了，五叔在水中放入一些红粉，然后像洗头一样，把苗萌的长发慢慢放进水盆中，谁料这头发竟然怕水一样，不敢进去，我们三人于是一起努力，使了很大的力气将头发放入水中。

这时候，那些头发立即萎靡不振，没有了刚才的强硬，五叔立即动手，将那假发揭了下来，全部扔进水中，然后又拿出一个大布袋，将那头发全部塞进去。可是我们将目光转向苗萌的头上时，被她光溜溜的头皮吓坏了，头皮不仅是光的，而且上面还有很多细小的伤口，就好像收获了庄稼之后留下的凹凸不平的土地一般。

五叔以女性特有的阴柔的腔调道："这下毁了。这姑娘以后只能戴着假发过日子了。这头被吸干了养分，因此才变成这个样子。要是再晚一点，这姑娘整个人都会被这头发吸收。这就是发咒。"

五叔说完，将那假发拿出来，对我说："小五，你戴上它，看看里面到底有什么秘密。"

我大吃一惊："你不想要我活了？"

五叔道："少废话，这点能耐都没有？完蛋玩意儿。"我只好戴上这假发。

这时候，我看见在一个家徒四壁的屋子里面，一个小女孩顶着浓密黝黑的头发正在清洗餐具。一个女人抽着烟，冷冷地盯着她，姑娘一旦动作慢了，就会被拽下一根头发，姑娘抱着头缩在墙角，头发上流出的血又被吸收回去。姑娘骨瘦如柴，眼看就要活不下去了，那抽烟的女人就拿来一个大瓮，把这姑娘放进瓮里，用黄土掩埋了整个身子，只露出头部。不一会儿，这小姑娘就死了，随后那头发却疯长起来，直到那姑娘变成一堆粉末，只剩下头发。

女人将头发拿出来，戴在头上，扬扬得意地在一个破了口的镜子前走来走去，然后对在炕上吸鸦片的男人道："我出去几天，你好好看家。要是出了岔子，仔细你的皮！"说完就离开了。女人在霓虹酒肆间转悠，每个人都被她的头发吸引了。女人径自走到一间店铺，一个眼睛上有疤的男人拿出一大把银洋，这女人便摘掉头上的假发，换取了银洋，顶着光秃秃的脑袋离开了。

我以为她要回家，没想到她径自走到一堆乞丐一般的人群中间，这些乞丐的头上都插着草标，表示公开出售。一个大胡子是这些人的主家，见有人来，大胡子殷勤地照顾着。这女人挑了一个七八岁的小女孩儿，扔下一个大洋，便迅速离开了。带着那个女孩儿回到那个家徒四壁的破旧房子里面。这小姑娘刚进门就被人死死摁住剃了头发，剃完之后，再在脑袋上贴上一张薄如蝉翼的灵符，很快那头皮上就长出毛茸茸的头发来。

剩下的事情就很简单了，那姑娘也越来越瘦，而头发却越来越浓密和黝黑。两个大人整天躺在炕上抽大烟，过着饭来张口、衣来伸手的日子。

一个月后，小姑娘的脸色比以前更加苍白，头发有茶色的光泽，身躯显得瘦弱。这个时候，她便会像前一个姑娘一样，被埋进瓮里，把所有的能量都贡献给那团乌黑的长发，如此周而复始。可是正当这个姑娘快要被黄土填埋的时候，屋子突然着火，火势凶猛，这一男一女竟然丢下那个奄奄一息的姑娘，准备逃走。他们刚刚跑到门口，却被那姑娘的长发缠住了脖子，三人全部丧身火海。在大火中，我看见十几个姑娘放声大笑，而那串又粗又长又黑的大辫子却没有被火烧到，保存下来了。大火过后，一个男子来到这里，他捡走了这串头发，当他转身时，我分明看见，那人的眼睛上面，有一个清晰的疤痕……

当我告诉五叔和郑雨两位"女士"我看到的情景之后，郑雨道："那个小店的店主右眼就有一个疤！"

"你确定？"五叔欣喜道。

"确定！可是没有理由啊。任桀看到的那个人谁知道是什么年代的人了。"我使劲回忆刚才看到的情景，可是什么都想不起来了，刚才的记忆渐渐模糊。

五叔道："有办法让他出来就好办了。"

我们将苗萌救醒之后，这姑娘竟然两眼茫然，不知道身处何处："我怎么在这里？迎新晚会快开始了！"

郑雨看着瘦小的苗萌，积蓄长时间的泪水决堤而出。

"不知道这姑娘看到自己的头会是什么感觉。"我心想。

五叔看来和我一样的情绪，因为他也看着那个光秃秃而且坑坑洼洼的脑袋发呆，良久才说："有办法了！"

我们大家吓了一跳，苗萌问郑雨："这个长胡子的女人是谁呀？"五叔大窘，我和郑雨则大笑。

尽管我们非常小心，不让苗萌接触镜子一类的东西，然而还是不可避免地在一个不锈钢的茶杯上，让她看出了一些端倪，她表情恐怖，整个眼睛都红了，发疯似的跑到卫生间。我和郑雨立即把她拉住，不料她的力气太大了，我们也非常怀疑这么瘦小的身体是怎么爆发出这么大的力量的。苗萌在卫生间待了很久，刚刚出来就晕倒了，她醒来之后情绪很低落，不吃不喝不说话，谁也劝不住。我们只好轮番守着她，担心她一时想不开。

香港一星期的旅游签证就要过期，我们必须马上回去。可是苗萌这个样子，根本无法坐飞机。于是我们只好选择先坐地铁罗湖口岸入关到深圳，然后乘坐长途火车赶回西安。

这样决定之后，为了防止意外，五叔还是用点燃熏香的方法，让苗萌沉沉地睡了。这样，一直到了西安。可是，该面对的总是要面对，我们不可能瞒着苗萌太长时间，很多事情还是要跟她说的。到西安的时候，已经是晚上，我们都很累了，在出租车上，苗萌躺在郑雨的肩膀上，车从火车站一直向南，走到半路上的时候，郑雨突然小声地叫了一声。我们立刻从混沌中清醒，急忙问郑雨出了什么事情。

不可思议的事情发生了，苗萌光秃秃的脑袋上，又开始长起了黑漆漆的头发，虽然现在还很短，可是保不齐以后会不会变成原来那样。

五叔道："看来只有找到那个店主，才能解决所有问题了。"我们立即调转车头，向着郑雨和苗萌遇到的那个小店驶去。

可是我们在找遍了所有的地方之后，却没有找到郑雨所说的那家店，即使郑雨用她的灵隐印也没有得到任何线索。我们失望而归。

五叔说："实在没有办法，只能等着苗萌死掉之后，才能找到那个人。因为只有苗萌死了，那个人才会回来收获头发的。那个人根本就是一个养发人。"

我和郑雨第一次听说这个什么养发人，于是问五叔："什么是养发人？你刚才为什么不说？"

五叔道："我这样的声音应该尽量避免说话，今天晚上十二点之后，我的声音才会恢复正常。等着吧！"

我和郑雨鄙视地看了他一眼，尽管本人平生最讨厌等待，但是没办法，这个娘娘腔的五叔我还真不习惯。

十二点之后，五叔的声音终于恢复正常了，我们明显听到五叔长嘘了一口气，这才说道："我也是听我五叔说过有养发这么一群人，他们把一些小姑娘买回去，然后贴上肉符，一个月之后，这头发就能吸收小姑娘的生命，并将这些生命储存起来，等着交给供养自己的上级，他们获得金钱，而高级的养发人则获得生命的延续。"

"照这么说，任桀看到的那对男女就是低级的养发人，而那个眼睛上有疤痕的店主就是他们的上级了？"郑雨问五叔。

五叔点点头，继续说："养发人没有能力享受这些能延续生命的头发，所以那个女的只能把头发戴在头上耀武扬威一番，最终还得交给上级，自己获得不菲的收入。所以他们拼命享受生活，而他们的上级则拼命延续寿命。而且，这些女孩子比较难找，必须是八字纯阳的人才行。我算过苗萌的八字，她确实是八字纯阳的。那对夫妇死后，这个老头突然之间没有了延续生命的来源，便自己物色人手，自己养发。所以，被肉符贴住的人，除了高级养发人，没有人能解除。"

大家听完，无不唏嘘嗟叹，没有办法，只好带着仍然昏迷的苗萌打车先回学校。可是就在半路上，苗萌的头发已经长了近一尺！五叔担心这样下去苗萌迟早会死掉，只好又给她喂了一些假死的药物，尽量减轻她的生命体征，希望能让那头发不再生长，可是没有用，那头发越长越快。

我们甚至能看见苗萌的血液直接被传送到她的头发上，五叔满头大汗，情急之下心生一计："郑雨，你把从苗萌头上摘下来的假发戴上，敢不敢？"

我七颠八倒，心中好闷，第一个表示反对："这已经害了一个姑娘了，怎么还要搭进去一个，绝对不行！"

谁料郑雨二话没说，把假发拿出来就套在了头上。

我的心彻底凉了：这下完了，郑雨也要变成秃头了，不仅如此，她的脑袋还会像《西游记》里面的那个阎王爷一样，疙疙瘩瘩的。谁知，郑雨戴上那发套之后，额头上的灵隐印红得透亮，就跟一团火一样，连郑雨都满脸通红。

"怎么样？没事吧？"五叔问。

郑雨说："没事，我感觉像有两拨孩子在打架。头晕！"

这时候，苗萌头上的头发已经停止了疯狂的生长，她的脸色也稍稍恢复了。

我连忙问五叔这究竟是怎么回事，五叔说："郑雨的八字是全部属阴，加上灵隐印的功效，她不会有事，我们还有可能把那幕后的黑手引出来！"

说话时，我们已经到了郑雨的学校门口。我们没有回她们宿舍，而是直接去了学校招待所开了两个房间。这时候，郑雨的脸越来越红，好像充血越来越多，看样子她已经支持不住了。只见五叔咬破中指，在郑雨的灵隐印上点了一下，几个小孩的影子从里面出来了，他们立在墙里，不敢出来。五叔明白，拉上窗帘关上灯，几个小孩才从墙里面走出来了。他们还押着一个小姑娘，是我戴着假发的时候看到的那个吗？我不能确定，虽然我对那个过程记忆清晰，可是每个人的面孔却一点都想不起来。

郑雨恢复正常了，她拿下发套，那发套已经失去了原有的光泽。而被小孩子们押着的那个小女孩儿脏兮兮的，非常难看，但是头发油光发亮。她看看我们，很胆怯的样子。

五叔道："他们已经害死了你，你为什么还要帮他们？"小女孩儿不说话。这时候，一个人影从窗口经过，紧接着，传来急促的敲门声。五叔打个手势，那群小孩立即隐没在墙壁里面。

五叔很快开了门，却发现是一个管房间的大妈，她一进门就嚷嚷："怎么回事？两个大男人跟两个小姑娘在一个房间里面干什么呢？还拉上窗帘？你们怎么回事？要不立即搬走！"

我和五叔只好拼命解释，我们是亲戚，来看看两个姑娘的，两个姑娘生病了，刚打完针，我们在这儿照顾着，担心出意外。

大妈看着那两个姑娘的脸色确实不对，这才勉强过关，临走前大声说："生病了送医院嘛。在这儿算怎么回事！"

那女人走后，五叔道："刚才窗户外面的黑影根本就不是楼管的！另有其人！"

我们大惊，随时做好了准备。这时候，郑雨已经完全恢复，那个假发套被我们放在水里，苗萌的脸色也明显改善了很多，所以说目前的状况对我们很有利。五叔想了想，伸出那个受伤的手指，使劲挤出几滴血，滴在那堆头发上，那些头发显得异常活跃，就像一条条细细的小蛇，开始在水里蠕动，那几滴血很快就被它们吸收了，这些头发吸收了五叔的血液之后，立即恢复了原本黝黑的颜色。虽然在水中它们有些顾忌，但是可以明显看出来，这些东西的活力绝对不止这些。

五叔说："要是能到我的车里就好了，里面有一罐东西，应该有用！"

我立即自告奋勇，打开房门，溜进学校。从车子后备箱众多的盆盆罐罐中找到那罐黑狗血，回到房间。

果然，五叔把黑狗血刚刚淋上去，这些细细的狗东西就立即活跃起来，很快将这些血吸收干净了。而墙壁里面传来小孩的惊叫声。

五叔道："糟了！快把灵隐印里面的童子收回来！"

郑雨这才醒悟，赶紧集中精力，几道光影敛缩回她的封印中，连那个小姑娘都一起收了。

郑雨正担心会不会有事，五叔道："没什么大事，也好，至少给她找到一个安身之所！"

突然，我们房间的门被推开了，一个人影出现在我们四人面前，确切地说是三个人，有一个是昏迷的。那人趁我们一愣的空当，拿了放在盆里的头发就跑！

五叔大喊一声："追！要是让他拿走，苗萌就完了！"

我们立即甩开膀子追出去，可是外面漆黑一片，连个鬼影子都看不见。又在附近找了找，依然一无所获！

五叔道："我有办法！"拿出一个荧光棒一样的东西，点亮之后放开手，那东西直接向着一个方向飘去，我们立即跟上，终于在一间破屋子里面找到了拿着假发的家伙。屋里亮着灯。

"就是他，那个杂货店老板！"郑雨大喊。

那人狞笑着："没想到你们能找到这里，真是佩服。"

我们发现，他仍然把假发攥在手里，还没来得及作法。

五叔道："收了你那些法术吧，这头发已经被喷了黑狗血，你完蛋了！"

那人大吃一惊，看那假发时，那些细细的头发已经开始钻进他的手里，一刻工夫就让他动弹不得。

"这些假发被破了法术，现在没有主心骨，非常危险，退后！"而这个眼睛上有疤痕的家伙几乎在一瞬间就变得连骨头渣子都不剩了。

五叔用袋子将那头发装了，在屋里找了一个地方，把它深埋了，对于这东西来说最好不要再让人看见。

我们回到宾馆的时候，天已经大亮了，可是我们没有看见在房间里昏迷的苗萌！苗萌失踪了！

我们赶紧联系宾馆的人，一个服务员打着哈欠告诉我们："她被一个女孩子带走了！"

我们问那女孩子的长相和身材，那服务员描述之后，郑雨道："不妨事，是我们宿舍的秦璐。就是曾经剪掉苗萌头发的那个女孩儿！"

"不对！她怎么知道苗萌在这里？快去找她！"五叔觉得事情有蹊跷。

我们立即行动，赶到郑雨宿舍，宿舍的人说没有见她们回来。这下完了！

"去埋头发的屋子！"五叔一声令下，我们立即驱车前往。

"咣"的一声推开门，我们看到惊人的一幕！秦璐正抱着昏迷的苗萌，替她梳头，而且一边梳头一边啃咬着苗萌再次长长的头发！

见我们进来，秦璐根本没有当回事，她只是自顾自地吃着头发，满嘴血污，一会儿工夫，她才感觉不对："狗血？！"

这时候，她的七窍开始长出长长的头发，直到把她吞没，我们赶紧将苗萌救出来，冲出屋子。站在屋外，我们听见里面头发生长的声音，异常阴森恐怖。

五叔道："一切都结束了！"

我和郑雨看着变回光头的苗萌，不知所措。等我们准备离开的时候，屋子突然崩开，里面生长的头发实在太多了，已经装不下了，五叔拿出一张黄色的灵符，在手指上晃一下，立即点燃，然后扔了过去，一时间火光冲天。

那眼睛有伤痕的店主其实也是一个低级养发人，而秦璐才是利用养发而保持年轻的高级养发师，秦璐给刀疤眼一些维持生命的头发，让他为自己服务，二人配合多年，今日终于烟消云散。

郑雨按照五叔的吩咐，也把额头上封印的那个小女孩召出来，让她待在苗萌的印堂中，没几天，苗萌的光头上就长出了浓密的头发来，然而这头发，却并不太黑，但是比起以前的假小子造型，苗萌还是很满意了。

我和五叔完成了这项工作，准备回家。

这时候，在一个角落，一个女孩子拿着一面镜子，喃喃地说："这个假发好美啊！太黑了……"

第九章　尸盗

　　果然如五爷所说，每个人家门口都有一个守门的魂灵。村巷里很静，偶尔几只狗叫起来，它们就开始警觉，一旦有狗溜出门来，它们立即隐去了，一会儿意识到没有危险了，这才重新现出形状来。五叔说，猫狗是可以看见这些东西的，而且，这些东西大都没有恶意，但是害怕猫狗。

　　五爷告诉我说：每一个家门口，都有一个守门的魂灵。

　　我曾经见过五爷跟它们一个个打招呼，可是我却什么也看不见，当时五爷把我的手抓得紧紧的，担心我被伤害。

　　五爷去世以后，我仍然能记得他的话，问五叔的时候，他笑了笑问我："想不想去看看？我带你去。"

　　我兴奋地点点头。快到晚上的时候，我又后悔起来，因为我是第一次真正地跟这些灵异接触，我能看见它们，这是一种很奇怪的感觉，它们会用怎样的眼光回敬我呢？它们会不会伤害我？这些毫无概念的恐惧和紧张恰恰印证了"好奇害死人"这句话，等着五叔给我的眼睛上涂了柳树叶子泡过的尸油，然而我知道现在后悔已经来不及了。

　　时间：夜里一点整。地点：我们村的小巷子。人物：驴蛋、五叔。

　　日暮西山，一轮明月升起，西威渠像一条白色的带子静静地流淌着，趁着皎洁的月色，我们沿着羊肠小道缓缓而行。

　　我们在这月黑风高的夜晚出门来到巷子里。

　　我眼睛回避着每家的门口，尽量向着巷子中间看，可是仍然不可避免地看到了一些令人吃惊的景象。

　　刚过子时，每家每户的门口就开始有身影渐渐显示出来，直到出现一个完整的人的形状，他们大都坐在门口，有的捧着饭碗吃饭，有的则端端地坐着，不轻易挪动位子。这些门口坐着的都是一些老人，面色灰暗，目光冷漠，表情木然，穿着下葬时的衣服，我紧紧跟在五叔后面，眼睛不敢正视这些魂灵。他们注视着我们的动向，眼光是寒冷的、防备的。走到勾魂链的当事人二牛家门口时，一个老婆婆走上前来，拉着五叔的手说着什么，我根本听不见，我警觉地看着这些坐在门口的老人们。五叔说，刚刚成家盖房的新人或者全户人家门口的守门魂灵是地狱的鬼使，这些鬼使以咱们现在的法力是看不见的，只有五爷曾经看见过，五爷说，他还和这些鬼使们喝过酒，请它们吃过煮鸡蛋。

我们走了一圈，就像雾气般沉滞的冷气笼罩一样，我被压得透不过气来，觉得难以承受。

果然如五爷所说，每个人家门口都有一个守门的魂灵。村巷里很静，偶尔几只狗叫起来，它们就开始警觉，一旦有狗溜出门来，它们立即隐去了，一会儿意识到没有危险了，这才重新现出形状来。五叔说，猫狗是可以看见这些东西的，而且，这些东西大都没有恶意，但是害怕猫狗。

这是我看到的守门魂灵的景象。

这样的机会并不太多，五叔也只是想让我见识一下而已。因为这两天，频繁有一个人来找五叔，五叔说，这个人的事，跟守门魂灵有关。五叔已经答应去帮他，但是约定了三天之后的时间，他还是每天来，连续三天，不厌其烦，因为每天来他都像第一次来一样跟五叔说他的遭遇，五叔并不厌烦他的啰唆和执着，因为这个人的记忆真如自己所言的那样——差得很。

这个人叫史一胜，外号"失忆症"。他在一家建筑公司做建筑设计，是建筑行业比较有名的设计师。虽然这个人其他事情容易忘，但是在专业方面却是记忆深刻，几十年前的一个设计，他能记住每一个细节。据说某大媒体的办公大楼就是出自史一胜的设计。该大楼气势磅礴，就像女人的文胸一样，要命的是，这个人记忆力太差，忘记设计时候一定要保密的原则，第二天就用这个设计参加印发了自己出版的建筑专著，题目就叫"内衣与建筑"，一时间舆论哗然，他的公司也很狼狈。

但是由于这个人确实有设计天赋，辞退不得，所以派他来到这个山村，专门负责设计山村的别墅。也因此引发了一个令人唏嘘的人伦惨剧。

史一胜设计的一整套别墅建筑方案已经获得通过，对方已经把所有费用的支票给了他，这实在是最不合适的人选。但是对方并不知道这个人有健忘的毛病。于是，在公司要求史一胜将支票汇回公司的时候，他的支票找不见了。

当初为了他工作方便，建筑公司把他们一家安排在山里的一栋楼里面居住，史一胜和一个九岁的儿子。史一胜怀疑儿子将支票给弄丢了，因为除了儿子，再没有其他人可疑了。

记忆力差的人根本不觉得甚至不知道自己的记忆力有问题，而史一胜也是这样。他记得自己将支票压在床单底下的，于是严加拷问刚刚九岁的儿子，儿子没有拿当然不承认，史一胜于是将儿子狠狠地打了一顿，这孩子也有骨气，第二天一早就跑出去了，史一胜出去找了一天没有结果，等儿子回来的时候已经是第二天中午了。

那孩子是老乡送来的，刚刚从池塘里捞出来，浑身湿透，已经死去多时了。

史一胜非常后悔，责怪自己当时太冲动。可是，再怎么后悔也不能挽回孩子的性命。于是史一胜只好在后山挖一个墓坑，埋葬了儿子。

当天晚上，史一胜喝了很多酒，趴在桌子上就睡着了，迷迷糊糊听见儿子在叫他，他答应着并四处看时，发现儿子浑身肿胀地漂在池塘里，对他笑："爸爸，快来吧。我很冷，给我拿衣服来！"当时他就吓醒了。等他起来准备去儿子的房间看看时，里面的情景让他大吃一惊，儿子正躺在床上，就跟睡着了一样。

他顾不得害怕，赶紧将孩子的尸体抱回墓地，重新埋葬。可是到了墓地他却发现，墓地完好无损，根本没有人动过！他不知道怎么办，想请附近的村民过来帮忙，可是这种事情怎么能让别人相信呢？而且这是自己儿子的墓地呀，又怎能让别人任意发掘？

没有办法，这男人只好在旁边再挖一坑，将这个孩子的尸体草草埋葬。

谁知第二天一早，那孩子又躺在床上，他再也不能相信自己的眼睛了，坐在这尸体旁边发呆：这究竟是怎么回事？这时候，他突然感到后背一阵凉，门后面有人笑了两声，等他转过头去，发现根本什么都没有！

这汉子觉得事情越来越奇怪，只好将孩子又重新刨坑埋葬，以后每天早上都是这样。孩子去世这一个星期，这个汉子根本什么都没有干，只是忙着转运和埋葬尸体了。所以他才迫不及待地找到五叔，希望五叔帮他解开这个难题。他已经失去了儿子，实在经不起任何折腾，想认真把这些别墅设计完，过上正常人的生活。

我跟着五叔去墓地查看了一番，发现这些新冢除了第一个有墓碑的主坟之外，还另外有六个没有墓碑的新冢。

我们拿着铁锹准备刨开这些坟坑看一下，却被这史一胜生生拦住："先生！还是让小儿安息吧，千万不要再打扰他了。万一有什么不合适的，他又要来闹可怎么办呀？"

五叔对我使个眼色，我立刻明白什么意思："你这老叔，这不勘察分明，怎么帮你？既然这样，我们就告辞了！"

说完我拉了五叔就要走，这史一胜真就急了，慌忙拦住我们："其他坟冢可以勘验，但是主坟千万不能动！"

我和五叔答应了。

当天晚上，我们开始守在这些坟堆周围，因为起坟必须等到晚上，所以刚才我们那一套动作真就是吓唬一下这史一胜，这会儿工夫，估计这史一胜已经在自己的屋子里等候消息了。

天色渐渐暗了下来，五叔做了一个动作，我们就开始挖开这些坟墓。这些坟墓并不太深，一会儿工夫就见底了，里面确实都是孩子的尸体。而且越往后面埋葬下去的，尸体的腐烂程度就越小。最后一个起开的坟地，孩子就像刚刚死掉一样。我和五叔暗暗称奇！

这时候已经快午夜十二点了，我们赶紧将这尸体填回原来的坑道里，将表面整理好，从外表看不出有动过的痕迹，这才放心，双双爬上一棵大树，坐在树上静静地观察着坟地周围的一切。

在树上待了大概一个小时，期间我很无聊，就问五叔："您说这是谁干的？"

五叔笑笑说："就是前两天晚上我带你去看的那东西，每家门口都有的。如果不是它们，没人能抬得了尸体进门！"

一会儿，我就听见树底下有动静，我在上面往下一看，差点吓得掉下来！原来是几个纸人将主坟刨开，拉出那个已经重度腐烂的小孩尸体，然后起咒，一会儿工夫，那孩子就已经附在纸人身上，那纸人当时就变成孩子尸体的模样，被其他几个纸人抬着，飘飘悠悠就向着史一胜住的方向去了。

我问五叔这是怎么回事，五叔说："这孩子肯定有冤屈，纸人应该是守门鬼魂，这么天天晚上往史一胜家里搬纸人可真不是好兆头，而且你知道，那孩子已经死了，纸人也是魂魄，鬼上鬼身，阎王也惧三分。这孩子的死一定有蹊跷啊！"

说完，我们便远远地跟着这些纸人。

那纸人虽然不是人身，却在夜间有着很快的移动速度，等我们赶到时。它们已经在门口守着了，我和五叔知道，又一个孩子的尸体摆在床上了。

这时，一个纸人走过来，这让我们感到很意外，因为一般来说，这守门的魂灵是不能轻易离开的，除非有非常要紧的事情。纸人走过来之后并不理我们，而是径自走向前面更远的地方，我和五叔对视一下，立即跟了上去。

纸人走到一个池塘边不动了，这时池塘周围一片黑暗，这个有两个足球场大小的池塘只有偶尔响起的几声蛙鸣，让人觉得有点活力。

池水中央波动起来，能听见哗哗的水声，我们趁着唯一一点亮光看见那蓝色的水面中间出现了一个很大的涟漪，如同泉眼一样突突地往外冒水，一会儿一个浑身湿透的小孩模样的灵异物体出现了，那东西不说话，只是划了一下手，整个池塘上空便出现电影一般的幻象，没有声音，看得也不是非常清楚，但是足以说明问题了：

画面中史一胜正在狠狠地抽打着一个瘦弱的女子，看得出来这女子跟他的关系比较亲密，因为这女人和史一胜都穿着睡衣。我们没有想到，史一胜这个文弱的工程师竟然有这样暴力的一面，他拿着一根大棒子，在这女人身上一阵乱打，那女子身体非常瘦弱，怎么能经得起这般殴打，不一会儿那女子就已经昏倒在地，这史一胜也不再打了，却把这女子拖到另外一个地方。那是一个山头，底下是十几米深的山谷，山谷里面怪石嶙峋，幻象在这里非常清晰，我们甚至可以看到史一胜的头发和女子身上的血渍，而那水面上的灵异，已经显出吃力了。史一胜将那手上的女子扔下山谷之后，镜头戛然而止，紧接着史一胜已经给儿子穿上孝衣，中间那张遗照分明是被扔下山崖的女子。

紧接着，是史一胜殴打儿子的镜头，那殴打的程度真是惨不忍睹，一根细细的钢丝被拴在一根木棒上，狠狠地抽打在这个九岁小男孩的身上，尽管那孩子身上已经和斑马一样到处都是血红的印记，而史一胜根本没有要停下来的意思，仍然很卖力地抽打着，似乎这被打者和自己一点关系都没有。最终这孩子也昏死过去，史一胜将一种药水涂抹在这孩子身上，没想到，这孩子身上的伤痕立刻就没有了，完全跟正常人的皮肤没有任何区别。

史一胜趁着天黑，将爱子扔进了池塘。那池塘里冒起一串气泡，紧接着恢复了平静。史一胜往水边的水面上扔了几张零钱，然后很巧妙地弄乱了自己的脚印，随后便离开了，直到第二天有人找到他，并将孩子的尸体给了他。

所有的信息都播放完了，那水中的幽灵也沉下去了。我感到后背一阵阵发凉，那纸人早已经不知去向。等我们回去时，发现那纸人已经在那门口站好，尽着自己的责任了。五叔说："咱们明天再去他们公司了解一下情况吧。"

第二天，史一胜又一次发现了儿子的尸体，他已经非常崩溃了，扯着我和五叔的脖领子大喊大叫："你们算是什么玩意儿，全是骗人的！我告诉你们，你们别想蒙我，更别想骗我的钱，这种事情你们要是没有真本事，根本就办不了，更蒙不了我，你们等着吧。"说完，他扛着尸体又去了后山。

我和五叔到达那个建筑公司的时候已经是中午了，我们将与史一胜关系最差的人带出了公司，因为我有警官证，所以找人调查情况是非常简单的事情。之所以找一个关系最差的人了解情况，是基于两方面的考虑：一是两人工作上接触比较多，互相比较了解；二是两人有矛盾，能说出一些别人予以避讳的事情来。

这个人姓梁，我们且叫他老梁吧。

以下是老梁提供的情况："史一胜这个人刚开始我跟他接触感觉这人还不错，慢慢时间长了觉得这人毛病不少，首先最重要的是，他这人忘性太大，这也不知道是真的假的，反正日常生活中的一些琐事，他从来记不住，甚至一些工作上跟设计不相干的事情他也记不住。我们单位搬到这里好几年了，他甚至不知道自己的办公室怎么走。"

"新来的董事长，他总是忘了人家姓什么，要不是见他业务能力强，董事长早就把他开除了。还有就是不给人面子，喜欢骂人。这个毛病直接导致他在单位人缘很差，大多数人都不愿意跟他接触，而且据传言他有殴打老婆的毛病。这种男人我根本看不起，没有本事的男人才会打老婆。"

"后来听说有一个大工程给了他，他很快完成了设计，而且设计费对方也及时给了老史，按道理这设计费是要交给单位的，设计师从中间只能拿到一部分提成，而且以往的熟悉的客户都知道老史是一个没有记性的货色，一般都不会把设计费给他。"

"一般情况下应该由客户交给公司财务才对呀？"我问老梁。

"按道理应该是，可是你也知道，很多时候一些客户和设计师总有一点小猫腻，吃点回扣呀，送点灰色收入呀这一类，所以公司明明知道这样做不对，但是仍然允许设计师可以直接与客户的资金接触，一般情况下都默认设计师这笔收入。这就给一些人提供了寻找灰色收入的空间，这在设计行业已经是公开的秘密。老客户都知道老史有这个毛病，因此就不把设计费给老史，所以公司里做设计的工程师里面，老史因为记性差挣得最少，所以老总也照顾他，给他多一些设计提成。但是有一次，三个新客户不知道老史这德行，就把设计费给了老史，而且给的是现金，老史拿了客户的钱却完全忘了放在哪里了。大家都知道这人记性差，丢了很正常，而且觉得他不会丢在别的地方，除了单位就是家里。这老史也真下工夫找了，把家里翻了个底朝天，所有东西都扔到院子里，还把老婆打了个半死，在医院住了半年，最终也没有找到。公司知道这人没记性，最后也就不了了之了。"

"丢了一次钱，老史在单位更是抬不起头，所以脾气更差，记性也更差。但是这人有一点好处，就是在设计方面绝对不会有任何偏差，记忆力超好。上次丢钱一年多之后，老史又闹了件这事儿，这次直接把老婆打得跑出去，掉到山崖下面。家人都死了，公司也不好说什么，不仅没有追究他的责任，还给了一笔抚恤金。这次老史一个人在山里，又出了事儿，儿子也没了。公司已经准备报案了，据说这老史就是重要嫌疑人。您是刑警，是不是觉得这事儿太蹊跷了？因为他每次丢钱的数目都是年内比较大的业务，数额比较大。而且我还听说，这老史给老婆和儿子都买了意外伤害保险，标的非常大！"

跟老梁谈完话，五叔对我说："可以结案了吧？"

我笑笑，却感到后背一阵阵冷，立即拨通了单位刑侦部门的电话。

事情终于水落石出了：老史为了钱，不惜长时间假装自己记忆力差，而且为了表示自己的清白，并获得价值不菲的保险费，他更是不惜牺牲自己亲人的性命，费尽心思想要得到大笔的钱，最终的下场确实人神共愤，连那守门的幽灵也看不过眼，万恶终有报啊！

第十章　七棺

　　大乐介绍的情况基本和郑雨信里所说的一样。除此之外，大乐还交代了几个比较重要的线索。第一个是棺材的摆放位置：一进隧道两口棺材，紧接着后面两口，然后是三个一字排开的棺材，呈一个北斗七星的形状摆放；另一个是隧道的走向：早上进入的时候隧道是通往东面的，下午就转到西面了。

十月的家乡还是很热的，我和五叔正在树下喝茶闲聊，却接到正在西安读书的郑雨的来信，其时她正在西安师范大学的新闻系读大三，来信比较长，说的是他们学校同学遇到的一个比较大的麻烦：

任儒云并任桀先生：

见信好！我是郑雨，上次我们在大同见过面的，不知你们还能记起否？这次写信打扰你们是因为我的同学在学校遇到了很大的麻烦，需要得到你们的帮助。事情是这样的：

我宿舍同学蓝紫的男友叫大乐，跟我们不是一个学校的，蓝紫最近一星期没有见到他了。后来蓝紫去他们宿舍找，隔壁宿舍的学生说他们宿舍最近一段时间晚上经常没有人，每天晚上都见他们洗漱、关门、熄灯、上床，可是到了早上五六点钟就发现四个人灰头土脸地从外面回来，匆忙地洗漱一下去上课。

由于不是一个学校的，所以蓝紫也不好在课堂上见到大乐他们的情形，所以就在一个周六的中午，找了个机会去了大乐他们宿舍。打听回来的消息让蓝紫脸色煞白。

原来大乐他们宿舍四个人在半月前的一个下午出去玩，一路打闹就到了市郊。这是一块很平整的土地，上面种的麦子才刚刚长出嫩芽，从远处看一片嫩绿，可是走到跟前却什么都没有了。一伙儿年轻人好不容易找到一个亲近大自然的地方，自然不会放过。当时田里没有什么人，后生们在这麦田里你追我打，玩得不亦乐乎。谁也没有注意到，危险正在一步步逼近他们。

大乐正准备向别人卖弄他的"无敌鸳鸯脚"，不料地面突然塌陷，四个人全部都掉进地下的陷坑里了。这个陷坑很深，不过土质松软，几个人倒没有受伤。起来之后他们却发现，里面还有一条密道，这一下子勾起了几个人的好奇心，于是他们让人去学校拿手电筒，其余人在这外围探索一下，有什么宝贝也说不定。

于是一个人去学校拿手电筒，另外三个人仔细看了看这个陷坑周围的环境。陷坑大概六米深，在麦田中央，塌陷的面积（也就是暴露在麦田的洞口）有一平方米大。陷坑往西方有一个隧道，隧道高两米，宽一米，纵深深不可测。其他方向似乎是严实的，因为他们踹了好几脚也没有任何动静。

拿来手电筒之后，四个人结伴鱼贯而入。隧道较深，里面没有光线自然很黑。而上面的浮土也因为有了震动不住地落下来。隧道大概五十米深，因为到达最里面的一个大厅模样的地方时，他们四个已经感到呼吸困难了，所以紧急出洞。来到外面几个人都很兴奋，探索的结果并不重要，最重要的是这个过程很刺激，他们决定再下去看个究竟，看看那个地下大厅里究竟有什么秘密？但是地下空气稀薄，弄不好会闷死在里面。

这时候大乐出主意了，他们从游泳队借来四个氧气瓶背在身上，于第二天早上匆匆进洞了。当时地底下还比较阴冷，四个人感到有些害怕，但是好奇心让他们谁也不想停下来。这次背着氧气瓶，四个人的行进速度慢了很多，走到一半的时候，大乐说："糟了！你们发现没有？咱们刚才进入隧道的时候隧道是通往东边的！"

几个人面面相觑："是呀。我也发现了！咱们昨天来的时候这隧道可是通往西边的呀！"

当时有两个人决定退出，大乐不干，他说："咱们四个都是老爷们，阳气这么盛，怕什么？已经走了一半了，而且装备也有了，为什么要半途而废？"这一番话让意志力动摇的那两个人坚定了信念，几个人一直往里面走。

五十米的地下隧道当然不是很远，一会儿工夫他们就到了所谓的地下大厅。这地下大厅是砖石结构，高三米，为椭圆形，面积有一个篮球场那么大。中间摆着七口大棺材，每口棺材旁边都点着长明灯，里面三个长明灯已经熄灭，只有靠近外面的这四口棺材旁边的长明灯还有着微弱的光线。

四个人商量着怎么办，什么都没有找到，就找到几口烂棺材！不免有些不平衡。于是四个人决定用手里的工具把这些棺材撬开看看里面究竟是什么。说干就干，这四个后生都拿着短柄小铁锹，一会儿工夫，四口棺材的棺盖就被撬开放在一边了。令他们失望的是，棺材里面空空如也，什么都没有。四个人终于发现，这次探险是很失败的，没有找到任何有价值的东西。

当时那两个半路准备退出的学生发现这里也就几口棺材，根本没有什么危险，变得放肆起来。他们两个一人找了一口打开的棺材躺了进去，两个人还不停地敲击棺板耍笑，探出脑袋做鬼脸。

大乐虽然也贪玩，但是这种事情还是小心点，棺材是让人敬畏的东西，不能轻易进出，于是他劝那两个伙伴不要太过了，以免玩过界。

这两个人停了一会儿，又开始敲击棺材板。

大乐忍不住了："你们这两个人真是没劲，刚说了你们又来！"

那两个人躺在棺材里，突然双双探出头："我没有敲啊！"说完四个人就都愣住了，难道是其他三口棺材里面有东西？

四个人立即停止了打闹，开始集中精力迎接下面的危险，等他们都安静下来的时候，一切又恢复了原来的平静，那敲击的声音就没再响起来。四个人又觉得自己是不是听错了，要不就是回音？没人分析得出来。于是决定撬开这三口棺材再说。

四个人费了九牛二虎之力，也不能撬动分毫。而且，等他们停下来休息的时候，那敲击声又开始响起来，而这一次非常的清晰，没错，一定是从这三口棺材里面传出来的，里面有东西！四个人当时吓蒙了，一个个恨不得自己多长两条腿，没命地往外面跑。到了地面上，四个人才喘了口气。

　　晚上的时候，这四个人跟隔壁宿舍的人绘声绘色地描述当时的场景。不免有些添油加醋的炫耀成分在里面。等到熄灯一上床，这四个人立即呼呼大睡。可是等他们被敲门声惊醒的时候，却是身在棺材里面了，而且就在刚才那个隧道的尽头——大厅里面。刚才根本就不是什么敲门声，而就是白天遇到的敲击棺材的声音。

　　四个人吓得半死，想从这里跑出去，岂料根本就没有出口，那条隧道不知道什么时候没有了，大乐看了一下表，午夜一点半。四个人脸色惨白，大气都不敢喘一下，四周静得可怕，只有那三口棺材里面传出来的叩击木头的声音让人头皮发麻。

　　那声音很有节奏，一个棺材一下，紧接着是第二口、第三口……周而复始。

　　四个人紧张得已经没有意识，这第一个晚上就这样挨过了。到了早上五点，那声音渐渐缓和下去，隧道出现了！几个人没命地往外跑，赶回学校，惊魂未定。

　　第二天晚上，四个人早早上了床，将门窗关得死死的，说好都不睡觉的，可是到了十二点四个人谁都没能忍住，鼾声很快响起来。他们又不知不觉地来到那个地方，一个人一口棺材。

　　这样的事情一直持续了三天。他们四个决定请假回家待一段时间。于是他们一起向老师请假，说是身体不舒服，老师很快准了假，因为是个人就能看出来：他们瘦了很多，而且脸上看不出任何血色，满是灰暗的颜色。

　　可是他们回家之后（家离学校都不太远，当天就能回去），发现事情根本不是他们想象的那么简单。四个人回家的当晚十二点，再次在棺材里面聚头！那个准备远去北京亲戚家躲避的人更是惨，在火车上就莫名其妙地来到这里。

　　他们现在精神很差，而且什么都不敢做，所以我想麻烦你们来一趟我们学校，好在并不太远，越快越好，帮帮他们吧。

最后是落款和签名。郑雨的字如其人，非常漂亮，五叔也觉得这个姑娘的字写得很好看，一点阴柔的痕迹都没有。

"您怎么看？"我问五叔。

五叔笑笑，我帮他往杯子里面添了热水.

他适时地呷了一口，眯起眼睛享受起来："事情很奇怪，第一次遇到。但是你五爷留下的书里面记录过这样的事情。"

我努力地想，终于！一个念头闪现出来："五叔！是替生！"

五叔笑笑，点点头，表示赞赏："替生这种事情咱们都没有亲身经历过，不过这事情要是遇到了会很麻烦，闹不好把咱们自己都牵扯进去。"

"您的意思是咱们不管？"我有些失望，好不容易这个大美女给我写封信，虽然不是情书吧，但是好歹是她主动的，而且是邀请我们去的，肯定能见到她。

五叔看出来我的心思："知子莫若父！我虽然不是你亲爹，但是我却看着你长大，你小子心里想什么，我还能不知道？你想那个女娃了吧？"

我不好意思地笑笑："什么也瞒不过您的眼睛。"

"少拍我马屁！赶快收拾东西！"

"哎！"我屁颠屁颠地帮五叔收拾东西，心里一阵狂喜，"要去西安了！要见到那个大同大美妞了！"

家乡离西安很近，只有九十公里。五叔开着那辆刚买的奥迪车，牛气烘烘地向西安进发了。我带了很多我们当地的土特产：核桃，柿子还有皮影什么的。

五叔在半路上跟我说："你带那么多东西根本没用，西安什么没有？非得搬着石头上山？"

我一下子醒悟了："你怎么不早说？"

"我不好意思打击你的积极性呀！"我顿时觉得这些东西在车上轻飘飘的。真是失策！

接到郑雨来信的一个小时之后，我们已经见到她了。整个学校的学生看着我和五叔从车里下来，和郑雨说着话，都投来羡慕和嫉妒的眼光。其实根本没有必要，郑雨的老爸什么车没有？一辆破奥迪有什么值得羡慕的？这些孩子还真是没有见过世面。

郑雨显然对同学的目光已经习惯，而她对五叔的新车根本都懒得看一眼。正如前面所说，她开过的好车，也许我们根本没有见过。

其实当初五叔要买这车的时候我就表示强烈反对："那么多的宝石，还不够你买一辆世界顶尖级的轿车？跟这破车较什么劲呢？"

五叔说："车不在好坏，关键是开车的人。如果美国总统伺候你，哪怕他开着三蹦子呢，这世界上所有的人都得对你刮目相看。你车再好，人混得没个样，照样不顶事。"

五叔教导我，我仍然很不服气，心道："你就一张好嘴！"这下看到郑雨的反应，我心里当时就凉了半截儿。

算了，她对车不感兴趣，好歹对我们有点兴趣，要不然请我们来干什么？

我们按照程序，重新走访了当事人。那四个人躺在宿舍的床上，已经没有一点精神了，整个人都是恍惚的，连带的一个宿舍都是死气沉沉的，加上他们从地下带来的土腥味，整个宿舍就像一个活死人墓。

再看这四个人的表情：眼神呆滞，似乎已经没有多少思维；面无血色，大概快要死的人都是这样吧；还有就是眼窝深陷，印堂发黑，头发已经没有光泽，就像失去水分的干草一样竖在头顶，恰似插了草标，准备出售一样。他们身上没有任何伤痕，脉搏跳动很慢。五叔问他们问题，他们总是答非所问，要么说着胡话，要么就大喊大叫。

正在这时候，一个中年男子进来了，他问我们是干什么的，并且不许我们在学生宿舍里待，要我们立即离开，否则就要请有关领导处理。

见我们不动，他就开始奚落郑雨："你这个女同学是哪个学院的？谁让你来这里的？男生宿舍，女生止步！你不知道呀？你一个女学生怎么这么不知羞耻？"

郑雨根本不搭理他。

他显然生气了："你们等着！我叫领导去！"

由于我们的到来，大乐的宿舍门口围了好大一群人，大家都听说来了两个周易先生，都想看看究竟什么样，这件事情到底是怎么回事？可是见了我们俩之后，他们不免有些失望，以为是上了年纪的人呢，没想到是三十多岁的后生，而且还都穿着时髦的T恤衫和牛仔裤。但是虽然失望，还有另外一个期盼，就是想知道这四个人究竟是怎么了。

由于大乐还能清醒一些，我们就想向大乐多了解一些情况。

正谈话间，一个领导模样的中年男子在刚才那个中年男子的陪同下，组队过来了，他们趾高气扬地一边走一边嚷嚷："谁？谁在搞封建迷信？哪儿的周易先生？这里是学校，是崇尚科学的地方，怎么能乱来呢？"

我和五叔看了他一眼，为了避免麻烦，我亮出了警官证："警察！怀疑这几个学生被人下毒，过来调查情况！"

领导立刻尿了下来："啊？对不起，警察同志！不知道是你们，说是什么周易先生！您忙！这几个学生也没什么，就是身体不好。不是人投毒的，您放心。"

"你办案还是我办案？"我没好气地顶了一句。

领导立即闭嘴，并且快速离开，那个告密的小人却低着头跟在后面，脸色很难看，看得出这狗腿子少不了挨顿骂！

大乐介绍的情况基本和郑雨信里所说的一样。除此之外，大乐还交代了几个比较重要的线索。第一个是棺材的摆放位置：一进隧道两口棺材，紧接着后面两口，然后是三个一字排开的棺材，呈一个北斗七星的形状摆放；另一个是隧道的走向：早上进入的时候隧道是通往东面的，下午就转到西面了。

五叔问他："你能保证那通往的目的地是一样的吗？"

"能保证！因为我暗中做了记号，不会错的。"大乐回答。

正在这时，宿舍外面吵吵嚷嚷。一个官员模样的人在众人的簇拥下进到这间宿舍，整个宿舍的楼道已经挤满了人。

那人进门就向我伸手："哎呀！警察同志，咱们学校的治安情况一向很好，我们学校党组一直很注重学校的治安，别说打架，连盗窃这一类的治安案件都没有发生过。请问你们是办什么案子的？"

这下可坏了！我可没有防备出现这种情况，好在五叔及时出面："您是校长吧？我们这次来呢，是按照市局的统一要求，对全市所有学校的学生宿舍进行一次安全大普查，找出其中的治安隐患。您也知道，最近云南出了一个不小的案子，咱们市又是高校比较集中的地区之一，所以省厅和市局领导很重视。专门下发通知，要落实到每一个学生宿舍。而且我们还要专门针对学生举行讲座，防患于未然，彻底把刑事犯罪消灭在萌芽状态。"

我赶紧打圆场："这是我们市局的预防青少年犯罪办公室的任主任！"

那校长一下就肃然起敬，恍然大悟地握着五叔的手就不放开了："欢迎欢迎！咱们先去会议室坐坐？"

五叔一时怔在了一边，他没有料到事情越弄越麻烦，我急忙打圆场："校长，您先去准备一下，我和任主任一会儿就到。让我们同事小郑跟你们去帮忙，看看准备什么材料合适。"

我给郑雨使了一下眼色，郑雨立即明白："校长，咱们走吧。"

校长道："好！我们这就去，准备好材料在会议室等您几位。"说完带着郑雨离开了。

他是离开了，但是仍然留下了几个人在我们身边，担心学生们会说出一些不合时宜的问题。我和五叔都明白，这下麻烦大了，这几个人在这里监视着，想问也问不出来，也只好问了几个学生一些应景的问题就出来了，好在我们把情况都了解得差不多了。

于是我们在这些人员的带领下去了学校的会议室，郑雨正在那里陪着校领导准备材料，见我们进来了好像解放了一样立即奔过来，跟我们站在一起。我这时候才有空认真地看她一眼：她比上次我们见到的时候瘦了很多，肌肤如雪白的象牙，瘦小的额上有玫瑰红晕，披肩的长发在额头前恰到好处地留着几缕轻盈的刘海，刘海下隐藏着一双如月亮般明亮清澈的眼睛，长长的眼睫毛和如黛的眉毛对着我，就像一片树叶落入平静清澈的湖面，泛起淡淡的涟漪，她的鼻子细巧优美。

会议开得很枯燥，因为根本没有这个会，而且这些资料一看就是临时准备的，比正式准备的还要空洞。完了就是吃饭，我和五叔坚决没有喝酒，要不然这个晚上就要坏事了。

总算把这些学校的头头脑脑应付过去了。

我给大乐打了一个电话："大乐，你听着！你一定要坚强，我们今天晚上之前就会进入隧道，你们到了之后一定不要怕，有我们在呢！"大乐在那边很虚弱，但是我仍然能听到他坚定的声音。

当晚，没有月光，好在天气比较晴朗，不会太担心雨水对我们的行动造成不良影响。我们三个人按照大乐描述的路径在广袤的麦田里找到了那个陷坑。这个大坑在麦田里如同一张大口，似要吞噬世间的一切。

周围一片黑暗，只有手电筒在这漆黑的夜里射出或短或长的光柱来。我们小心翼翼地下了陷坑，我第一，郑雨第二，五叔殿后。三个人安全落坑，阴冷憋闷的空气让人为之皱眉，浓烈的土腥气和地下特有的霉味让人差点反胃。陷坑地方并不大，幸亏我们提前准备了具有防毒面具功能的呼吸机，这机器能够在缺氧状态下提供充足的可供呼吸的空气，而且能够过滤空气中有害气体。

隧道正如大乐所说的那样，通往西面。我们三人在陷坑下准备好所有的装备，当然五叔还带了地窝子蜂的蜂巢和一瓶药水，然后进入隧道。在我们进入隧道后不久，那隧道的地面如同息壤一样成长起来，不大会儿工夫就已经将整个隧道长满，隧道堵住了！

五叔从装备包里拿出一个大功率的灯出来在地面上狠狠磕了几下，整个大厅就亮起来了，把个不大的地方照得犹如白昼。他又拿出一个伸缩杆插在大厅中央，把这灯挂上去，还嘀咕："这叫高灯下亮。"布置完之后，我们三个坐在折叠凳上，等待着大乐他们的被迫降临。

等待一个结果的出现永远是最痛苦的，在这漫长的等待过程当中，我们不能出声，不能睡觉，甚至不能动。我和五叔原本并没有打算让郑雨跟过来，只是在她的强烈要求下，只好答应了。条件是跟着我们看热闹、按照我们的要求进行一些力所能及的活动可以，但是绝对不能自作主张、独立行动。

时间在一分一秒地过去，我知道这样对待时间真的是很奢侈的事情。但是我们不得不等待，就如同荒诞剧《等待戈多》一样，即使知道结果，也仍然要等待。大厅里面非常安静，七口棺材根据北斗七星的形状安放。

时间已经迫近，大厅里一点变化都没有，我频繁地看着手表，感觉这种等待实在是一种折磨，甚至比坐火车还要让人感到沮丧。突然，靠近内里的三口棺材出现了轻微的响动，渐渐地，声音越来越清晰，不错，就是叩击棺材的声音。

随着这种声音越来越密集，那个原本已经堵上的隧道突然间开了。五叔给我使了一个眼色，我点头，蹑手蹑脚地来到隧道口，正准备往出走的时候，却发现根本走不出去，面前好像有一堵无形的墙阻挡着。我无奈地对五叔摇摇头，五叔示意我就近坐下，不要再乱动了。我于是在隧道口找了个地方，重新坐下了。

灯光很亮，这是太阳能蓄电池提供的能量，而且这种灯采用冷光源，非常省电，而且亮度大，（好像广告啊）支持到天亮应该没有问题。我正胡思乱想期间，这四个人的身体已经顺着隧道平着飘进来了。四口棺材的盖子同时打开，四个人被平均分配，一人一口棺材。这时候，那个叩击棺材的声音又逐渐慢下来，但是仍然很清晰。

四个人一躺到棺材里就立刻醒了，也没有了白天的那种萎靡，看着精神不错，他们从棺材里伸出头来，我示意他们整个身体都出来，他们摇摇头，表示做不到。

五叔突然说话了，声音还不小："看来这替生的古怪就藏在另外三口棺材里。如果我没有猜错的话，这三口棺材里面的人都是生出来没有满月的小婴儿。他们要找到四个十岁以上、十八岁以下的年轻男子作为替生主，把这四名男子的阳寿延续到他们身上，好让他们可以立即投胎转世。如若不然，他们一定要在这棺材里待够一百年。"

"为什么他们要选择四个人呢？"我好奇地问五叔。

他回答说："因为三个孩子死亡年龄都不大，属于短命鬼，短命鬼必须自己找到替生主才能投胎转世。如果必须选择十岁以上、十八岁以下的人作为替生主的话，就得多出一个人来，用这个剩下的阳寿把他们四个替生主已经用掉的阳寿抵消出来，这样才能有正常人的阳寿去投胎，如果选择了三个人，那么这三个人用过的阳寿就要在投胎后减去，岂不是白白比正常投胎的人少了十到十八年的阳寿？到头来还是个短命鬼，轮回多少世也无济于事。"

"那他们找的人岂不是年纪越小越占便宜？越接近十岁，来世的阳寿就更长？"郑雨忽然发问。

五叔说："可不是这样。首先他们不可能挑选替生主，只要有了就算。因为这样的机会是很难等到的。其次就是，年纪越小的孩子越容易变成短命鬼，将来短命鬼越来越多，这种替生的不正常现象就会越来越多，很难想象这种事情泛滥，整个阴阳界的平衡被打乱是怎样一个情形，另外，由于各种不可抗拒的原因，每个人的阳寿和实际年龄是不相符的，百分之九十九都不相符，多活几天的有，少了几年的也存在。它只是要求一个正常值，而不是追求个体的数目。"

郑雨点头。

"大乐他们的年龄肯定都没有超过十八岁。"五叔断定，四人频频点头。

"不说了，撬棺！"五叔一声令下，我拿出早就准备好的一间用布料做成的房子形状的大帐篷，让这三口棺材居于整个房子之下，拿出熏香点燃、祭奠之后，才拿出铁锹等工具去掀开这棺材盖。

一会儿工夫，整个棺材盖都掀开了，我们忍不住往那棺材里面看去，果然！这里面三个小孩子的尸骨还没有完全腐烂掉，还能看见一层干枯的皮肤还有一些毛发。这三个孩子的尸体原本全部是侧着身子的，没想到他们突然一起转过身来，平躺在棺材底。用他们已经不存在的眼睛窟窿对着我们。郑雨已经被这突如其来的变故吓得坐在了地上，她拼命地捂着头，可见不是一般的痛苦。

五叔拿出几根干草，编成人形模样，在这每一个棺材里面放一个，就放在小孩尸骨的旁边，为了保险起见，还把剩余的草也编成蜻蜓的样子，放在他们身边。这样一个举动，三个孩子仍然不转身，空洞的眼睛望着我们。无奈之下，五叔咬破食指，在每个木偶头部点了一下，这下他们才全部转身侧躺，棺材盖自动合上了，大乐四个人也都从棺材里面坐起来，他们自由了。而他们躺过的那四口棺材已经消失了。

五叔心疼地看着自己的食指上的咬痕，说："给孩子们点玩具，他们就不会太寂寞，就没有那么大的精力寻找替生主了。"

五叔随后嘀咕着："早知道不编六个了。"

五叔最后的总结语是："棺材的盖子一旦打开，就相当于打开了一张吃人的口，你必须用一个人去填满它，要不然后患无穷。棺材盖是通往地狱的门，一旦打开必须有人进去。你们四个命大，如果过了七七四十九天，你们就会永远被填在这棺材里面，生生世世。"

我们回到学校的时候，大乐的女朋友早在学校门口一个比较好点的饭店准备好了一桌丰盛的早餐，当她看见大乐安全回来，早已经激动得不知道该怎么办。我和郑雨则拉着手，对视而笑。

第十一章　旗袍

　　我知道我做了什么，也知道该做什么。一切后果由我承担，与你们无关。那年遇到"鬼裁衣"之后，我的手艺就完全断送了。为了咱们"宜衣社"的牌子，我想尽一切办法，却都没有用。杨扬小姐来做旗袍，我很矛盾，做不好不仅牌子保不住，很可能连命都没有了！为了这么一大家子，我只有铤而走险了。

郑雨当时正在一家裁缝店做旗袍，准备参加一个学校的活动，店里的裁缝手艺很好，双方在聊天的过程中，裁缝告诉了她这个祖上传下来的故事：

这种裁缝铺在如今的西安已经很少见了，更大的一些城市还要少些。我祖上却是世世代代做的量体裁衣的活儿，虽然在旧社会这是不入流的职业，但是祖训"凡事凭手艺，万世不求人"。几百年来，我们家族都是靠着"宜衣社"这块老牌子穿衣吃饭娶老婆，这才是真正的传统工艺。可是宜衣社传到我爹手里的时候，却出现了一件怪事儿。

我爹的手艺在当时的上海滩裁缝行业里面可算是首屈一指，特别是他亲手做的旗袍，当时名噪大上海，很多名人慕名而来，包括特别喜欢旗袍的宋美龄也曾经穿过我爹做的旗袍。

这件怪事就在"宜衣社"牌子在上海滩如日中天的时候发生的。那天晚上十点钟，我爹和往常一样把第二天要送的衣服包好，把没完成的活儿收了，然后，灭了炉火，凉了熨斗，关掉电灯就准备打烊了。在他正关木板门的时候，一个女子进来了。

这女子长得很漂亮，清瘦，长发，身材也好，可是我爹就是感到这姑娘什么地方有点儿不对劲，因为要忙着关门，我爹也没多想，就一边往门框里插着木板一边对她说："小姐，明天再来吧。我们要打烊了。"

那女子却不动，说："师傅，我很着急，我必须今天要一件旗袍！拜托您一定要帮我做了！我真的急用！"

我爹说："我这个行当有规矩，晚上不做衣服，因为光线不好。您还是明天来吧。我给你提前做。"

那女子苦苦哀求，更显出楚楚可怜的样子。女人就是这样，一旦求人，不免让被求者心软，不忍拒绝。我爹实在被缠不过，又不忍，就把这活儿接下了。

那女子高兴地拿出布，我爹给她量了身，这才在电灯下紧张地忙碌起来。那女子就在店里转悠，看看这个，翻翻那个。我爹本来就是熟手，而且这女人的身材非常匀称，拿来的布料也非常容易裁剪。所以两个时辰不到，这件旗袍就做好了，那女人试了试，非常满意，付了钱之后就离开了。我爹这才重新收拾了店里的东西，打烊关门。他仍然觉得那女人怪怪的，可是忙了一晚上太累，也没多想，就睡下了。

可是第二天我爹查账的时候却发现，昨天那女人给的银洋全部变成了烧成灰的纸钱！他这才仔细想了想昨天晚上那个女人，不想不觉得，这一想起来可真是把我爹吓坏了！那女人大冬天的却穿着一件短袖旗袍，而且脸上一点血色都没有，家里人都说这是见鬼了。

我爹翻找出给那女人做衣服剩下的布料，竟然全是纸片，我爹很后怕，随后就吓病了，从此落下了手抖的毛病，衣服总是做得不合适，不断有人来找，不断有人要求赔钱。一夜之间，宜衣社的牌子倒了。原来门庭若市，现在无人问津，每月除了收电费水费的来一下，根本就没有客人。生病加上急火攻心，我爹的身体一日不如一日。即使这样，他仍然想着怎么挽回宜衣社的牌子和面子，老人在病床上发出一声声叹息："唉！宜衣社百年基业不能毁在我一个人手上啊！"

可是宜衣社的手艺坏了，这在上海滩早就已经家喻户晓了，谁还会来这儿做衣服？就在一筹莫展准备关门歇业的时候，另一个女人在店里出现了。这女人叫杨扬，来头可不小，是上海滩有名的交际花，好几个军阀都跟她有来往。

我爹拖着病身子，亲自接下了这单生意。

我爹心有余悸，但仍对杨扬说："杨小姐，您放心，这件旗袍我一定现出最好的手艺。"

杨扬留下订金："虽然听说你们宜衣社出了点事儿，但是我还是相信您的手艺，一定不会让我失望。"

我爹很有信心，其他家人却比较担心，因为从那件事情以后，我爹给我们兄弟姐妹们做的裤衩都没合适过，更别说旗袍了。

当天晚上，我爹一个人在店里忙碌着。等着工人们都下了班，这才开始忙活起来，一直忙到天亮。第二天依然如此，一直到第三天晚上，这件旗袍做出来了。杨扬当即在店里试穿了一下，我们在场的人都惊呆了，这件旗袍做得太合适了，穿在杨扬身上就跟长出来的一样！那杨扬反复对着镜子打量着，欣赏着……

这一下宜衣社的名声又打出去了，杨扬穿着宜衣社的旗袍，那简直就是免费的超级广告呀！很多有钱有势的人和又开始频频光临宜衣社。我爹已经不再亲手做衣服，而是让大哥拿下了这一摊儿。大哥学手艺也二十多年了，倒也能拿下来。

可是店里仍然有些不对劲，因为一个十二岁的小学徒突然失踪了。大哥通知了巡捕房，可是一个月过去了，一点线索都没有。好在店里也不怎么缺人手，慢慢大家就淡忘了这件事儿。

直到有一天，小学徒的父母来上海看孩子，我大哥才意识到事情严重了。赶紧去巡捕房打问，巡捕房说了，没有线索怎么找人？这下大哥完全没了主张，只好去跟我爹讨主意，我爹一听说孩子父母找来了，赶紧让人请进来。

那孩子的母亲说："掌柜的，不是我们故意跟您这儿捣乱。确实是想见见孩子。昨晚上我和他爹做了同一个梦，梦见孩子浑身是血，身上的皮被生生揭下来了！我担心孩子有啥事儿，所以赶紧从乡下赶来看看。没想到还真是出事儿了！"

这对夫妇典型的农村人的打扮，旧社会的农村人的贫穷是现在人根本无法想象的，两个人一路几乎要饭才到的上海。我爹听完两人的描述，立即大口吐血，给在场所有人都吓坏了。那夫妇也顾不得孩子失踪的事情了，不停地道歉。

我爹对他们摆摆手，说："没事儿，人老了不行了。不关你们的事儿。孩子丢了，我没管好，是我的责任。这样吧，给你们带点钱，你们先回去，要想在这儿住下也行！孩子我们帮着找，你们也别太操心，不用太着急，那么大的孩子挺懂事儿的，丢不了，就怕被抓了壮丁……"

我爹没说完就不停地咳嗽。我哥在我爹的示意下给了孩子父母一大笔钱，当时那笔钱完全可以在乡下买一百亩水田！孩子的父母千恩万谢："掌柜的！

让我们说什么好？孩子在这儿学本事，怎么还能要您的钱呢？这实在是……"

我爹摆摆手，老泪纵横，似有难言之隐。

这对夫妇走后，我爹的身体就突然不行了，他把大哥叫到床前说："你可要记住：我死之后一定要把我的皮揭下来，要不然我无法瞑目！"

大哥很吃惊，这简直是大逆不道的事情！当场表示反对！

谁知我爹却非常激动："你听我的！我是你爹！你要真为我好，就一定要这么做！要不然我做鬼也饶不了你！"

大哥无奈，只好含泪答应了。

"我在地窖里放了一个很重要的东西！你一定别忘了在三个月之后取回来。"

随后，父亲就离世了。大哥按照父亲的遗嘱，揭下了父亲尸体上的皮，三个月之后，大哥从地窖里找出一个人，就是那个失踪的学徒。

孩子带着一封爹生前留下的一封信。信中说：

　　我知道我做了什么，也知道该做什么。一切后果由我承担，与你们无关。那年遇到"鬼裁衣"之后，我的手艺就完全断送了。为了咱们"宜衣社"的牌子，我想尽一切办法，却都没有用。杨扬小姐来做旗袍，我很矛盾，做不好不仅牌子保不住，很可能连命都没有了！为了这么一大家子，我只有铤而走险了。

　　祖上传下了一个量体裁衣的秘方，但都是偏门，非是万不得已的时候不能使用！我想，当时我就是万不得已了！祖上一定会原谅的。我翻开第一页，里面说：活人皮以姜汁熬煮，可平软如锦，复以醋石浸之，火熨则薄如纸，可为衣里，成衣上身即宜，是为"万人衣"。意思是说，姜汁熬过的活人皮，就可以像绸缎一样柔软，再用醋石泡了，熨斗就可以把皮熨得跟纸一样薄，用这人皮做衣服里子，成衣之后，谁穿上都合适，这就是"万人衣"。秘方中要求，必须是本命年的十二岁男孩；另外，必须征得男孩同意；最后，死后必须剥掉自己的皮。男孩被剥皮之前要下符，剥皮之后要用新鲜蚕丝包裹三个月，静卧不得见阳光，才能保命。裁缝者要比穿衣者死得早，否则对穿衣者不利。穿足百人，衣服才能不妨主。

在这样严格的条件下，我终于决定铤而走险，跟小学徒商量好，这孩子也懂事，说赴汤蹈火也要挽回咱们"宜衣社"的面子。我就剥了这孩子的皮。一切都很顺利，谁能想到，人算不如天算，我还是死在了杨扬小姐的后面，她死相恐怖，全身皮肤溃烂，没有人形了。那旗袍现在已经倒手六次，我再不死，不知道还有多少人要被害死。为了减轻罪孽，我只有死路一条，所以在那孩子父母走后喝了鹤顶红。

这本书一定要慎用，要保管好，如果落在心术不正的人手里，必将成为大害！这孩子是"宜衣社"的大恩人，我已经收了他做义子，你们以后要像亲兄弟一样对待他。

大哥看完信，当着所有人的面，将那本祖传的制衣秘籍烧掉了。那个孩子浑身的皮肤却完好如初！只是被剥去的部分不及头部和手腕，旧的皮肤比起新长的来，颜色要深一些。

郑雨听完这个故事，那件旗袍也做得差不多了。那裁缝一伸手，胳膊就露出一大截，手腕上的皮肤与胳膊上皮肤的颜色差别很大……

"您也猜到了。我就是那个被剥了皮的孩子。这么些年了，师傅一家对我很好，我没有所求，但是我就想弄清楚一件事，当初让我师傅失去手艺的那个女人究竟是什么来头。我不报仇，只是单纯地想知道究竟是谁把我们一家害成这个样子的。"那裁缝说着说着，眼睛里面有了泪花，"我也想告慰我师傅的在天之灵，这样他也就能瞑目了。还有……"

说着，这裁缝从桌子底下拿出一个包裹，打开之后，郑雨吓得连连退后。

"这是一张人皮，是我大哥临死前交给我的，是我师傅的人皮！这么些年了，没有皮的师傅肯定过得不好。我夜里经常梦见他，他说他冷！"

郑雨听到这里，一身寒意，心说："我更冷！"

那裁缝接着说："听说您认识两个朋友，懂得周易，我希望您能请他们来一下，帮帮我。"郑雨这才明白，这裁缝为什么要跟她说这些，原来因为上次学校学生陷入"替生"劫，我和五叔帮他们解除了魔咒，这才一举成名。而这裁缝也是一个有心人，因为主要客户是学生的缘故，所以有学生来店里做衣服，闲谈间说起了这件事情，言者无心，听着有意，就打听出郑雨也参与了那次行动。这才趁着郑雨做衣服的机会，把事情和盘托出，希望获得帮助。

郑雨于是给我们写信，希望我们再去西安，帮这个裁缝完成这个心愿。郑雨最后说："当然，事成之后，少不了你们一笔丰厚的报酬。"

这句话其实相当于废话，我和五叔现在根本不操心钱的事情，因为从蝶仙那里弄来的宝石足够我们几辈子过奢华的生活，我们关心的是我们身上蝶仙"符咒"的事情。每个月依靠剩余不多的地窝子蜂蜂巢暂时抑制身体蜕变的进程，我们已经一筹莫展，加上剩余的蜂巢已经不多了，我们的蜕变只是时间问题。

算了，想起这件麻烦事，心里就不爽。去外面散散心也好。于是我们乘坐五叔的奥迪牌小轿车（我认为是最破的车）来到西安和郑雨会面。

我们的会面地点选在电子城附近的一家火锅店，这家店是重庆人开的，名字很有创意，叫作"海底捞"。三个人选了一个角落坐定，这才开始正式谈到这件事情。

五叔很明确地说："这个事情真的不好办，一方面当事人都已经去世很久了，另一方面那个女人接触过的东西都已经没有了。唯一的线索就是那个孩子，但是他根本没有接触过那个女人。"

郑雨咬了咬嘴唇："五叔！希望您能尽量帮他，我觉得他挺可怜的。"

五叔叹一口气，看了看我，我不说话，谁也不看，盯着已经烧开的锅底发呆。

突然一个影子从我身边闪过（我坐靠窗的位置），是一个穿着旗袍的女人！

我恍然大悟："五叔！咱们可以从旗袍入手！"

五叔略有所思："旗袍？倒也算一个线索。整个事件因旗袍而起，咱们看看是否会因旗袍而终。"

吃完饭我们立即到了裁缝铺，经过郑雨的介绍之后，老裁缝拱手欢迎："久仰二位任先生大名，今日得见果然一表人才，绝非凡人！"

"客气！"五叔简单地寒暄一下，便直奔主题，他并不喜欢跟人绕弯子。

那裁缝见五叔对这见面的官话稍稍不悦，不免有些尴尬，好在及时说起旗袍话题，倒也不至于太过难堪。

五叔道："先生贵姓？可否将事件重新说一遍，毕竟转述的东西不是第一手资料。"

郑雨听到这里，朝我吐吐舌头。

那裁缝道："免贵姓沈！任先生有所不知，先师的事情需要暂时搁下，还有一件事当下却很要紧！"

一句话令我们三个人的心里都咯噔一下！

"先师用人皮做成的那件旗袍昨天被人送回这边店里了！"

我们大吃一惊！这从何说起？且不说这件旗袍经历那么多年，就是翻山越岭从上海到西安这也是不容易的，怎么可能在时间上和空间上达到如此的统一？

五叔脸色微微变了，这是他迷惑不解时最常出现的表情。

店里面很静，沈师傅道："我昨日刚刚送走这陈姑娘，没想到一会儿工夫就有一个小孩拿着一个包袱送来了，说是有人让送到店里来的。我打开一看，就是那件旗袍！"

五叔问沈老板："沈老先生，如果让人穿上这件旗袍，会出现什么情况？这个人会不会有危险？"

沈裁缝沉吟一会儿，道："目前还不知道，我看看便知。"

说完拿出这件旗袍，放在灯下仔细地翻看。这件旗袍确实非同凡响，质地、面料、做工和样式，即使在六十多年之后的今天，仍然让人为之所动。

我看了一眼郑雨，只见她盯着这件衣服眼睛都不眨一下，那是一种迷离的、渴望的甚至是贪婪的眼神，那是对美的极度渴望，也是对那件衣服的强烈的占有欲……

"哦！任先生，没问题，我已经数过这件旗袍所有的针脚，确实少了一百针，说明这件衣服已经脱离了诅咒，对穿上衣服的人的身体不会有什么不良的影响，但至于会不会出现其他诸如幻觉方面的影响，我就不敢保证了。"

五叔略略皱了一下眉，眼睛扫到了一边正专心致志盯着这件旗袍的郑雨身上，她俨然已经入迷，对眼前发生的事情视若无睹，仍然陶醉在这件旗袍造成的迷雾中。

我推了一下郑雨，她没有反应，我又使劲捏了一下她的胳膊，她仍然没有反应。没有办法，我只好拿出一支烟，点燃之后猛吸一口。

她这才如梦初醒一般大叫："任桀！你又抽烟！这是在矿区！严禁烟火！"

喊完之后才发现自己的失态导致所有人的目光都在以她为焦点。

郑雨不好意思地说："不知道为什么。我看见这件旗袍就有一种被迷住的感觉，根本无法摆脱它的诱惑！"

五叔说："你敢不敢穿上这件旗袍？"

郑雨的眼睛突然一亮，然后拼命地点头。

五叔拿出一块地窝子蜂的蜂巢，切下一小块给她："把这个东西含在口中，压在舌头底下，你不会感觉到它的存在。当你遇到危险的时候，一定记住把它咽下去！"郑雨点点头，迫不及待地将那蜂巢含了，拿起衣服就奔了内室换上了。

一会儿工夫，一件堪称完美的旗袍严丝合缝地将一个美女的身材完美地凸显出来，给人一种吃了人参果一般的舒服，我相信，现在她一出门，只要是男人，无论年纪大小都会关注她的，这件旗袍太完美了，简直就是鬼斧神工！

"咱们去上海，带上郑雨。问问她能不能请假。"五叔说。

"郑雨，赶紧请假，咱们一起去上海！"我对郑雨喊了一声。

"上海？好呀！我正想去呢！"郑雨兴奋地表示。

看来她的神智还算清醒，没有因为这旗袍迷失了心智。一行四人坐着五叔的"毛驴汽车"直奔机场，可惜的是，今天的航班已经没有了。

无计可施之下，五叔开口说话了，还是那种语速慢吞吞、声音柔和却不容忍拒绝的语调（我承认这种说话的方式确实很有吸引力，我也一直在模仿，但是总没有那种味道，真是失败！）："咱们开车去！"

我们大吃一惊！

"从西安到上海开车去至少得二十个小时！一路上受得了么？"

"去了再说！"五叔的语调没有改变，但是仍然不容拒绝。

众人在车上坐定，五叔狠狠地呷了两口茶，一踩油门，那车就奔着高速入口去了……

我们根本无法想象五叔用了什么方法，反正一路上我们根本没有机会看见路上的风景，在下午三四点钟的时候，我们从车内望去，给人整个一片黑乎乎、雾蒙蒙的感觉。

郑雨专注地观赏着自己的旗袍，在座位上一会儿转身到左边，却把头转过后面看看自己的屁股是不是很翘，一会儿又转个身挺起胸部，痴迷地欣赏着自己傲人的曲线在这被诅咒旗袍的包裹下表现出来的完美状态。

完了，这姑娘这辈子要住在这旗袍里面了。估计吃饭都忘了。

"喂！美女，你姓什么？"我打趣她。

"姓郑！"倒还记得自己姓什么，看来还不错。

"我呢？我姓什么？"我继续问她。

"你？你姓……哎，沈老伯，这后生姓什么来着？"

我当时嘴都气歪了，真想扁她一顿。

沈老板哈哈大笑，在我耳边耳语："她一定记得，故意逗你呢！不用担心，她不会有什么事的。"

"但愿如此。"我仍然不放心，她老爸可是煤老板呀，手里的钱比我们还多！要是真让人家姑娘有个三长两短的，我们能被钱活活砸死！

五叔笑笑，继续开车。我们离开西安五十分钟后，这辆奥迪汽车突然刹车，车内的人奋力向前，要不是安全带，我们估计都被弹出汽车了，连那孤芳自赏的美女也不得不暂时把注意力集中在突然停车的问题上。

我正想问五叔是怎么回事，岂料五叔直接打开车门下了车，顺便对我们说了一句："到了！"

我们三个人立刻被雷倒在车里面！到了？！到哪儿了？渭南还是临潼？开再快顶多到郑州！

可是当我们走下汽车之后，我们信了，这里是上海，确确实实是上海。繁华的街道、鳞次栉比的高楼大厦，还有那刘翔的巨幅广告牌……确实是上海！怎么会这么快？

我问五叔，五叔笑笑："车太破，要不然现在已经住到宾馆里了。"

故作神秘！切！打心眼儿里鄙视一番。

无论我们愿不愿意接受这个现实，我们确实已经到了上海，为了确定我不是做梦，我还亲自去一个小商店买了一包烟！点燃之后随便扔掉了烟头，直到被罚款五十元，这才心疼地明白：我不是在做梦。

五叔像看怪物一样看着我："有俩糟钱儿烧的？这下信了吧？票据上有公章，自己仔细看。要不要我再抽你一巴掌？"

"不用了，不用了。我自己适应吧。"我吓得赶紧捂住了脸。

小时候偷偷抽烟被五叔抓住过一次，吃过他一巴掌，知道厉害。但是他仍然管不住我，长大之后将抽烟这项工作作为日常工作来抓，总算卓有成效。

沈老先生虽然年纪近八十，但是身体很好，除了皮肤有些不正常之外。他带着我们一路的窜大街、过小巷，偶尔还要过桥，折腾了一个小时才到了原来那间铺子。

铺子还在，没有被拆迁。里面的人看见沈先生都围住他，热情地打招呼："东家来了！好长时间不见了！这次回来不走了吧？落叶归根哪。到底是咱们南方人！"

沈老先生跟这些人寒暄一会儿，这才走进店里来，一个年纪比沈先生还要老的老头儿出来迎接："老六，回来了？"

"二哥，您身体可好？"沈先生拉着他的手，说不完的亲热话。

我们一个个坐定，只有郑雨没有德行，一个人站在镜子跟前就不走了，左看一下，右看一下，就好像一个刚刚发了帖子的人，守在电脑跟前不停地刷新页面看别人的点击。

那被称为二哥的老人注意到了郑雨身上的旗袍："这衣裳找到了？"

沈先生说："别人送到我那儿的！还不知道是谁送来的。想回来找找线索，所以……"沈先生将我们的来意和来的过程说了一遍。

那老头根本不信："从西安到上海开汽车用了五十分钟？你们诓我呢？我老人活了八十八了，陕西去过好几次，坐飞机还得好几个小时呢。你开的火箭车？能比飞机还快？"

我们并不想在这方面纠缠，说实话，我自己亲身经历的整个行程，我到现在都不能完全相信，更别说告诉一个没有参加行程的老人了。

于是我问他："爷爷，您说那个大半夜来找您爸爸做旗袍的女人留下了什么东西是吗？"

"有东西！就是她拿的布料裁剪之后剩下的那些，第二天我父亲一看呀，全是纸！您说什么人才拿纸做衣服呢？不是鬼是什么？"

"那您听您父亲说过那女人的特征吗？比如说口音、胖瘦、打扮或者其他特别明显的特征？"我继续追问。

老人说："只听说过这女人冬天大半夜只穿着一条短袖旗袍。长得很漂亮，带着苏北一带的口音，不是地道上海人。其他的，我想不起来了。哦，对了，当初那女人给的钱里面，还有一张没有烧完的冥币！我给你找找。"

老爷子亲自去了内室，一会儿工夫拿出一个木匣子出来，他戴上眼镜，然后拿着钥匙打开匣子，将那做衣服剩余的纸片和那张冥币给了我，我看不出什么名堂，也只好求教于五叔。

五叔拿着纸片看了好一会儿，说："这女人是民国三十年左右死的，从这张冥钞上可以看出来，上面有民国政府印花税的税票章。"

"看来我们还得感谢多税的民国，要不然还真不能提供这些线索。"我打趣道。

"那你感谢汪精卫吧，当时上海还在沦陷区，归汪伪政权管理。"我自知历史知识贫乏，只好闭嘴。

"可是现在这些线索也不够呀。"我对五叔说。

"没关系。我有办法，只要郑雨今天晚上穿着旗袍坐在店里当模特，二爷披着父亲的人皮在店里忙碌，我就有办法让那女子现身！"五叔似乎成竹在胸。

当夜，月朗星稀。五叔和沈先生在内堂屋里喝茶静坐，郑雨根本没有倦意，自从穿上那件旗袍，她就一直很兴奋。

二爷则披着父亲的皮，穿着父亲曾经的衣服在店里忙活，我朝着北方的方向画了一个大圆圈，然后等待时间一到立即点火。

夜里一点到了，我首先点燃了那张冥币，随后，一刀和那女子做旗袍一模一样的纸也被点燃。完成这些事情之后，我立即退回内屋，加入到五叔和沈先生的等待队伍中。不一会儿，外面传出了一声响动。二爷将熨斗掉落下来，我们从内堂看外面看得清清楚楚：那女子到了！

还是一件短袖旗袍，手里拿着一匹青蓝的布，和那刀纸一样的颜色，面容姣好，身材匀称，她的目光锁定在郑雨身上，确切地说，锁定在郑雨的旗袍上。郑雨根本没有工夫理她，仍然在孤芳自赏。

这女子并不看二爷，道："给我做一件旗袍，要和这女人的一样！"

二爷仍然说着父亲当初说的那句话："小姐，明天再来吧。我们要打烊了。"

女子这才把注意力稍稍转移到二爷身上，不过这次她并没有上次的苦苦哀求，而是不容拒绝地再次表示："给我做一件跟她身上一样的旗袍。"

说完又看着郑雨的衣服。二爷抽空看了一眼内堂的五叔，五叔点头。二爷接下了活儿，也是轻车熟路，一会儿工夫就做好了，拿给了这女子，这女人看着这件衣服，眼睛闪现出一样的光芒，刚才的灰暗和冷漠一扫而光。她迫不及待地在不避讳其他人的情况下就脱掉身上的衣服，准备将这件新衣服换上。我们目瞪口呆，因为这女子除了脸面，身上没有一处好皮肉，早已经风化腐朽了！

这女人刚刚穿上衣服，就立即惊慌失措，大喊一声："上当了！这衣服的里子是拿什么做的？"

"人皮！"二爷不动声色地说。

那女子一听到这两个字，立刻六神无主，瘫倒在地上。内堂的三个人也很快现身出来，将她围得严严实实！

这女人在众人眼光的焦点中无法脱身，腔调软了下来："你们想知道什么，我全部都说！"

"为什么要害宜衣社？"

那女子满眼泪花，娓娓道来：

当年，我还在广州乡下的时候，有一年大旱，我家无以生计，我爹就只好把我卖给香港一个裁缝，这裁缝很有本事，在整个香港都很有名，有很多外国人都找他做衣服，他每年都要收购一批童男童女，年龄在十岁以下。我就是这些孩子中的一员。后来我听说，这人曾经在一间叫作宜衣社的成衣店做学徒，偷学了一项做旗袍的独门绝技。你们也是做这一行的，肯定知道这是干什么的。当然，我也无法逃脱厄运，只不过我被他多养了几年，直到有一天，他拿着一把剔骨小刀在把我麻醉之后划开我天灵盖的皮肤时，我知道，我的大限到了！这个变态用我的皮做了一件旗袍，用我的整张皮，没有布料！他整天穿着我的人皮做成的衣服，在房间里走来走去。我的灵体却被困在衣服里，无法出去。终于有一天，在他喝醉酒睡着的时候，我狠狠地勒紧了整个人皮旗袍，一会儿工夫他就全身青紫，断了气。我为自己报了仇，但是这远远不够，作为源头，我一定要想办法让宜衣社受到惩罚！于是，我在一个晚上成功地将沈老太爷吓病，我要逼迫沈老太爷用那种制衣法做出一件完美的旗袍来，让喜欢它的人们、穿着它的人们都受到诅咒！还要让沈老太爷接受教训，死无全尸！我都做到了！一切都实现了。

"可是，我仍然是喜欢旗袍的，它优雅、性感、成熟、正规、气质，是每个女人最理想的衣服。我忍不住，今夜我知道灾难要来，但是我仍然忍不住，因为这件旗袍太完美了，比我那件还要完美。"

她的这件纸衣服外面被五叔画上了符，所以一会儿工夫，她的声音越来越低，身形也越来越淡，最终消失了。只留下两件柔软的旗袍，当然，一件是她的皮做成的，而另一件则是沈老太爷的皮做成的。

沈老太爷的皮做成的旗袍很快就消失了，五叔说："它找到主人了。"

而郑雨则突然晕倒，一直睡到第二天下午。变化最大的要数沈老先生了，他的皮肤终于复原。

激动的老人对着西方一边磕头，一边痛哭流涕："身体发肤，受之父母。爹、娘，我终于凑成全尸了！"

第十二章　墨齿

　　老人颇为激动，所以话也多了起来："这古书上记载，古代有一种东西专吃死人的脑髓，唤作'觜阌'（音：资纹），这种怪物后腿发达，前腿退化，站立行走，比人略低。雌兽有翼，善飞跑，食人尸脑髓，无涉活人。也有一种说法，说这觜阌乃是地狱的一种怪物，生于阴山之阴，非常健忘，记性极差，所以吃人脑髓，来记住一些紧要的事情。"

　　说实话，我很讨厌上医院，因为小时候体质弱，隔三岔五地就被爸爸或者妈妈带着来医院。要么打针，要么吃药，总得摊上一样儿，反正都不是什么好事儿：吃药苦，打针疼。对于一个小孩儿来说，快乐的童年，没有比这更让人痛苦的事情了。上医院给我留下了很大的心理阴影，现在也无法彻底消除。

　　这是我成年之后为数不多的几次来医院的历程之一。这次没有爸爸妈妈的陪同，但是很讨厌的是仍然有一位"家长"，就是五叔任儒云。

　　这家医院是我们这一带非常有名的医院了，当然是因为治好了很多疑难杂症。可是这次我们来这里并不是看病，而是因为这家医院发生了一件非同寻常的恐怖事件：

　　在医院停尸间的尸体，一夜之间全部被吸干了脑髓！尽管院方一再强调要保密，我仍然忍不住将这件事情记录下来，介绍给大家。

　　我们赶到医院的时候，已经是中午了。距离事发将近十二个小时。在停尸间阴森的空间里，我已经感觉到气氛的压抑了。加上我很不喜欢医院的一切，尤其是充斥着乙醚味道的空气，所以在这里我简直一分钟也待不下去。

　　几乎没有围观的人，因为院方严格保守秘密，除了为数不多的几个当事人和院领导之外，就我和五叔知道了。

　　该院院长林国强是在我们之后到达的事发地点，他上来先跟我握手："警察同志，破不了案不要紧，一定要保密呀！"

　　"我知道了，您放心吧。"我打量着这个医院的台柱子：一米七五的身高，匀称的身材，白皙的皮肤，黝黑浓密的头发和眉毛，胡子剃得非常干净，看不到任何哪怕是一点点胡茬，一身洁白的职业服在头发的映衬下更显得白净。

　　他的眉头紧锁，看得出很着急，也很在意这个事件的处理结果。所以，尽管作为唯物主义者的医生，也不得不在拜托我这个警察的时候，用渴求的眼神望着以阴阳为职业的五叔。"您放心，我们尽力而为，即使不能搞定这件事情，也不会泄露半点秘密。"在作出这样的保证之后，林院长才稍稍放心，带我们看了那些遭到攻击的尸体。

　　每具尸体的天灵盖都有铜钱大小的洞口，洞里面黑洞洞的看不清楚，这时候林大夫突然对着那个黑洞吹了一口气，"嗡"的一声，如同一个葫芦在被吹响，我和五叔知道，这些尸体的头颅里面已经没有任何内容了。而且我们也透过手电筒的光线看见里面的确空空如也。

　　我和五叔问了院长一些晚上的情况，林院长告诉我们："这个停尸间一直是一个姓魏的老头在看管。"

　　"那是个什么样的人？"五叔突然问。

　　"魏老头全名叫魏宏章，解放前曾经是北平某知名药店的掌柜，懂中医，据说医术还不错，"文革"时期被打倒了，就沦落到这儿。一直看尸房，工作挺尽职，也没有出过什么岔子。这人见人不搭话，也没有朋友，一直一个人生活，很孤僻、性格挺古怪的一个老头儿。哦，昨晚他就在这儿守着的，一早起来有一个护士发现他晕倒在门口了。这才知道出了事儿。"我们在得知魏老头儿的地址之后，就立即赶往他家。

　　魏老头儿住在一条废弃的街道的东头儿，这里曾经是繁华的街道，但是随着全县政治中心的南移已经完全衰落了，除了几家小饭馆还勉强支撑之外，更多的改了行当：棺材铺、纸活店和机车修理店成了最主要的经营项目。其中以棺材铺和纸活店为最多。走在堆满花圈的街头是一种什么样的心境可想而知，更别说住在这里了。

　　我们费了相当的周折才找到老人的住处。斑驳的墙皮和破碎的瓦片是我对这间青砖瓦房最深刻的印象。门没有锁，进了前院，老人正在门口的台阶上支着的简易锅灶上做饭，看见我们来了，老人只是瞟了一眼，并没有停止他的动作，似乎我们只是不相干的路人。这时候整个锅里已经冒出白气，老人熟练地将玉米糁子缓缓地倒进开水里，另一只手拿着大勺在水里不断地搅拌，一会儿工夫一锅开水就变成稀饭了，随后老人将切好的红薯块放进锅里。这才盖上锅盖，坐在灶门前的小板凳上往锅底下添柴。

我和五叔看着他这一整套动作，感觉这个人是一个很中规中矩的人，一切都按照程序来，有条不紊。

我随后走上前去："大爷，我们找一下魏宏章。"

"哦，你们找他有什么事儿？"老人仍然盯着火。

"我们是警察，想向他了解一些关于他所在医院的一些情况。"

老人这才认真地审视我们，一双眼睛非常灵活，透着灵气，只是表情依然冰冷，一如他的工作环境。

他道："我就是魏宏章。等我吃完饭，你们想怎样都好，行吗？"我们点点头，在这个院落里闲转等他。

一会儿工夫，饭已经熟了，我已经闻到浓郁的玉米的清香和红薯的香甜。老人也不让我们，尽管自己吃起来，一会儿工夫，小半锅粥竟然被他吃光了。他这才满意地擦了嘴，随后洗了铁锅碗筷，才把我们让进屋里。

整个屋子非常阴暗，一方面是由于窗子太小，另一方面是被不怎么透光的白纸糊起来了，由于经历了很长时间，这白纸早已经变得快看不出原来的颜色了。里面一个大炕，上面整齐地叠着一床被子。一张大桌子两侧各有一把大椅子，五叔和魏宏章分别落座，我只能站着，老头对我说："只有两把椅子，你坐炕上吧。"

都坐定之后，老头儿才说起昨晚的事情："昨晚上十一点多的时候，我去上厕所。半道儿回来的时候出的事儿，我看见了一部分过程。"

他说得很谨慎，唯恐出了什么岔子：

停尸房里一共有十六具尸体，这是在我接班的时候清点过的。昨天已经有两个家属将他们家的尸体拉走了，不用清点我也知道是十六具，但是您知道，我这人就好较真，一定拉着管理主任再数一遍，这才放心。就这样，一直到十一点都没有什么状况。这时候我上厕所的时间到了，每天晚上这个时候我都要去厕所大解，几十年来一直这样。昨天晚上很好的月光，我就没有带手电筒。

回来的时候我就发现情况不对了，因为我出门的时候总是锁着门的，可是我发现这门已经开了一条缝。几十年了，每天晚上我上厕所回来都要拿钥匙开门，这种习惯是很难改变的。我的手已经摸到了钥匙，在好奇心的驱使下，我凑了上去，透过那条门缝往里一看，差点连老命都吓没了。里面一个人，弯着腰在尸体的头部稀溜溜喝粥似的吸着脑髓。整个停尸房里一片黑暗，除了从门缝照进去的一道月光。月光照在那汉子的脸上，有一寸宽左右的一道光线将他的后脑面分成两半，他似乎感觉到有人在偷窥，于是慢慢转过头来，冷冷地对我笑！我看见了！他的牙是黑色的，不是烟熏的那种黑，而是那人长着一口黑颜色的牙，黑得发亮！这次我再也坚持不住，直接吓晕过去了。等我醒来的时候，我已经躺在医院的病床上了。

老人只是不善于与人交往，倒不至于像院长描述的那样孤僻和古怪。这就是我和五叔第一次和魏宏章的交往，虽然有些生分，但至少比我们料想的要好很多。

"您说什么东西才以人的脑髓为食？"五叔突然问他，这老人一听到有人向他请教，颇感惊讶，很长时间了，这久违的请教终于再次出现。

老人颇为激动，所以话也多了起来："这古书上记载，古代有一种东西专吃死人的脑髓，唤作'觜瓴'（音：资纹），这种怪物后腿发达，前腿退化，站立行走，比人略低。雌兽有翼，善飞跑，食人尸脑髓，无涉活人。也有一种说法，说这觜瓴乃是地狱的一种怪物，生于阴山之阴，非常健忘，记性极差，所以吃人脑髓，来记住一些紧要的事情。"

五叔对这些事情还是有些了解，于是，他决定亲自去停尸间待上一晚，然后看能否得到一些线索。当天晚上，我们带着一些必备的物品到了停尸间，按照魏宏章老人的建议，我们躺在放尸体的柜子里，这个柜子是老人专门准备的，可以从里面窥探外面发生的一切。但是，安全仍然无法保证，如果这个墨齿人发现我们或者把我们当成尸体吸了脑髓，那就惨了。而且，从来不喜欢医院的我原本对这个环境就有着很深的抵触情绪，只是对这个案子比较感兴趣，所以心情很复杂地接受了这个计划。

在这里面趴着是一件非常痛苦的事情，因为周围大都是因为意外而死亡的人，放在外面有发生异味的担心，所以这类人士的遗体就放在这种装满冰块的停尸柜里，有点像洗澡堂里面那些放衣服的小柜子，一排一排的。一些刚刚死去的病症人士，则暂时被摆放在停尸间的床板上。虽然魏宏章老人已经将我们栖身的柜子的冷气关掉，但是我们仍然感到寒冷，因为周围的柜子仍然保持着零下的温度，加上身处一群尸体中间，即使在热浪滚滚的夏日中午，也不一定能暖和到哪儿去。

在这里面熬过了受罪的三个小时，我和五叔也无法交流。只好眼巴巴地盯着外面大厅的动向。已经十一点了，如果那个墨齿人遵守时间的话应该已经到了。魏宏章老人这时间大概正在自己家里那个简易的厕所里进行他那雷打不动的上厕所活动呢吧？我想。

这时门外面已经有了响动，我密切地关注着门口，心跳得厉害，虽然之前魏宏章老人已经告诉过我们这墨齿人的模样，我有一定的心理准备，但是等到真正遇到时，却发现自己仍然有些恐惧。门开了，一道皎洁的月光顺着门缝突然射进停尸间，随着门被轻轻地打开，那月光的照射范围也逐渐扩大，终于一个影子出现了！

这是个什么鬼东西？！五短身材，就像一个五六岁的孩子，两脚着地，一颗脑袋生得奇大，根本不似魏宏章说的这是个孩子一般大小的东西。它慢慢地走向摆放在大厅里面的尸体，看不清它的脸，但是能明显感觉到那种激动，因为它急切地揭开盖着尸体的白布，喘着粗气，眼睛突然变成了绿色，我被吓得忍不住叫了一小声，那东西立刻警觉起来，朝着声音的源头观望，手头的动作也停止了。

我心里大叫一声："不好！"那东西已经放弃那具尸体，朝着我藏身的地方走过来了。而且距离越来越近，看得也越来越清楚，那是一张怎样的脸啊。褶皱、肮脏、眼球凸出，只有一半脑袋留着长发，但是从五官上仍然能看出来这是一个人的模样，它的眼睛泛着绿光，时不时张开一下嘴，露出乌黑的牙齿，它一步一步逼近我藏身的柜子，我屏住呼吸，等待着危险的到来……

那东西离我越来越近，我本能地缩着身子，屏住呼吸，仍然有一点侥幸，希望能躲过这场劫难，但是一切都没有用，那东西就是奔着我的方向来的，而且近在咫尺！

就在我担心它要打开我的柜子的时候，我才终于放下心来：它奔着我旁边隔壁的柜子去了。它拉开那个柜子，从里面拿出尸体来，撕掉包裹在外面的袋子，一个血肉模糊的中年男子的尸体暴露出来了。

那东西立即用手指在尸体的头部击打了几下，随后敲下一块儿来，那尸体的脑袋上就形成了一个形状规则的圆形洞口，那东西把那张大嘴缩成一个吸管状，伸进洞口，贪婪地吮吸起来，哪用得了一分钟？那东西将里面的脑髓吸光，然后对着洞口吹了一口气，发出"嗡"的一声，这一声也让我恢复了紧张，如果它尝到甜头儿，把我藏身的柜子拉开这可怎么办？我赶紧握紧手中的枪，摸索着把子弹压上枪膛，等它打开那一瞬间我就立即开枪，打不死它也要让它见个红。

真是越担心什么就越来什么。这东西扔掉手中那具对它来说已经没有用处的尸体，转身就朝我这个柜子走来，我心里像有一个绷紧的弓弦，随时爆发。那柜子打开的一瞬间，我的手枪准确无误地打到了那东西的身体上，具体打到哪儿我不清楚，但是我知道我确实打中了，因为我的脸上也溅了一些黏稠的恶心东西，散发着一种说不出来的怪味。吃亏之后，那东西以极快的速度跑出了门，地上留下了一串黏稠液体的印记。

我和五叔已经出来，他对我竖起了大拇指。这可是罕见的荣耀啊！我记得我刚考上大学的时候，他朝我竖过一次大拇指，这是第二次。在我还没有从刚才的刺激和兴奋中缓过劲儿来的时候，又出现的一个人彻底让我和五叔崩溃了。

这已经是凌晨三点多了，我和五叔正准备去追那个墨齿人的时候，一个人从黑暗中走进已经打开所有灯光的停尸间，这人戴着一顶旅行帽，下身一条牛仔裤凸显出绝好的身材，上身一件短袖T恤。

"你来干什么？怎么找到这儿来了？"我吃惊地问。

"我夜里两点下的火车到渭南，然后打车到的你们县。期间买了一瓶水，上了一次厕所。然后去了你们家，你妈妈告诉我你在这里，我就没有进门直接奔这儿了。"郑雨说得很随意，似乎一切都是很正常的，没有什么危险和意外，这种说话的口气和我们刚才的紧张形成了鲜明的对比。

"你怎么知道我们一定在这儿？"我还是疑惑不解。

"我进医院的时候，一个女孩子疯狂地跑出去，一边跑还一边喊'停尸间里面有鬼！'我看地上有血迹，顺着血迹就到这儿了。没想到见到了你们。"她仍然满不在乎地回答我的问题。

我和五叔同时感到震惊！怎么一转眼的工夫那个怪物变成了一个女孩子？地上原本发出恶臭的黏液竟然变成了血迹！

郑雨吃惊地盯着我的脸："你的脸上怎么那么多血？"

刚才溅在我脸上的黏液，自然也就变成了血迹。

我和五叔顾不得问她来渭南干什么，也顾不上打招呼，寻着血迹追了出去，郑雨不请自来，也加入到追踪的行列。我们寻着血迹，一直往南追了两个多小时，已经到了南山上了。血迹沿着山谷一路延续，在一个足球场大小面积的小型水库前停了下来。

这时候天已经大亮。

"水库里面有血，肯定是涉水了。想办法绕过水库，看看那边有没有血迹。"五叔吩咐道，我立即在山谷两侧找到了一条小路。

这条路是当地村民进山放羊踩出来的，对于习惯于走平路的人来说是很难走的。我小心翼翼地沿着小路往前摸，几次差点摔下去。一路上我不断盯着周围的痕迹，看看那东西有没有上山，如果这东西上了山，就更不好走了。我终于绕过了水库，在对岸仔细地查看了地上的痕迹，除了露水，什么都没有。于是我朝对岸摆摆手，五叔和郑雨这才沿着我刚才走过的小路往我的方向移动。

三个人终于会合。

"怎么办？"我问五叔。

"回去拿家伙，准备下水。我回去，你和郑雨在这儿守着，不要暴露，知道吗？"五叔吩咐完就离开了，我和郑雨在水库附近找了一个隐蔽的地方躲起来了，郑雨对此很兴奋，她很巧妙地躲起来，密切地关注着水库的水面，倒是很有点专业的样子。

中午的时候，除了几个放羊的孩子从这里经过以外，没有任何情况发生，我和郑雨却又累又渴，已经坚持不下去了，五叔却连个影子都没有。阳光很刺眼，将我们周围的土地烤得火热，加上湖面升腾起来的水汽，我们所在的地方又闷又热，整个人都被汗水湿透了。整个水库平面非常安静，只有偶尔的风吹起，才能看见一点点鱼鳞似的水纹。

酷暑难耐，就在我决定要出去到周围村子里买点饮料面包的时候，水面方向传来一声特大的响动！我和郑雨正在商量谁去买东西的问题，听见声音立即将目光投向了水面，只见那水面上腾起一大片水花，好像烧开了水的样子。一会儿工夫，一具女尸就浮上来了。我们待在原地，一点儿都不敢动。

大概半个小时之后，那尸体仍然在水面上浮着，而水面也恢复平静很久了。我们小心翼翼地探出头来，给五叔打了电话。五叔只说了一句"马上就到"就立刻挂断了。我们不敢轻举妄动，只好等候五叔的到来。

"唉！应该跟他说带点儿吃的和喝的，咱们受了半天罪，连个提要求的机会都不给。"我发着牢骚。

"早就给你带上了。放心吧！"五叔的声音。

不会吧？就是飞也没有这么快呀？我大惑不解，眼睛却盯着郑雨，郑雨目瞪口呆，显然她也听到了，可是我们确实没有看到五叔的身影。我们正纳闷的时候，一股强风吹过，我们两人双双落入水里，同时失去一切知觉。

等到再醒来的时候，我们已经被囚禁在一个类似地窖的地方，开口在上方，我们被关在很深的底下。我看见周围有绿莹莹的光点在晃动，等我适应了这里的光线之后才发现，这根本不是什么绿光，而是我昨天晚上见过的那种不知名生物的眼睛！我下意识地去摸枪，可是枪已经不见了。这个地窖里这种生物还不少，而且个个对我表现出不怀好意来。

我拼命地使自己清醒起来，寻找郑雨的踪迹，可是哪儿还有她的影子！这下坏了！这丫头昨天晚上刚刚下火车就跟我们东奔西跑的，到现在连一滴水都没喝更别说吃饭了。现在要真有个三长两短，我们怎么向她父亲交代呀！现在这里是什么地方都没有弄清楚，我们怎么进来的就更不清楚了，只好等等再说。

一会儿，那门开了，一个人喊了一嗓子："吃饭了！"

随后倒进来很多死鱼，给我恶心得一点胃口都没有了。那伙儿东西却一拥而上，瞬间就把那些臭鱼打扫得干干净净，连渣滓都没剩下。一时间整个地窖里面一片臭鱼的腥臭味，恶心得我差点背过气去。

"五叔，你在哪里？快来救我们呀！"我心里默默地念叨着。虽然平时并不觉得这个人怎么样，不苟言笑，还买一辆那样的破车，而且很老土，但是在需要的时候还是很希望见到他的。我好长时间没吃东西了，也没有喝水，加上这群东西刚刚吃过臭鱼，打嗝的，放屁的，地窖里的味道实在难以令人忍受，我瞬间便觉得头晕眼花，一会儿工夫就晕过去了。

等我醒来的时候，发现自己已经躺在一块天然形成的石头床上，手脚被固定在四个角上。我转眼一看，郑雨也同样被控制在另一块石头上，她还没有醒，但是单从外表上看，看不见受伤的痕迹。这时候，我看见一个熟悉的人出现了——医院的院长林国强！这个当时我们都没有太留意的人出现在我们面前，他为什么在这儿？

"想知道我为什么在这儿是吗？唉！我也是被逼无奈才这样做的。"院长对我开口说话了，"警察同志，我看您还是不要参与这个事情了。不过你也没什么机会了，因为一会儿你就该上路了。"

他说到这里我其实一点儿都不害怕，因为听到那句"警察同志"我心里就踏实了，我觉得毕竟我还在人间，还在这个社会中，没有完全脱离，眼前的这一切很可能只是一群犯罪分子的阴谋而已。

"我的医术是全省公认的最好的，是不是？"他问我，我点点头。

"这就对了。"他显然很满意我的回答，"可是没有地窖里的那些东西，我根本什么都不是，你懂吗？"

我摇摇头，因为我的嘴很难受，根本无法张开，自然无法说话。

"你肯定不懂，这种秘方只有我家有！我们祖传的！谁都不知道，只有我们有！哈哈……"他如同一个疯子一样大笑，不！我觉得这个人简直就是一个疯子！

"为什么我这么优秀的一个人却偏偏娶了一个长得那么丑的女人做老婆，还不是因为她爸是卫生局局长，能给我安排一个好一点的工作？可是这女人还不要脸，长得那么丑还要出去跟别的男人鬼混，我还得忍着，明知道有这事儿还不能说，更不能发作。你说这世界上还有比我更窝囊的男人吗？没有了！我是世界上最窝囊的男人！"他的情绪已经完全失控了。"可是我有情人！我的情人你知道是谁吗？是小奇。小奇你认识吗？她嫁给我弟弟了！我弟弟是个傻子！傻子！哈哈哈！"他就这样疯疯癫癫地在我们面前一边说话一边表演，我虽然没有听明白，但是多少知道了个大概。

这个空间原来是一个侵华日军留下的秘密基地，后来成为传说中的怪兽——觜阒的巢穴。觜阒是一种两脚直立的怪兽，以腐烂的尸体为食，特别喜欢尸体的头部，更喜好吸食尸体的脑髓，这在古代传说中有一定的记载。觜阒只要吸收一百个尸体以上的脑髓，就能够和人一样具有短时间的思维能力和记忆能力。

"废什么话呢？赶紧动手！"一个丑女人发话了。

我看了一眼这个老女人，忍不住打了一个哆嗦。如果说她承认自己是世界上最丑的人类，我想没有人不赞成。

这女人见我看了她一眼，对我注意起来了："这后生长得倒不赖，归我了！"

我当时立即崩溃，只希望五叔赶紧过来救我们，要不然以后就惨了！

那女人一步一步向我逼近，我已经做好自绝于天下的准备了，可是突然之间想起舌头底下压着的一小块蜂巢，突然来了精神，也不管当时嘴巴有多么麻木，使出自己最大的力量咀嚼几下，吞进肚子。这之后我有两个显著的变化，一是我嘴上的麻木和身体上的一切不适都解除了，包括饥饿和口渴；二是束缚我的绳子自然解开，我在那女人来到我身边之前恢复了自由。当然还有一个后续的效果就是让这些怪物当场大吃一惊。它们没有想到我在那样的情况下还能摆脱它们的控制。

我飞快地拿出手枪，对着那丑女人就是一通乱打，岂料那女人对自己受伤的身体理都不理，在稍微吃惊之后，加紧了对我的追捕。其余几个觜阒也开始对我形成合围之势。我守在郑雨旁边，一边举着枪，一边拼命摇着她，希望她尽快醒来。可是，一切都是徒劳，这些家伙根本就不怕我手中的武器，毫无顾忌地勇往直前。我在手枪子弹打完之后，再次面临被俘虏的窘境。

就在这时，头顶一声巨响，"轰"的一声，整个水底都感觉到剧烈的摇晃，所有人和怪物都差点摔倒，紧接着又是一声巨响。我怀疑是不法分子在炸鱼。而那老女人却让几个觜阒上去看情况。

等了很长时间，那几个东西仍然没有回来。而那爆炸声却此起彼伏。一会儿工夫，整个洞底开始漏水，眼看就要全部被淹没，我趁着众人逃命之际，立即解开了被绑在石块上的郑雨，准备抱着仍然昏迷的她开始撤离。

正在我抱着昏迷的郑雨准备跟着他们离开的时候，丑女人挡在了我的面前："把这女人扔掉就让你走，你是我的，谁也不能抢！而且，只要是比我漂亮的女人都得死！"

我靠，那世界上岂不是只有你一个女人了，那人类还不灭绝了？

正在我和丑女人对峙的时候，那丑女人的脑袋被重物狠狠地击了一下，她立即头痛难忍，在地上打滚，眨眼的工夫就变回了原样，晕倒在地上了。而那些有了人类记忆的觜阒却一拥而上，抢食丑女人的尸体，不一会儿，那些觜阒就痛苦不堪，不顾一切地往地窖里面跑。我们转身才看清打倒丑女人的原来是林院长，我顾不得想原因，赶紧跟着他从这摇摇欲坠的水底仓库逃了出去。

等我们从水库的另一侧出来的时候，我发现五叔带着我的那些同事们正守在水库旁边，水库的闸门也已经打开，两个小时之后我们就能看到水里所有的一切了。

在黑暗中待得久了，我的视力一度不能适应。

而郑雨这时刚刚醒来，看到大家都在忙，她疑惑地看着周围："我这是怎么了？怎么什么都不知道？"

"没什么，你睡着了而已。"

"不对，我记得我掉水里了。"她仍然努力在回忆当时的情景。

这时候，水库里的水已经渐渐流尽，露出了水底的泥沙、酒瓶等物件。五叔一声令下，一辆推土机下了水库，将那堆泥沙堆到一边，这才露出水泥打造的水底。

"就在下面，下面还有一层。"林院长对五叔说。

于是，一辆吊着巨大铁棒的吊车开始对这水泥层进行拆解。一下，两下……一会儿工夫，这水泥地板已经被砸开了一个大口子，阳光肆无忌惮地照射进去了。众人这才看清这秘密仓库里面的全部情景。

几个壮汉下去之后，抓上来十六个觟屻兽，这些东西在阳光下只能躺倒，懒洋洋地不能动。虽然它们暂时有了人类的思维能力和记忆能力，一旦消化完毕，就又恢复了兽类的本性。还有一部分人，这些有的是被抓进去的，也有寻死不成被抓的，一共也是十六个。

而其中一个觟屻对着林国强喊道："我跟你没完！下辈子咱们再见！"

分明是那丑女人的声音。林院长听完之后就晕过去了。

五叔只好拿蜂巢把他救醒，道："这也只能暂时控制你晚上的蜕变，要是想完全解决，还必须另想办法。"

众人正在讨论如何收场的时候，一个更大的人形动物从大洞口里奔跑而出，转眼间已经到了半山腰了。

这时候，枪响了！那东西慢慢滚落下来，直接砸到水底的水泥板上，发出巨大的声音。众人一看，这东西大得出奇，身高足有五六米，满身长毛，体型庞大，就像一个巨大的猩猩。不用问，开枪的肯定是我们队神枪手"歪把刘"。

这个大家伙是觟屻的总头目，却并不是真正的觟屻，而是一个人！据知道里面内情的人交代，当年日本投降之后，他只身来到这里，因为没有谋生技能，又当了很长时间汉奸，对生活心灰意冷，就跳到水里寻死，没想到被一群怪东西抓了。

在水底竟然还有另外一个世界。反正已经死过一次了，还有什么不敢干的，他杀掉几个觟屻然后吃肉，慢慢就变得跟这些东西一样的模样了，而且也喜欢吃人脑髓。他把怪物们关在地窖里面，每天用一些腐鱼喂养，并利用它们抓来更多的人为他服务，找寻更多的脑髓，时间长了，连他自己都不知道自己究竟是人还是怪物。

这怪物被束缚在一根巨大的山柱上面，发狂般挣扎，可是没有任何效果。

后来体力折腾得差不多了，这才安静下来。

"你体内那些注射进去的觜阒的病毒怎么办？"五叔问。

林院长说："没有事，我回去分析一下你蜂巢的成分，如果咱们能自己造出来，就好办了。"这件事情暂时告一段落，我们身心俱疲地回到家里。

后来我们从五叔那儿得知，林国强当年在医学院毕业之后找不到好的工作，据说他医术精湛，在学校医院实习的时候就能独当一面，将断掉的手指好好地完整地接起来，不仅能完全恢复原来的功能，连指甲的生长都不会受到任何影响。但是英雄无用武之地，林国强当年之所以没有选择留在学校所在地是因为家里父母年老体弱，一个弟弟还是弱智。所以他放弃城里的优越条件，选择了留在这个小县城，留在父母身边。

为了解决工作问题，他找了每个相关部门的人说好话，都没有用，医院说必须见识一下他的手艺才信。可是，断了指头的人哪儿能那么多呢？再说了，就算有也不一定来这个医院呀。可巧的是，当天晚上医院就来了一个指头被切断的老人，林国强一看，差点儿跪下，那人正是他父亲，而且他也知道，这一定是父亲自己砍断的手指头。林国强拿出平生所学，将这根指头接了回去，手术比较成功，但是由于父亲年迈体弱，在手指头还没长好的时候就因为一次小感染去世了。林国强悲痛欲绝，不仅没有了工作，还连累父亲也丢了性命。

他痛恨命运的不公。可是就在他心灰意冷的时候，医院又传来消息，说是又有一个伤者手指头断掉了，让他迅速做准备。他得知这个消息之后，立即跪下磕头。他认为父亲即使在天堂仍然放心不下他，保佑他，所以他不能放弃。他赶紧准备了一下就进入手术室。手术当然很成功，这种手术不知道做了多少例了。

不久之后医院院长见到了他："小伙子，你的工作没问题了。但是还有一点小麻烦。"

听到这里，林国强已经快要崩溃了，为了这个连鸡肋都不如的工作，不仅父亲没有了性命，就在已经万事俱备的时候还要横生枝节！

不料，院长告诉他："你前两天那个手术对象是卫生局局长的千金，她看上你了，你小子有福了。局长说了，只要你答应结婚，你的工作简直就是小儿科。"

说完，院长意味深长地看着他。

林国强明显感到院长那意味深长的笑容里有着更为复杂的内容，但是他知道，没有工作，母亲和弟弟的生活就没有着落，他知道一切都在他一句话。这卫生局局长的女儿是当地出了名的女夜叉，这还不算，这女人长得五大三粗，一脸横肉，鼻子下面的胡子比一般小后生的还要猛，据说是什么分泌过盛导致的。这女人出了名地好吃懒做，而且脾气特别大，已经三十多了，连个提亲的都没有。

相比之下这林国强长得相当秀气，娶了这样的老婆，别人怎么看他那是很自然的事情了。林国强当然不甘心，其母亲也很郁闷，儿媳妇不能生育不说，而且简直就是一个畜生都不如的东西。林国强为了远离她，经常在单位加班，甚至住在单位。可是这女人不仅大喊大叫，还把他的办公室给砸了，弄得林国强灰头土脸，在整个医院抬不起头来。不过他岳父倒还有点良心，慢慢地把他安排到医院领导的位子上了。

可是那母夜叉不甘寂寞，长成那个样子还要搞外遇。她有的是钱，在外面找一群烂仔在家里乱搞，连岳父岳母都看不下去。这女人甚至让人殴打父母，幸亏林国强及时赶到，要不然肯定酿成大祸。

林国强的老婆不能生育，林家母亲和亲家一商量，觉得这样下去也不是办法，因为坚决不能离婚，所以只好以给二儿子结婚为名，又为林国强找了一个老婆。这女孩子长得漂亮，也明白事理。把三位老人伺候得很周到，可是，这个姑娘在生下了一个女儿之后就突然失踪了。最后被人告知是那母夜叉把人绑架了，要林国强回到她身边，永远不离开她才肯放人。林国强赶紧报警，可是等人被救出来的时候，已经被母夜叉手下的一群烂仔糟蹋得不成样子了。

那时候严打，这一伙人包括母夜叉在内都被判了重刑。但是这个被绑架的女人从此成为一个神经病。林国强的母亲经历这场变故之后不久也撒手人寰，其岳父母也感到无脸见人，搬到几百里以外的老家度晚年去了。林国强只好和这个唯一健全的女儿相依为命。他一边照顾女儿，一边照顾弱智的弟弟和患上神经病的"弟媳妇"。

就在前几个月，他突然接到一封信，这封信是他前妻写来的，前妻告诉他，她要让他不得好死！这句话让林国强感到非常害怕，女儿已经十五岁了，开朗活泼，这是他唯一欣慰的，也是唯一牵挂的。如果那女人要报复的话，希望不要伤害他的女儿。

他是这样盼望的，可那女人偏偏选中他的女儿林静作为报复对象。尽管他很小心，却百密一疏，女儿被那女人掳走之后不久被送了回来，但是一直昏迷不醒。与女儿一起被送来的还有一张纸条：想要你女儿的命，来小水库底。

　　林国强来到这个小水库边上，跳入水底。并被一只奇怪的生物抓住，被送到这个水底下面的空间。令他没想到的是，他的前妻也在这里，而且从情形看，这女人在里面还颇有实力。

　　她冷冷地对林国强说："老公，十几年不见，你还好吗？"

　　紧接着她放声大笑，这笑声简直比地狱里恶鬼的笑声还要可怕。

　　她手里拿着一个瓶子，一个人脑泡在液体里面，她对林国强说："老公，这是你女儿的大脑。你想要的话就必须按我们说的办，要不然，我们这里的'嘉宾'很快就会把这东西当作食物的。"

　　当时的情景，也不由他不答应。

　　觟阅的巢穴，在一个月圆之夜，一个古老而神秘的仪式在这里开始：一个觟阅被割掉头颅，那腐臭的黏液注射到林国强的体内，一会儿工夫，他的皮肤变得粗糙，牙齿变得乌黑发亮，就像我第一次在停尸间见到的一样。而主持这个仪式的林国强的前妻早已经变成这般模样。不过她本身就长得丑，这般怪模样只是不同而已，并没有变丑了或者变漂亮这样的效果，仅仅是由一张丑陋的脸变成了另一张。从此以后，每到晚上，林国强就会变成这样一个怪模样，而且整个人心里最阴暗的东西会全部暴露出来，与白天正常的时候简直判若两人。而且他无论天气多热，都喜欢待在阳光底下，一到阴暗的地方就全身不舒服，待的时间长了，就会变异。

　　这女人确实不简单，从监狱里面出来之后天天和一群人赌钱，最后输到家里一点值钱的东西都没有了，包括其父母的所有家当。也难怪，这种除了享受生活什么都不会的丑陋女人一旦失去了依靠，是没有任何办法挣钱的。

　　在一个晚上，这女人又输了精光，她一边感叹自己的手气太烂，一边想办法要弄到一笔钱。在回家的路上，她感觉有人跟着她。这让她有些兴奋，因为像她这样的女人，照片贴门上可以避邪、贴床头可以避孕的货色，被人跟踪可是平生第一次。

　　她甚至有意放慢脚步或者干脆停下来等一下那个跟踪者，担心他们跟丢了。于是，她顺理成章地被抓到了水库底下，并且成为这里的一员。她要做的就是召集一帮男女赌博，然后用计将他们迷倒，钱自然归她，其余的工作组织会派人去把这些人抓到水底处置，多数被吸掉脑髓，小部分留作利用。

　　随着自己能够养活自己，这个女人的复仇计划也开始正式提到议事日程。

林国强成为其中的一员，也是顺理成章的事情，而他每天能够为这些人提供足够的尸体的脑髓，降低了很多风险。于是夫妻二人轮流去停尸间吸食脑髓，回来之后分给这些怪兽和那个首领。

"所以我们在的那天晚上去停尸间吸食脑髓的是林院长的丑婆娘了？"郑雨问五叔。

五叔回答："你撞见了她，你不觉得她丑么？"

郑雨噘了噘嘴，不置可否。

"可是林院长在水底的时候明明已经变异了，可是为什么仍然要救我们呢？要么他没有变异？我没看见他的变异，可是他明明要杀我们。"我仍然大惑不解。

"那天我回来取东西的时候遇到了林院长，我问他知不知道这个水库，他当时很吃惊。我就觉得他有事情瞒着我，而且这种感觉从我一开始见到他就有。后来在我的劝说下，也是他良心未泯，这才说出了水底的情况。我立即组织人员去和你们会合，到了跟前却发现你们被一股力量打到了水底。我当时就准备下水救你们，可是被他拦住了，他说熟悉情况，而且整个事件因他而起，就由他下去作为内应，顺便保护你们的安全。考虑到水下环境的黯淡，为防止他蜕变丧失心智，我给他服了一块蜂巢。我并不敢肯定一定有用，当时也想着赌一把。之后把他送下水了。就在你最危险的时候，林院长给我们发出信号，我们才开始炸水。"

"哦，对了。林院长的女儿怎么样了？"郑雨突然想起来。

"没事，只是服用了一种常见的精神类药品，已经完全康复了。"

这个时候，魏宏章来访，他一进门就对我们说："后生仔，你们中了蝶仙的符咒？"

我和五叔一阵吃惊。

老头儿说："我有一个方子，很有效。但是不能除根，你们要想完全解除符咒，只有自己去找法子。"

我和五叔燃起的一丝希望又一次熄灭了，但是随着蜂巢被用完，这个方子也确实能顶一阵子了。

魏宏章老先生不愧为中医高手，一会儿工夫就写好了，我和五叔拿来一看，立刻傻了眼，上面写道："地窝子蜂蜂巢可暂解。"

第十三章　偷寿

　　是的。那个老太太才是最高明的小偷。她的阳寿已经不多，所以就布下这个丢钱局让人钻，只要有人从她身上尝到甜头，贪欲就会越来越大，偷得也越来越多，而你们从她那儿拿钱的一瞬间，你们的寿命也被她拿走了，因为在你们专注地偷别人的时候是顾不上留心自己身上的东西是否丢失的。特别是你们这个行业那些高手，手艺好而又看得开，只要有钱拿，其余的都不管不顾。你算是运气好的了，她看你并没有太多的贪欲，所以就放过了你。

我和五叔为越来越少的地窝子蜂蜂巢而犯愁的时候，一个五十岁上下的男子进了我们的院子。

他满面愁容，一定是遇到了麻烦事。

"您有什么事儿，大叔？"我问他。

"嘿嘿，大叔？"那男人无奈地笑笑，后来竟然流出眼泪来。

"我只有三十岁，怎么担得起您这一声大叔呢？"

我和五叔听完都很吃惊，怎么会？眼前这个男子分明是满头白发、满脸皱纹，明显苍老，我说他五十岁还算是说少了呢。难道说他得了那种所谓的"早衰症"？

他见我们疑惑，这才说出事情的原委来，顺便也提出了自己此次来访的意图：

　　我是一个小偷，也许你们会歧视我，但是在我们行业内部，这种歧视是不存在的。我们认为这个行业和木匠、教书匠一类的手艺行当没有区别，我们也是靠手艺吃饭的人。

　　我入行不久，收入很少，经常被抓住，也吃了不少苦头，就在我怀疑我是否适合吃这碗饭的时候，我的运气竟然来了。那天晚上，我坐公交车回出租屋，因为太晚了，车上已经没有几个人。出于职业习惯，我仍然物色着下手的对象。这为数不多的几个人里面只有一个老太太最为合适。她坐在一个双人座上，旁边没有人，手里提着个竹篮子。

　　"她身上不一定有值钱的东西。"我想，但是想到老太太的竹篮子，里面可能有几个鸡蛋之类的东西，偷回去炒个菜也是不错的。于是就坐在老太太的旁边，有一搭没一搭地跟老太太聊起来。老太太是来城里看女儿的，天黑不想在女儿家住，就一个人坐车往回走。

　　"也许，除了车票钱，她女儿应该还给她带一些吧。"我仍然不死心，对金钱仍旧渴望。可就在这个时候，老太太要下车了，我想，现在不动手就没有机会了，就赶紧起身扶老太太下车，就在老太太下车之后的一瞬间，我迅速将老太太竹篮子里的一包东西拿了出来。车开走了，老太太还不停地跟我招手。

　　"她一定把我当成好人了。"我想。不过等她发现篮子里面的东西不见了的时候，她一定会怀疑我的。

　　我下车之后打开那包东西一看，立即傻了眼，里面竟然是码得整整齐齐的一叠百元大钞，我数了数，正好一万块！我当时实在太兴奋了，看来我的运气来了。我尽量避免乘坐那辆车，因为我担心再遇到那个老太太，被她认出来总是不好的，虽然没有证据不至于惹来麻烦，但是当场被人披上一身贼皮也不好。

　　可是机缘巧合之下，一个月之后的晚上，我仍然不可避免地上了这辆车，车上仍然如同上次一样，没有几个人。我扫了一眼车内，差点没被吓死，车的相同的位置仍然坐着那个老太太，仍然挎着上次一样的竹篮子。她的旁边仍然空着一个位子！这是怎么回事？我当时非常害怕，担心这老太太会揭露我的丑行，于是坐在后面的位子，希望可以避开她。

　　越担心什么越来什么，老太太一回头看见了我，诡异地笑了一下："哎！大兄弟，咱们又遇上了。真是巧，上次谢谢你了。哎，真是个好后生啊。"

　　难道老太太没有发现钱被偷？管她呢。只要不被认出来就行了。老太太热情地邀请我坐在她的旁边，又不厌其烦地跟我讲她这次进城看女儿的情况，诸如小外孙很可爱呀，女婿晚上回家晚女儿满是牢骚呀之类的琐事。直到在相同的站点老太太才依依不舍地下了车，我又颇有爱心地搀扶着她，趁她脚落地的时候又从篮子里面顺了一包东西。

如果说上次是蓄意而为，这次确实是出于习惯。我回家之后打开包一看，里面仍然是码得整整齐齐的一叠百元大钞，整整五万块！如果说这种事情发生一次，那我完全可以心安理得地拿下这笔钱，作为自己的收入，可是第二次这么顺利，我就有些犹豫了。我觉得这事情也太巧了！就担心里面有什么不合适。所以这笔钱我分文没动放在家里。半个月之后，我觉得自己也没什么特别的事情发生，也就慢慢淡忘了。

一个月之后，无论我怎么避免，仍然逃脱不了在这个时间上那辆公交车的命运，你们可能也猜到了，我仍然遇到了那个挎着竹篮子的老太太，她仍然看见了我，仍然没有发现被我偷了钱。第三次我已经下定决心，绝对不可以再偷这个老太太了。可是出于习惯和一贯的贪婪，我仍然没能忍住继续从那个篮子里面拿走那包东西，这包东西比前面两次都要大、要沉。我回家打开一看，整整十万块钱！三个月时间轻轻松松地就弄到了十六万元，这对我来说简直是不可思议的，因为我的手艺无论如何在整个行业圈子里算不得高手，甚至于一些行家说我根本就是业余的水平。如果这样的事情不能用好运来解释，只能和鬼神有关了。可是这钱确确实实是人民币，银行可以证明。

我之后就尽量避免出门，直到以后每个月的那一天，我却每次都有万不得已的事情，不是我妹妹被人打了，就是我一个兄弟结婚，之后就不得不乘坐那辆公交车回家，如果打车的话，百分之百等不到出租，如果想走回去或者干脆不回去，家里肯定出事，不得已才用这个已经是唯一的回家方式。每次都会遇到那个老太太，每次都会有一笔钱到手。我已经崩溃了。

最后一次遇到那个老太太已经是第十二次了，那次我得到最后一笔钱之后，就再也没有见过那个老太太。自此之后，我才开始拼命地挥霍，因为我觉得所有的疑惑都因为这件诡异的如同约好的邂逅而结束了，这些钱都是我的了！我开始过上了富人的生活，一共二百多万的意外之财，够我花一阵子了！

　　"可是，半年之后，我发现我越来越老，直到现在变成了这样，我只有三十岁，这是我的身份证。"他已经痛不欲生。

　　我和五叔看着他的身份证，确实只有三十岁而已。

　　"你被偷了寿。"五叔说。

　　"偷寿？！"我和小偷同时吃惊地发问。

　　"是的。那个老太太才是最高明的小偷。她的阳寿已经不多，所以就布下这个丢钱局让人钻，只要有人从她身上尝到甜头，贪欲就会越来越大，偷得也越来越多，而你们从她那儿拿钱的一瞬间，你们的寿命也被她拿走了，因为在你们专注地偷别人的时候是顾不上留心自己身上的东西是否丢失的。特别是你们这个行业那些高手，手艺好而又看得开，只要有钱拿，其余的都不管不顾。你算是运气好的了，她看你并没有太多的贪欲，所以就放过了你。"

　　"那我究竟被偷了多少年的阳寿呢？"那小偷急切地问五叔。

　　"很好算！你一年收入是多少？"五叔问他。

　　"十万左右。"

　　"你把得来的钱除去每年的收入就知道了。"

　　"能不能追回来呢？"

　　五叔笑着对他说："如果你偷了我的钱，我问你要，你会给我吗？"

　　"竟然偷了我三十年！这该死的小偷。"那小偷愤愤地说。

　　"我想，他以后不会再干这个营生了！"我看着他离去的背影，若有所思。

　　"那可不一定，你摸摸你的口袋。"五叔提醒我。

　　我摸了一下口袋，里面的五千块钱已经没有了。

第十四章　阴折

"见鬼！"他明白了，这间储蓄所到了晚上就成了阴间的储蓄所了。这些人都是阴间的灵魂，在七月初一之后来这里用阴折取钱的！可是他担心自己知道了他们的秘密会有危险，于是尽管内心非常害怕，仍然装作不知道，假装在办公室处理文件，即使在金会计给他端来茶水的时候，他仍然像往常一样用鼻子哼了一声，看都没看她一眼。

又是一个悠闲的下午，在避过了炎炎的烈日之后，五叔、我和郑雨在后院的梧桐树下喝茶聊天。

郑雨对我们这种坐吃山空的做法很不以为然："我爸有钱吧？还不是天天操心矿上那些事儿，整天忙着挣钱。哪像你们，整天在这儿闲坐着！"

"我们关中多懒汉，你不知道吗？别说我们现在有钱，就是没钱，只要下顿还有吃的，我们能不动就不动。"我解释说。

郑雨很不屑地撇起了嘴，她显然对我们的状态非常不满。

"说到钱，我想起前两天一个乡镇储蓄所所长跟我说的一件事情。大概一会儿他该来了，咱们顺便一起去见识见识。"五叔摇着扇子慢悠悠地品着茶。这是典型的陕西懒汉的形象，而郑雨一听说有故事，立即来了精神，就要往跟前凑。

"大小姐，您能不能离我们远点儿？您这一身的香水味可真能把我们给熏晕过去。"我对郑雨的一身怪味提出异议。

"要你管！五叔都没说我。"郑雨一脸的不讲理。

看到这情景，我也只能喟叹"世风日下，人心不古"。这个储蓄所的故事就发生在前两天，农历七月初一，传说是阴界大门开启的日子。

下面是五叔转述那个人的故事：

　　七月一日开始，亡人可以回到原来的家里看看亲人们，顺便接收他们的祭祀和供奉，这个活动一直要到农历的七月十四（有地方为七月十五，湖湘川陕一带以七月十四为中元节，亦称盂兰盆节或七月半）晚上结束，阴界大门关闭，所有亡人灵魂尘归尘，土归土，各安天命。

　　七月初一那天夜里，已经有人陆陆续续开始烧纸钱了。乡镇储蓄所所长梁进财因为有一个重要文件落在了办公室，所以顾不得已经是深夜十一点多，一个人开车来到这个位置偏僻的农村储蓄所取东西。他在不远处停下车，因为再往前街面太窄，车开不过去，所以他要弃车开始步行一段才行。

　　可是他刚下车，就被不远处的情景吓了一跳：储蓄所营业厅的大门敞开，灯火通明，而且储户川流不息，出出进进好不热闹。

　　"这么晚了怎么还会营业？难道是上级让加班？可是这也没通知我呀！这是怎么回事？"梁进财想着想着就到了储蓄所的门口。他看见一个个储户在营业厅出出进进，每个人手里都拿着一大叠钞票。这更让他感到惊奇了。这个乡并不是很富裕的乡镇，来存钱或者取钱的平常基本上都在五百元以内，遇到盖房子、娶媳妇等特殊情况才会取出数千到万数块钱，怎么会每个人都突然之间这么有钱？

　　他仔细看了看这些进进出出的乡下人，奇怪的是每个人都面熟，可是就是不认识。按说这个乡镇一共就没有多少人，在这儿存钱的也就那么百十来户，大部分都能叫上名字，今天这些取钱的看着面熟，可就是一个名字都叫不上来。

　　这些人取了钱出来，还不忘跟他打个招呼："哟！梁所长，来了？"

　　他因为觉得离奇而颇为尴尬地支应着这些好心的招呼和搭讪。

　　他越想越奇怪，决定进去一看究竟，于是大踏步地进了营业大厅，他要看看是谁在加班，顺便问问这加班到底是谁通知的，为什么不通知他？

　　他进门一看，他的员工都在，而且由于办理业务的人太多，都没有看见他的到来。员工们一个个精神抖擞，可比今天白天那萎靡不振的样子要好多了。他虽然看到这样的情景比较满意，但是加班这么大的事情没有人通知他，仍然让他非常窝火。

"金会计！"他大喊一声。所有人都盯着他看，眼神冷冷的，看得他只觉得浑身一阵发凉。

员工们发现领导来了，都立即站起来："所长好！"

他还是像平常一样，鼻子哼了一声，大家就都坐下各忙各的了。

他来到自己的办公室，金会计紧跟其后。进了办公室他就大发雷霆："金会计，您是一个老同志了！晚上加班这么大的事情，你怎么都不通知我一下呢？他们不通知也就罢了，可你是办公室主任兼总会计，你总不能也不懂所里的纪律吧？"

金会计吞吞吐吐："事情比较着急，而且也比较复杂，这么晚了，再说您是领导，跟我们不一样，我们不好让您也来加班。"

"那总得通知我一下呀。总不能让我一个人蒙在鼓里吧？"

金会计低头说："知道了。下次不会了。"

"行了行了，你忙去吧，下不为例。下次加班一定要告诉我。今天太晚了，我就先回去了，你们忙完了也早点回去休息吧，明天上班别迟到了。"

金会计应了一声就出去忙了。

梁所长越想越不对劲，总觉得这事情有蹊跷，平时这么重要的事情金会计不可能不通知他的，今天这是怎么了？他着急拿那份文件，于是就先走了。到大厅的时候，他没忘了给他的员工们打了一声招呼，觉得大家都挺不容易的，这大晚上还加班，自己却先走了，有点不好意思。但员工们都表示理解，他也就没多想，回家忙完就睡觉了。

第二天，金会计青着脸，一脸病容地来到了他的办公室："所长，今天晚上还要加班。"

"又要加班？谁通知的？"梁所长很吃惊，心中的疑惑更大了。

"上面通知加班，咱们所被抽中了。"金会计仍然吞吞吐吐。

"行了，你下去吧。"梁所长觉得事情并不是那么简单，因为如果上面通知加班，肯定会通知他，怎么金会计知道而他不知道呢？他百思不得其解。

可是当天晚上，他彻底忘了加班这件事儿，忙了一天早累得快断气了，一倒在床上就睡过去了。

半夜十一点多的时候，他的员工们整整齐齐地站在他的床头看着他。他非常害怕，因为员工们浑身是血，满脸恐怖的表情。

"这究竟是怎么回事？你们怎么了？怎么变成这个模样？你们怎么找到我家来的？"梁所长已经语无伦次了。这时候，金会计从这帮恐怖的人当中走出来，她的一只眼睛成了黑洞，黑洞里面还不停地往外流血，血在脸上留下了一条蚯蚓一般的轨迹，她的脑门上也有一个洞，同样往外喷着血。

"梁所长，您让我在加班的时候通知您，我这不是通知您来了？咱们的同事都在呢。"梁所长被吓醒了，"原来是个梦！"他一身冷汗。

可是好奇心驱使他去单位看看，于是他驱车前往。仍然一派灯火通明的景象，和昨天晚上一样。他走进大厅，员工们都站起来："所长好！"

他仍然哼一声，就进了自己的办公室。可是越想越不对劲，于是透过窗户往外面看了一下，这一看可真差点儿要了他的命了：那些员工就是梦中见到的模样，满身伤痕，周身鲜血，再看看那些办理业务的人，要么已经成为枯骨，要么全身腐烂。

"见鬼！"他明白了，这间储蓄所到了晚上就成了阴间的储蓄所了。这些人都是阴间的灵魂，在七月初一之后来这里用阴折取钱的！可是他担心自己知道了他们的秘密会有危险，于是尽管内心非常害怕，仍然装作不知道，假装在办公室处理文件，即使在金会计给他端来茶水的时候，他仍然像往常一样用鼻子哼了一声，看都没看她一眼。

金会计推门出去了，天晓得他是怎么在战战兢兢中度过那个漫长而恐怖的夜晚的。

第二天一早，整个大厅都空下来了，只剩下员工们还留在各自的工位上忙碌着。梁所长故作震惊，像往常一样夹着包从办公室走出来，头发梳得整整齐齐，油光发亮。他迈着和平常一样坚实的步伐走出大厅，身后传来员工们带有敬意的问候。他仍然哼一声，再也没有回头，直接奔我这儿来了。他问我该怎么办，我告诉他，这些人应该不会害你，如果你没有做对不起他们的事情，就不用害怕。但是答应他们加班的事情一定要履行，过了七月十五，应该就没事儿了。"我想想吧。"梁所长皱着眉头离开了。

五叔说完，看着我们。

"那些人是怎么死的？"郑雨好奇地问。

"六月三十下午，几个持枪的后生们来到这个偏僻的储蓄所抢钱，员工们拼死抵抗，没让这群人的抢劫得逞，可是这些员工全部被打死。因为储蓄所偏远，被歹徒盯上，当时附近没有人，所以歹徒们处理了尸体、清理了现场之后，也没人发现。由于刚刚离世，又是冤死，又赶上七月初一，所以他们白天照常上班，给生人办理业务，晚上加班给死人办理阴折业务。"

"那您说，梁所长知道这些之后，还会不会去加班？"郑雨又问。

"不知道，要不今天晚上去看看？"五叔提议。我和郑雨完全同意！

当然，我们三人来到这家储蓄所，果然如同梁所长所说，整个储蓄所显得分外热闹。

"七月半前后还要更忙呢。"五叔认真地说，"这前后是给亡人烧纸钱的日子。"

"请问梁所长在吗？我们是他的朋友。"我问其中一个正在办理业务的员工。那员工抬头看了我一眼，我这才看清她的面孔：整个脸上被土制的火药枪打过，满脸嵌着钢珠，眼睛完全被毁，眼珠摇摇欲坠，一边脸上已经被火药烧焦，另一边脸上却满是血迹。她对我笑笑，整个面孔显得更加恐怖，可是我严格按照五叔的要求，不能有任何异样的表情。所以我像对待平常人一样盯着她，她告诉我："所长在办公室。"然后就给那些亡魂办理业务去了。

我赶紧说一声："谢谢您呐！"转身就走，我担心我支持不住。

身后传来她美妙的声音："不用客气。"

我们三个终于来到所长办公室。梁所长见有人进来，条件反射地吓了一跳，看见是我们，这才放心。

他告诉我们："我打算在这剩下的时间里跟我的员工在一起了。他们个个都是好样的，我知道他们不会伤害我。明年七月初一以后，我还会来加班，只要他们在，我就会跟他们一起。他们生前最后一次上班我却不在，现在让我继续和他们一起做同事吧。这样，我会心安一些。而且，和我的同事们在一起，我觉得幸福。"

五叔笑笑，并点头表示理解，而不知道什么时候，我们的身后，那些员工站得整整齐齐，他们的眼睛里，分明流出了感动的泪水。

第十五章　彼岸

　　天明了我四处打听，我给我娘跪下了，问孩子当初送哪儿了？娘说送山里刘家塬老刘家了，老刘家说送华阴陈家了，陈家说送到我们村了。我信了，是我的孩儿。因为那天晚上，孩儿的大腿肚子上有一块胎记，我记得是铜钱形状的。是我的孩儿，我把她弄死了。

渡魂者，舟楫人之别差也，此职名曰"渡"，而不与常者类。渡魂人旦以渡人，夜则覆生魂。反夜渡者，为人而不渡，魂则善焉。有蒋氏，专其利六世，至蒋圭（字玉文）仍袭祖制。余曾与玉文携游，询其司此职有何利害？乃曰："昼渡人以糊口，夜渡魂以增寿。"确矣！其四世祖皆九旬而亡，其父今已七旬，皆作长寿，故断言玉文之言必不我欺。

——《任氏家言》

这是五爷留下的关于渡魂人的文字。全部都是文言文，大家应该能看懂，但是为了大家能够更为深刻地理解，还是会对渡魂人进行一下详细的说明：

渡魂人是一种脚踏阴阳两界的特殊人群，有河就有渡魂人。他们白天渡人用于生活，夜间则渡魂增加寿命。在西方，也有渡魂人这样的职业。每每有人死亡，死者家属无论家里多么贫困都要往死者手心里攥一枚银币，这是渡河用的川资。要没钱渡河，只能变成游魂野鬼，无法转世。交过银币之后，有渡船将灵魂渡到对岸，然后接受审判，紧接着便是上天、入地、投胎三种去路。据说，渡到河对岸，欣赏彼岸花是一件非常惬意的事情，只是活人从来没有兴趣去感受。

有一户姓蒋的人，祖孙六代从事渡魂这样的行业，其先祖都是在九十多岁高龄的时候无疾而终。可见增寿的说法是站得住脚的。

事情往往就是这样，我和五叔刚刚聊完这个渡魂的事情，就见一个人进了院门。那人年纪很老了，有些驼背，头发花白，胡子却剃得很干净。他穿着一件很破旧的夹袄，脚下是一双灰色的布鞋，布鞋上有水印的痕迹。他没有穿袜子，鞋后帮也没有提起来，而是踩在脚下。但是他的眼睛却很有神，看一样东西只是一扫，就能发现其中的重点。

"他一定是一个非常狡猾的家伙。"我肚里自思量。

这时这个人开口说话了："你们可是任家五爷的后人？"

五叔点点头，并立即让出座位，请他坐下。这人也不客气，直接就把两只脚踩在凳子上，蹲下了。

"我是蒋家的人，是你们家任五爷让我找你们的。"那人说着，从腰间抽出旱烟来，那旱烟杆的颜色，跟那夹袄差不多一样黑亮。

"我五叔已经去世好长时间了，您是？"五叔感到很纳闷。

那人满不在乎，道："他生前留下一封书信给我父亲，信上说得很明白，你看看吧。"说完从内里口袋找出一封信，递给我们。

五叔将信将疑地将书信打开，喃喃地说："确实是五叔的手笔。"

信很短："云儒并小桀，我百年之后，将有蒋姓船家投奔尔等，尔等切勿怠慢，内中缘由蒋氏自会告知。"

我和五叔看了看封印，确是五爷的无疑，这才彻底相信。而且我们推断这个老者应该就是一个渡魂人。在五叔询问之下，果然不差。

那人道："因为河里面早就没有水了，渡船人没有饭吃了，这才想到这封书信，前来讨个温饱！"

五叔道："前辈远行至此，未能恭迎，晚辈无礼，还望前辈见谅！"

寒暄过后，便是吃饭时间，五叔少有地弄了几样好菜，还有几瓶窖藏好酒，也拿了出来。

酒过三巡，菜过五味，这渡魂人才讲起他遭遇的奇闻怪事了。

渡魂人说的这个女人就嫁在我们村里。这女人姓郭，叫什么忘记了。只记得嫁的这个男人叫二憨，年前刚死了老婆，还留着一个丫头在家继续浪费粮食。

这女人的来路很成问题，有人说："我和她娘家是一个庄子的。这女人可不是好东西，十几岁就跟梁庄子的后生好上了，让那个后生给喂大了肚子，还真把孩子生下来了。要不然能嫁给二憨？"

有知根知底的说："这女人牙（关中话，狠的意思）着呢。二憨那妞可是要受罪了，摊上个这样的一个后娘。"

这一点真没说错，这女人嫁给二憨之后，二憨的姑娘没少受罪。村里人的传说，当然不可能捕风捉影，但是并非空穴来风。我从小时候就听说过二憨家妞被虐待的事情。我想，既然这事情能被传得如此久远，肯定不会是完全相反的事情吧？

在一个秋日的黄昏，太阳还没有落尽最后的余晖，地里已经见不着几个人影了。

我们村的二水因为闹肚子的缘故，在玉米地里长时间蹲着。他着急地想赶紧拉完这一泡回家，因为天黑之后，这地里的狼可是很厉害的。他不断地挥舞着双手，驱赶眼前的蚊子和苍蝇。而在不远处的一口机井旁边，一大群蚊子正密密麻麻地集结着，他所在的位置正好能看见那口井，甚至包括井边飞舞的蚊群。这时候，田间的路上渐渐响起了脚步声，这脚步声由远及近，最终停留在那口井边，二水自然看得清清楚楚。

那是两个女人，确切地说是一个女人和一个七八岁的小姑娘。女人拿着锄头，而小姑娘则拿着一个竹篮子。

两个人在井边站定，那女人说："你跳下去吧！快点儿！别磨蹭！"

小姑娘拿着篮子，眼巴巴地看着那个女人，迟迟不动。孩子太小，但也知道利害，跳下去会没命，孩子不敢。

这女人急了："你自己跳还是让我动手？"

小孩下意识地往后缩着。二水吃惊地望着眼前的一幕，他甚至不敢大声喘气，更不敢挥舞着手臂驱赶眼前的苍蝇和蚊子了。二水认得这两个人，大的是二憨家新过门的添头，小的是二憨家的妞。

"这女人也忒毒！"二水心里骂着，"狗日的二憨也不管不问！真牲口！"

可是，他这只能排遣心中的怒火，却不能为那濒临死亡的小姑娘做任何事情。这女人拿着锄头，狠狠地击打在小姑娘的身上，小姑娘很倔强，并没有因为挨打而听从她继母的"投井建议"。确切地说，是小姑娘还想活下去。可是这女人大概已经等不及了，她立即抱起那姑娘，就往井里送。这狠毒的女人，可怜的孩子！

那女人看着水中溅出的水花，笑笑，扛着锄头离开了，连同那个竹篮子，也被一起扔到了井里。二水等那女人走远，连裤子都顾不得提，奔到井口，拿着自己的锄头把小姑娘捞了上来。小姑娘已经强忍住泪水，自始至终都没有叫出一声。

"孩子，哭吧。哭出来就不怕了。"

孩子说："俺不哭。俺娘不让哭，也不让出声。"

小姑娘也许还天真地认为，不让哭就不哭，听话就没事，只要不是牵涉到大原则的过分要求，小姑娘一律执行，而投井，小姑娘拒绝了，她不想死，大部分人都不想死。二水搂着可怜的小姑娘，眼泪夺眶而出。

他赶紧拿出自己带的干粮，给了这姑娘："吃！吃完再回去。别说遇到我的事儿，就说是两个妖怪救的你，一个牛头，一个马脸，记着了吧？"

小姑娘正狼吞虎咽地吃着馒头，一边翻着白眼艰难地吞咽，一边点着头。

二水走了，小姑娘吃完干粮，月亮已经很高了，她这才回家。当然，她牢牢记住了二水的话。

回到家里，那女人表情僵硬，刚才还有说有笑的，现在看见这个丫头自己又回来了，感到有些害怕和心虚。

那女人颤颤地问："你咋回来的？"

丫头说："两个妖怪送我回来的。"

"妖怪？什么……妖怪？"女人有些害怕了。

二憨也惊奇："啥？妖怪？长什么样儿？"

"一个牛头，一个长着马脸！"丫头照着二水的描述。

这对夫妇打了一个寒噤！

"你怎么了？死哪儿去了？"二憨问。

这时候，那女人已经恢复了往日的凶狠，眼睛瞪着丫头，丫头怯怯地看着女人，低声道："我，我掉井里了！"

那女人嘴角露出一丝狞笑，满意地撇撇嘴，道："案板上有吃的，你先吃点儿。别都给吃了，多吃一个宰了你！"

二憨从惊恐中回过神来，也渐渐恢复了常态："以后留神点儿。小命不小！"说完又躺在炕上抽旱烟去了。

"竹篮子呢？你个枪崩的！"那女人突然大喊起来，这个屋里又一场暴力开始了，却始终听不见孩子的哭叫声……

　　第二次事件是在一座不大不小的土坝上。趁着天黑，这女人把孩子领到土坝上面，在一个已经挖好的土坑旁边，没有了上次的矜持，直截了当地把孩子推了下去，然后填坑，直到坑平了。那女人在上面踩了很久，这才放心地离开。

　　第二天一早，这丫头还是安然无恙地回去了。这女人在吃惊之余，也没有了上次的惊恐，而是充满愤恨和厌烦。这次是村里与这丫头唯一要好的黄狗，扒开土把小姑娘挖了出来，小姑娘这才得以重见天日。

　　她已经免掉了除了干活之外的这姑娘的一切待遇。明明是有父母的小姑娘，不得不每天在村里吃百家饭。可是这样的日子也依然不能快乐。

　　她在被"活埋"之后不过十天，就又遭不幸。这次她的继母终于发了狠，尽管她前两次都在发狠，但是这次却是最狠的一次，她趁着小姑娘熟睡之际，用被子将她捂死，扔到了河里。

　　二憨好几天不见女儿，就问女人："这两天咋不见妞儿？"

　　那女人道："这妞儿野惯了，谁知道死到哪儿去了！赶明儿开春给她报名上个学吧。也该让管管了！"

　　二憨说："女娃娃家的，上什么学？能给养着不让饿死就不错了！"再没说话。

　　一个月以后，二憨又问："这丫头怕是丢了吧？"女人不说话。

　　又过了一个月，二憨道："妞儿长久不见了。"

　　女人说："谁知道，许是死了。"

　　男人也没再说话。

　　再后来，男人不说了，只是偶尔说一句："好像家里总觉得少了个啥。"

　　之后连这个也懒得说了。

　　然而不正常的事情这才刚刚开始。这女人生第一个孩子的时候，稳婆闹得满头大汗，就是生不出来。一旦降生，这孩子浑身湿漉漉的，好像刚从水里捞出来，只是已经没有气了。第二个孩子生下来的时候，全身是土，倒是活了几天。但是，在一次夫妻二人下地干活的时候，孩子爬出门外，被一只大黄狗活活咬死。

　　二憨回家，痛不欲生，拿一把斧子把那条狗追出二十里地，最终追上的时候，那狗已经累死了。可是二憨还不解气，硬是举着斧子把那狗砸了个稀烂。

这女人怀着第三个孩子的时候，说什么也不敢在二憨家住了，她回了娘家，想在娘家安安稳稳地把这孩子生下来。然而事情并非她想象的那么简单。这孩子生下来之后根本就是个死胎，孩子满脸憋得青紫，脖子上满是淤青，留着被人掐过的痕迹。

从此之后，这女人再也没有怀孕，整日郁郁寡欢，天天被二憨打，也没有怨言。直到她悬梁自尽之前，她一直认为自己的命不好。

那天晚上，渡魂人早早备好了行头，准备迎接当天晚上第一个上船的灵魂。他坐在小码头上，如往常一样吸着旱烟，为那些迷途之人引导着方向。这时候，一阵阴风吹来，一个女人，吐着血红的舌头，轻飘飘地向着这个明灭闪烁的烟火之地走来。

渡船人一看来者，问也不问就载到船里，撑起篙子，往对岸驶去。在经过江心的时候，一群水鬼露出头来，纷纷要拽这女人下水，幸亏这渡船人手艺很好，他保护着这个没有到达对岸的女人的灵魂，避免被他们拽下水去，要知道一旦下去，就会永世不得超生。

女人很害怕，渐渐向着船家靠近。为了减轻她的心理压力，渡魂人开始跟她聊天，这在之前是不被允许的。

女人说：我是吊死的。我三个孩子都死了。我家男人也有一个妞儿，最先死的，这样说来，我死了四个孩子，你说我该不该死？我年轻的时候跟梁庄子的一个后生相好，生了一个丫头，那丫头长得可好看了，只可惜我那时候还没成亲，孩子生在娘家，没有满月就被抱走了，送给谁也不知道。你说多命薄？那丫头就送给我的男人了。我怎么能知道？我还那么对她。等我的孩子都死了我才知道的。就是那天晚上，我看见窗户上有一个影子，像是妞儿的，我打开窗子一看，什么都没有，关了窗子回头睡，发现那妞儿就在炕上站着。我害怕极了，叫二憨，二憨睡得跟死猪一样。我害怕了，就求她，我不对，我只想要自己的孩子，要一个娃子（男孩子）对我好的，将来能娶媳妇成家。我这么想的，也是这么说的。那妞儿不说话。

我问她来干啥，要报仇已经报了，我的三个娃子都死了，你还不够？

妞儿笑了，这才说："官家让我找亲娘，就把我送来了。我不知道亲娘是谁。他们送我来这儿，说你是我亲娘。"说完就走了。

天明了我四处打听，我给我娘跪下了，问孩子当初送哪儿了？娘说送山里刘家垴老刘家了，老刘家说送华阴陈家了，陈家说送到我们村了。我信了，是我的孩儿。因为那天晚上，孩儿的大腿肚子上有一块胎记，我记得是铜钱形状的。是我的孩儿，我把她弄死了。那女人咬着长舌头哭了一路，引得河里的冤魂们纷纷探出脑袋。

终于送到河对岸了。

渡魂人完成任务，他回去的时候，看了看那女人。

这是最后一次看见那女人，岸边的一个女孩子，把她推了下去，河里的冤魂们立即围了上来，吞噬了她。

那女孩儿冷冷地盯着河里，在她的背后，彼岸花开得异常鲜艳。

第十六章　息血

　　关中某古庙供奉的"息血石"突然失踪。这"息血石"乃是唐朝时候一个常驻长安的番僧的舍利所化，人若得到一个秘方和这"息血石"一起服用，再利用一种古老的巫术，就能有极为强大的造血功能，如同息壤一样，源源不断地为人体输送血液。

郑雨原本说要我们陪她去一个很奇特的地方探险的，无奈在我家乡耽误太久，快到开学的时候了，我们尚没有忙完一些杂务。等到过了七月半，郑雨也眼看开学，无奈之下，那场探险只好延后了。

我们驱车将郑雨送回学校，正待离开时，她的电话就来了：说是一个同学出了车祸，在医院做手术大出血，要我们带她去医院看看。我们只好又转头进入学校，那门口的几个保安用异样的眼神盯着五叔的破车和车里的我们叔侄，并目送我们进入校园内部。

我们载了郑雨出校门的时候，那几个保安已经快要忍不住了。

我对郑雨说："你一会儿从医院回来的时候还是打车吧。你也不是外人，我们就不送你回来了。"

"为什么？"她抗议。

"咱这车已经在你们学校门口出出进进好几个来回了，我看那保安已经快崩溃了，再进出一次，他们非把车轮子扛走不可！"

"去你的！"郑雨着急去医院，也没心情跟我斗嘴。

到了医院，在手术室门口等着的一群学生的注意力立刻被我们三个人吸引过来了，因为曾经打过一次交道，他们中相当一部分人都认识我们叔侄，因此这次也仍然很新鲜地目送我们的到来。可是在学生们的窃窃私语中我们断断续续听到了一件奇怪的事情。

郑雨的同学王小元出了车祸之后需要大量输血，而血库里面的存量非常有限，恰好这时候来了一个"献血"的人（其实就是卖血的），这才给输了一部分。但是在输到这个卖血人极限的时候，王小元的手术才进行到一半，而这时候再找一个同样血型的人根本不现实，就在这紧要关头，那卖血的人一咬牙："接着输吧！先把学生娃救下来再说！"

医生们虽然被他的精神感动，但仍然劝他不要做无谓的牺牲，再输下去，恐怕两个人都保不住了。

那个人一直坚持要输："我已经年纪一大把了，后面的路已经能看见了，人家十几岁的娃娃正是活人的时候，还是大学生，怎么说都应该先救人家娃娃。再说我这身体好，没事儿。"

任凭医生怎么劝这人就是不拔掉输血管，甚至一度用手摁住输血管，威胁医生说："你们要是不用我的血，我就把这些血全部流到地上去！"

医生们无奈，只好一边让他继续输血，一边继续手术。

手术因为有充足的血源保障，进行得很顺利，王小元很快就从昏迷中清醒过来，医生说只要能醒来，就算是度过危险期了。可是就在这个时候，有人无意中发现，在王小元旁边床铺上的卖血人不见了！大家找遍整个医院，没有发现任何踪迹。

医生说："多亏这个人，他几乎把自己身上一半的血都输出来了，可他竟然跟没事人一样，真是奇迹！"

众人在安慰王小元的时候，我和五叔的注意力却完全转移到了那个消失的输血人身上了。这个人太奇怪了，按道理，他输出这么多的血，早就应该毙命，身体再好也得休克抢救然后立即补充血液才行，怎么一扭头竟然不见了！真是咄咄怪事！

就在这个时候，王小元的父母带来了一个骇人听闻的消息："这真是一个奇人！虽然钱要得多了些，但是这样拼命的人不到万不得已绝对不会这么做的。好在孩子已经安全了，咱们也该放心了。"

我和五叔立即上前询问："你们是不是见到了那个给小元输血的人？"

王小元的父母很奇怪地看着我们："是啊！他还问我们要了两万块钱呢！"

我们打问到那人离开的方向，驱车追去，哪里还有影子？

既然已经没有了线索，我和五叔只好暗下好奇，静静等待着新的线索出现。这里需要解释一下，我们之所以对这个人感兴趣，是因为前段时间听说的一件事情：关中某古庙供奉的"息血石"突然失踪。这"息血石"乃是唐朝时候一个常驻长安的番僧的舍利所化，人若得到一个秘方和这"息血石"一起服用，再利用一种古老的巫术，就能有极为强大的造血功能，如同息壤一样，源源不断地为人体输送血液。

在我们还没有来西安的时候，息血石已经被偷了。但是古庙的住持说了，这人偷了息血石也没用，因为如果没有秘方、不懂得那个巫术的话是根本不会起任何作用的。可是现实摆在面前，我和五叔不得不怀疑这个神秘输血人的身份了。如果世界上真有能将身体一半血液输给别人而自己不受任何影响的人，那么在时间和地域上的吻合让我们无法把这个人和特异功能联系起来，唯一可信的解释就是：这个人偷了息血石，而他也恰好懂得那个巫术，更拥有那个秘方。

线索断了，但是庆幸的是，我们离这个事件非常接近！这就只能用巧合来解释了，事实上，在陕西关中地区，一旦人们在谈论某个人某件事的时候，这个人或者这件事情的当事人很快就会出现，很有"说曹操曹操到"的意味。这种巧合经常发生，根本没有人能够解释，以至于关中俗语有一句"陕西地方真是邪，说起王八来个鳖"。

闲话休提，言归正传。这个时候我的身份可以大显身手了。我和五叔让同学们描述了一下那个输血人的长相，然后从郑雨学校找了一个美术系学生，让他根据大家的描述对这个人的样貌进行了描摹。果然是艺术生，手艺就是不俗，画像一出来，大家都表示画得非常相像。

我立即拿着这张画像到各个公安部门进行协调："这个人和最近在渭南发生的一宗文物失窃案有关，希望大家配合寻找这个人的线索，但是不要实施抓捕，他背后可能还有其他涉案人员，找到线索麻烦大家通知我一下！他最近很有可能一直在医院从事卖血活动。"

我拿出工作证，省会城市的民警素质就是高，一看是地方上的同志提出协查，二话没说报告就打上去了。这下可不得了！市局有关部门的领导同志还针对这个案件召开了一个协查动员会，各个区县的民警都要参与协查。

可是正在我得意这一招高明的时候，我们的领导打了电话过来："任桀，你小子真能上天了！还把整个省城的警力都给调动了？谁让你管这个案子的？我当初跟你说得好好的，让你只是参与案件，没让你指挥破案！你小子一句话不说就把整个西安城的公安系统都给捅了天了！现在省厅都重视起来了！据说还要上报部里！事情闹大了看你小子怎么收场！到时候破不了案估计五爷也救不了你！"

这事真怪我，说实话，这个案子是在我们单位立的案，破案我也确实有责任，但是我这样绕过市局直接跟西安市的兄弟部门搭上线，实在不对，所以我领导要求我尽快给渭南市局写一份报告，把整个事情原委说清楚，要不然无论是否破案，挨批都是肯定的！

我赶紧连夜写报告，向市局说明这个嫌疑人已经到了西安，我们一路紧追，终于在一间医院找到线索，来不及向上级部门汇报，就立即给西安市的兄弟部门发了协查，嫌疑人活动范围太大，目标锁定很困难，所以先斩后奏云云。

报告交上去之后，领导看了大加赞扬："文笔不错，言而有据。这个案子完了你就回局里上班吧。市局有关领导说了，要你去市局办公室当文秘。"我当场就愣住了，恨不得把那份报告要回来撕个粉碎，然后让我上小学三年级的侄子重新写上一份"逻辑上巨混乱、文字上巨幼稚、文法上大错误"的新报告交上去，可是悔之晚矣！

协查通报发下去之后，我在第二天接到了几个电话。

我和五叔一一核实之后，终于在西安市南郊农村一个废品回收站里见到了那个输血者，为了不惊动他，我们在隐蔽的地方秘密监控。他骨瘦如柴，有五十多岁，头发稀少，满脸愁容。他正坐在一堆破旧纸箱上数着一沓百元大钞。

"他挣了这么多钱了，怎么还在这种地方住？"我暗自嘀咕，"这个人有点儿古怪，不单单是偷息血石这么简单。"

五叔神秘兮兮地说："继续观察，一定有大秘密。"

见那人进了简易的屋子，我和五叔离开了这个废品回收站。

就在回去的路上，天快黑了，迎面走来一个推着板车的人，车上面鼓鼓囊囊全是破烂。

"真是刚打哈欠，就来枕头。看我的。"五叔跟那人说了几句话，那人就离开了车子，五叔推着板车就去了废品回收站。

我小跑跟上，五叔却突然停住了，对我说："你别去了，穿得跟个公子似的，会暴露的。我去吧。你在这儿等着，当心那个收破烂的，他还拿着我五百块钱车子和破烂的押金呢。他跑了我就瞎了。"

我只好停下，和那个等车子的收破烂的有一搭没一搭地聊起来。这收破烂的经常往这里交货，所以了解一些情况，他告诉我：这个废品回收站的老板叫曹选民，六年前老婆去世后和儿子来西安干起了废品回收这个行当。好不容易有点钱了，可是儿子一病不起，据说得了什么尿毒症，要换肾。这可是给老曹急坏了，他把这几年的积蓄全部拿出来，还不够医院一礼拜开销的，没办法，老曹只好卖血凑钱，你别看这老曹现在这么瘦，以前壮实着呢。唉，都是儿子的病，把一个好好的人逼成这样，现在的医院真是黑呀，像我们这样的老百姓，宁死在家里，也不进医院。

五叔远远拉着破烂车过来了，不仔细看还真以为他就是一个收破烂的，不知道他从哪儿弄来的那套衣服。五叔把车和卖破烂的钱还了这人，然后额外给了他一百块。那人拉着空车，远远地去了。我心里暗自鄙视五叔抠门，叔侄俩互相交换了一下得来的信息，基本差不多，反而是我得到的信息多一些。不过这一百块花得也值了。

我们在曹选民回收站的附近找了一个地方，想看看他晚上有没有什么行动。我前面说过，等待是最让人痛苦的事情，天刚刚黑下来，我们还要在这里等多久不得而知，万一这曹选民晚上没有行动，我们可就白等了。但是五叔颇有信心，看来是早有预感。没办法，我只好舍命陪长辈。

我已经开始迷糊的时候，五叔却依然精神抖擞，他捅了捅我，我立即清醒过来，远处一个白色的影子开始向收购站这边缓缓移动，那轻盈的步伐似乎是一个女子。

那一段的光线很差，看着那女子的步伐，实在让我浮想联翩："叔，不会是一个女鬼吧？""别胡说，小心她报复你。"

那影子渐渐近了，这会儿能看清个大概了，一身白衣，乌黑的长发，被风一吹在空中飘舞……这简直就是一个女鬼嘛！而且我看了一下表，不早不晚正好十二点。我平素里虽然遇到很多这样的事情，但是今天不知道为什么却莫名其妙地害怕起来。等那"女鬼"飘荡到我们跟前的时候，我总算看清她的模样了，可是这一看足足吓走我的魂儿！

"郑雨！你怎么来了？你怎么知道我们在这儿呢？"

"五叔发短信告诉我的！"郑雨笑道，然后拿出一个塑料袋，里面全是吃的。

我看见吃的还真觉得饿了，正准备狼吞虎咽一番，郑雨却拿走食物："不给你吃！你竟然说我是女鬼，我现在就想吃了你！"

"我说我平时什么事儿没见过，怎么今天见了你远处的影子就害怕得不行，看来还真是心有灵犀呀！五叔你也真是的，没事儿学什么非主流呢？还发短信。"

五叔笑而不答。

三人吃饱喝足准备停当，就打算守在这里继续等待。一会儿工夫，趁着月光，曹选民出来了，他一边往出走一边接着电话。我们三个悄悄地跟在他后面，一直跟到一个郊外的乱葬岗。这时候月亮已经升得很高，地面上能见度比较高，为了不打草惊蛇，我们尽量和曹选民保持一定的距离。可是离得远了根本看不清楚，幸好这乱葬岗位于一片树林中间，我们便爬到树上，从上空悄悄接近曹选民所在的位置。郑雨不太擅长爬树，想一个人留下，但是看到周围的环境，她权衡再三决定跟着我们一起在树上行动。

曹选民一个人站在荒草和坟堆中间，夜风吹来，荒草发出令人心悸的刷刷声，一两只乌鸦和怪鸟因为我们的惊扰，也呜咽地鸣叫两声，随后一切归于平静。曹选民显然在等待什么人，要不然他不可能一个人在这里长时间地站立。

我们三个人在树上比较分散，因为过于集中的话很可能压坏树枝掉下去，前功尽弃。

郑雨全身哆嗦地抱着一棵树的主干，悬在半空，不知道是因为冷还是怕。我和五叔很好地将自己隐蔽起来，其实就在曹选民跟前，我们甚至能听见他焦急的踱步的声音。

月亮的亮度使得这方圆几里的风景尽收眼底，我们在高处还要看得更远一些。这个规模颇大的乱葬岗应该到处是鬼火，但是因为月光太亮，只是偶尔红一下，转瞬间就消失了。而远处的灯火也显得暗淡了，空旷的乱葬岗子偶尔也会飘起来一些模糊的影像，这些影像是否真的存在不得而知，但是能看见他们在曹选民周围停驻下来。

突然，这些东西都四散逃窜，曹选民根本没有注意到，他焦急地等待着什么。远方一个人影渐渐向这个方向走来，我们立即进入一级隐蔽状态。那人影摇摇晃晃到了曹选民跟前，也不多说，直接扔给曹选民一个死婴！曹选民接过之后，立即将其生吃，之后那个人在曹选民身上不断地击打，十几分钟之后，曹选民由一个瘦瘦的老头吹气似的很快胖了起来。

那人的模样看不清楚，但是曹选民胖起来之后他说了话："今天是最后一次了，你明天还能再卖一次，以后就不要做这个了，你儿子的各项费用也快凑齐了吧？"

"明天卖完就凑齐了。"

那人说："这就好。咱们开始吧！"

说完拿出一个很大的包，里面竟然全是大量的空血袋，曹选民的血就这样被一点点抽到血袋里。终于所有的血袋都抽满了，而曹选民也变回了原来的身材。那人离开之后，曹选民也顺着原路返回了。

我们赶紧从树上下来，准备追到曹选民的住所。可是等我们跳下树之后，我们发现我们已经进入了一个迷阵。我们能看见周围的灯火和道路，可是不管怎么走，我们都在原地转圈，无法走出去。五叔对于这类事件处理起来还是很有办法的。

当我和郑雨把求救的目光投向他时，他双手一摊："没带工具，我也没有办法！"

这人！吃宴席不带纸巾！走了很长时间，我们都累了，于是就都歇下来。五叔也算得上是什么周易先生？连这个事情都解决不了？我真服了！我突然之间对他非常失望！

可就在这个时候，刚才曹选民吃掉的那个小孩子的遗骨竟然自动排列起来，一个摇摇摆摆的骨架竟然走到我们面前跪下！连连磕头！五叔似乎早就料到会有这样的事情发生，他咬破食指在这骨架的头部停留，似乎听到倾诉一样频频点头。

我却很不屑，对郑雨说："假眉三道的，鬼打墙都破解不了，尽玩儿虚的！"

郑雨早已被吓得脸色苍白，听我这么一说才恢复了一些。她盯着那孩子，眼睛瞪得圆圆的。突然，一道亮光闪现，犹如闪电一样明亮，把周围十米之内照得犹如白昼，这亮光收于郑雨的额头，亮光消失之后，我的眼睛经过好一阵子才适应过来。等再看时，那副骨架已经杂乱无章地摆在地上，而已然晕倒的郑雨的额头中间，出现了一个黄豆大小的蝴蝶印记，粉红颜色，在她白皙的脸上倒也平添了几分妩媚。

我扶起郑雨，"掐人中！"我不知所措，因为我当时真的不知道人中所在，以为就在人的中间部位，掐了一下，郑雨就大叫："谁掐我肚脐眼？"我羞愧难当，被郑雨狠狠凶了一顿，这才上路。

一路上，五叔告诉我，那个小孩是被医生在接生的过程中动了手脚才死掉的，因为已经有灵魂投胎，但是投胎不久即死，所以怨气极重。对付这种鬼打墙是没有任何方法能破解的，只有听施法者的。这孩子说息血石确实在曹选民体内，而婴儿的生肉就是那个秘方，懂得古老咒语的人就是那个抽走曹选民血液的人，也就是真正的幕后黑手，曹选民只不过是一个替代品而已。咱们现在必须尽快找到曹选民，因为息血石所造的血刚才已经被抽干了，如果他明天还要继续卖血的话，就是从自己身上抽血了。他要还那么卖命地抽，血补充不上来，不仅他儿子没得救，连他也被人杀人灭口了。曹选民一死，咱们再找那个幕后主使就困难了！

我们赶到曹选民的回收站的时候，天已经快亮了，我们立即敲开大门见到了曹选民。"你儿子的病还需要多少钱？"

五叔见了曹选民劈头盖脸就是这么一句。

因为昨天见过，所以曹选民除了觉得这人这么大早找他有些诧异之外，也没有太大的情绪波动，就如实回答："还要五万的，明天我就能凑齐了！"

五叔说："我连夜给你凑了五万，都在这儿了！"说完从我身上的包里拿出我准备买车的钱，取出五万交给曹选民！

看到这个情形，曹选民再也忍不住，他立刻给我们跪下，正要磕头，却被五叔扶起，火急火燎地说："老曹啊！有一件事情你一定要记住，从现在起，你不能流一滴血，记住了吗？要不然咱们都得完蛋！"

曹选民拍着胸脯道："恩公放心！我一定记住您的话！明天我就给孩子看病去，保证不流一滴血！"

第二天上午，众人将曹选民的儿子送到医院，然后交清了所有费用，一切准备就绪，我们就在手术室外面等候。十个小时过去了，天已经完全黑下来了，月亮即将升起，手术室的红灯闪了一下，终于熄灭了！手术完成了，一个医生一边摘着口罩一边往外走，他对我们说："很成功，非常好！"我们紧张了一天，终于放松了。

曹选民放下了心，这才将与那个神秘人如何认识、怎么交易告诉了我们。原来，曹选民经常卖血，为了儿子的病，他已经顾不上自己的身体了。

由于频繁卖血，他身体特别差，在一次卖完血回去的路上，他想："要是有一种东西吃了能有抽不完的血该多好。"

正想着，后面一个声音说："朋友，我有你想要的东西，你有兴趣吗？"

曹选民吓了一跳，这就是他们的第一次会面。后来，这个人给曹选民一颗奇怪的石头，让曹选民吞下去，之后又给他一个死掉的小孩，让他生吃，他曾经很明确地表示拒绝，但是为了孩子，他不得不选择和这个人合作。

之前的担心在第一次抽血之后消失得无影无踪，他这才彻底信服。作为报酬，曹选民每次食尸造血之后，要给这个人抽掉相当一部分，其余的才能归自己支配，尽管这样，曹选民对能如此频繁大量地卖血仍然表示了极大的满足，而且什么血型都可以，这就为他获取了更大的市场。

谁想到没几天，当他这笔钱就快凑齐时，那个人告诉他，今天是最后一次抽血，之后再抽就是自己真正的血了。

"可是你没想到的是，他还要杀你灭口！所以今天你一旦抽血，你的生命也就到头了！"曹选民感到后怕！

随着我们的到来，这个乱葬岗子终于有了一些人气，但是周围恐怖宁静的氛围仍然使得这里阴气很重。曹选民一个人站在昨天晚上那个地方，等待着那个人的到来，他之前已经给那个人发了信号，那个神秘人一定很奇怪，为什么曹选民还活着？如果没有猜错的话，他今天一定会来。

果然不出所料，那个人迈着比昨天更快的步伐赶过来了。身边仍然带着那个大袋子。

待到了跟前，他拿出血袋和针管，根本不和曹选民商量就撸起他的袖子准备抽血，曹选民躲开，那人竟然追上来："你的血没卖掉？钱不够？我给你！把血给我！快呀！"

他拿出一把明晃晃的刀子，对准曹选民准备下手，我们三人及时出现，神秘人愣了一下，随即明白："你们四个人我也不怕，今天我要把你们的血全部放了！"

他正待挥刀上来时，却发现根本迈不动步子。五叔已经将昨晚咬破的食指重新弄破，将一滴血弹了出去，不偏不倚，正中那堆稚嫩的白骨上。那白骨立刻有了活力，抓住神秘人的双脚，让他动弹不得。

这时候，从地下钻出更多的白骨来，他们纷纷围住那神秘人，将他死死缠住。神秘人不断挣扎，却苦于无法动弹。五叔走到神秘人跟前，摘掉他的面具，众人惊呆。原来是王小元就诊医院的院长！一个著名的妇产科医生！

真相完全水落石出了。这个院长早就听说过息血石的事情，他家里正好藏着一本关于息血石的秘方和咒语的古书，在找到合适的人之后，他利用妇产科医师的工作之便，制造了大量的婴儿"意外死亡"事件，然后将获得的血液收集起来全部卖掉，牟取暴利。

多行不义必自毙，在那群小孩的累累白骨困扰他的时候，他大概不会想到自己的钱放在什么地方了吧！

第十七章　放生

　　大师兄仔细回忆之后道："第一天傍晚在路上救了一只被猎人抓住的野兔子；第二天则救了一只掉入陷阱的鹿。第三天没情况。第十四天在半路遇到大雨，看到地上洼地里有一个蚂蚁窝，一群蚂蚁眼见要被水淹了，我就赶紧找来一根木棍，一头放在洞口，另一头靠着一棵树。让它们顺利搬迁，免于淋水。如果这算是善缘的话，就应该是这三件事。"师傅道："这就对了。你救了一只兔子，顶多为猎人增加几天福寿，救了鹿，也只能给自己增添几天寿命，而你救那么多蚂蚁，确实救助生命众多，因而增加了寿数，躲过了一劫。所以是命莫要害，若害伤自身啊！"

　　我们来到这间古刹，并且见了住持。告诉住持息血石已经用尽，也只能永远留在曹选民的体内，而院长则永远被困在另一个空间，无法动弹，也许只有他超度了那些枉死的婴灵，才能够解脱自己吧！曹选民去了古庙，也见了住持，他将自己的罪恶彻底在佛祖面前陈述清楚，并希望获得原谅。

　　住持知道了事情的原委，不住地点头："善哉善哉！这息血石能救人命也算是功德圆满了。"

　　至于郑雨额头上的封印，住持说："这是灵隐印，能观无观之事，能识周天之物，大有作用。有此印庇护，女施主一定顺利安康。"听到主持这么说，我们都很高兴。

　　郑雨说："我的封印有没有五爷厉害？"

　　我和叔叔不置可否，而这住持却好奇道："你们所说的五爷可是任五爷？"

　　五叔道："正是家叔！"

　　"这便不差了，怪不得有几分神似。说起令叔，我倒和他有几年法缘。"

　　以下便是住持说起的和五爷的一段故事：

　　　我在九岁那年，被家人送到南山学阴阳，师傅是这一带有名的"南山隐"，儒、道、佛皆通，被称为活神仙，而那把铁算盘更是将世间万物算得丝毫不差，因而他的"南山寺"香火旺盛。

　　　让这南山隐收徒弟很容易，只需将九岁男孩的生辰八字报上，行与不行都会在回家之后得知。我父亲在我九岁的时候，和当地许多有小孩的大人一样，把我的生辰八字交给南山隐，在回家的路上发觉手里多了一个字：全。这就表示事情成了，如果八字不合，也是一个字：金。父亲很高兴，一路小跑到家里，准备把我送上山，孰料回家之后发现我不在家里，就问母亲我去了哪里。

母亲推说不知："方才还在门口嬉闹，如今却不知去了何处。"

这时，父亲手上又多了两个字"已在"，父亲明白了。其实师傅看到我的八字之后，我已经被他召到身边了。（比发短信还神奇）

我到南山寺的时候，师父身边正好有一个大徒弟，那就是后来的任五爷了，也就是我的大师兄。大师兄待我很好，我在南山寺三个月，除了整天打坐参禅之外，还要负责整个寺院的杂事，终日不得休息。我比较懒惰，也确实是因为年纪小，很多时候这些事情大师兄就代劳了。当时他十一岁，年纪也不大，但是学得却比我好。他可以站在石头上念咒语，让斧子自动砍柴，还能把泉水直接引到水缸里。

但是做这些事情的时候都非常隐秘，不能让外人看见，我看见过几次，大师兄告诫我："千万不要让师傅知道，要不然我就不能在这里待了。"

当时陕西的土匪闹得也挺厉害的，我们出家人的清静地也不能幸免。一天夜里，以土匪陈书耕为首的秦东帮占领了我们的南山寺。这陈书耕原本是一个书生，却因为得罪权贵，被下了冤狱。后经营救，才被释放出来，之后就当了胡子。可是这个人当胡子比那些土包子下手要狠得多，一般贫苦人家出身的土匪都是劫富济贫，而这陈书耕却是大小通吃，别看他一副文质彬彬的样子，其实坏透了。

我们师徒三人被五花大绑押到陈书耕面前，他一口客套话："长老见礼，鄙人欲往南方寻亲，无奈川资不够，特来贵寺请得一二，以作急用。"

师傅说："这些钱都是信众布施给神佛的，不能拆借。"

陈书耕根本不容商量，只一个眼色，一个手下就赏了我一个巴掌，打得我站立不稳，立即晕倒。师傅着急了，正要发作，孰料大师兄却站出来，一个咒语解开绳子，又一个咒语，那陈书耕如同腾云驾雾一般飞起来，随后"啪"的一声摔在地上，当时就骨头断裂，在地上痛苦地呻吟。

已经束手就擒的师傅急得直顿足："徒儿，莫动杀生念！于你不利。"

我知道师兄这是因为我被打才下了重手的，他当时已经红了眼。

那陈书耕在地上恶狠狠地叫："给……给我……剐了他！"

众人得令，围住了大师兄。大师兄临危不惧，左右开弓，一个孩子能把一群人打得落花流水，这是不可想象的，守在寺门外面的那些悍匪，早已经得了消息，灰溜溜逃干净了。半炷香工夫，整个大厅里面横七竖八地躺着十几个壮汉，大师兄就站在这群人中间。

师傅早就自行解开绳子，他很生气："徒儿过来！"

大师兄也已恢复理智，知道事情做过火了，不仅暴露了自己的能力，也犯了杀戒。他跪在师傅面前，等待惩罚，我也缓缓走到师傅跟前跪下，想给大师兄求情。

谁料陈书耕却一把把我抓住，用手掐住我的脖子："快把东西拿出来，要不然我要他的命！"

"你认为你还有命拿吗？"大师兄跪在地上，面对着陈书耕。我能感觉到当时陈书耕的紧张，因为他的手在不断地发抖，而我因为大师兄的缘故，对被挟持这件事情根本不害怕。

"能拿就拿走，不能拿死了也拉个垫背的。"陈书耕恶狠狠地说。

"哟！陈秀才怎么不之乎者也了？"大师兄讽刺道。"跪好！不许你再生事！"师傅吼道。

"可是师弟他……"大师兄跪在地上，哀求着师傅。

"他生死有命，与你何干？"师傅冷冷地说。

"师傅，他是你徒弟，是我的同门师弟！您未免太无情了吧？"大师兄眼睛里噙着泪花，倔强地站起来，眨眼间就转到了陈书耕后面，合手为掌，以最快的速度将那人头砍下，陈书耕的人头在地上滚了滚，终于停住了，那人头的双眼还眨着，有两行泪流下来。

"逆徒！我今日已经劝你数次，你却充耳不闻，血溅寺庙圣地，你下山去吧。半月之后你若还能活着回来，咱们还是师徒，如若不然你就听天由命吧！"师傅似乎很生气，而大师兄则认为师傅无情无义，不顾我的死活，所以毅然离开寺庙，独自回家去了。

师兄走后，我一个人承担了所有的俗务，感到力不从心。一个人的时候，我总会想大师兄在的时候。有一天，也就是大师兄走后的第七天，师傅把我领到大堂，对着一个新建的灵位膜拜，我抬头一看"南山门大弟子任伍之位"，顿时蒙在那儿。

大师兄怎么会死呢？我哭喊着要去找大师兄，却被师傅一把拦住，他告诉我："之所以选择你们当我的徒弟，一方面固然是看缘分，另一方面是因为你们的命里要有大灾，如果不修行，活不过十岁。你大师兄是我用三年时间才从大灾中救回来的，你还没来得及。可是那天土匪来抢，你的寿数已尽，而你大师兄却生生救下你，动了杀念，且行杀人之实。早已经破了修行的规矩，因此，卦上说，今天该是他的死期了，我让他回去，就是为了让他和父母多待几天。多活了一年，也算不错了。唉！不错的一个苗子。"

我在随后的几天里一直无法从这种混沌中清醒过来，就像失了魂一样。我总觉得大师兄不会死，他一定好好地活着呢。我耐心地等待着他和师傅约好的日子的到来。

然而，第十四天的时候，大师兄仍旧没有回来。我却变得心神不安了，而师傅则很平静。大师兄不回来就是最好的印证。

然而第十五天中午的时候，我的大师兄回来了！真的回来了！我抓了抓他的膀子，壮实了不少，但是绝对没有任何问题，货真价实的骨肉！师傅也不相信这是真的，待到说明真实的情况之后，师傅让大师兄回忆路上可有事情发生？

大师兄仔细回忆之后道："第一天傍晚在路上救了一只被猎人抓住的野兔子；第二天则救了一只掉入陷阱的鹿。第三天没情况。第十四天在半路遇到大雨，看到地上洼地里有一个蚂蚁窝，一群蚂蚁眼见要被水淹了，我就赶紧找来一根木棍，一头放在洞口，另一头靠着一棵树。让它们顺利搬迁，免于淋水。如果这算是善缘的话，就应该是这三件事。"

师傅道："这就对了。你救了一只兔子，顶多为猎人增加几天福寿，救了鹿，也只能给自己增添几天寿命，而你救那么多蚂蚁，确实救助生命众多，因而增加了寿数，躲过了一劫。所以是命莫要害，若害伤自身啊！"

第十八章　皮影

　　五爷安慰他说："倒也不妨，看看我师父的高招！"随即打开锦囊，只见里面只有两个字："皮影"，五爷顿时明白，兴冲冲地说："有办法了！你把这三个孩子重新封到皮影里面，人物不要变，今晚开始演戏。那些进了黄皮子的孩子听见之后，必来相投！"

皮影戏发源于我们关中，早在两千多年前就在这一带和周边地区流行。皮影和当地戏曲联系起来表演，一般是一个白幕，白幕后面有灯光，将皮影人偶放置在幕后，由皮影艺人用木棍操纵表演和演唱，灯光映在白幕上的影子，便是观众看到的表演内容了，这是木偶剧最初的形式。表演皮影的师傅不仅要在表演和演唱方面有很强的业务能力，而且在整个皮影的制作过程中也要有很好的技艺。

皮影的制作工艺相对复杂，材质的选用很重要，一般用动物的熟皮作为制作皮影人物和道具的基本材料，各地不一，关中一带多用熟驴皮。材质选好之后还要进行特殊加工，之后便是雕刻和上色。这雕刻和上色的学问可大了，不仅要表现出人物的服饰和花纹，还要在小小的皮子上面表现出人物的性格特征和喜恶。这皮影做得好，表演起来和演唱相得益彰，这才见功夫。

华阴县有一个叫作王六一的表演皮影的老艺人，他制作皮影的功夫了得，表演的功夫更是了得。一个艺人操纵两三个皮影人物的同时表演已经是非常了得了，可是王六一竟能操纵六七个。一般来说，主要人物表演或者开场的时候，其余人物作为背景站在台上是不动的，而王六一的皮影不仅主要人物唱、念、坐、打不含糊，其余人物也都有动作，或翻跟斗或随主角一起舞剑骑马，就跟真人表演的场景一样。

因为有这样的独门绝技，所以王六一的表演非常受欢迎，在小小的两米见方的白幕上就能表现出舞台一样的效果，而且还是一个人，且不说唱腔如何，单单这奇技就让人趋之若鹜。这王六一一副担子挑着唱戏的家伙，从华阴到潼关，甚至到山西运城，往西去华县、渭南、西安、咸阳，甚至到了宁夏和甘肃一带。

五爷很早就发现了一个问题，尽管他也很喜欢这个王六一的皮影戏，但王六一走过的村寨，总有几个孩子要得失心疯，这失心疯是一种精神疾病，民间俗称"走了魂"。得了失心疯的孩子，一般精神萎靡，不甚言语，有的则又哭又唱，有的则昏昏入睡，平日靠父母喂养。很多人家因此让五爷帮忙招魂，可是无论五爷使出多大力气，招魂幡挂得再高，也没有任何作用。于是，众人见五爷都没有办法，这才觉得这事情怕是有古怪。

可当时村里的一个大户人家——贾家的大孙子在王六一演戏之后走了不久，也得了失心疯！这可是一件了不得的大事儿。那天晚上，整个村子的人都被王六一的皮影戏吸引去了，一些孩子更是好奇地在整个后来跑来跑去。这小子叫贾顺利，平时是一个非常喜欢吵闹的七岁孩童，而五爷被召到贾家见到那孩子的时候，汗都下来了。这孩子满脸青紫，似乎连气都没有了。五爷刚给孩子号了脉，那孩子就开始抽搐，并说胡话。这胡话说的不是别的，正是皮影戏的戏词！

五爷跟贾老太爷说："孩子只能先这样，每天三餐要用羊奶喂着，不能有一点闪失！"

贾老太爷平日里在村里横惯了，见五爷不给他孙子下方子，火气一下就起来了："老五，这就是你的不是了。平日里老爷我也待你不错，怎么到了这么重要的事情上你却撒手不管？你良心让狗吃了？"

贾老太太也在旁边帮腔："对这些人好有什么用？这些穷鬼，平时吃的时候可有力气了，让干点啥，看看一个个那德性！一个个狼心狗肺的东西。"

五爷只好跟老太爷回话："村东头也有几家出了这事儿，我也没能给救过来。这事儿我正在想辄。您就放心吧，我一定把孩子救过来。"

贾老太爷对五爷劈头盖脸就是一顿骂："你也别跟我在这儿耍嘴，看我们笑话不是？告诉你，老五，爷我还不求你了！我家那三十亩地你也甭想种了，我要收回来给我孙子做坟地！"

五爷好话说尽也没能让贾老太爷回心转意。

临走时，贾老太太还在他身后说："就是要收回他们的地，饿死这帮王八蛋！"

五爷气得没办法，人在屋檐下，不能不低头呀，给别人当佃户，怎么也不能得罪东家呀。

虽然受了一肚子的气，但是五爷也了解了很多情况，通过这些，五爷算了一次秘卦，将事情也就猜得了九分。他并不声张，也不行动，即使在贾老太爷收回地的时候也没有说一句话。他在等待一个机会，这个机会完全可能使那些孩子恢复健康。

可是他并没有算出来，这场意外的原因和具体事由是什么，所以在王六一找到他的时候，他很得意，仿佛志在必得。按照他的想法，只要王六一来找他，那些孩子被抽走的部分魂魄就能立即回来，而自己租种贾家的地，也自然而然就能继续种回来了。

可见王六一愁容满面的样子，让五爷也感到有些不妙，果然！事情并非按照五爷原先算出来的那样发展。王六一是一个皮影戏的表演好手，这个在前面已经说过了，但是他能异于常人地表演确实是有原因的，他懂一种小法术，能将十岁以下小孩的魂儿勾走部分。当然，他勾走孩子的魂儿也是有用处的，就是要用这个孩子的魂儿表演皮影戏。他把孩子的魂儿封在一个个的皮影儿人偶里，表演的时候只要家伙一响，这些魂儿就能控制人偶在台子上跳跳打打，甚至有的还能唱上两句。而被勾走魂儿的孩子，就会变得大不相同，就像前文表述的那样了。

可是孩子的魂儿不能在皮影里封印太久，三年是大限，如果超过三年，孩子长得与原来变化太大，就很难再恢复到原先的肉体上去了。所以很多孩子在三年之内就变得正常了。

五爷算准了王六一出了意外，孩子的魂儿没有及时回到躯体，王六一一定会找到他，请他帮忙。所以在等到王六一之后，五爷非常自信：总算可以让我扬眉吐气了，你这小子让我在这一带的名声全都倒了，连看风水这样的事情也没我什么事儿了。

可是王六一带来的消息却让五爷大吃一惊。

原来王六一上次在我们村演出后不久，就只身前往渭南县，走到半路赤水镇的时候，后面就跟着几只狼。这王六一虽然有些手法，施展在皮影上面绰绰有余，要施展在狼群身上，却是非常困难，闹不好连自己的小命都保不住了。好在不远处就有灯光，加上刚刚天黑，王六一就往前赶了一段。可是身后的狼根本不放弃，一直紧追不舍。他把注意力完全放在身后，却不想前面的灯光越来越近。他抬眼一看，妈呀！这哪儿是什么灯光，根本就是另一伙群狼！这一带虽说是平原，却地广人稀，关中人的习惯是在房前屋后种树，这野外很少有树木，即使偶尔能见得一两棵，也是胳膊粗细的小树，根本无法承担一个人的重量。

狼怕火，王六一就在路中间捡了一些柴草，生起火来。然而，当时有点作用，狼群跑远了一些。可是等柴草烧完之后，他再去捡柴的时候，发现狼群已经追上来了。就这样一直对峙，等着周围的柴草都差不多烧完的时候，要点火必须去更远的地方，王六一已经不敢再去捡柴了，这两伙狼群围成一圈，将王六一围在已经将要熄灭的火堆旁边，包围圈越来越小，眼看就要大难临头了，王六一急中生智，将一个皮影人偶扔向狼群。狼群先是一惊，随后有点混乱，最后发现这个东西是可以食用的，这才哄抢起来，其中几只还为这张不大的熟驴皮撕咬起来。

趁着混乱，王六一赶紧离开包围圈，挑起担子向前赶路。谁料，这狼抢食完那张驴皮做的人偶之后，仍然紧紧地跟在他的后面，就像《聊斋》里面描述的那样：肉不尽，狼不止。最终还要把自己的肉搭上。可是即便知道这是抱薪救火，也只能这样坚持到有人家的时候。这一段路确实一户人家都没有。王六一除了走得快点儿，尽量扔得慢点儿，别无他法。

最终，他把最后一个没有封印魂灵的人偶扔给狼了，尝到甜头的狼根本不会善罢甘休，依然紧紧地追着他。王六一没有办法，只好从最近封印的那些里面找，然后扔给狼。这时候，狼每咬一口，就会传来孩子凄惨的叫声，非常清晰，王六一断定那肯定是孩子魂灵发出的声音，因为狼也听到了，叫声一响，狼群都愣住了，一时不敢向前，随后胆大的狼接着咬，叫声更凄惨。王六一已经顾不得考虑什么了，趁着机会不停地奔跑。最终，在他扔掉有贾老太爷的大孙子贾顺利的魂灵封印的人偶之后，他找到一户人家，终于躲过了一劫。

这户人家收留了王六一，但是王六一总觉得这户人家有些不对，但是究竟哪儿不对，他也没多想。反正折腾了几个小时，总算暂时安全了。这时候已经接近午夜，王六一倒头便睡。

入睡后不久，王六一觉得有孩子凄惨的叫声，立即醒来。这一次给王六一的打击非同小可。这哪儿是什么人呀，分明是一窝黄鼠狼子。这东西鬼精鬼精的，专门迷惑人的心智。这房子和房子里的人其实都是假的，王六一这才想起来，刚才见到这屋子的一家三口的时候，它们奇怪的地方所在了——不会眨眼睛！

尚未躲避狼群的追捕，又陷入了黄鼠狼的陷阱，王六一觉得一定会死在这里了。这一定是自己做勾魂勾当种下的恶果，也就是所谓的现世报！那三只两大一小的黄鼠狼子，正对他担子里的封了小孩魂灵的驴皮人偶大快朵颐，吃得那叫一个欢实，而那些小孩的叫声更是凄惨，尤其在这荒凉的野外！王六一正担心如何脱身，早就顾不上他的吃饭家当了，孰料，外面的狼群已经追上前来。黄鼠狼势单力薄，却不肯轻易放下手中的食物，便又使出迷惑的老招数来，大小三个畜生撅起屁股，对狼群释放出三股含有恶臭的气体，暂时把狼群逼退了，随后便叼着食物，飞也似的逃掉了。而王六一也借此机会，迅速地躲到不远处的这一带唯一的一棵比较粗的树上。这才躲过了这场劫难，而他的人魂皮影儿，应该早就被那些畜生吃尽消化了。

五爷听后，叹了一口气："王六一呀王六一，你罪过不小呀！这些孩子的魂灵如果附在狼的身上，你想想会是什么后果？要把他们的魂儿召回来只有打狼！可是这一带多少狼？哪些狼是跟着你的，吃了你的，你认得吗？你觉得这些孩子的魂儿还能叫回来吗？罪过呀！"

王六一早就吓得双膝跪下，他知道做这样的事情确实有损阴德，而且这次的事情就是明显的现世报，于是他一边磕头，一边骂自己："我不是人，但是请您看在那些孩子的份儿上，一定要帮帮忙！把那些魂儿召回来！我感激不尽了！"

五爷叹口气："难呀！你在这儿待着，哪儿都不能去，我回来自有计较！"

说完，五爷便不见了。原来五爷念了法咒，来了南山寺找师傅。

"南山隐"听说之后，略略想了一下，道："狼群来无影去无踪是真的，却也并非无迹可寻，你让王六一带着驴肉，今天再走一趟那天走过的路也许真能引出来那群狼。倒是那两只黄皮子不好寻找，这样，你先找到那群狼，其余的就好办了。"

五爷费了这么大的劲儿，总算得了这么一个小主意，就立即着手准备，便辞了师傅准备下山了。等他走到一半，见前面有一个人影儿晃动，五爷以为遇到什么不干净的东西了，正准备拿出家伙大干一场，却发现，那人是他师弟。

师弟走到他跟前："大师兄，师傅让我把这个东西交给你。说是打不到狼再用。"

五爷拿过一看，却是一个锦囊，心里暗笑："师傅也喜欢玩诸葛孔明那个把戏。"便欣然收下，辞了师弟，径自下山了。

五爷回到家里，着手准备杀驴。

第二日黄昏，五爷便联系了附近村庄所有的猎户，而王六一拿着一块块驴肉走在前面，猎户们手拿猎枪跟在后面。到了赤水松庄一带，这狼群就跟上来了。可是王六一不停地打手势，意思是数目不对且慢动手，紧张的猎户只好按捺住火气，继续跟踪。

过了松庄大概五六里地的时候，两拨狼相遇了。这时候，只见王六一一个手势，众人对这狼群就是一通开枪，这群狼顷刻间成了一具具尸体，而一股股如烟似雾的东西正飘飘忽忽地从狼尸体上游离出来。五爷拿出准备多时的铁八卦，正要收了这些游魂，不料，这些游魂早已有了方向，向着西方迅速离去。

五爷大吃一惊："不好！被游魂野鬼收去了！快追！"

五爷带着三个胆大的猎户和王六一向着西面方向追去了。他们一路追到一个废弃的河道边，眼前的场景让他们瞠目结舌。那河道里满是云雾状的飘离物，争抢着孩子们不完全的魂灵。五爷知道，一旦这些水鬼吸附了活人的魂灵，就能借生孩子的身体，后果不堪设想！五爷拿出桃木剑左冲右突，一会儿工夫已经斗到河道中心，那猎户和王六一眼睁睁看着五爷渐渐体力不支，却在岸上干着急没有办法。

正在这时，一个猎户问王六一："你的驴皮既然能收入小孩的魂灵，何不现在把这技艺使出来，收了这帮水鬼的魂灵，也算助老五一臂之力了！"

王六一如梦方醒，立即施法，好在刚才的熟驴皮还在，王六一不费多少工夫就将百十个水鬼的魂灵封禁到了驴皮里，五爷在下面压力顿减。可是，这水鬼仍有百十个在不断纠缠，五爷仍然双拳难斗四手。王六一想到一个办法，他立即脱下外衣，让一个猎户撑起来，在外衣后面点起一堆火，随后以非常娴熟的手法刻了一只公鸡，那公鸡栩栩如生，王六一的口技功夫却也了得，一声鸡啼，吓破百十个水鬼冤魂。五爷顺势将那些孩子的魂儿收入铁八卦。

惊心动魄的人鬼大战总算获胜，可是清点之后，只有三个小孩儿的魂灵。

王六一非常沮丧："找到这三个都这么费劲，其他的该何等艰难呀！"

五爷安慰他说："倒也不妨，看看我师父的高招！"

他随即打开锦囊，见里面只有两个字："皮影"，五爷顿时明白，兴冲冲地说："有办法了！你把这三个孩子重新封到皮影里面，人物不要变，今晚开始演戏。那些进了黄皮子的孩子听见之后，必来相投！"

王六一听后立即允诺，于是赶制皮影，忙得不亦乐乎。

到了夜里，五爷带着几个胆大的猎户和王六一来到黄皮子施展迷魂术的地方，支起了皮影台子，一场不为观众观看的皮影戏就这样开场了。王六一使出浑身解数，力求演得尽善尽美。五爷和猎户们看得入迷，都觉得不虚此行。甚至连三个黄皮子在身边跳跃和欢叫都差点忽略了。

五爷大叫一声："动手！"猎户们早已铆足了劲将这三个玩意儿活捉，随后五爷作法将其余孩子的魂儿收入铁八卦，连同皮影里的三个孩子一并回收。正待收拾摊子离开的时候，众人发现事情有了新的麻烦。

不知道谁走漏的消息，人们从四面八方赶来，都带着小凳，围住了王六一的灯影台子，王六一一见这阵势，不表演也不行了。于是就在这荒郊野外，对着数百名自带小凳的观众，表演了一夜，而且他的技艺不仅没有因为孩子的魂灵被五爷收走而受到丝毫影响，甚至比以前还要生动活现。因为那些水下的水鬼，也多数是铁杆戏迷，有了这样的上台机会，它们能不卖力？于是，在这野外上演的这场皮影戏，重新使王六一成为关中皮影界的泰斗。

五爷早已经把孩子们的魂儿还了回去，而贾老太爷亲自登门感谢的时候不忘带上合同，希望五爷继续做他的佃户，五爷却拒绝了，这让贾老太爷一家感到非常意外："难道他还在嫉恨咱们？我亲自上门感谢还不够给他面子？真是敬酒不吃吃罚酒！一个穷鬼还要什么脸？"他们哪里知道五爷葫芦里卖的什么药。村民们也颇感意外：这老五不种贾家的地，这以后吃什么？

直到四个月之后，谜底揭开了，我们村实施土改了！

第十九章　枯井

　　等他们祷告完毕回去之后，发现挂在房梁上的牛头不知道什么时候掉下来了，而牛角不偏不倚，正好砸中从底下路过的张老太，至此，这名生前备受欺凌的女子终于报仇完毕。"一切都结束了。"五叔怅然地说，他看着那个牛头，那牛头的眼睛里面，分明饱含着眼泪……五叔扒开牛嘴，里面没有舌头。

　　解放村是在渭河沿岸一个普通的小村落，在村子北面就是这一带最为宏伟的人工建筑——渭河大坝。在这里，我和五叔还有郑雨经历了一件非常离奇的事件，而事件发生的地点，是在一口枯井里。

　　这口枯井位于解放村的老村子，原来大名叫大坝南。因为洪水的原因，在七十年代末期，原来在大坝南居住的村民大都搬迁到了相对安全的大坝以北地区，而这口井就遗留在了原来的村子里（因为没有人能把水井搬走）。

　　村民张六指的老娘养了一只下蛋的母鸡，这母鸡大概在老村子住惯了，不习惯新的地方，所以每天仍在早已坍塌的老房子周围生活，而且每天下午两三点钟下一个蛋，非常准时，无论刮风下雨，从不间歇，非常有诚信。老太太每天吃过下午饭就会扭着小脚去老屋，找到那只鸡下蛋的地方，取了鸡蛋回来。

　　有一天，老太太在取鸡蛋的时候摔了一跤，虽然没有受很严重的伤，但是至少去老屋取鸡蛋的工作不得不停滞下来。三天了，老太太非常着急，想着有三个鸡蛋仍在老屋下放着，这是很危险的事情。

　　"收到篮子里的才算菜"，可是老太太再着急也没用，因为她动不了。想让张六指去，怕他毛手毛脚的给弄破了；让儿媳妇去吧，担心儿媳妇收回来不给她。可是老太太又担心别人给偷走，考虑再三，老太太觉得儿媳妇虽然有"贪污"鸡蛋的可能，但是也比落在别人手里要好很多，于是老太太便如此这般交代一番儿媳妇，就让她代为"出征"了。

　　可是儿媳妇去了很长时间仍然不见回来，已经夜里十点多了，老太太有些不放心了。就打发儿子去寻找，张六指早就对这个好吃懒做的媳妇满肚子意见，就对老娘说："我巴不得她回不来呢。回不来我重新娶一个老婆。早看这狗日的不顺眼了。"

老娘骂儿子："你个王八蛋！你以为老娘一个寡妇给你娶个媳妇容易呀？你长个六指以为找个媳妇那么容易？一个媳妇说不要就不要了？你不要我要，你不去找，我去找！"说完就要下炕。

张六指赶紧拦住母亲，披了衣裳拿了手电筒就出门去了。两个地方原本也就五六里地，张六指一会儿工夫就到了老屋。这村子好久不住人，早已经坍塌得不像样子，而且由于夏季刚刚经历过一场洪水，很多房子更是已经看不到痕迹。

张六指走到老屋的地基上，寻找着关于鸡蛋和妻子的蛛丝马迹。令他失望的是，妻子没有找到；令他更失望的是，鸡蛋也没有了，只有那只母鸡在墙角的一个破笼子里栖身，因为见到灯光，正准备出来，却因为张六指移开了手电筒而终止了行动。

张六指找不到老婆就慌了：这荒郊野外的经常有狼群出没，万一遇到了，那就……他不敢往下想，只好加紧寻找，在旧村子的任何一个角落都认真找了一遍，仍然没有找到。可是就在他准备放弃的时候，村口的一口枯井里传出了一个女人的声音，声音不太清晰，飘飘悠悠地传了过来。

他隐约听出来是他老婆的声音，但是听得不是很真切，他很戒备地走近这口井。等他靠近井口的时候，声音这才清晰起来，没错！是他老婆！他老婆在求救！他立即将手电筒照向井里面，奇怪的是，他什么都没看见，只听见从井里传来呜呜的气流的声音。他仔细照遍了井里面所有能照到的角落，没有错，根本就没有任何东西。而且这口井因为没人用的缘故已经坍塌枯竭，井底下的境况可谓一目了然。

张六指觉得奇怪，明明听见有声音的，怎么就什么都没有呢？他只好起身继续寻找，但一转身可不得了，身后一个穿白衣的女人的影子吓得他差点儿跌到井里。

这个女子面容恐怖，她虽然穿着白衣，但是整个面孔似乎被严重的大火烧过，满脸都是烧焦的痕迹，几处地方已经发黑，头发几乎没有，仅余的几缕发丝又特别长，脑门上就像被火烧过的荒草地一般。张六指也就是通过这女子的线条才知道她是一个"女人"，当然现在还不能判断她就是人，也许是别的什么东西。

张六指的手电的光亮因为长时间的使用已经暗淡下来，但仍然能够看到这女子的样子，这不是他老婆，无论胖瘦还是身高。他被吓得不轻，瘫在地上，空白的大脑中反存的一点清醒的思想是要逃跑的，却哪里有力气？这女子并不动，只是站在他身边，那已经粘在一起的双眼透出一点点的亮光盯着张六指。

张六指不能动，心里想着："这下完了。肯定要被这东西收拾了。"

可是那女子并没有对他采取进一步的措施，就绕过他进入井里。张六指在井边平静一会儿的工夫都没有，一口气跑回了家里。坐在母亲的炕沿上，他已经抖得如同狂风中的树叶，在说完事情的经过之后，张六指就卧床不起，而且长时间昏迷不醒。

老太太为了三个鸡蛋，让家里的两个壮劳力一个失踪，一个卧床，心里说不出来的后悔，同时老太太隐隐觉得这事儿并不是简单的灵异事件，似乎和二十多年前村里一宗杀人事件有关联。

二十多年前，解放村还叫作大坝南的时候，张六指的老娘从外地找了一个妹子回来，这妹子很漂亮，典型的南方人，之后这妹子便给本村的后生狗娃做了老婆，而张六指的老娘也得了3000块钱的"介绍费"。这狗娃"游手好闲，喜欢赌钱，斗鸡揍狗，样样占全，杀人越货，倒是不敢，没事可干，打老婆度闲"，这老婆在家里勤勤恳恳，纺线织布，样样都是行家里手，而狗娃整天屁事不干，还经常打老婆。更为人齿寒的是，这狗娃的娘自认为花了大价钱买来的媳妇，不仅所有的支使都是媳妇的，而且还经常毒打她，这种状况一直持续到狗娃媳妇怀孕。

可是，一旦分娩，狗娃媳妇的噩梦又开始了。狗娃媳妇生了一个儿子，和张六指仿佛年纪，这孩子刚满月，狗娃媳妇就开始洗衣做饭，下地干活，而施加在她身上的折磨和毒打也就开始了。

有一次，狗娃媳妇大冬天在河边破了冰洗衣服，被邻村的几个混混轮奸了。当时河边还有几个村民，但是没有一个人挺身而出，致使这几个混混为所欲为。他们不仅将这可怜的女人糟蹋了，还扒掉她的衣服，让她躺在冰上，在周围点起火，以资取乐……

媳妇回家之后，家人大都听说了这件事情。

狗娃不顾媳妇满身伤痕和病痛，狠狠地将她打了一顿。而听说是邻村的温前进带头干下的事，原本大喊大叫要杀人全家的狗娃像霜打的茄子一样——蔫了。可是终究气不过，便对已经接近崩溃的妻子再下毒手。

当夜，这女人实在挨不过，硬挺着伤病的身子，跳墙逃离了这个人间地狱。在被狗娃发现之后，向北追了十里地，终于被抓回来了。这里需要说明的是：大坝南虽然已经解放很久，但是仍然很闭塞，村民们的封建宗法意识很浓，而一些政治气氛在这里却只能看到一定的影子，村民的墙上除了一些标语之外，似乎与当时全国的政治形势格格不入。"文革"的影响除了一句标语"无产阶级文化大革命万岁"之外，很难找到其他的证据。所以这里的私刑仍然在村民中有普遍的市场，他们甚至认为私刑是合法的。

追回逃跑的媳妇的狗娃这下显得很硬气，他对族长说："这贱人勾引男人，现在还想跑。应该怎么办，族长给出出主意。"

族长说："狗娃你先回去，我们几个先审审你媳妇。"

狗娃离开了，在宗祠里老张家的祖先灵位下面，这几个族长对这个已经非常可怜的女人实施了丧尽天良的又一次折磨。

最终的"审判"结果是：此女生性淫荡，当受滴油之刑。行刑当晚，族里十六岁以上的男子必须参加，嫁入张家的媳妇也必须参加。宗祠里生起一堆大火，狗娃媳妇被细铁丝捆绑结实，然后先将双脚放在火上烤，整个祠堂里传出撕心裂肺的哀号……大概半个小时之后，这女人抽搐几下，晕过去了，而她的双脚已经被火烤得冒出油来。

于是，晕过去的狗娃媳妇被冷水浇醒，接着烤大腿以及臀部，同样半个小时之后，这女人用自己的方言大喊一声："我做鬼也不会放过你们这些畜生！"

当时没人能听懂，但却看见了一个不争的事实：她咬掉了自己的舌头，彻底解脱了！

然而族长们并没有轻易放过她的尸体，而是继续在火上烘烤。尸体已经开始烤熟，尸身上的油脂在烈火的烘烤下不断地滴在火里，发出滋滋的声响，随后有一处火焰突然亮起来，瞬间便又恢复原状。随着油脂不断地滴到火里，这火势也逐渐大起来，整个宗祠充斥着浓郁的毛发烧焦的臭味，也有肉制品被烤熟的味道。

直到这具尸体已经变得焦黑，再也没有油脂滴漏出来，众人这才将尸体挂在宗祠的房梁上，第二日中午，便将尸体扔进了一口废弃的井里。据张六指母亲回忆，当时抛尸的井是老村外一口早就废弃的水井，而张六指出事的这口井当时还在使用。

我和五叔带着小跟班郑雨来到解放村的时候已经距离事件发生一个星期了。张六指躺在床上，身体瘦弱，时而昏迷，时而说着梦话。

五叔给张六指号了脉，道："没什么大碍，我有一个草头方子，给他服用之后看看效果吧。"

五叔拿着纸笔写下方子，这时候周围已经围了很多人，五叔在这一带有一些名声，众人也都想看看任氏后人的本事。五叔写完方子，早有人拿了一路奔跑上河边药房抓药去了。这方子虽说是草头方，但药引子却比较犯难：十对公鸡眼，且要保证完好的，不能破损。狗娃家正好养着一群公鸡，这群公鸡各个争强好胜，个头非常大，在这一带颇为有名。

有人告诉狗娃要鸡眼，狗娃死活不依，说："我这鸡可是南山寺里偷来的，费了我多大劲儿你们知道吗？想挖鸡眼，想都别想。"

众人都知道这狗娃的那副德行，于是提出给钱，狗娃歪着头想了想，有人起哄道："狗娃，你这鸡在你家也不能下蛋，只能吃肉，你又舍不得杀，留着白浪费粮食，每天早上还不能睡回笼觉。还不如换两个钱来得实惠。"

张狗娃心动了，但提出一个鸡眼一百块，张六指老娘答应了，拿出2000块钱给了他。

随后，在挖鸡眼的时候因为坏了几个，张六指老娘不免又打发了张狗娃1000块，至此，张狗娃从张六指老娘这里买媳妇用的3000块钱，完完整整地又回到了张狗娃的腰包。

他非常高兴，一边杀那些没了眼睛的公鸡准备吃肉，一边乐道："这下两清了！我的钱又回来了，还赚了个儿子！"

五叔小心地取了鸡眼，配了草药，在炉火上慢慢为张六指炖着药。药好之后已经是掌灯时候，张六指吃了药，开始慢慢好转。虽然仍旧昏睡，但是表情确实自然了很多，而且不再说胡话。

一个小时之后，张六指醒了："任先生！快去狗娃家！"说完又昏了过去。

这时候还有几个好事者守在张六指家里，听得这话，都大吃一惊。五叔却很平静，起身交代了张六指母亲一下，便起身直奔狗娃家里去了。

张狗娃家屋门紧锁，里面没有任何灯光，但却传来狗娃母子凄厉悲惨的叫声。

五叔指挥众人破门而入，却被眼前的景象惊呆了：张六指的老婆正掐着张狗娃的脖子，把他凌空抓起，张狗娃在这女人手中已经翻了白眼，脸色铁青，看来被掐的时间不短了。而张狗娃已经瘫痪多年的老娘，挥舞着唯一能动的手臂嘴里呜呜地哭叫……

五叔准备前去制止，不料张狗娃已经断气，张老太太的炕上也着起了大火。大火将老太太包围起来，而张六指的老婆扔下早已断气的张狗娃，一把将瘫痪的老太太抓起来，放在火上烘烤！张六指不知道什么时候已经站在门外，他对妻子的失踪和突然出现表现出了极大的迷惑，而此情此景对他来说更是匪夷所思。他大声叫着老婆的名字，却根本无法唤起妻子的注意。

老太太哪能受得了这般痛苦？一会儿工夫便断气，屋内的火势很大，一般人根本无法靠近。张六指老婆仍然拿着老太太的尸体继续自己的工作，随后大笑："我说过我会回来报仇的！我要你们都去死！"

"这分明是狗娃老婆的南方口音呀。"知情人纷纷说。

"爹！奶奶！"张狗娃的儿子张狗剩推开人群准备冲进去，张六指的老婆一看，立即晕倒过去，而火也终于熄灭了。

除了张狗娃和他母亲被烧焦的尸体之外，其余东西没有丝毫被烧过的痕迹。

于是大伙议论纷纷："怕是狗娃媳妇回来报复呢。以前可没少欺负那女人。"

有几个人趁着天黑默默地离开了，他们是曾经的族长和当年主持"审判"狗娃媳妇的人。

"上当了！"五叔恨恨地说，"这女人故意让我把这些公鸡弄瞎，这样他才能动手报仇！"

原来，张狗娃偷来的公鸡因为在寺庙待过的缘故，很有些避邪的功能，因此一些不干净的邪物不能近身。五叔将那些公鸡的眼睛抠出来之后，这些公鸡就无法发挥作用，因此也就让一些邪物有机可乘。

五叔道："现在已经可以肯定，这一定是张狗娃的老婆冤魂不散，回来报复。"

郑雨道："照我说呀！您这才是做了一件好事。欺负人家一个女人家算什么本事？罪有应得！"

五叔却悠悠道："中国人办事有一个原则：向着活人不向着死人，死人已死，事情已经过去，难道还要更多的人为这个事件失去性命财富和所谓的道义吗？从整个人类群体上说，这是好事吗？这个村子的大人都死了，那女人算是报仇了，可是对于其他人来说是损失多还是得到多呢？"

郑雨不说话，盯着五叔，默默地点一点头。

我们一行三人来到张六指家里，张六指老婆已经被抬回来了。五叔小心翼翼地用一根熏香将她弄醒。

这女人醒来之后一脸茫然，看着周围陌生或者熟悉的面孔，一时间竟不知所措，等恢复过来之后才说了三个字："我饿了！"

六指老娘亲自下厨，给众人都做了饭，还不等众人动筷，却早已经全部进了这媳妇的肚子。

五叔等这女人吃完，问起当时她收鸡蛋那晚发生的事情。这女人吃完，镇静下来，这才回忆起当晚的场景：

　　那天我去老宅，找到老母鸡的窝已经不早了，眼看就天黑了。找到三个鸡蛋之后，我准备往回走。这时候，我突然有了一个想法：我家这只鸡能在这里下蛋，其他地方肯定还有别人家的鸡。我便开始寻找，没想到还真给我找到了。在狗娃家的老宅子上有一窝破草垫起的鸡窝，上面有六七个鸡蛋，我偷了鸡蛋包在头巾里面，就准备回去。可是我的周围突然全黑了下来，我抬头一看，只有上头有一个小口子是亮的。我想，这坏了。怕是给迷糊鬼弄到井里了。我拼命喊叫，可是周围一个人都没有。于是我大胆地往井的侧面走，发现一个伸进去的洞，我便爬进去，一直爬到了另一口井下面。这口井下面非常宽敞，里面有很多杂物，正中间摆着一具干尸，浑身焦黑。我当时吓坏了，赶紧找到一个角落缩着身子。谁料那干尸竟然动了起来，好像在挣扎。先是手臂，紧接着整个身体都动起来了，动了一会儿之后，这干尸竟坐起来，朝着我的方向走过来了。我当时已经没有任何知觉了，整个身子好像被一种无形的力量捆绑起来一样。

随后，我感到全身像被火烧一样痛苦，这样持续一段时间之后，我就什么都不知道了，直到刚才被救醒。

五叔于是决定立即探索一下这口井。可是无论怎么劝说，村里的后生们都不敢下井。

五叔说："不妨事，你们在井上给我们看着就行。"

于是六七个后生和我们三个一起奔旧村去了。

趁着夜色，我们带了一些必要的装备便下到井里。这井是原先农村最常见的一种吃水井，井口较大，井壁上都有供人踩踏的脚窝子，为了保险起见，我们决定让郑雨在地面留守，而我和五叔下去，并用无线电保持联络。

我和五叔下到井底，看到了张六指媳妇所说的那个地洞，我和五叔屈身而入，很快就到了那女人所说的井下开阔地，可是我们并没有见到那个所谓的干尸，倒是见到了几个鸡蛋。五叔拿起这些散落在地的鸡蛋，发现分量明显偏轻，打碎之后发现里面是空的。

"那女人吃了生鸡蛋才将冤魂聚集在一起的。"

继续寻找，却没有大的收获。这时，我想问问郑雨上面情况怎么样，却发现无线电根本呼叫不到郑雨的信号！难道上面出事了吗？我和五叔担心郑雨他们遇到什么事情，立即原路折返，爬上地面看个究竟。

等我们辗转上了地面，发现那些后生东倒西歪地躺在地上，只有一个人好好地站着，守护着惊魂未定的郑雨。

我和五叔赶紧跑到跟前，问郑雨到底发生什么事了？郑雨只是哭，并不说话。

郑雨是一个很坚强的女孩子，如果不是遇到特别大的委屈是不会这样哭的，郑雨旁边的那个后生我们见过，正是那张狗娃的儿子张狗剩。

狗剩气愤地说："五叔！这几个狗日的没安好心，见你们下了井就要欺负这丫头。幸亏我及时赶来，要不然事情就闹下了。"

我和五叔大吃一惊，真大意了，不该把这丫头一个人和一群陌生男人放在一起。

我和五叔见那几个后生都捂着受伤的部位在地上呻吟，就问狗剩："你怎么知道郑雨要出事？"

狗剩得意地说："我正在家里处理我家的丧事，突然听到一个女人说老井那边出事了，让我赶紧去。我还没怎么跑就到了跟前。看见这几个坏嘎嘎已经把丫头控制住了，我顾不得多想，随手捡起一根粗棒子就上去了，直到把这些人都打翻了。"

我打了一通电话，一会儿工夫当地派出所的民警就赶到了，这些人被带走之后，郑雨的情绪才渐渐恢复平静，我和五叔不停地跟她道歉。

郑雨突然对五叔说："五叔，你觉得还有必要原谅这些人吗？难道不应该顺其自然解决怨恨？一饮一啄，莫非前定？这不是很著名的因果之说吗？你为什么要帮助那些坏人呢？"

五叔低头不答，我知道，五叔一定不会放弃救助这些村民，因为"看活人的面上"是大原则，不会轻易改变的。

郑雨知道有些为难五叔，便不再说话，也不再哭泣。

狗剩看着我们三个奇怪的样子，感到大为不解。

最终，我们三人重新下井，找到了那具尸骨，在争论如何处理尸骨的时候，张狗剩突然出现了。

张狗剩对五叔说："我妈让我给您带个话，说不想再报仇了，没有意思。希望您超度她，来世变作牛。"

五叔有些疑惑，但是仍然答应了。争论显得没有任何意义，尽管郑雨强调那些作恶的人应该得到报应，但是仍然表示尊重死者亡灵的意愿。

在五叔的主持下，张狗剩母亲的尸体被火化，随后五叔帮忙超度了亡灵，事情总算告一段落了。谁知半月之后，解放村还是出事了。

我和五叔以及郑雨立即赶到了现场。村民正在张六指家里围着，张六指正在操刀杀牛。牛很快被肢解，牛肉被村民们分别拿走，五叔急忙问出了什么事情。

周围村民说："张六指家这头牛可真是奇了，出生半个月长得比生它的母牛还大。张六指牵着牛在田里犁地的时候，这牛突然发狂，跑到邻村把正在下棋的一伙子人给全部顶死了。"

五叔大惊！这分明是张狗娃老婆投胎之后的牛嘛！看来这女人的怨气仍然没有消。

　　五叔问了一下死了的那些人的身份，周围人说："不就是当年糟蹋狗剩亲娘的那几个混混嘛！"

　　五叔的预感得到证实，好在这村里的几个族长平安无事。孰料到了晚间，那几个吃了牛肉的族长全部腹泻，到第二天早上，已经全部躺倒，送到医院不到半天竟然全部毙命。而其他吃牛肉的人却一点儿问题都没有。

　　这时候，村里的人都紧张起来，不知道这女人究竟要闹到什么时候。

　　张六指撺掇张狗剩在其母的坟前磕头祷告，希望能够放过那些人。狗剩知道，张六指担心将其母贩卖到这里的母亲的安危。出于二人关系，狗剩答应了。

　　等他们祷告完毕回去之后，发现挂在房梁上的牛头不知道什么时候掉下来了，而牛角不偏不倚，正好砸中从底下路过的张老太，至此，这名生前备受欺凌的女子终于报仇完毕。

　　"一切都结束了。"五叔怅然地说，他看着那个牛头，那牛头的眼睛里面，分明饱含着眼泪……五叔扒开牛嘴，里面没有舌头。

　　我认为，这也许只是一个比较诡异的巧合。

第二十章　麟洞

　　只见池攻玉眼睛紧闭，牙关紧咬，从七窍里面喷出鲜血来，眼看就要毙命了！五叔扑上前去，狠狠掐住他的人中，一会儿工夫，这池攻玉算是又清醒过来，度过了又一次的危机。可是他死活不再躺下，说自己背上有东西，我们揭开他的上衣看了一下，不禁大吃一惊，只见上面有两行笔法非常好的隶书："入洞者七日亡"，五叔连忙问村民，这后生进去多久了，村民算了一下，今天正好是第七天。

　　白麟洞位于山西省太原市阳曲县北，翻过一座山就到了山西省忻州市的地界了。关于白麟洞的传说源于郑雨，她在一次和父亲去太原旅游的时候无意中听说的。

　　当地人说白麟洞不知道什么年代就在这里了。他们祖祖辈辈对此洞都有禁忌：不许任何人进入。因为进去的人从来没有一个出来过。

　　郑雨从西安打来电话告诉我们这件事情的时候，我和五叔有些兴奋，因为五叔从小就喜欢一些探险类的活动，而我受其影响，也对此类事情颇多关注。于是我们叔侄二人驱车西行前往西安，接上郑雨，又东行往太原方向疾驰。本来我和五叔所在的位置在西安和太原之间，如果不是要接上郑雨，我们大可以直接往东行600公里，因此南辕北辙地往西走了90公里。这次五叔按照正常程序开车，速度严格控制在120迈左右，6个小时之后，我们已经进入太原市的市区了。

　　由于不认识路，我们只好边走边问："师傅，阳曲怎么走？"

　　太原人很实在，也很热情："阳曲？那可远下了，这是小店区，要到阳曲还有百十公里呢！"

　　我们三人听完，顿时翻了白眼。原本以为到了太原就即将到了目的地了，谁料还有一百公里的路程。

　　我们从小店区一路向北，走到当地颇为著名的五一广场的时候，向一个交警问路，这交警一看我们的车牌是外地的，立刻非常热情："去晋祠玩儿的吧？顺着这条路……"

"我们不去晋祠，我们要去阳曲县阳光乡。"

虽然我们很不礼貌地打断了交警的话，但是交警仍然不改太原人的热情，他立刻拿出手机打电话："爸，这里有一辆陕西的车，要去阳曲阳光镇了，你不是下个月要回老家了？要不你今天提前回吧？让他们捎上你，顺便你给他们引路行不行了？那行，我这就带上他们找你去呀。你等着哇，我交班了。"

五叔开玩笑地说："早就听说山西人抠门厉害，今天真算是见识了。"

郑雨噘着嘴道："别忘了你的车上还有一个山西人呢！"

这警察不跟我们商量就上了车，直接指挥我们去了一个地方，接了一个老头儿，他跟老头儿交代几句，对我们说："我爸本来是下个月要回去的，今天正好你们要去，又不认识路，那一带在山区，万一你们迷路了就麻烦了。所以我让他跟着你们，给你们认道。可老爷子还有针要打，所以今天晚上你们想办法把他送到车站，让他回市里。麻烦了！"五叔和我面面相觑：以小人之心度君子之腹了。

这老爷子很和蔼，我们得知他姓王，老家就在阳光镇，他确实听说过白麟洞的传说，但是没有亲眼见过。这洞啊，进去过人，但是没有一个出来的。有人从外面往里面看，发现里面全是大冰块。不过前两天老家人来电话闲聊，说到这白麟洞了，有一个后生还真下去了，而且平安无事地出来了！

我和五叔一听，更加激动，真想立即到了那洞口，进去一探究竟！说话间我们来到了阳曲县城，出了城往北还要行进一段盘山路。目的地终于到了！我们三个都很兴奋，王老爷子大概受到感染，也似乎变得年轻起来。他用方言和当地人交谈，倒真给我们省去了不少语言上的麻烦。

这个村就叫作白麟村，而白麟洞就在村后的山上，整个村子依山而建，基本上是石头结构。我们四个人的到来并没有在村子里引起什么反响，他们只是看我们一眼，以表示有陌生人或者外地人来了，仅此而已。老王头儿不是这个村子的人，自然也跟我们这几个外地人一样受到了如此待遇。看来村民们对外地人的到来已然司空见惯，没有给予过多的关注。老王上前用当地话向村里人说明我们的来意——考察白麟洞，村民们立即表示：去不得，这山洞这些年了，进去的人从来没有出来过。

老王又问："前两天不是有人进去过吗？不是好好地出来了？"

那村民说："好好地？那也叫好好地？你们去看看吧。那忻州后生现在还在村里呢。连下炕都没力气。"

我们决定去看看这个勇敢的忻州人，顺便打听一下洞里面的情况，为下一步探险做准备。在村民们的带领下，我们四个人见到了在大队部养伤的忻州后生池攻玉。池攻玉躺在炕上，面色蜡黄，就好像一个犯了大烟瘾而长时间没吸毒的大烟鬼。

见有人来，这后生微微睁开眼睛，五叔上前一把抓住他的手开始号脉，那后生显然以为我们是村里请来的郎中："别费劲儿了。我这病瞧不好。"

五叔不答话，过了一会儿，五叔才放开他，对郑雨道："你去咱们来的时候经过的那块石头上刮一点粉末来。"郑雨答应着跑去了。

"有什么感觉？"五叔问。

"没别的，就是全身没劲儿，什么都不想干，说话吃饭都不想。您别问了，让我歇会儿。"池攻玉一口气说了这么多话，显得很累，很快就闭上了眼睛，大口地喘气。从村民口中得知，这后生前一段时间只身下了洞，可是没两分钟就跑出来了，说是看见了不该看见的东西。

"出来之后就晕倒了，这才几天你看看，都瘦成什么样儿了？刚来的时候可是壮着呢，体重怎么说也有个一百八。"

我们看着这被子底下裹着的精瘦的后生，对他当时面临的状况无法得知，只能等他醒来再说。

郑雨很快回来了，她拿着一包石粉交给五叔，五叔在鼻子下面闻了闻，随后问我要了一支香烟，抽出里面的烟丝，将这粉末混进去，点燃了猛吸一口，喷到这后生的鼻腔跟前。很奇怪地，池攻玉闻到之后，立即睁开眼睛，随后五叔将这烟递给他，他立即接过去，贪婪地吸起来。一会儿工夫，这根烟就缩成了烟头，而池攻玉也恢复了精神，竟然坐了起来。周围的人这下都服了，纷纷用敬佩的目光盯着五叔，我有些不平衡，凭什么佩服他呀，粉末是郑雨刮来的，烟是我贡献的好烟，一块钱一根呢。

五叔让弄杯浓茶来，早有人应声去了，端上来之后，众人都盯着五叔，看他还有什么惊人之术。五叔接过茶杯，并不给池攻玉，而是自己趁热狠狠呷了一口。众人立即失望，我和郑雨却暗笑。

五叔问池攻玉："你下去那两分钟，在洞里发生什么事情？"

池攻玉想了想，并环顾了一下周围的人，见大家都盯着他，这才声音洪亮地说："我也想要杯茶。"

屋子里面已经有人开始笑了，五叔似乎有些不好意思，他大概知道，自己喝茶的模样实在是有些急不可耐，有些滑稽，更有些贪婪。

池攻玉喝了两口茶，这才娓娓道来：

我进了洞口就感觉到有一股怪味，赶紧戴上了防毒面具，里面黑乎乎一片，在矿灯的照射下，我看见了入口处的一部分面貌。这是一个天然的山洞，但是我敢保证有人进来过，而且不止一次进来过，因为这洞的入口处有很多奇怪的图案。就在洞口里面十米处，我正是被这些图案所吸引的。那图案很古怪，全部都是用鲜红的颜色涂抹而成的，好像是血，似乎本身就有着很大的魔力。当时吸引得我看得很专注，想不看都不行，意志不受自己控制了。我慢慢地被吸引着往里面走，脚下开始有很多尸骨，看来是很多年了。我越发感到不对劲儿，那图案好像魔咒一类的东西，我渐渐地感到呼吸困难，于是费了很大的力气才摆脱了这古怪的吸引力，连滚带爬跑到了洞口。总算保住了一条命。

那人说完，五叔大吃一惊，连忙喊了一声："不好！"

只见池攻玉眼睛紧闭，牙关紧咬，从七窍里面喷出鲜血来，眼看就要毙命了！五叔扑上前去，狠狠掐住他的人中，一会儿工夫，这池攻玉算是又清醒过来，度过了又一次的危机。可是他死活不再躺下，说自己背上有东西，我们揭开他的上衣看了一下，不禁大吃一惊，只见上面有两行笔法非常好的隶书："入洞者七日亡"，五叔连忙问村民，这后生进去多久了，村民算了一下，今天正好是第七天。

五叔大惊："今天咱们都不要睡觉了，盯着他，一定要保住他的命！"

众人应诺，而且其他村民听说五叔将这后生救醒，也纷纷前来看热闹，见到当时的情景，不免也想知道这后生能不能挨过今晚。

五叔吩咐我去县城买一些必要的东西：诸如工兵铲、长匕首、防辐射的衣服、防毒面具以及空气压缩机，还有就是顶端配置的"小太阳"手电筒。当然，少不了一些压缩饼干等常用的必备食物和纯净水。还有一样非常奇怪的东西也成为必要的东西——地窝子蜂的蜂巢三块。我一一备齐，放在后备箱里正准备回去复命，却在半路发生了一宗意外的事件。

我驱车在二级路上飞奔，前面有一个人在路中间走，怎么摁喇叭那人就是不听，我心想这人是不是聋子呀？我于是在靠近他的时候，渐渐减了速，谁知离他两三米距离的时候，他突然转过头来冲我咧嘴笑，这一转头导致我和汽车一起进入了旁边的田里，并且将车撞上了一棵小树。我这么害怕可是有原因的，因为那个人转脸看我的那一瞬间我看得真真切切，是池攻玉的脸！可是他还昏迷在炕上，怎么会在这里出现？

我渐渐冷静下来，向周围看了看，哪儿有那个人的影子？难道是幻觉？就算是幻觉也是我第一次出现幻觉！我这人从来不幻觉！相信孔夫子说"所信者听也"之类的教诲，我就是相信这些东西是我真实看见的，听见的，根本没有幻觉一说。可是没办法，我无法解释，只能预感池攻玉已经出事了。

我调整了情绪，把车安全地开回了村里。

等到大队部一看，池攻玉仍然昏迷不醒。

我在五叔耳边把在路上经历的事情说了，五叔没有任何表情，只是说："知道了。"

那池攻玉仍然有呼吸，说明他并没有死，我在路上见到的那个东西究竟是什么，我也不得而知，大概就是他走出躯壳的灵魂吧。那按道理我应该把他捎上一段，灵魂没分量，又费不了多少油，五叔一定会同意的，问题是我当时给吓糊涂了，清醒过来之后他的魂儿已经找不见了，即使写一个"寻魂启事"烧了，也不见得能立刻找回来，问题是有线索也没法联系我们呀。即便是捎上了他，我又控制不了他，一个没分量的魂儿，上车下车还不容易呀？

我正胡思乱想，忽然传来一个声音："这后生刚才开车怎么不捎上我呀？"

我心里一惊："你当时倒是说话呀。给我笑一下算怎么回事儿？一笑当车钱？您这笑也忒值钱了吧？"

五叔却大喜："没事了。他醒了！"

五叔又给池攻玉卖弄了一番他的吸烟技术，那池攻玉就彻底醒过来了。

背上的字却变了样："诅咒偕同"，我和郑雨都很担心，这下那洞里的诅咒会不会施展在我们身上。

五叔却说："不妨事。我和任桀早就中了蝶仙的诅咒，也不在乎再多一个。"

我心想："谁说我不在乎？"只是出于在郑雨面前表现出自己天不怕地不怕很牛叉，没说出来而已。

五叔见这池攻玉暂时没事儿了，就交代给了老王，我们三个则带上装备，准备直奔村后洞口而去，可是那池攻玉却不干了，非要跟我们一起去。

五叔鉴于这人有点经验，一起去倒也无妨，只是他身体状况实在不容乐观，于是下了狠心一般道："干脆等你休息一个晚上，明天一早咱们一起去。正好我们赶了一天的路，也很累了。"

于是村民们在大队部支起了大锅，大家吃了当地有名的小米饭和一种叫作碗秃的小吃，味道相当不错，当然少不了我从县城带来的大块的"六味斋"的酱牛肉。大家吃饱喝足，倒头就睡。

当晚我躺在大队部的炕上，旁边便是池攻玉，一个人影在墙里面跑来跑去，我仔细一看，这人影就是一个小孩儿，他见我看他，就从墙里面走出来。我这才看清他的真实面目：七八岁模样，脏兮兮的脸面上没有任何血色，一双眼睛冷冷地盯着我和池攻玉睡觉的方位，他离我们大概三四米远，我想大声叫五叔，可是我怎么努力也喊不出来，那孩子一步一步靠近我们，终于爬到了池攻玉的身上，仍然是那种冷冷的眼神，他死死地盯着池攻玉，如同一只猎鹰盯着自己的猎物一般，我转过头看他究竟想怎样，他却慢慢回过头来用那恐怖阴森的眼神看着我，我看清了！他的眼睛里面全是黑的，没有一点眼仁儿！而池攻玉像没事儿人一样贪婪地打着呼噜，时不时地还吧嗒嘴，不知道梦中吃什么呢，竟全然不顾自己就快完蛋了。

我万般无奈之下，只好拿出从南山寺里请来的护身符，那孩子一见这东西，立即遁形，却仍然在墙里面跑来跑去，并时不时地转过头看我一眼，等我刚刚放下那个护身符，那小孩以迅雷不及掩耳之势就猛扑到我的身上，对着我的脖子就是一口，我立即被吓醒了。抬眼一看，周围的人都睡着，我才意识到自己做了一个梦。这个梦是如此的真实，让我不得不相信这跟真的一样。

于是想起护身符，赶紧掏出来看了看，发现仍然安安稳稳地在自己的身上挂着，这才放心。我突然意识到不对，转头一看，确实有一个小孩儿正趴在池攻玉的身上，而眼睛却冷冷地盯着我！他突然之间就猛扑过来，对着我的脖子就是一口，我想这下完了，我明明已经醒了！这一口肯定咬到了！我感到了切肤的疼痛！等我睁开眼睛一看，发现天已经大亮，而在我身上咬我的不是别人，正是郑雨这个令人讨厌的家伙。

我意识到自己做了一个很奇怪的梦中梦，我平时很少做梦，更别说梦中梦了。这梦中梦据五叔解释是周围有邪祟作祟的时候才会出现，而佛家的解释更为直接"梦是梦，醒亦是梦"，言下之意就是说，人人都在梦中，人生就是一场大梦。

吃早饭的时候我让五叔帮我解梦，五叔却给我五毛钱："刚才在村口看见一个摆摊儿算卦的，五毛钱一位，你去吧。"

我狠狠地拿过来，道："拿了我两根烟，现在还欠我一块五。"

五叔平静地喝下一口小米粥，道："路上撞坏我的车，修车费大概要三千块。"我于是收声。

池攻玉的饭量确实很大，他起床最晚，我们都吃完了他才起来，可是他将为我们准备的而没吃完的饭全部包圆儿，这还不算，他竟然一口气吃了三斤多牛肉！

众人准备好之后，在村民的一再阻拦下艰难地向目的地出发了。白麟洞离我们居住的地方并不远，只需要大概十五分钟的步行路程。到了洞口，我们将所有的装备都穿戴在身上，这才准备进洞。可是洞门被村民们用大石给堵上了，我们根本没办法移开。

这时候，村民们已经赶上来："任先生，我们最后再劝你们一次，不要进去，里面什么都没有！"

五叔笑道："你们进去过没有？"

那些人摇头。

"这就对了，你们既然没进去过，怎么知道里面什么都没有呢？"

正在这时，突然从山上吹下来一股明显的冷风，我们都被吹得不由自主地蹲在地上，这风过去之后，我们看那洞口已经大开，我们大惑不解，村民们也表示第一次经历这种事情，并且一再劝阻我们不要进去，以免发生危险。五叔谢绝了他们的好意，因为担心他们出什么危险，将他们送走，这才放心。

我们四个人正要进洞，却被洞里突如其来的一群飞虫袭击，好在我们武装严密，没有受到任何伤害，但是郑雨却大叫起来，我大叫不好！赶紧去看情况，谁料这丫头却作兴奋状又跳又叫的，手里拿着一个那洞里面飞出来的飞虫朝我和五叔招手："地窝子蜂！"

我和五叔也大为兴奋，赶紧围过去看，确实是！看来这洞里有一群地窝子蜂！那地窝子蜂的蜂巢应该也不小。

我们正要着急地冲进去，五叔却制止了我们："这也太巧了！"

说完从兜里拿出一个遥控器，又从背包里面拿出一个小赛车一样的东西："这是微型红外摄像机，电量能维持半个小时，也就是能走六百米的距离，咱们看看里面前三百米左右是什么情况再说。"

五叔控制这个小玩意儿进了白麟洞，不久就出现故障，无论五叔怎么摁遥控器，里面的小汽车一点反应都没有，于是只好把这东西收回。可是，这遥控器仍然没有反应，收回也不可能了。就在我们准备进入洞口的时候，那个小汽车竟然在我们身后出现了，五叔赶紧拿起来，看摄像机拍到的内容。在一个很小的屏幕上，洞里的墙壁上画着红色的图案，根本不知道是什么意思。

池攻玉叫道："就是这个！我见到的就是这个，这东西把我迷惑住的。"

可是突然之间画面一转，这洞壁的上方石头里有一个白色的小孩儿在跑来跑去，我大惊："叔！这就是我昨晚梦见咬我的那个小孩儿，在墙里面！"

"你昨天晚上做什么梦了？说说看。"

我却卖起了关子："您再给我五毛钱，我还是去村口找那摆摊儿的说吧。"

郑雨掩口笑笑，五叔却道："不说拉倒！"

这事儿我当然占不了五叔的便宜，只好将那个梦中梦原原本本地说了，五叔沉思一会儿："算了，在这儿想也想不出个什么来，不如进去看看过瘾。"

我说："早这样不就完了？费那事儿干吗？"

一个半径一米的洞口，四个全副武装的人鱼贯而入。

进洞之前我们约定，为了避免不必要的麻烦，我们谁也不许看墙上的图案以免前功尽弃。一进入洞穴，这里面的气氛就显得有些紧张兮兮的，每个人都尽量放轻脚步，手里亮着四个"小太阳"，却都在地面上晃来晃去，不敢涉足洞壁分毫。可是走了大概十分钟，我们的脚下就开始出现状况，首先是尸骨越来越多，紧接着那些图案开始在这些尸骨上出现，我们不由得都被吸引了。

这些图案比较凌乱，却鲜红得有些瘆人。图案由三部分组成，一部分是太阳，一部分是月牙，还有一部分是人头骨的样子，可是这三样东西无论什么时候单独去看除了人头骨还有一点点害怕之外，其余两样东西根本没有任何恐怖元素。可是在这里，这三样东西组合起来的图案却不由让人害怕，不仅如此，还有一种异常的吸引力让人驻足观赏。

如果这时候给我们四个拍一张照片的话，可以明显地看出来我们都弯着腰，在地上捡钱一样执着地欣赏着这些令人毛骨悚然的图案。

我们几乎同时发现了自己无意间被迷惑了，于是赶紧咬一口含在舌头底下的蜂巢，这才突然清醒起来，得以继续前进。

"大家注意，这种图案无处不在，好像是专门为进入洞穴的人准备的。"五叔提醒大家。

第一次突破图案的诱惑，我们大家正准备继续前进的时候，郑雨却发出一声尖叫！

我们连忙问出了什么事情，郑雨却手捂着头蹲了下来："我头疼！"

我们看到她的脸时，不由得地大吃一惊：她额头上的红色封印出现了！

我和五叔面面相觑。

郑雨缓缓站起身来，道："我看到了很多东西。全部都是面孔，男的女的，老的少的，全部都是，他们在咱们周围环绕着，跟着咱们一直走。"

五叔拿出那本铜质的书，翻开中间一页，里面的针却在不停地颤动。

五叔说："看来我们不看那些图案也没有用，我们仍然被一股不明的力量跟踪和诱惑。算了，干脆一不做二不休。咱们什么都不用避讳了，就在这洞里探，我还不信找不出里面的秘密！"

五叔说完，郑雨也恢复了正常，额头上的印记渐渐散去，四个人重新调整了一下，继续往前走。整个洞穴里如果没有小太阳照明的话，是一点光亮也没有的。在小太阳的照射下，这个洞内的情况才一目了然。洞内很宽敞，前面全是钟乳石。有的地方还不断地滴出水来。整个洞里没有一丝生命的痕迹，到处是一滩滩发黄的积水，我们戴着防毒面具，闻不到任何气味，但是可以想象这水的味道将是何等的刺激。

我们已经进入钟乳石的范围，开始踩踏着地上黏稠发黄的水，地面开始发出拍击水面的声音。我们的防水靴现在发挥了作用，如果有一点进入我们的鞋子里，我敢保证那绝对是这一辈子无法想象的超级感受。这段钟乳石的山洞我们不知道还要走多久，因为我对于有水的地面总是有一种极端的抵触情绪，不过目前这种路还没有到达尽头的迹象，所以尽管我心里非常郁闷，却也只能表现出极大的克制。

我的小太阳手电在洞里面扫来扫去，洞壁上那些鲜红的图案依然"健在"，只是我们已经对这些图案失去了吸引力，我现在的目标并不是期望在里面能否找到所谓的金银财宝，或者像五叔那样发现这个洞穴里的秘密，我只是希望能找到一块地窝子蜂的蜂巢。刚才在洞口那么大一群，里面的蜂巢一定不小，这下我们身上蝶仙的诅咒也就能暂时缓解了，每月的农历十五也就不用蜕成蝶蛹，被那群该死的乌鸦追来追去。

可是事与愿违，尽管我不断地寻找着每个角落，但是仍然没有一点线索。我垂头丧气地继续前进，决定找点值钱的东西，才不要管什么狗屁地窝子蜂蜂巢什么的破玩意儿了。

不知道为什么，我突然之间非常生气，一股无名火腾地就蹿上来了，如果这时候有人跟我说话，我恨不得把他海扁一顿，甚至大卸八块。我不知道其他人怎么样，但是我呼吸急促，两眼冒火，就好像要真的跟别人大打一架一样。就在这时候，我前面突然出现了一个不明身份的东西，看样子倒是个儿挺大，他一张笑脸嘲弄般地对着我的脸！这不纯粹找事儿吗？我压根儿就没客气，上去就是一拳把他放倒，然后在他身上一通狠踹。我内心似乎有无穷无尽的怒火，好像这家伙杀了我的亲兄弟，抢了我的女朋友一样，我按捺不住自己内心的狂热，踹得这家伙满地乱爬，不断求饶。

这种状态持续了相当长一段时间，我不断地击打着这个人，虽然我的力气似乎已经耗尽，但是我胸中那股无名的怒火依然很强大，这股怒火支撑着我继续暴打这个倒霉的家伙。那家伙已经满身是血，却还是保持着那种嘲弄的笑容，我于是越战越勇！地上黏稠的黄色水潭很大一部分已经变成红色，这些红色东西在水面上不断地变化，最终形成那种古怪阴森的图案。

我一看到这图案立即明白了！这又是一种幻觉！我赶紧把含在舌头底下的地窝子蜂蜂巢吞下一小块，终于，我的怒气没有了，整个人却瘫在地上，就好像一摊烂泥一样。五叔和郑雨、池攻玉赶过来表情诧异地透过防毒面具盯着我。

五叔开玩笑说："你刚才怎么了，一个人在那儿比画什么呢？跑山洞做早操来了？"

郑雨却很严肃："我看见你在打一个人，一个大个子男子。满脸胡须，始终对着你笑。"

我点点头，五叔却大为吃惊："这山洞越来越古怪了！"

"那还用说？我们到底是走还是不走？"我喘着粗气问五叔。

五叔道："还是走吧。我们的时间不多了，如果今天晚上之前还没有走出去的话，我们就凶多吉少了。"

他们三个丢下我，自顾自地朝着前面走了，我因为消耗了太多的体力，想站起来都很困难，但是为了大家共同的利益，只有硬撑着起来跟着他们。我为了尽快恢复体力，又吞下一小块的蜂巢，这样，我才得以跟着他们继续这一次探险历程。

越往里面越感觉冷。这是我们走完钟乳石山洞之后的感受。我已经冷得上下牙齿打架了。用小太阳四周扫射了一遍，发现周围的岩石已经全部变成黑青色。这里一片死寂，却并不一定没有生物。我们在这里面发现了一种类似于动物粪便一类的东西。而四周的墙壁上俨然有很多啮齿类动物啃咬过的痕迹。"大家小心，这里面有东西！"五叔大喊一声，声音却在洞里面不断地回转，一时间好像一群人在洞里开会似的。五叔话音刚落，周围突然蹿出一群密密麻麻的狗耗子，说它是狗耗子，是因为其个体像狗一样大，说它是耗子，是因为它长得确实是耗子的模样。这群家伙都闭着眼睛。这洞里没有光线，显然这些家伙在里面待的时间不会太短，要不然怎么会退化到连眼睛都不需要的程度。

它们的听觉系统一定非常发达，五叔的一声吼就把它们从藏匿的地方呼唤出来了。而且这些家伙根据我们脚步移动的方向，频频转动这硕大的头颅。五叔示意大家站定不要动，这些东西仍然能准确地判断出我们的位置。我能听见我的心跳在加速，这些东西的牙齿比我们的工兵铲还要尖锐有力。我正纳闷这洞里没有别的生物，它们吃什么？却立即得到了答案，它们突然之间一窝蜂地爬上洞壁，啃咬洞壁的岩石，一时间啃咬的声音响彻整个洞内，我们不敢贸然移动身体，就担心这些不长眼的东西袭击我们。

五叔从兜里慢慢拿出一样东西，我拿着小太阳一照，顿时明白：那是一块使了萧墙粉的牛肉，这萧墙粉是用我家独门秘技配制的专门毒杀耗子一类害虫的药粉，毒性不大，但是迷惑性大。无论哪种动物（除了人类）只要吃了一点立即狂性大发，大啮同类，直到被其他同类消灭。而只要被这中毒者咬过的同类，必然被传染，于是这些动物便自相残杀起来。当年这药粉，在我们老家不知道毒死了多少老鼠，直到最后药性渐渐失去效用才告一段落。五叔拿着那块牛肉，拼命地摔到洞壁上，故意发出巨大的声响，那些狗耗子果然上当，争先抢食，几秒钟工夫，这些家伙便开始自相残杀，整个洞里叫声震天，我们四个利用它们专注残杀的有利时机，迅速奔跑，终于将那撕斗的狗耗子们撕咬的声音留在了身后。

我们总算松了一口气，可是洞穴似乎完全没有到头的意思，前面还有什么事情在等着我们呢？谁也不知道，但是有一点可以肯定，我们下面的探险一定充满着诡异和惊险的色彩。

继续前进必须保证时间够用，我们在路上已经浪费了不少时间。眼见得手表上的时间已经指向了下午一点，我们实在不能再耽误了。为了加快行程，五叔命令大家吞掉整个蜂巢，这是非常冒险的行为，尽管这能给我们提供相当部分能量，但是我们根本无法知道这洞里面还有什么东西等着我们。

看我们在犹豫，五叔说："我们在洞口的时候发现了那些地窝子蜂，有蜂就有蜂巢，我们一定还会找到这东西的，你们放心吧。"

我们犹犹豫豫地吞掉了蜂巢，顿时觉得整个身体里面有使不完的力气，于是迈开步伐继续往前走。

突然我们身后传来那些狗耗子的声音，我们回头一看：好嘛！一大群狗耗子冲着我们就飞奔过来了！我们立即站在山洞的中间，因为这些狗耗子似乎都是忽略了地心引力，从整个洞壁的上壁、左壁和右壁匆忙奔跑，而下面却给我们留下了地方，我们感到一阵风从身边吹过，幸亏还戴着防毒面具，要不然非被这些玩意儿的味道熏死不可。它们并没有攻击我们，而是朝着洞穴更深处跑去了。

这是为什么？答案很快就揭晓了。因为后面两个更加巨大的家伙互相撕咬着过来了。我们看着眼前的情景完全乱了章法，不知道该怎么办。

五叔说："这两条大蟒一定是吞噬了中了萧墙粉毒的耗子所致互相撕咬。"

果然，这两条比井口还粗的大蟒蛇互相吞噬，互相吞着对方的尾巴，形成一个圆环，只是这圆环的内部半径越来越小，而环形周边圆形截面的半径越来越大，因为这两条大蟒互相吞噬的程度越来越深，最终两败俱伤，可是它们的躯体却堵住了我们回去的路！

我们当时就傻眼了，五叔说："现在我们唯一的希望就是一直往前走，希望能找到出口。"

我虽然没说什么，但是我知道希望非常渺茫。

池攻玉却很兴奋："我这次算是最惊险的一次了。无论能不能找到出口，我都无所谓，重要的是这次经历！反正已经死过一次了，怕什么！"

这句话似乎是说给自己听的，但是却对我有所触动，他死过一次了，难道我们没有吗？我和五叔身上的封印如果不能彻底解除的话，不跟死了一样？因为蜂巢总有用完的一天，到那时候，我们只能作茧自缚，等待那狗屁乌鸦啄食。只是郑雨……我看了看这个女孩子，我觉得我们不顾郑雨的安危是极不负责任的。

郑雨大概看出了我的心思，她慢慢低下头，突然又抬起来，道："我帮大家看看吧。"她额头的印记逐渐明显起来，随后变得殷红。

我们三个男人都想立即知道她究竟看到了什么，好一会儿，她才说："前面的洞口开始分支了，正好有四条路通往一个地下大殿，大殿里面是什么内容我没看清楚。"

"我们一起走，一定不要分开。"池攻玉提议，其余三个人点点头。

越往里面，越感到阴冷，而这种阴冷并不单单是空气的阴冷，还是一种深入心里的情绪的阴冷，想想我们的退路完全被堵死了，而我们原本想风风光光地在这里面走一遭，然后回到村里接受村民礼赞，顺便破除他们对这个山洞的迷信，看来是不可能了。

果然在前面出现了岔口，我们四个非常小心地保持着彼此的距离，生怕任何一个人走散。我们的"小太阳"手电开始暗淡，幸亏还有几个备用的，要不然在这漆黑的山洞里面，没有光源是无法想象的。我和郑雨走在中间，而五叔打头阵，池攻玉断后，我后面便是池攻玉，他紧紧地跟着大部队，并不时地回头看看后面有没有危险，这样的状态我们保持了大概半个小时就出现了新的状况。

我走着走着感觉有些不对劲儿，感觉他们三个人的脚步有些不正常，因为他们总是随着我的走动而走动，虽然体型、外貌不同，但是他们的动作完全跟我一样，我甚至故意拿手电筒对着洞壁到处晃，他们也竟然做着相同的动作，好像我的影子一样！我大惊，喊了一声五叔，却听见四个人的声音一并响起来！

完了！这下全完了！这三个人肯定被什么东西迷惑住了，我们口中的蜂巢已经没有了，遇到这种施加在人身上的鬼打墙，我还是第一次遇到。我上前去推了推郑雨，其余三个人也都做出了推的动作，可是什么都没有抓到！郑雨根本就是一个不存在的影子！我当时就崩溃了，看来我们还是走散了。这三个人只不过是幻觉而已。我闭上眼睛定了定神，随后拿出身上的护身符，他们三个人立即就消失了，取而代之的是在洞壁里面疯狂快速跑动的那个小孩儿的影子！他一边跑还一边发出诡异的尖叫。

我感觉整个洞壁里面有双眼睛盯着我，可是用小太阳照过去却发现什么都没有，那小孩儿的影子依然在我周围的洞壁里穿梭，即使我关掉手电，也能看见他。这时候我不得不承认，我被困在这里了。可是我突然想起郑雨看到的那个大殿，既然这四条路都是通往大殿的，我何不走到大殿去？只要摆脱了这邪路上的麻烦，我们一定能在大殿里面会合，想到这里，我看好指南针，向着大殿的方向缓缓迈步，也完全不再理那个洞壁里面奔跑的小孩了。

路上并不像我想象得那样安全，首先是那些狗耗子仍然不时地出现，虽然它们被大蟒蛇吓得四散逃窜，但是躲避的地方正是我的必经之路。我只好拿出匕首防身，真的遇到了这东西，却发现它们根本不动，一个个跟雕像一样，在山洞的洞壁上待着，我拿着刀子试着捅了捅这些玩意儿，发现它们确实好像是石刻的，没有一点儿生命体征。可是我仍然不敢大意，首先不敢发出声音，只能踮着脚从它们周围经过。越往前走，狗耗子的雕像越多，甚至一度将比较宽敞的洞口堵得只剩下一条缝。

为了尽快到达那个大殿和大家会合，我也没有办法，只好用工兵铲将这些狗耗子挖开，甚至敲碎。而这些东西一旦被敲碎，立即变得血肉模糊，不再是石头雕刻的模样，而是鲜活的生命，一会儿工夫，我周围已经到处是狗耗子的血肉，包括我的身上。

而在我砸这些玩意儿的时候，那个小孩儿却在一旁的洞壁里面蹲下来，面无表情地看着我，并不时地指一指我的背后，我转身一看，什么都没有，紧接着，他又指，我又看，这样的动作不停地重复，我有些不耐烦了，在他又一次指我背后的时候，我不再理他。可是这一次我却失策了，因为确实有个东西掐住了我的脖子，慌乱中我卡在肩膀上的小太阳手电筒也跌落了，我根本看不清是什么东西透过厚实的防辐射服能把我掐得窒息。

但是即使透过防毒面具，我也能闻到一股恶臭，我拼命把拳头砸向我脑袋的后面，因为凭直觉判断，我感觉那个位置是这家伙的头部，我只要砸向它的头，再坚持一段时间之后，它就会放开我。一下、两下、三下……我的拳头渐渐失去了力度，连整个手都软起来。我被悬在半空，脑袋就要顶着洞壁上沿了。既然手不能用，我就只好用脚了。

我用已经离开地面的两只脚胡蹬乱踹，几下之后，竟然有效！我的脖子上被抓的力度明显减轻，我越战越勇，直到彻底解脱，我听见一声怪叫，然后就摔倒在地上。我顾不得喘气，抢起地上的工兵铲就砸向那个黑暗中的鬼玩意儿。又一声惨叫响起，那东西似乎跑掉了，我拿起小太阳看了一下，不禁两脚发软。这原来是一个巨大的狗耗子，这玩意儿比它的徒子徒孙要大出一倍！它竟然用后腿掐住我的脖子，而把脑袋留在下面，这就完全避免了被我的拳头砸中，幸亏我及时用脚将它踹开，才用工兵铲将这东西干翻了。

可是这家伙又一声大叫，它的徒子徒孙们立刻从石头里面钻出来，直奔叫声而去。我想：坏了！这下寡不敌众，肯定要被这么多畜生啃得连骨头渣子都不剩了。孰料那些东西奔过来并没有立即攻击我，而是直接被它们的老大吃掉！那家伙吃完之后立即精神焕发，又恢复了贪婪凶残的本色，比起刚才被我的工兵铲反击的时候那种狼狈的样子，简直判若两"鼠"。

我一看也顾不得那么多了，不知道他们三个人怎么样了。于是兵行险着，立即拿起刚才砸在地上的狗耗子的血肉，摘掉防毒面具，塞进嘴里，也顾不得味道好不好。我这个疯狂的举动立即让旁边一直看热闹傻笑的影子男孩儿大吃一惊，他似乎很害怕一样，立即跑到洞壁深处去了。我自己感觉力气突然之间大了很多，于是抢起工兵铲对着那个大耗子就是一通狂揍，谁料工兵铲打在它身上就跟打在棉花上一样，一点作用都没有。于是我改变战略，用工兵铲下最尖锐的地方刺向这东西的头部。谁知道还没刺到它，它竟然站立起来，冲着我就张牙舞爪地过来了。我当时就被这东西沉重地压在身子底下，它的牙齿很长也很大，比我的工兵铲厉害多了，在它正准备对我实施撕咬的时候，我抢起工兵铲砸向了它的尖牙。只听"砰"的一声，那两颗牙齿竟然被我打得脱落了。

那东西惨叫一声，躺在地上满嘴是血。我这才意识到这一下打得太猛了，把人家的嘴都给削去了三分之一。我捡起那颗牙齿，发现这东西还真好用，就跟一把匕首一样越往外端越尖锐，越往里面还真跟个手柄似的。我不再客气，这家伙耽误了我这么长时间，我岂能饶它？用它自己的牙齿，插入还在往外冒血的大家伙的脑袋，那东西挣扎几下，然后仅仅剩下抽搐的力气了，在流出最后一滴血之后，再也不动了。

我拿出小太阳最后又检查了一下，发现这家伙胸口处还有一块晶体状的东西，有鸡蛋那么大，我使劲儿往下拽，没有任何效果。情急之下，我用鼠牙把这晶体割下来了，放进了背包里，继续前进。

后面就比较顺利了，但是我仍然遇到了一些狗耗子的石雕，为了安全起见，我把它们全部敲碎，顺便检视了一下，发现每个狗耗子身上都有那种晶体一类的东西，我一一取下，放进背包里。

小太阳手电筒的光闪了一下，终于熄灭了。我在黑暗中打开背包，却发现那些晶体闪闪发亮，其亮度和荧光棒类似，于是突发奇想：试试这玩意儿能不能作为能量使用。因为其大小和电池差不多，我拿出一块来，放进小太阳里，没想到光源质量非常好，甚至比高能量电池还要好很多。我兴奋地把我收集的百十个晶体保存好，背上背包，一边行走一边继续敲击狗耗子的雕像。

到了郑雨说的那个大殿的时候，五叔一个人在一堆棺材周围来回走动。这个大殿就像一个足球场那么大，里面灯火通明，而亮光的来源根本无法知道，因为里面没有火，更没有电灯。五叔没有看见我，我却分明看见他背后有两个小孩子的影子！他们一个骑在另一个的肩膀上，跟着五叔在棺材周围来回走动。

我大叫一声："五叔！小心后面！"

五叔立即站定，并没有马上回头，（这一点大家一定要记住，遇到有人让你小心后面的时候，一定不要立即回头，而是整个身子立即转过去。）五叔转过整个身子的时候，手里面已经多了那个铜制的书，他打开书里面夹层内的铁八卦，一道金灿灿的光亮闪过，两个孩子的影子已经被吸进去了。

我立即和五叔会合，彼此说明了一下遇到的情况，竟然惊人地相似。五叔也遇到了其余三个人完全影子化的情况，而且他遇到了一个长得很大的蝎子，逼得他不得不用一个施了法的纸公鸡才躲过一劫。我将收集的那些晶体给五叔看，五叔兴奋地拿起来细细研究，顺手给自己的手电筒换上了一块。

我心里暗暗叫苦："这人真能贪小便宜！"

我们叔侄在大殿里面等了很长时间仍然没有郑雨和池攻玉的消息，渐渐感到不妙，正准备起身寻找，不料大殿中央处的一口棺材内却传出了清晰的敲击声，我和五叔立即循声过去，找到了那口棺材。可是无论我们怎么努力，就是打不开这口棺材。五叔仔细看了看这口棺材，皱起眉头，他拿出那本书，咬破右手中指，在铁八卦上点了两下，里面两个小孩儿的影子便清晰地显现出来。

五叔一挥手，两个小家伙立即动手，这两个家伙端的大力气，抬起厚重的石棺盖子就跑，五叔大喊一声："想跑？"

展开铁八卦，将这两个东西收了，那个石棺从半空顺势落下，发出沉重的响声，激荡起地面上厚厚的灰尘。

我和五叔往那棺材里面一看，不由得大吃一惊，郑雨被藤条绑了个结实躺在棺材里面，而且只能看着我们摇头，根本说不出话来。

我和五叔立即着手要把她从这石棺里面救出来，可是她不停地摇头，我们只好住手，认真观察之下，发现有一双干枯腐烂的手正束在郑雨腰间，那手臂早已经剩下骷髅，上面只有一点皮肉！这究竟是怎么回事儿？难道郑雨身子底下还有一个东西？一方面为了赶紧把郑雨救上来，另一方面我也想看看这棺材里面还有什么东西在作祟。我拿起小匕首，对着那骷髅一样的手臂就是一刀，可那手臂上连个痕迹都没有留下！

我突然想起了那长长的狗耗子牙，我暂且给它取了个名字叫作"鼠齿剑"，我拿着鼠齿剑对着这手臂一剑挥去，还没挨到那手臂竟然缩回去了，竟然恢复了一部分血肉，五叔趁机赶紧将郑雨抱出石棺。

郑雨出了石棺，立即就恢复了正常，而石棺内一具重度腐烂的尸体上却穿着郑雨的防辐射服，并且戴着她的防毒面具！郑雨惊魂未定，盯着棺材里面的尸体发呆。我和五叔也发现了异样，这尸体无论从哪个角度看，都像是从郑雨身上脱下来的一样，难道……五叔盯着这个完整的郑雨，我一步上前拨开她的头发，看她额头的印记，这个平时淡淡的印记在这个郑雨的额头上根本就看不见！这么说我们眼前的这个郑雨根本就不是郑雨本人？还是郑雨的印记突然消失了？五叔立即拿出铁八卦，对着这个郑雨，可是她一点反应都没有！这究竟是怎么回事儿？

正踌躇间，另一个洞口传出了巨大的声响，池攻玉对着一群狗耗子挥动着工兵铲。我和五叔顾不得郑雨的事情，将她稍事安顿，立即上去帮忙。池攻玉由于有人相助，终于扭转了被动的局面，而我拿着手里的鼠齿剑一通挥舞，那些狗耗子如同见到大猫一样纷纷逃窜，躲在角落里面变成了石雕。

我挥舞着鼠齿剑，将这些雕像全部打碎，自然又找到很多晶体。池攻玉气喘吁吁地说：“快救郑雨！她被一个影子给吞掉了！”我们一时间变得不知所措。

面对一个腐烂的郑雨，一个站在我们面前的“影子郑雨”，我突然想到了一个主意，拔出鼠齿剑对着那个腐烂的郑雨一通乱刺，直到这石棺里面的骸骼恢复了血肉，我们揭下这尸体的防毒面具，果然是郑雨！而她额头上的印记正泛着淡淡的红色光芒！这太不可思议了，当我们回头看另一个郑雨的时候，她的影像竟然越来越淡，越来越不清晰。最终消失了，石棺里面的郑雨也清醒了过来。

遭遇了这系列的事件之后，我们四个人终于聚在一起。现在我才知道，郑雨因为能利用封印看见常人不能觉察的东西，在我和五叔走散之后，一直跟着池攻玉，他们两人始终都在一起，包括遇到那些狗耗子。但是他们也遇到了一个巨大的“耗子之王”，池攻玉凭借一把工兵铲，逼退了那个巨大狗耗子，却被石雕复活后的狗耗子围住了，郑雨一方面要躲避狗耗子的攻击，另一方面还要利用封印看路，却被一个石壁中走出来的影子抓了去，一口气将郑雨背出去好远，一边跑还一边吞噬郑雨的身体。池攻玉大惊，一边奋力地迎战狗耗子，一边向着这边有灯光的大殿移动。

大家都安全了，这是最好的结果，只要安全出去就有希望。我跟郑雨和池攻玉卖弄我的鼠齿剑还有那些能量晶体，郑雨也想要几个玩玩，我们三个决定一起找到那个大耗子，然后再造一个鼠齿剑。五叔一个人留在这里等我们，他自然不同意我们去冒险的，但是在他见识到这鼠齿剑的威力后，也不好说什么。就任由我们再闯山洞。

池攻玉果然恢复得很快，但是他没忘记自己身上曾经出现的文字。只是我们现在已经顾不上那么多了，甚至连出去的方法都懒得想了。我们之所以带上郑雨，就是担心一会儿找不着路的时候，能够准确地在黑暗中辨别方向。郑雨跟着我们两个，一会儿工夫就到了刚才池攻玉和狗耗子厮杀的地方，我砸碎了几个狗耗子雕像，三小块晶体顺势被装入郑雨的背包。

可是，尽管我们在里面找了很长时间，仍然没有找到任何大耗子的线索。眼见都快走到大蟒蛇的位置了，仍然没有看见大耗子的踪迹。这时候，洞壁里经常出现的那个小孩儿的影子再一次出现了，这一次他没有笑，也没有任何表情和不轨的行为。我对着他比画一下鼠齿剑，这家伙竟然从洞壁里面走出来了！

他的影子很单薄，若隐若现的，带着我们走到了大殿上，五叔已经在一个石棺上靠着睡着了。这小孩儿指了指一口石棺，然后就神秘地消失了。我和池攻玉赶紧叫醒五叔，说明了情况，五叔却大惊："我刚才做了个梦，梦见一口有咱们见过那种鲜红图案的石棺。"

果然！小孩儿的影子所指的石棺上面确实有鲜红的图案！我和池攻玉费了很大的力气才将这石棺打开，里面却一团漆黑！似乎是一个地下秘道。这地下究竟有什么东西？我们不敢贸然下去，可是，这大殿里面除了这些石棺，别无他物，我们想出去更有大蟒堵着洞口，这里似乎成为唯一的通道。我一咬牙，第一个下到了石棺里面，我顺手打开小太阳，把手中的鼠齿剑握紧，当然，这是很紧张的事情，每当我们要探索一个非常陌生黑暗的地方，这种紧张是必然的。

石棺下面是一通台阶，借助小太阳的高亮度，这地下通道里面的情景都能看得清楚。这完全是一个人工的结构，不远处一道石门挡住了我们的去路，因为不知道机关在哪儿，我们四个人只好在墙上一通乱找。这时候，那个小孩儿又来了，他在门环下站定，举起恍恍惚惚的手托起了门环。我上去就将那门环扭了一下，不想里面豁然开朗！

这里完全是一个地下宫殿！里面是一排排整齐的房间，整个屋内非常明亮，有很好的采光系统，但似乎并不是用电。但是这里面又好像很长时间没有人居住。我们打开一扇扇虚掩着的门，发现里面的布局大都类似，都是一个装修得相当精美的大炕，炕头有一个大箱子，箱子里面却都空空如也。

在这个宫殿的尽头，有一个类似于王位的平台，平台上面一个风干的女人一身雍容华贵的装扮，而她的手里却抓着一个七八岁的小男孩儿的脖子，小男孩儿眼睛突出，很显然是被这女人给掐死的。这小男孩儿同样的风干容貌，整个尸体周围却没有一点点气味。

"你们不觉得那小孩子很面熟吗？"郑雨突然发问。

我们顿时如梦初醒，这不会是那个给我们指路的小孩儿吧？我上前用鼠齿剑将那女人的手臂砍断，原本风干的手臂，在断掉之后竟然立即恢复了血肉，因为鼠齿剑刚在救走郑雨的时候已经显示了这般法力，所以大家也都不再称奇。小孩儿自由了！他的灵魂也应该自由了吧？我顺势用鼠齿剑在小孩儿尸骨上挥舞，一会儿工夫，这原本风干的尸体便水嫩起来，而那小孩子的影子再次出现，不同的是，旁边一个更大的影子却紧紧抓着他！仔细一看，这不是那女人吗？

这女子应该就是坐在王位上的那块"腊肉"的灵魂了，为什么她到死也不放过这个孩子呢？五叔眼疾手快，拿出铁八卦立即将这两个家伙一起收了进去，又伸出早就咬伤的中指，对着铁八卦点了一下。

我笑道："五叔！你对铁八卦做出这么不雅的动作，不怕它受到侮辱罢工不干了？"

身后的两人忍不住笑起来，五叔却看了我一眼，突然之间就变了脸色，这是吃惊的面相，因为我们背后有一个东西跳出来了。

我抬眼一看大喜过望："攻玉后生！咱们找了半天的大宝贝，现身了！"

池攻玉抬头一看，也大喜，二话不说抢起工兵铲就上去了，这后生身体恢复之后终于露出了凶猛的本性。我是依靠运气和巧劲才制服的大耗子，最终消灭那东西是靠它自己的牙齿，而池攻玉竟然拿着工兵铲就让那怪物后退好几步，可见这后生还不是一般的厉害。

正在这时，刷刷跳出来六七个大耗子，甚至比原先我见到的那东西还要大，它们的目标竟然是五叔！看来这东西是那女人养的宠物了，还真挺忠心的，主人都变成腊肉了，还敢跳出来拼命？我操起鼠齿剑就是一通乱砍。谁知这些东西竟然不怕我的鼠齿剑！眼见我们俩处于被动了，五叔却将那女人的灵魂释放出来了，只不过她额头上有血迹，不能随便乱动，之后在五叔的授意下，这些硕大的狗耗子站在那里一动不动。这正好给我们提供了绝佳的机会，我和池攻玉掰牙的掰牙，取晶体的取晶体，忙得不亦乐乎。

在我准备动手处理最后一个狗耗子的时候，五叔及时制止了我："留下一个吧。"

说完，五叔放出那小孩儿的魂魄，这下这小子的影子变得清晰了。我指了指他的尸体，他却摇摇头，并指了指那腊肉女的尸体，池攻玉刚才打得不很过瘾，正好有力气没地方宣泄，抓住那女人的脑袋就将她的尸体扔了出去，而这王位上的一个精致的盒子却出现在我们四个人面前。

五叔小心翼翼地打开盒子，从里面拿出两条白色的丝绸，第一条上面画着那些鲜红的诡异图案，而第二条丝绸上面则写着漂亮的隶书汉字，这下我们终于可以进一步了解这里面的秘密了，因为前两个汉字就写着"汉译"，说明这是两种文字对照的文件。这汉译本上写着：

> 吾白麟自建国已数百年，王室世居洞穴。自本王执政，国泰民安，唯侍妾遮遮氏品行不良，孤王仙逝之后，此女必反。而祖制女子当权者国恒亡，吾思吾族必不常保也！孤王虽传位幼子，而幼子虽聪慧，仍不及后母狠毒，必遭不测。此女登基之时，必杀吾子，而后死。后人得此书者，焚此女以解吾儿之咒。

这已经说得很明白了，五叔便准备着手将这女人烧掉。可是整个大殿里面除了金属就是石头，什么易燃物都没有，怎么火化呢？小孩儿突然把手伸向我的背包。我明白了，他想要我的晶体！我大惊，捂着不给。

五叔却训我："一点儿都不懂事，这么大人了！"

我不情愿地拿出这些晶体，心里很不服气："不是你弄的，你自然不心疼！"

小孩儿拿走我将近六十个晶体，给我心疼得差点叫出来，我不怀好意地盯着池攻玉，这家伙更是个舍命不舍财的主，抓着背包就不放，还问我："你想干什么？"

我当时就气得火冒三丈："池攻玉！要不是我告诉你这些事儿，你能知道这东西有用？快给我提成，要不回扣也可以。"

这小子不说话，竟然拿着背包跑远了。我气急败坏，却对他没有一点儿办法，算了吧。

一片蓝色的火焰燃烧起来，这个地下那种阴冷的氛围在这蓝色火焰的映衬下已经消失殆尽。一会儿工夫，那女人的身体就化为灰烬，彻底灰飞烟灭，而那小孩儿彻底解脱了，他在灰烬里面拿出拳头大小的两个水晶，递给我。我当时就惊呆了！原来这些晶体能够变成水晶？！小孩儿不说话，只是笑笑，指指那堆灰烬，我拼命地在里面找起来，还真让我找到了！不过找到的不是水晶，而是几颗偌大的耗子屎，那小孩儿嘻嘻地笑着，向我们招手，逐渐消失了。而在地上的那个鲜活的小孩儿尸体，也随之消失了。

我们在箱子里面还找到一张地图和若干大大小小的小玩意儿，这张地图就刻在一个琥珀杯子上面。

五叔对着杯子喃喃地说："要是现在有口热茶该多好。"

郑雨笑了笑，她对满屋子的宝贝根本不感兴趣。而池攻玉却非常后悔没有贡献出那些晶体，我拿着那两块大个儿水晶，得意扬扬地坐在一张桌子上欣赏起来。

这时候，五叔不知道从什么地方拿出一根绳子，直接拴到剩下的那个狗耗子的脖子上，我们一起出了这座宏伟的地下宫殿。

按照我们来的时候的路线一路奔走，我们来到那两条大蟒蛇丧生的地方。这时候，狗耗子派上用场了。它用那尖利的长牙一路啃过去，登时就把这两个大家伙啃成了饺子馅。我们顺利通过，塞车终于解除。可是，这狗耗子在吞噬了一部分蛇肉之后，竟然狂性大发，对山洞里那些残留下来的小狗耗子一通狂吃。

"五叔，它会不会吃得兴起，连咱们一起都给报销了？"我问五叔。

五叔大喊一声："废什么话呀！快跑！"

又是一通奔跑。到了钟乳石洞才感觉安全了。这时候，一种熟悉的嗡嗡声引起了我的警觉，我抬眼一看，这不是地窝子蜂吗？怎么只有一只？我打开小太阳照了一下，竟然有十几个比篮球还大的地窝子蜂的蜂巢分布在钟乳洞里面。我大叫五叔！我们一人带了三个，剩下一个实在没法带了，就由池攻玉用脚踢着，一路向入口走去。

"为什么这么多蜂巢只有一个地窝子蜂呢？"郑雨感到不解。

"那还用说？肯定是它们被我们家独门秘技所制的'萧墙粉'给毒到了呗。"我回答。

五叔却问："你知道为什么这叫萧墙粉吗？正是因为让同类相残，所以取祸起萧墙之意。"

我们出了洞口，那些村民大吃一惊，随后欢天喜地，庆祝我们活着出来。

第二十一章　青莲

　　村里人感到大难临头了，慌乱地准备到外地躲避土匪，却意外地发现青莲家的门开着，正门口坐着一个姑娘！那不是青莲是谁？这丫头不是已经死了吗？怎么现在又……村民们暗中观察这女子，竟然有影子！这说明青莲根本就没有死！村民们感到得救了，也顾不得许多，直接冲进门去，二话不说就把青莲捆了个结实。青莲就像小时候被小孩子欺负一样，很安静地看着这群人，好像他们的粗鲁与自己无关。

回到我们村，时间是民国时期。

青莲的母亲是个寡妇，她从小没有爸爸，因此备受欺负。而每次被欺负的时候，她总是不还手，也不哭闹，只是静静地看着那些欺负她的人，很安静地站着，似乎那些人欺负的是别人，与她无关。

每次被欺负之后，青莲总是免不了受伤，当然都是一些小伤，小孩子的殴打，原本就不会太重。然而青莲的寡母却不依不饶，总是在村巷里哭骂一通才算作罢。

因为学校的学生基本都是一个村子的，所以每当这寡妇哭骂起来，总有男子对自己的儿子挥动着巴掌发出警告："再欺负人家把你揍出屎来！"

而此时青莲只是静静地看着母亲，一言不发。

她从来都是给人一种安静的感觉，安静得甚至有些可怕。可是这孩子有一样本事是村里人都信服的，那就是她准得可怕的预言，什么时候下雨，什么时候地震，什么时候死人、死谁……都能准确预测，丝毫不差。

青莲被村里人注意是在七岁那年，对门的张家老大喜添贵子，张家老大有四十多岁了，长年膝下空空，终于有了儿子，于是大宴宾朋，说是老天长眼，可是，青莲在宴席上大声说："这儿子是傻四的！"

其母打了她一巴掌，这孩子竟然哭了，且一边哭一边大嚷："是傻四的就是傻四的，我没说谎，干吗打我？"

其母大骂："不争气的东西还说？回去收拾你。"

于是连打带骂给带回了家。张家在宴会上颜面无存，却又无可奈何。

　　至于张家的后人是不是向傻四借的种，村里人都在揣摩，有的说这青莲说的肯定错不了？有的说，那寡妇守得久了，那风月事儿更加敏感，谁家配狗谁家踩鸡都能知道，这么大的事情她能看不出来，弄不好就是这寡妇告诉那丫头的。无论哪种流言都对张家不利，张家是村里的大户，很好面子，出了这种让人长时间议论的事情可不是什么好事儿。于是，张家想了一个损招儿，提着礼品去了寡妇家。

　　贵客临门，寡妇家自然蓬荜生辉，可是张老大一说明来历，寡妇就不干了："这可不行，得罪全村人的事情，我们娘俩还要活命呢。"

　　张家老大说："只要你们说出来，我给你们一大笔钱，你们离开村子，谁也找不到你们，怎么样？"

　　寡妇权衡了一下利害，答应了。

　　第二天，村里贴出一张大黄纸，上面用墨笔写着村里各个身份有问题的孩子，后面附着现在父母和亲生父母的名字，落款是"青莲"。这一下村里就炸开锅了，闹离婚的，丈夫杀妻杀子杀别人的，一下子没了照应，整个村子乌烟瘴气，殴斗成风。当然最倒霉的还是青莲母子，她家本来就低矮的围墙被拆毁，大门被砸烂，寡妇甚至在村巷里被泼上大粪或者痛殴一顿……

　　而张家老大没有履行诺言，寡妇不堪其辱，上吊自杀。留下这一个年幼的青莲。因为村里人也不待见这孩子，所以一时间就没了生计，这小女孩儿只好一个人到处讨饭，谋求生计。

　　青莲的家里已经破败不堪，每天早上这孩子便起身到处要饭，到了晚上便回来睡觉，也基本上见不着村里人。这样过了大半年时间，有一天晚上，一个村民出去喝酒，回来晚了，经过青莲家时，听见屋里热闹非凡，好像有很多人，因为这房子早就破败不堪了，到处是洞，这村民随便找了一个便于观察的洞口，就把眼睛探进去了，这一看可给他吓坏了，里面男男女女、老老少少聚集一堂，好像在参加喜宴，而且参加的人全是本村早就死去的人！而青莲的母亲竟然是新娘子！那女人拖着长长的舌头面色铁青，却自顾自地笑着，并和一个少了半个脑袋的男子频频向村人敬酒。

　　这村民吓得不轻，正准备离开，一转身却看见那青莲站在身后，冷冷地盯着他！

　　"你这丫头这么晚不睡……跑出来……干，干什么？"这村民早已吓得不会说话。

青莲道："我娘说了，既然你都来了，怎么不进去喝一杯喜酒？""什么喜酒……你瞎说什么，你娘早死了，快回家吧，叔要走了。"

这人说完跌跌撞撞地离开了。

第二天，这个消息就传遍了整个村子，甚至连外村的人都知道了。而且更有好事者，去青莲母亲的坟上看了，竟然贴着一个白色的"囍"字！

这件事情后来越传越神，最终也没有了结果，村里又恢复了往日的平静。而事实上，青莲渐渐长大了。这孩子更不爱说话，脸上一点血色都没有，没人知道她是怎么活下来的。

土匪的到来打破了这种平静，村里人不堪其扰，而张家老大更为严重，因为是出了名的大户，张家从来都是土匪响马抢劫的首选目标。张家的大少爷，也就是传说中傻四的那个儿子到了娶亲的年纪，说媒的给张家找了一个华阴的女子，这女子长得那叫一个漂亮，用当地人的话说简直跟墙上的年画一样。

谁料到，这消息被土匪们知道了。因为抢劫了很多次，这时候土匪们的抢劫已经不是拿刀拿枪去干了，而是一封飞镖传书，一根飞镖扎在门上，上面还留着一封信，土匪们在信中说明要什么东西，然后东家去准备便是，如果按照规定的期限不能办妥，那也好办，缺胳膊少腿任君选择。

张家便在给大公子结婚的前七天，收到了这个要命的飞镖传书。信中指明要那新娘子去给大王做压寨夫人，七天之内送到，要不然踏平整个村子。这可真把张家人给急坏了。一方面亲家那边不好交代，一个好好的黄花闺女嫁过来了，你送给土匪？这话要是传出去，张家以后别娶媳妇了，另一方面土匪也是不好惹，这要是派上一批人马下来，别说张家，就是整个村子也给平了！

村长里长一群人在张家开会，开了一晚上没有个准注意，就在天快亮的时候，不知道谁说了一句："青莲那丫头倒出落得水灵灵的，打扮一下不比你家媳妇差，那土匪也没见过你家媳妇，不如就直接把那丫头送过去蒙蒙事儿，反正土匪也不知道，要真看上了那丫头，咱们这也算是做了一件好事。"

这个主意立刻得到众人的追捧，大家一致决定这么干。

可是张家老大却为难了："万一这丫头不肯呢？"

众人道："她敢！到时候就是捆，也要把她捆了去。"

事情就这样定下来了。

老张家少不了和亲家说明了一下情况："亲家！想必您也听说了，最近这毛子又盯上了我们家，要我们把媳妇儿送过去，我们想了一个主意。"

于是如此这般跟对方说了一通，对方也同意。

一个阴谋开始了。

张家回到村里，直接找到青莲，张家老大对青莲说："青莲丫头，你也不小了，伯伯给你找了一个婆家，你愿意不愿意呀？"

青莲道："你先把允我娘的钱给了。"

那张家老大为了息事宁人，立即付了曾经许下的钱。

青莲这才道："你打算给谁提亲呢？"

张家老大道："给我儿子做个妾，你可愿意？"

青莲显得很平静："我先问问我娘，明天回你话吧？"

张家老大便告辞了。

回到家里，这老婆问他事情办得如何，老家伙非常兴奋："看来是有门，那丫头没有拒绝，让我明天等消息。"

张家老大老婆撇撇嘴："你可没少祸害这一对孤儿寡母，就积点德吧。"张家老大一瞪眼："这年头不坑人哪儿还有活路？"

第二天，张家老大又来到这个破败的家里，青莲依然是平静的面孔："我答应了。"张家老大兴冲冲地回去了，不一会儿从家里拿来花布和喜糖，这妾就算纳下了。可是当天晚上，青莲并没有被送到张家的屋里，而是直接送到五龙山的山脚下，花轿往那儿一扔，抬轿的全跑了，只留下一顶孤零零的轿子和轿子里面的青莲。

一会儿马蹄声响起，青莲便被带上了山。

这山上的日子当然不好过，女人少，男人多，自然免不了要产生矛盾，青莲做了这伙山贼的公共老婆。最终不堪欺辱，跳崖自尽。当然，土匪仍然没有放过张家，因为上次的欺诈，土匪们在青莲死后，又把矛头指向了张家那个漂亮媳妇。

又一次商量对策，村民们态度很强硬："你们张家得罪了土匪，却要连累村里人，这不合规矩，你们必须把你家媳妇送出去，要不然我们就把你们全家都杀了。"

张家婆娘见到此情此景大声哭喊："报应啊！报应！"无奈之下，张家只好把这媳妇送上山去，以息事宁人。谁料，当天晚上，那媳妇就悬梁自尽了。

　　村里人感到大难临头了，慌乱地准备到外地躲避土匪，却意外地发现青莲家的门开着，正门口坐着一个姑娘！那不是青莲是谁？这丫头不是已经死了吗？怎么现在又……村民们暗中观察这女子，竟然有影子！这说明青莲根本就没有死！村民们感到得救了，也顾不得许多，直接冲进门去，二话不说就把青莲捆了个结实。青莲就像小时候被小孩子欺负一样，很安静地看着这群人，好像他们的粗鲁与自己无关。

　　青莲又一次被送去五龙山，倒是把那些土匪吓了一跳。然而，在确认青莲并没有死的情况下，又一轮无耻的活动开始了，一个星期之后，青莲坠崖死亡。土匪们把青莲的尸体弄上山，摆在大堂中间。同时要求张家送人。村里人于是又开始紧张起来，这次可真的没有人可以送了。谁都不希望自己的子女进入火坑啊！

　　在青莲家里，一个面容清秀的女子依然坐在门口做着女红，而村民们却再也不敢上门了。都说这女娃太邪乎。而青莲却主动请缨，要求上山。这一下，整个五龙山都乱成一锅粥了，土匪们一个个吓得屁滚尿流，再也不敢在这个村里犯事儿。

　　青莲顺利地回到家里，继续过着自己平静的日子。村里面没有了土匪，张家在人前又显得牛气起来。他又给自己的儿子续了弦，日子重新滋润起来。一天夜里，青莲的家里被一伙人搬了个精光，村里人都知道是谁干的，可是根本没人敢说。青莲还是一副平静的面孔，对眼前发生的事情不闻不问。

　　这张家大公子是一个花花大少，土匪在的时候还算安分，这日子一旦安逸，这游手好闲的毛病就又犯了，整天介在外吃喝嫖赌，惹了一身病不说，还把家里的田产全部输光，张家老大气得一病不起，这儿子还说出风凉话："你怎么还不死？整天吃那么多！你死了能给我省了不少粮食！"

　　于是便停了张家老大的饭，不久之后，张家老大就快饿死了，却被青莲接回自己家里养起来了。而张家大公子在败了家之后，连老婆房产都卖掉了，最终流落街头，不知死活。

　　有一天，青莲从地里干活儿回来，家里着起了大火，村民们争先恐后地端水灭火，青莲却不顾一切冲进火海，村民怎么拦都拦不住。可是火势太大了，青莲几次被火吞噬，却又奇迹般地站起来，最终将张家老大从火海中背出来，张家老大毫发无伤，而青莲却只剩下一口气了。

张家老大流着泪："我对不起你们娘俩，你却还这么护着我，我是要死的人了，毁了你不值当啊！"

村民们也都哭了："这丫头，怎么这么傻呢？"

"你是我爹，我做什么都是应该的。我属猫的，有九条命。今天终于用完了。"说完就闭上了眼睛。

现在青莲家的院子里多了一座娘娘庙，里面供奉的不是别人，正是青莲！

第二十二章　梦咒

这个晚上，升寇不敢睡觉，他总觉得有什么事情要发生。他喝了很多咖啡，不停地抽烟。到了午夜，他还死死地盯着电视机。突然，电灯灭了！电视机里传来沙沙沙的声音。一会儿，画面出现了，越来越清晰：妻子不顾自己全身是火，冲进女儿的房间，抱着女儿就往外跑。可是，那块方顶突然坍塌，就快逃出火海的妻子和女儿，被砸个正着。

那天夜里，很大的风。一道电光闪过，紧接着一串响雷，小院里忽然传来小孩的哭声，和一个妇人撕心裂肺的哭叫："孩子他爹！"

一年以后。

"不要！求求你！"升寇从噩梦中惊醒，满嘴的燎泡儿，他的新婚妻子霁儿吃惊地望着他满脸的灼伤。

"你怎么了？又是那个梦吗？"霁儿惶恐地问道。

"没事儿的，就一个梦而已。"升寇安慰妻子道。

"可是你的脸上……"妻子不敢看，背了过去，咽下了将要出口的话。

"天一亮就没事儿了，你怕什么？"男人生气了，转身睡去。而霁儿却无法入睡，在床上辗转。

她想起来，自从嫁给他那天晚上开始，他就每每这时候被噩梦惊醒，醒来就是满脸的燎泡儿。可他从来不告诉任何人，包括知道这个秘密的霁儿。

"明天是升寇前妻和女儿的周年忌日，一定会有很多事情发生。"霁儿想到升寇的前妻和女儿死于一年前的那场天火。想到他每次被噩梦惊醒的样子，总觉得两件事情有些联系——所谓一饮一啄，莫非前定。霁儿不敢再往下想了，她深爱着升寇，她不想他有事。

"这里怨气很重，恐怕贫道法力有限，不能帮助施主啊！"一个套着道袍，道袍里面却打着领带的老者正在看霁儿家的风水。

老道正站在坎宫位，按照他的解释："死者怨中犯火，坎位乃水位，水火相克，才好作法。"

"照您这么说，是可以救我丈夫了？"霁儿兴奋地问老道。

"那得看那一对母女的死是天灾还是人祸。"老道捋着长须故作深沉。

"天火。绝对是天火。我记得那天晚上电闪雷鸣，我正巧在我妈那儿陪她说话，火是打雷以后着起来的。我第二天一早回到家，一切都晚了……"升寇不忍再说下去，霁儿抱住了他。

老道咳嗽一声，霁儿意识到自己的失态，羞涩地用手抹了下眼泪，低头听老道讲解破解之法。

"火是鬼魂最大的能量消耗，她们用火试你身，除非是有极大的怨气。而天火伤人乃是天意，为什么呢？"老道有些不解。

"无论如何请您救救我，我想过正常人的生活！"升寇涕泪俱下。

"办法是有一个，你要聚集肾气，肾属水，水盈则火不能近。从今日起四十九天之内不能动房事。农历七月十四、你妻女忌日也不能。切记切记！"

老道说完，从手中拿出一张黄纸，上面胡乱地画着一些看不懂的东西，交给升寇："放在衣柜底下！今晚有事及时通知我！"

说完又给升寇一张名片，转身离开，还不停地摇着头："罪孽，罪孽！"

这个晚上，升寇不敢睡觉，他总觉得有什么事情要发生。他喝了很多咖啡，不停地抽烟。到了午夜，他还死死地盯着电视机。突然，电灯灭了！电视机里传来沙沙沙的声音。一会儿，画面出现了，越来越清晰：妻子不顾自己全身是火，冲进女儿的房间，抱着女儿就往出跑。可是，那块方顶突然坍塌，就快逃出火海的妻子和女儿，被砸个正着。

就在被砸中的那一刻，妻子撕心裂肺地叫着："孩子他爹！"

电视里的火苗蹿着，蹿着，终于冲出屏幕，点燃了升寇的衣服和他坐着的沙发。他在火海中痛苦地翻滚，徒劳地叫着。

他醒来的时候，已经躺在医院的病床上。可实际的情形跟他的想象一点也不一样。按道理受了那么重的烧伤，应该全身包得跟木乃伊差不多了，可奇怪的是，他浑身一点儿伤都没有，只有钻心的疼痛不时地折磨他。

升寇出院以后，很长时间处于恐惧中。一年前，杀妻杀女的一幕每每出现在他的梦境中，使他不能安睡。老道长介绍的方法也很有效，不过胃口越来越大。半年期间，他就索要了50万元。照这样下去，他辛辛苦苦得到的岳父的家产，很快就会花光。随着老道贪欲的扩大，他对前妻及女儿的愧疚渐渐淡去，代之以愤怒和仇恨。虽然他也仇恨老道的贪婪，但毕竟现在有求于人，所以就将对于老道的仇恨也转嫁到前妻及女儿身上了。

他骂她们："既然你们已经死了，为什么不能好好地待在另一个世界。为什么要阻挡我追求幸福的脚步。我知道是我对不起你们，可是以前的日子有过快乐吗？没有！我们整日在贫苦中挣扎，在饥饿中蹒跚。更重要的是，我精神上的打击。我们都受过高等教育，我们为什么还要受苦受穷？我杀你们，是解救你们，不要再这样缠着我！"

升寇死死地盯着妻女的遗像，吼叫着泪流满面。

五叔和我讲的这个故事，正是从一个高中同学的葬礼上来的，那个高中同学就是升寇。两人关系一度非常好，但是升寇后来上了大学，之后就很少联系了，连见面都几乎没有，只有这次升寇的葬礼算是最正式的见面。

升寇和妻子是大学同学，包括现在的妻子雾儿。他和雾儿是情人，可是临毕业时雾儿大公司老总的父亲极力反对他们的结合。并将雾儿招回公司，紧紧看住。棒打鸳鸯散，他们分手。升寇和前妻结婚后，日子过得很不如意，工作不稳定，收入没有保障，升寇整天唉声叹气，大叹天妒英才。

雾儿结婚以后，因为不能生育，被门当户对的丈夫甩掉，过着寡居的日子。她想到了升寇，她的初恋，升寇绝对不会因为她不能生育而抛弃她。她更恨自己的父亲摧毁了自己的幸福，她更嫉妒升寇的前妻，相貌平平且一口方言的她凭什么拥有她的男人？竟然还有个孩子，这是最令她难以接受的。她试着和升寇接触，并恢复了以前的情人关系，接着导演升寇演出了本文开始的一幕。

升寇很想除掉老道长，可是鬼魂的纠缠迫使他放弃了这个念头。由于老道经常来这幢别墅，关于这一家的流言不胫而走，比如什么凶宅闹鬼呀，杀妻弑女啊。就在升寇前妻第二年忌日的时候，升寇和妻子被发现双双死在卫生间里。警方迅速介入，调查发现两人系极度紧张窒息而死。

老道长捻着长须，一脸阴笑。令人没有想到的是，这老道竟然是以遗产接受者的身份成为公司老板了。老道长来到公墓，升寇夫妇的骨灰现在正安放在这里。

老道长独自一人站在坟前："你们一定想知道我的身份，现在我可以告诉你们，我是雾儿的叔父，我和雾儿父亲是同父异母的兄弟！我们还有一个弟弟，他已经死了。是被你父亲杀死的！为了抢夺家产，你父亲不仅杀死我的弟弟，还毒死我的母亲！我要报仇！我隐姓埋名这么多年，就是为了今天！我可以坦白地告诉你们，你父亲是我杀的！你没有后代也许是天意！天助我也！我终于报仇了，我终于得到我应该得到东西了！哈哈哈！"

正在老道长疯狂地陶醉的时候，警察出现并将他带走了。在警察的背后他看见了一张熟悉的面孔。

"升寇！"他失声地叫着。

"没想到是我吧？"升寇来到看守所，平静地说。"我早知道你的阴谋，你费尽心机策划的一切我早就知道，可是我不配合你，谁帮我除掉霁儿呢？我从来没想过我不要后代。"升寇得意地笑着，转身离开。老道长失神地自语："螳螂捕蝉，黄雀在后！"

"为什么要杀死他们？"警察询问道。

"我父亲解放前是个资本家……"

"不要绕太远！"

"'文革'一开始就受到冲击，抄家、批判，'文革'第二年就不行了。弥留之际，道出了家产的秘密。后来，我大哥借着武斗打黑枪杀了我弟弟，又毒死我母亲。我拿着户口本逃到了泰国，跟一个法师学习绛头，伺机报仇。前年我回国，用幻术伴我父母的鬼魂杀死了大哥。可是他还有一个女儿，又招了一个姑爷，我就暗中调查姑爷的背景，知道升寇妻子和女儿的死跟他有关，就用幻术吓他，就在升寇受不了的时候，叫他们双双躲进卫生间，告诉他们厕所避邪，暗中抽干里面的空气，然后除掉他们。可是升寇发现了我的阴谋没有死，我侄女却成了替死鬼，唉！"

"你一定很奇怪我们为什么不抓他？我现在可以告诉你，我是升寇的弟弟。我们还有个弟弟，也是警察。"警察满脸得意的神色。

"你们？啊——"老道长口吐鲜血倒在地上。

"来人，犯罪嫌疑人畏罪自杀！"那警察满脸奸笑，迅速往道士口中放了一粒药丸。

"一切都结束了！"升寇轻松地搂着他的新娘，满脸都是幸福的微笑！但是他仍然担心，这个财产究竟能不能全部变成他的？老道士之后还有其他人吗？但是他所信奉的是心狠手辣，一定不能让自己的财产受到任何威胁，就像他当初纵火杀掉原配妻儿和借老道的手杀死霁儿一样。

一年之后，升寇的生意越做越大，达到了事业的巅峰。就在这时，他第三任妻子分娩在即。

升寇在医院里焦急地等待着消息。

"恭喜你生了个女儿！"小护士告诉升寇，"可是她有先天性生殖系统畸形，应该无法生育！您的妻子因为难产，所以以后也不能生育了。"

"断子绝孙？不可能！"升寇大吃一惊，抱着头在医院里不知所措，他看着这个不能生育的女儿，分明看到当年第二任妻子霁儿的影子，二人年纪虽然相差不小，长相却一模一样。

> 正在这时，公司副经理匆匆赶来，告诉他一个更让他震惊的消息："公安局刚才打来电话，说您二弟在昨晚与匪徒的枪战中被您三弟误伤，刚刚去世。"

消息无疑是准确的，他也知道这跟那道士三兄弟的经历如出一辙。

"打黑枪？难道天公地道，再也逃脱不了这样的命运吗？诅咒究竟来自哪里？"他想不明白，也许他永远也不会明白一个很浅显的道理：多行不义必自毙，机关算尽太聪明，却误了卿卿性命。

第二十三章　双生

　　有人说了，王家祖坟上种了一棵柳树，柳树分了根，长成一模一样的两个部分。这就有点玄了，树长得一模一样这是根本不可能的，即使是双胞胎，也只是外形上相像而已，并不是真的一模一样，树的元素太多，长得像几乎是不可能的。也有人说得有模有样，王家曾经得罪过一位神灵，被神灵下了一个诅咒，要断子绝孙。有一位王家先祖当了小神灵的人物，为了把这一脉香火传递下去，就赐给后人一面铜镜。让后人供奉在祖坟里，这镜子很有些魔力，不仅能保佑王家有些许血脉传下去，而且还能好事成双。

　　我们关中一带管孪生叫作双生，下面这个故事就是有关双生的。

　　一般来说，有了双生孩子的家庭，家长会很刻意地将两个孩子装扮得一模一样，一方面显示出他们的特殊，引起别人的注意，另一方面则是出于炫耀的目的。而双胞胎之间的心理联系，据科学验证是非常诡异的。一个感冒，另一个就很快打喷嚏。甚至他（她）们的想法，也会在很大程度上有相通性。这种相通性在一般兄弟姐妹之间是很微弱的。

　　村民王云民家里生了一对双胞胎，这在王云民家里已经算不上新鲜事了，尽管这在村里人看来仍然是很不常见的现象。王云民上数六代都是双胞胎男子，无论生多少孩子，双胞胎而且是男子的情况只出现一次。也就是说，双胞胎兄弟只有一个能生男孩，而且必然是双胞胎。因此，王云民六代"双传"，算是创下了双胞胎遗传的奇迹。按道理来说，生不生双胞胎，取决于母亲方面，而在父系遗传，如果仅仅两代同是双胞胎，那算巧合，如果三代，也还可以信服，但是六代、七代都是双胞胎，而且都是男子，这就不免让人从非科学的角度对其进行分析了。

　　有人说了，王家祖坟上种了一棵柳树，柳树分了根，长成一模一样的两个部分。这就有点玄了，树长得一模一样这是根本不可能的，即使是双胞胎，也只是外形上相像而已，并不是真的一模一样，树的元素太多，长得像几乎是不可能的。也有人说得有模有样，王家曾经得罪过一位神灵，被神灵下了一个诅咒，要断子绝孙。有一位王家先祖当了小神灵的人物，为了把这一脉香火传递下去，就赐给后人一面铜镜。让后人供奉在祖坟里，这镜子很有些魔力，不仅能保佑王家有些许血脉传下去，而且还能好事成双。

尽管如此，王家仍然不算是血脉旺盛的家庭。虽然每一代的两个儿子之后，都希望这种"双传"的情况赶紧结束，然而这种状况到了王云民这里仍然没有停止的迹象。

看着第七代出生的双胞胎男孩，王云民非常害怕，这两个孩子太像了，无论是胎记的位置、头发的浓密、耳朵的卷曲，甚至连手掌的纹路、大小便的时间和频率都一模一样。王云民看着这两个孩子，甚至变得害怕起来，似乎孩子是妖孽一般。

于是，王云民带着刚满月的双胞胎男婴进了五爷的家门。听完描述，五爷沉默半晌，道："这是影人而已，并非双生子啊。"果然有蹊跷！

五爷说："这孩子其实只有一个，另一个并不是你妻子所生，乃是这个孩子的影子而已。这应该跟当年你家先祖在祖坟里面埋藏的那面铜镜有关。当务之急是先将这铜镜拿出来，看看再说。"

于是，王云民召开了宗族会（一共也没几个人），商量起坟取镜的事情。最终达成一致意见：同意起坟！

但是五爷之前跟王云民说的起坟可能造成的不良后果，王云民并没有告诉他的叔伯和兄弟。这个后果在起坟之后果然发生，也就造成了王氏家族最深重的一场灾难。

起坟当天，在王氏祖坟里面，六代双胞胎兄弟的墓葬按照长幼之序整整齐齐地排列着，这些双葬或者多葬坟，左边是长子与妻妾的，右边则是次子与妻妾的。最先头的一座，是王氏先祖的坟头，按照五爷的推断，那口铜镜应该就在王氏先祖的墓葬里面。

王氏后人沐浴焚香之后，整整齐齐地跪在地上，请求祖宗原谅，希望祖先保佑王家人丁兴旺，恢复正常生育，"多子"而不"双子"。

起坟仪式开始，在王氏先祖的墓葬上面搭起了房屋样子的黑幔，随后，一群后生戴着黑箍和白头巾，在里面挖掘。一会儿工夫，这个坟墓就被启开，五爷拿着罗盘进入墓坑，揭开棺板一看，不禁大吃一惊。那骨架旁边竟然有另外一副一模一样的骨架，一条黑色的大蛇盘踞在两副骨架上面，来回徘徊。而两副骨架的中间则摆放着那面铜镜。照这样的情景，那面铜镜是根本拿不出来的！

　　这个时候，那条蛇突然爬入尸骨的胸口，然后就不见了。五爷正想借此机会拿出铜镜，可是天色突然大变，阴云密布，一会儿工夫就下起鹅毛大雪来。那雪下得急，黑幔做成的房子顷刻间被压塌了。好在所有人都及时撤了出来，要不然肯定要被埋到墓穴里了。

　　这雪下了整整六个小时，之后天气放晴，众人这才拿了家伙去坟地。因为雪太大，地上足有一尺厚。众人费了好大的力气才将原来的墓穴挖开。待到挖开一看，那尸骨早已经褪去了原本的晦暗的颜色，取而代之的是晶莹剔透的水晶一般。事情蹊跷，连五爷这样的老江湖都不能解释其中的原因。

　　于是，五爷指挥手下这班人马，将整个过程重新进行了一次：焚香、祷告。这个时候，整个坟地里面出现了诡异的氛围，周围的白雪在冬日下午的阳光的映照下，显得异常明亮。而黑暗和阴冷笼罩了整个坟地所涉及的范围，成为了一个阳光无法照射到的角落。只有那副水晶一般晶莹剔透的骨架闪闪发光！这时候，所有人都停下了手中的活计，盯着那副骨架出神，没有人组织，也没有人号召，大家就都这么盯着。百十号人组成的队伍不可谓不大，然而这个队伍却出奇地安静。大约十分钟之后，五爷率先打破了这种安静的局面，他一个人默默地下到坟地里面，拿出那面镜子，在一块墓碑上摔碎了。

　　众人这才从梦境中苏醒过来，看到铜镜已经打碎，都失声痛哭，没有缘由地痛哭。那条蛇不知道什么时候已经蹿出来了，它昂首挺胸地吐着芯子，不怀好意地打量着周围的人们，特别是那块摔到地上的铜镜。

　　五爷从这些碎片里面拿出一小块锦帛，上面写着别人看不懂的文字，五爷欣喜道："这就是了！"

　　随即宣布仪式结束，将那碎片和那锦帛收了一起带走，其余人将坟地恢复原状，那条大蛇在被埋之前，爬出地面，在雪地上行走。众人感到惊奇，因为蛇是冷血动物，而冬天是处于休眠状态的，根本不可能动，更别说在冰面和雪面上行走了。五爷也将那蛇带回住处，入夜才开始了自己秘密的活动。

　　五爷一边将那镜子碎片熔化，一边翻译着锦帛上所书写的内容。这时候，月亮升起来了，在月光的映照下，雪白的地面显得异常明亮。而五爷的小屋子微弱的灯光映照出他瘦削的脸。他将这锦帛上的文字艰难地翻译出来，却仍然不能全部理解，但是他已经知道下一步大概该怎么做，才能解决这个家族所面临的问题了，尽管他并不太明白这些奇怪的图案和文字里面的所有内容。

翌日，积雪并未消融多少，五爷在王云民家里和王氏家族的人们亲切地交谈着，而王氏族人们却激烈地讨论着一个重要的问题。

五爷告诉王氏族人："按照铜镜里面所藏匿的锦帛的说法，如果要改变这种双生状态，必须让你的其中一个孩子吃掉另一个孩子的肉，才能解除。"

众人问这是何故，五爷道："你们先祖在修炼的时候，为了速成，没有按照道家修身养性的传统方法，而是将自己的邪念和欲望压缩在了自己的影子里面，孰料这影子最后也修炼成功，不过，并未得道，而是成魔。它附身在你们先祖的遗体里面，白天无事，夜里出来害人。终于被你先祖发现，下了符咒，锁在这面镜子里，但是这个符咒却有一个重要的前提，就是允许被封印的人在封印之前发下誓言。按照契约，如果这誓言是善意的，那么若干年后，被封印人就能得道，如果是恶意的，被封印人就要受到最严重的天戒，轮回三世，不得为人。而影魔在最后被封印的时候发下毒誓，在被封印期间，要让你先祖的子孙们骨肉相残，如若不然，影魔的后人就要跟随你们先祖的后人出生，永远相伴，享受所有王氏待遇，永不消失，直至王氏断子绝孙。你的先祖虽然速成得道，却仍然不忍心看到自己的后代骨肉相残，因此，只好让那影魔后人如影随形，常伴你们身边。"

这时候，整个屋子的三代双生人都互相看着，却不知道谁是那个影魔的后人。

五爷接着说："可是这个影魔却忽略了一个重要问题，一旦他的后人随着你们王家的人出生的话，也是一母同胞，更是兄弟，如果让真正的王氏后人吃掉影魔的后人的话，不就两全其美了吗？虽说这样正中了那个兄弟相残的毒咒，不也正好破解了那个毒咒吗？"

然而王氏后人面面相觑，没人愿意表态。而作为两个孩子的父亲的王云民也将信将疑，尽管他确实也看到了在昨天起坟的时候发生了那么多的变故。但是要让其中一个儿子吃掉另一个儿子的血肉，王云民仍然无法下决心。其实此时他非常希望听到别人的意见，可惜的是，王氏家族的两代长辈都不发表意见。

五爷道："该说的我都说了，该做的也做了，其他事情就看你们自己的了。我并非胡说，该怎么办锦帛里说得明明白白，而且是你们先祖的遗训。今天就到这儿吧。"

说完就要走，王云民拉住五爷："五叔，我们也知道您的本事，这个事情说来也确实蹊跷，我爷爷和二爷爷上面的几代人都是同生同死，没有一分一秒的偏差，这本身就说明您的说法是对的。但是我总觉得事情并没有那么简单，并不是说孩子互相吃了就完事了，您想想这都七代了，为什么这一代孩子兄弟相残就可以破除咒语了？我心里还是有些不放心。"

五爷道："这事情我不想再多说了，老二，你哥和你也是双生。这样，我打你一下，你看你哥什么反应。"

说完不容王云民准备，五爷一个大嘴巴子就抽上去了。只见王云民和王雨民两个人同时捂着脸，表情吃惊又有些愠怒，简直跟照镜子一模一样。在场的人却早已经司空见惯，根本就毫无反应。

五爷打完，道："你见过其他双生子会这样吗？"

王云民知道，这是他家特有的一种现象，别的是双生子的人，从来没有过这种现象。

他仍然不舍得让两个孩子互相争斗，五爷道："你的两个孩子是关键，这是锦帛里说明白的。行不行在你了，这是你家的家事，我也不好参与，反正话就到这里了。其他的我不多说了。"

说完向王家的几个长辈拱拱手，离开了这间屋子。

五爷回去之后，将那蛇收在笼子里面了，同时也把已经熔掉的铜镜铸成一本书，书中插页夹着一副铁八卦。

"也许只有这个能够改变这个家族的厄运了。"五爷喃喃地说。他打开书页，在铁八卦中间夹了一撮黑猫的胡须，然后将书页轻轻合上，拿出一个黄符燃尽了，这才将那铁八卦打开，里面的黑猫胡须早已化为灰烬。五爷阴霾的脸上才露出些许笑容。

他拿着那本书细细欣赏，而被关在笼子里的蛇却变得不安起来，它拼命收缩着自己的身体，想从笼子里面逃生。折腾了半天，见五爷拿着铁八卦愣愣地盯着它，这才安静下来。

到了晚上，五爷很快入睡了，在梦中，一个留着长发的道士模样的男子出现了，他对五爷说："任家后人，王家的事情你不要管了，对你没有任何好处！"

五爷轻蔑地笑了，看了一眼怀中的铁八卦，那道人似乎对铁八卦亦有忌惮，不敢擅自向前，只是在五爷家门口继续盯着五爷。五爷知道他不敢造次，便翻身继续睡觉，可是他仍然做梦，在一个不知名的黑暗的角落，一个夜叉押着一个道士模样的人站在一个悬崖边缘，从五爷身边经过的时候，那人还看了五爷一眼，五爷永远不会忘记那个眼神，是仇恨、不平、怨毒等所有负面情绪综合起来表现出来的那种眼神，让人望而生畏。

那夜叉将这道人推下悬崖，便离开复命去了。五爷来到悬崖边上一看才明白，那道人被夜叉推入转生谷了，而这道转生谷是投胎作为牛马的。随后，在一家后院的马厩里，一匹精壮的枣红马出生了，然而它含着眼泪，不吃不喝，不到一天工夫便死去了。那道人的灵魂再次回到转生谷，五爷也同时到达，只见最上面一个官员模样的人道："你自断生念，背弃天伦，不能算作一世。夜叉抬将下去再做计较。"

这一次他投胎做狗，五爷跟随着这条刚刚出生的小狗，一直到长成大狗。有一天，这条狗跟着主人去打猎，一直到夜里，主人什么都没有收获，而此时又累又渴，可是周围一点可供吃喝的东西都没有。突然之间，从一处山石的缝隙里流出一滴水来，主人高兴地拿着小袋接水，可是每次快接到水的时候，这狗都把那小袋扑到一边，使主人无法接到，前几次主人以为这狗在跟他玩耍，也就不加计较，后来主人终于怒了，用绳子将狗绑了，之后便杀掉喝血、吃肉。

有了这些能量，主人很快找到了回去的路，然而总觉得有些蹊跷，这狗平日里并不会这样啊。越想越觉得不对，于是回去找了一帮人一起去杀狗的地方，打开那块滴水的石块，众人大吃一惊，原来石块中间盘着一条大蛇，这条蛇口吐红芯，口内不停地往外滴着毒水！原来这主人接的并不是什么山泉水，而是蛇毒，怪不得那狗不停地扑打着水袋。

那主人非常后悔，跟众人联手将那大蛇打死，并收集了狗的尸骨，回去给予厚葬。

这道人再次来到转生谷，那官员模样的人说："你虽死于非命，却连坐一命，亦不能算作一世。"

因为那条蛇因为它而死，所以这一世转生之后，他便做了蛇，从蛇卵中破出之后不久，它便独自离开蛇群。有一次在过马路的时候，被一辆马车轧成两截，又来到转生谷。那官员看了看生死簿，道："此次略算作一世。"

　　三世转生不能为人只能为畜，道人早已厌倦，于是便仍然做蛇，并潜入王氏先祖的灵枢之中，直到被挖掘出来。

　　五爷终于明白那大蛇的来源，那道人立于大蛇一侧，道："任家后人，你可知这些年我如何艰难？如若不能报仇，我还有尊严否？你今天妨我，我必报仇！"

　　五爷道："你就算杀尽天下所有的仇人又能怎样？难道能让你免于三世非人的转世轮回吗？"

　　那道人不听，直接打开大蛇的牢笼，那大蛇径自爬将出来，直扑五爷而去，五爷情急之下准备以铁八卦应对，却无论如何也摸不到，惊得他出了一身冷汗，坐了起来。他定了定神，摸摸自己的身上，竟然没有一点汗水！这肯定不对，刚才明明一身大汗，身上怎么可能是干的？正纳闷间，抬眼一看，那大蛇在笼子里面盘着，而身边竟站着那个道人，正眼巴巴地盯着他。仍然是那个经典的眼神，让人不寒而栗，五爷知道刚才是在做梦，而现在那道人真的站在大蛇身边，这就不能用简单的梦境来解释了。

　　那道人终于说话了："任家后人，我就是要眼看着王家兄弟互相残杀，其他的事情你不要插手。我保你十世子孙兴旺。"

　　五爷并不答话，他知道双方已经没有任何共同点了。有的只有对立和矛盾的想法。

　　道人见五爷不答，这才道："要不然，你的人头不保，你的后人也要受到诅咒。"

　　说完径自把蛇从笼子里面放出来，站在五爷床前，五爷却如同鬼压床一般，根本无法动弹。那道人一只手伸向五爷，抓烂了五爷的脖子。五爷又一次突然惊醒，这时候他摸摸身上，确实满身是汗，这才知道自己做了一个"梦中梦"。刚刚清醒了一会儿，五爷顿时觉得脖子下面一阵火辣辣的疼，照镜子时，才发现原来脖子上果然被人抓伤了。

　　五爷赶紧看了看被困在笼子里的大蛇，那大蛇早已经不知去向，只留下一个空空的笼子张着大嘴，似乎要吞噬什么，又似乎要向五爷解释。五爷叹了一口气，知道天命难违，也只好作罢。从此之后，五爷见了王云民家里的人，都低头走路，连招呼都不打。而后者亦然。

　　过了十几年，王云民的双胞胎儿子长大成人了。这十几年虽然非常平静，但是一件怪事仍然出现了。王氏家族现存年龄最长的双生人在一个夜里离奇地死掉了，两个人同时死掉，这并不稀奇。稀奇的是，二人死后耳朵都不翼而飞！耳根处只剩下血淋淋的伤口，似乎是被什么东西咬掉的。不相往来十几年的王云民没有别的办法，只好硬着头皮找到五爷，让五爷无论如何去看看。五爷仗义，想都没想就答应了。

来到现场一看，那两个双生老人满脸鲜血，虽然面容安然，但是这满脸的血迹让人不寒而栗，更生出诸多遐想。见此情景，五爷便不再作声了，扭头就走。

王云民赶紧追出拉住："五叔，怎么回事您说句话呀。再怎么着也得把老人的耳朵找到，不能不留下全尸吧？"

五爷道："不留全尸更好，留下全尸必有灾难。"

王氏后人苦苦哀求五爷，一定要找到老人耳朵的下落，五爷被逼无奈，尽管非常不愿意说，但是想想天意如果如此，就不必强求了，临走前告知他们："耳朵在两个老人的嘴里。"

王云民一家立即设法弄开老人已经紧闭的口腔，果然发现耳朵在里面，由于是生生咬下来的，两个老人嘴里全是血迹。众人把耳朵缝合之后，停尸三天下葬。

两个老人下葬的当晚，五爷远走他乡，当然，他的远行是不需要任何交通工具的。然而在家乡，一场巨大的灾难来临了。当天晚上，强劲的西北风刮个不停，大风一直刮到天亮。太阳出来之后，这大风才算告一段落。然而早起的人们发现，外面整个都变了样，原本青葱的树木现在变得光秃秃的；原本湿润的土地，如今尘土飞扬；原本甘甜的水井，如今浑浊不堪，打出来的水臭不可闻……

庄稼是乡下人的命根子，他们遵照一直以来的规律，出门之后一口气往田里跑。

有人在路上遇到看庄稼回来的村民，纷纷打问情况，那从田里回来的村民有气无力地说："都回吧。田里什么都没有了，全被蝗虫吃光了。就是闹蝗灾了。大家赶紧准备要饭去吧。"

这时所有人都大哭起来，没有了庄稼，大家都不知道怎么办才好。

这时候，人群中稍微有点理智的人问大家："谁看见任家老五了。大家去找找他，看他有没有什么办法。"众人这才停止哭泣，朝五爷的小破屋走去。

在半路上大家遇到王云民，问他去不去找五爷，王云民说："没用了！早就没用了。五叔昨天晚上就走了！有人看见他，天一擦黑就坐着鬼抬的轿子离开村子了！"众人终于又找到一个哭泣的理由，哭声又一次响彻了这个方圆百里唯一的一个村子。

正在大家准备出去要饭的时候，可怕的瘟疫如约而至。村里面不断有人死掉，乱葬岗子里的新坟每天都在增加。外地人早就远离了这个倒霉的村子，这个村子的人也根本没有去要饭的机会，因为，最关键的饮用水早已经没有了！所有人都病倒了。

王云民的两个儿子骨瘦如柴，虽然已经是半大后生，却在这场瘟疫面前被折磨得痛苦不堪。村里村外能吃的都被吃掉，不能吃的也被吃掉。就这样还要面临每天数次的蝗虫群的骚扰。村外的一片榆树林，原本郁郁葱葱，后来只剩下一个个木桩立在那里，就像少林寺练功的桩子一样。树皮早已经被刮掉，露出干燥的黄色内瓤，就像一个个被扒光了衣服的人。

整个村子一片死亡的气息，已经开始有人吃孩子了。王云民一家躺在炕上连眨眼的力气都没有了。他们已经好几天没有看到吃的了。半个小时之后，其中一个双生子突然间如有神助，不知从哪儿来的那么大的力气，他手里拿着刀，在不知道是哥哥还是弟弟的人身上切着原本就不丰富的血肉，怕别人抢食一般立即吞下肚子……

就在被杀者快要断气的时候，那个杀人凶手也捂住了肚子，不一会儿就双双毙命。王云民看着两个儿子都死掉了，连眼泪都没有了，他内心的痛苦和悔恨像火山一样爆发了，眼里的泪水早已经被女儿和妻子舔舐了……当天晚上，王氏家族的坟地里面又多了四个新坟：王云民兄弟俩和王云民的两个儿子。

五爷在当天晚上回家，看到家乡的惨相，极为不忍。

他得知王氏后人已经全部死掉之后，亦是悔恨万分，在王云民的坟上号啕大哭："贤侄！你好生固执！当初你要是肯听我一句话，何至于此？！"

当天晚上，狂风卷着黄土依然在村里呼啸，五爷的屋内依然是如豆的灯光，他坐在窗前，仔细地研究着那份锦帛。良久，他入定一般纹丝不动。窗外一个黑影一晃而过，紧接着几声炸雷，这个是晴天霹雳，因为窗外星光灿烂。

五爷只是很快移动了一下目光，瞬间便又把注意力集中在这张锦帛上的神秘图案上面。油灯闪了一下，那锦帛突然暗了，接着又恢复了正常。

"原来是这样！"五爷迅速将油灯吹灭，锦帛上立即显示出几行明亮的字来："天黄黄，虫称王；焚巨蟒，客姓王；食虫济民度灾荒。"看了一会儿，这锦帛上的字迹便暗了下去，要重新看，只有重新点燃油灯，在灯光下照上一段时间才可以。

不过已经用不着了，五爷已经猜透了里面的秘密。这字面的意思再明白不过，当务之急是要先找到那条巨蟒，才能解村民于倒悬。翌日，五爷开始着手寻找巨蟒的踪迹，可是村子里面一片萧条，想找一个相对健康的人都不容易，更别说要找一个能出劳力的小伙子了。五爷去每家看了看，大致情形相同，所有人家都有饿殍，情况好点儿的人家，全家人围躺在炕上，中间堆起牛粪大小一堆麦子，数着粒儿啃嚼。见五爷来，也不见下炕，只在炕上用一个眼神打量一下，迅速盯着麦子，算是打过一声招呼。

五爷不忍再看，只好一个人拿着锹去了王氏家族的坟地。王氏家族的坟地并不太远，五爷这时候早已经顾不得什么规矩不规矩了，用尽所有的力气，刨开王氏祖先的坟头儿，奇怪的是，那条巨蟒根本不在里面。五爷将所有的坟地都刨了个遍，更离奇的事情发生了，王云民和其兄长王雨民的墓坑里面连尸体都没有！这实在是太奇怪了！五爷百思不得其解。难道是巨蟒吃了这兄弟二人的尸骨？不可能啊！既然是吃了，那应该有吃掉的痕迹，难不成这巨蟒还会把墓坑恢复原样吗？

五爷顾不得多想，他隐约觉得，这场蝗灾和那巨蟒以及魔镜道人有莫大的关系，于是他选择了寻找蝗虫的贼窝，继而通过蝗虫寻找巨蟒。五爷观察了好长时间，这才终于把蝗群的分布规律搞清楚。原来，后山狮子头峰是蝗虫最大的一个据点，而从狮子头到村里一路上除了庄稼没有任何阻挡。蝗虫从山上俯冲下来，一路下坡，倒是省了不少力气，回去虽然费劲，但是鉴于已经吃饱，所以正好平衡。

"这些狗东西倒是鬼精得很！"五爷无奈地摇摇头。

蝗虫的天敌便是鸡，遗憾的是，整个村子的人都快死绝了，更别说动物了，连一个健康的老鼠都难找。村子里面好长时间没有老鼠了，原因有二：村里早就没有粮食了，老鼠来了没得吃，此其一也；就算有点吃的，老鼠也不敢来，因为只要有人看见，老鼠尚未偷到粮食之前，自己先被当了粮食，此其二也。老鼠都是这样的命运，更别说鸡了！

五爷没有办法，只好趁天黑坐着小鬼的轿子去远处借鸡，回来的时候，小鬼们怕鸡，不敢抬轿，五爷只好自己走回来，非常辛苦。好不容易抓了三只鸡，五爷立即趁着天亮前带了鸡上山去了。到了狮子头，五爷用绳子拉起的三个"猎鸡"跃跃欲试，在尚未靠近狮子头大山洞的时候，每个鸡已经吃了百十个蝗虫了。这时候，蝗虫逐渐慌乱起来，因为天敌在前，不由得不慌乱。

然而，越靠近狮子头的洞口，蝗虫越多，三只大公鸡吃得不亦乐乎，一刻钟不到，竟然吃到洞跟前了！五爷正待夸奖这三只大公鸡，谁料想，它们三个竟然全部嗉囊爆出，撑死在当场！五爷顿时傻眼，好在来时准备了几大瓶火油，扔将进去点燃之后，一时间浓烟滚滚，蝗虫纷纷慌乱飞出去避难。

正在这时，那条已经变成巨蟒的大蛇匆忙间出洞，忍受不了烈焰的烧烤，不顾一切地攻向五爷，五爷早有准备，拿出铁八卦对准那巨蟒的眼睛，岂料巨蟒早已不怕，径自向前，五爷正待逃离，却发现那巨蟒突然之间翻动身躯，显得痛苦不堪，原来一个手掌大小的巨型旱蝎子从石缝中爬出，直接掉落在巨蟒的眼睛上。蛇类的眼睛基本是摆设，但是蝎子却并不这么认为，这是蝎子攻击蛇类脑髓的最佳方位。

巨蟒痛苦地翻转着如椽的身躯，并不断摆头，想摆脱蝎子的攻击，然而它已经被蝎子高高翘起的尾刺刺中眼睛，顷刻间便失去了知觉，像舞龙的道具一般，平摆在石壁上。那大蝎子专爱吃蛇的脑髓，正准备大吃一顿，五爷早已顾不得一切，将剩余的火油悉数泼向巨蟒的身躯，点燃之后浓烟滚滚。火势渐消，终于烧尽了。剩余的骨架让五爷大吃一惊，那分明是一个人的骨架，晶莹剔透，如同王氏先祖棺材里的尸骨一样。

五爷用布袋装了尸骨，拿下山去。回到村中，五爷组织剩余人口"捕蝗自肥"，就是将蝗虫作为口粮，度过这段灾难的日子，等着一下雨便立即种上秋作物。麦口时节，这个村的村民却在分食蝗虫，然而为了活命也只能如此。

蝗虫虽然成灾，但是到底也为村民们延续生计作为了一番。好事成双，自从改食夏蝗，竟然治疗了瘟疫，为了杜绝隐患，五爷组织全村人马用生石灰奠基宅院，算是彻底将瘟疫祛除。小商贩们也渐渐在这里游走，商品一通，村民们的日子也渐渐有所好转。然而令人着急的是，长时间的等待，却无法等来一滴雨水，众人每日间也只好步行百余里，去外地拉水度日。

五爷百思不得其解。锦帛上所说的"客姓王"是什么意思。这天在村口终于解决了这个问题，村里来了两个人，却正是王云民、王雨民两兄弟！五爷根据先前刨坟的经历，早就怀疑二人未死，如今活人站在跟前，却不由得不相信。那晚从五爷窗前一晃而过的黑影，如今也就找到原型了。

二人见了五爷，说明了情况："如不依此计策，恐怕那道人见毒咒未破，不再现身！只好假死破了咒。"

五爷点头，二人拿出一张锦帛递给五爷，这张锦帛与五爷所持锦帛大小相似，只是图案略有不同。

晚间，五爷依上次的方法，先将油灯挑亮，一刻钟之后熄灭，字迹便立即在黑暗中出现："尸骨成粉予云吞，从此便是自由身。余孽再入轮回处，咒怨即了荫子孙！"

第二日，王氏宗祠。五爷将那早已磨成粉末的透明尸骨粉递给王云民，王云民对着祖先灵位三拜九叩，然后将那粉末吞下，顿时全身发黑。而王雨民冷冷地盯着逐渐变成黑灰的弟弟，毫无表情。

五爷觉得异常，突然大喊一声："坏了！中计了！"

那王雨民突然哈哈大笑："任家后人到底实在，你中了贫道移花接木之计了！"

他肆无忌惮地大笑，盯着王氏宗祠里面供奉的牌位，然而五爷迅速扑到他跟前，将一包粉末迅速倒入他的口中。笑声戛然而止，王雨民先是变得恍惚，随后就渐渐成了影子一般，最后竟然消失了。

王云民从地上爬起来，跪下道："五叔！大恩不言谢！"

原来，王雨民才是双生人之中的影魔后人，他为了害死王氏后人，便偷偷将第二张在王氏祠堂封存很久的锦帛上的内容作了更改，原本是"尸骨成粉予雨吞"，却被改成"予云吞"。

"下次再改的时候，记得把天书部分也改过来，要不然不一致，很容易被拆穿的。"五爷对着那个已经消逝的影子道。

第二十四章　赌祸

　　六月初六在关中一带是一个比较特殊的日子。因为刚刚收获了麦子的缘故，各家各户都要用新收获的麦子磨成的面，尽自己最大的能力做出最好的面食来招待客人。这个日子对于老光棍陈二庆来说是一年当中除了春节最难得的好日子了。因为这个日子他随便去谁家里，都会蹭到一桌好饭，这对于视做饭为洪水猛兽的陈二庆来说，难道不是好日子吗？

第四十二章　新潮

　　陈二庆喜欢和人打赌，而且每次打赌都能赢。

　　这在十里八乡是众人皆知的，这个四十多岁的老光棍就住在我们村。虽然他成天好吃懒做，但生活得却很滋润，每个月靠打赌赢来的钱物足够他挥霍了。

　　但是也有例外，比如说六月六那天。

　　六月初六在关中一带是一个比较特殊的日子。因为刚刚收获了麦子的缘故，各家各户都要用新收获的麦子磨成的面，尽自己最大的能力做出最好的面食来招待客人。这个日子对于老光棍陈二庆来说是一年当中除了春节最难得的好日子了。因为这个日子他随便去谁家里，都会蹭到一桌好饭，这对于视做饭为洪水猛兽的陈二庆来说，难道不是好日子吗？

　　当天下午，中午饭蹭完之后，陈二庆来到刘元劳家里，准备在这里解决自己的晚饭。刘元劳老远就看见了陈二庆，心里泛起了不屑和厌恶。

　　因为勤劳的刘元劳早就看这个老光棍不顺眼了："他娘，赶紧做饭，多做点儿，有客人来了。"

　　刘元劳媳妇听完就立即动手，这媳妇生来一双巧手，做饭干活那叫一个麻利！

　　陈二庆进门就大呼："三哥！您家好收成啊！"

　　这是一句吉祥话，在这个特殊的日子里，这句话作为进入主人家的必说的话。

　　刘元劳表面热情地欢迎陈二庆道："原来是大兄弟啊。来，进来坐！你嫂子正拾掇饭呢。一会儿饭得了，咱们俩整点酒。"

这陈二庆嘴尖毛长是出了名的，听说个"酒"字，那口水不知道在嘴里翻转了几次了。他很不见外地坐在厅堂客人的位子，拿起刚沏好的劣质茶水就猛吸了一口，这一下可真给陈二庆烫坏了，他面部表情异常夸张痛苦，吸着舌头，相当滑稽。这一举动把刘元劳的小儿子逗笑了，这小子八九岁模样，正是淘气的年纪。

陈二庆逗他："狗娃，你叫我一声叔，叔给你买糖吃。"

"不！才不白吃你的东西呢。"狗娃说。

"滚一边去！大人说话，你个臭小子插什么嘴？"刘元劳骂儿子。

陈二庆却不当回事儿，道："这小子有点冲劲儿。你说，我怎么做才能请你吃我的糖？"

狗娃从厨房拿来一个老碗（老碗是关中地方特有的一种大碗，当地烧制的，比一般的盆还大），道："你能吃完这碗装下的干拌面条，我就吃你的糖！"

陈二庆一看，好嘛！这碗跟洗脸盆一般大了，装面条至少能装二斤半，任凭饭量大的汉子也吃个七分满的汤面条就不错了，一大碗干拌面可不是一般人能吃得了的。谁料，这正中了陈二庆的下怀，原本他蹭吃喝就有些名不正言不顺，所以才逗那孩子说给他买糖，还担心主家管饭不管饱，这下正好，敞开肚子吃吧。

"放心，今天请你吃糖吃定了！"陈二庆满不在乎。

"老二，这碗可大啊。你吃不了别逞能。"刘元劳劝陈二庆别跟孩子一般见识，可是这陈二庆打赌上瘾，今天还没赌过什么事儿呢，这会儿正浑身憋得难受，想都没想就答应了。

饭端上来了，陈二庆端起老碗头也不抬地吃起来，手里攥着一把剥好的蒜瓣（陕西有话：吃面不就蒜，等于瞎扯淡），半个小时之后，老碗还剩下一小半，陈二庆松了松裤带，额头上的汗水已经如同瓢浇的一般。终于吃完了，这陈二庆已经开始翻白眼了。他脸色发青，不停地冒冷汗，六月的大热天不停地发抖。

刘元劳见此情形心想："这下坏了，病了就麻烦了。"赶紧上来准备扶着陈二庆，谁料陈二庆一摆手："没事儿！我还没事儿。"然后扭头对着捂着嘴偷笑的狗娃说："你小子别忘了，我一会儿给你买糖来。"说完晃晃悠悠地出了门。谁料刚走到门口，陈二庆吐出一口鲜血然后迅速倒地，嘴里只有出的气，没了进的气了。

出了这样大的事情，似乎一瞬间十里八乡的人都知道了。我接到派出所的派遣是在当天晚上六点多。听说我们村出了事情，我赶紧往回赶。五叔在村口已经迎上我了，我把车停稳，立即在他的带领下奔赴现场。

赶到刘元劳家，天还没有完全黑下来。院落里一袭白布，蒙着一个长条形的物件——陈二庆的尸体。旁边还有一摊血迹，大部分已经渗入了干燥的土里。我走过去，揭开蒙在陈二庆尸体上的白布，见到了一张因痛苦而扭曲的面孔。他的鼻子也出过血，血迹仍然清晰地留在他稀疏的胡子上，嘴边的血迹也未经过清理。嘴大张，里面殷红一片。眼睛圆睁，眼球向外过分地凸出，死状凄惨，场景极端恐怖。

我找当事人了解情况，刘元劳的小儿子狗娃早已经吓得躺在炕上说起了胡话，刘元劳的妻子在一旁照料。刘元劳接待了我们，他沉默着，呆滞的眼神已经看不出恐惧和惊讶，只有平静。而我知道，这种平静是在经历了重大的灾难性变故之后表现出来的一种极端的情绪，其实刘元劳内心深处的恐惧在一点点地放大。他从兜里掏出一包新买的劣质烟（这烟对他来说价值不菲），只见他笨拙地拆开包装，然后掏出来递给我和五叔，因为掏得急了，加上很不熟练抽这种烟，他抽出两根竟然连带出六七根来，带出来的烟在他的慌乱中掉在地上，他更囧了，递烟的手停在半空，却又很想弯腰下去将掉在地上的烟捡起来。

我为了尽快进入主题，顺手接了他的烟，五叔帮他把烟捡起来，随后拒绝了他递过来的烟，五叔刚刚坐定，我的烟早已经点燃，甚至还吐了一个规则的烟圈，五叔白了我一眼。

再看那刘元劳，在拿着五叔拒绝的香烟之后，思想斗争半天，终于把烟装回烟盒里，从后腰拿出一根旱烟管，装上了烟丝，叭叭地抽起来。他断断续续地讲述了陈二庆死掉的前前后后，没有隐瞒。这一点我可以保证，当地村民虽然不懂法，但是他们天生不会说瞎话。这是关中人的特质。

案件瞬间变得简单起来，逞能打赌致死，双方都有责任。我提取了笔录，回到所里，向领导汇报了之后便走回五叔家了。当时天已经大黑，村子里没有路灯，只能依靠家家户户窗口透出来的那点微弱的灯光看清楚路面的状况。快到目的地的时候，我看见五叔门口有一个黑影，因为见过的怪异事件太多了，所以心里不免"咯噔"一下。

我明显地放慢了脚步。当我刚走到门口的时候，那个黑影忽然之间站起来了，比我高出半头！我下意识地后退了一步，那影子竟然说话了："五娃莫怕，是我！"

我仔细一看，原来是刘元劳，虚惊一场。

"叔，您一个人蹲这儿干啥呢？咋不进屋？"

"怕扰了你叔，他爱看书，喜欢静。就没打扰他。"我赶紧把他让进屋里。

在五叔屋里坐定，刘元劳拿出刚才那包烟，这才问道："五娃，事儿咋样？你们派出所的首长咋说的？"

我如实告知，这刘元劳才稍稍放心。

正在这时，五叔的门被敲得震天响，五叔刚开了门，就见一个女人披头散发地冲进来："他爹，快回去看看，狗娃不行了！"

刘元劳立即奔了出去，我紧跟其后，五叔却磨磨蹭蹭。到了刘元劳家里，那孩子满脸通红，呼吸困难。眼见要喘不上气了。我埋怨五叔怎么还不来，这人命关天的事。正想着，五叔来了，他带着一个布袋，顾不上狗娃父母急切的眼神，直接走到狗娃跟前。他给孩子号了脉，这才从布袋里面拿出几根银针，对着狗娃的脑袋一通乱扎。

五叔也没怎么看过病啊。我正为他捏一把汗，没想到狗娃立即恢复了呼吸。一会儿，出了一身汗的狗娃醒过来了。

刘元劳夫妻感动得不知道说什么好，双双跪下，被五叔赶紧扶了起来："先问问孩子是怎么回事吧。狗娃，告诉叔叔，你都看见谁了？"

"二庆！"

"二庆找你干啥呢？"

"吃糖！"

"你吃了没有？"

"没来得及吃就醒了。"

听了狗娃这一番话，五叔才稍稍放心，一屁股坐在凳子上，喘着粗气：

"拿一根筷子，一只空碗。"

狗娃娘立即去后厨拿了空碗和筷子来，那碗正是陈二庆吃饭的碗。

五叔把筷子立在碗里试了试，一松手筷子就倒了。

他重新立起筷子，用手扶住了，问："可是二庆兄弟在呢？"

问完之后立即松手，那筷子没有人扶，竟然直直地站立在碗里！

"这就是了。果然是二庆。他是给狗娃送糖来的。"五叔道。

请神容易送神难，五叔明白，仅仅知道是谁在作祟是远远不够的，重要的是要把它送走。然而陈二庆刚死，而且是死于非命，并不是正常死亡，心里多少有些怨气，加上临死之前没有履行承诺，所以来找狗娃是很正常的。现在虽然用银针封住了狗娃的魂魄，但是毕竟不是长久之计。要彻底解决还得重新想办法。

为了避免发生意外，五叔和我主动留下看守狗娃。

刘元劳夫妇感恩戴德，刘妻立即准备下厨做饭，我和五叔赶紧谦让："不着急！一会儿半夜肯定会饿，少不了麻烦嫂子。"

那女人道："说什么麻烦不麻烦的话，你救了孩子，我还不知道怎么谢呢。"

双方推辞一番，各自坐下守着狗娃不提。

话说到后半夜，窗户上窸窸窣窣的传来响动，屋内黑着灯，六月初七的月亮到后半夜也算明朗。只见窗户上一个人影晃动，紧接着一阵风吹进来，恶臭熏天，屋内所有人都忍不住捂住了鼻子。

狗娃睡得正实，面部却也流露出痛苦的表情，他迷迷糊糊地嘟囔："真臭啊……"

这时外面那人影竟然说话了："狗娃！臭吧？我这里有糖，还是水果味的，出来尝尝？"

狗娃听见有人唤他，径自坐起来，准备下炕。其父母正欲阻拦，却被五叔用手势否决。五叔在狗娃下炕之后，悄悄咬破中指，在狗娃的脸上画了几道凌乱的血印子。

狗娃梦游一般走出屋外，众人却不敢跟进，担心出什么差错，对孩子不利。但都在能看见外面的地方紧紧地盯着。我从窗户一侧的缝隙里看见了那个东西。表面上和陈二庆死时候的模样没有什么区别，青白面孔，眼圈周围泛黑，虽然有衣服遮体，但是腹部露出体外，肚子奇大，比即将临盆的产妇还要大上两圈。

狗娃缓缓走出门外，那东西看见狗娃出来，露出狰狞的笑脸，我这次终于看清他面部和陈二庆最大的不同了。牙齿变长变尖，舌头也长了至少一倍，而且舌头的颜色变得血红，眼圈是黑的，看不清眼睛，只能看见那眼珠子里面泛出的绿光，异常恐怖。

他先等孩子走近了，然后肚子拼命向前，欲贴住孩子的脸。在即将贴住那一刻，那膨胀的肚皮突然开裂，张出一个大口子，眼看就要把狗娃从头部吞掉了，却见那怪物被狗娃脸上的血印牢牢困住，动弹不得。五叔赶紧走出来，拿出一条亮晶晶的细绳，将那东西捆住。随后，整个屋子亮起灯来，而村里的乡亲们也一下子全部聚集在刘元劳家里，七嘴八舌地议论着，抓住的这个东西究竟是什么。但有一点是可以肯定的，这不是陈二庆的尸体还魂了。因为陈二庆的尸体尚在刑警队里由法医解剖呢。

这时候，有好事的村民从家里拿来一个钢条焊接的鸡笼，把这东西关进了里面。一伙人进屋商量天亮之后怎么处理这个东西，而另一伙人明火执仗地守着鸡笼。屋里面显得有些拥挤，但是大家热情都很高，遇到鬼的事情尚不曾多见，这抓到鬼的事儿更是听都没听说过。一时间七嘴八舌地讨论起来。

屋里面讨论得热烈，却不想外面却突然传出了骚动，有人大喊："快来人啊！那鬼跑了！"屋里的人立即冲出去，到了院子发现那鸡笼和怪物一起失踪了！

正当我们准备撒开大网寻找失踪的鬼怪时，我的电话突然响起来了，我打开一看是单位的号码，接通之后知道法医科出了大事了！陈二庆的尸体突然只剩下骨架，一点皮肉都没有了！我和五叔交代村民一定要看护好狗娃一家后，立即驱车前往刑侦大队法医科。

到了现场，眼前一片狼藉，放置陈二庆尸体的解剖台上以及周边地区，到处散落着皮肉和血渍。

法医科刘科长告诉我："有一名目击证人证实，一个肚皮异常膨胀的人形生物从窗户爬进解剖室，将尸体啃食了，只剩下了骨头。"

我们立即找来那个目击者，这个在法医科实习的小姑娘显然已经被吓得说不出话来，在心理专家的安抚下，她才断断续续地说出了她看到的一切：

　　为了方便出入，解剖室和化验室两个房间中间有一扇门，她进入化验室的时候，顺手就把这扇门给关上了。当时她正在解剖室隔壁的化验室记录数据，突然听到隔壁房间传来玻璃破碎的声音，这在静寂的午夜是非常让人感到害怕的，因为隔壁床上躺着一具尸体，而这两个房间又在六楼，绝对不会有人故意从地上扔石头把玻璃敲破，而且也没有人会那么无聊。难道是刮风？她这样想着，便透过两扇门之间的那层玻璃想看个究竟，然后决定要不要过去看看。尽管是学法医专业的，对于尸体这一类东西早已经司空见惯，但是对于这种突发性事件，难免有些害怕，她觉得还是谨慎一些好。

　　当她透过玻璃看的时候，隔壁房间发生的一幕让她一生难忘。一个类似人形的家伙，全身黑青，两个黑眼圈如同墨镜一般嵌在眉毛下面，在亮着灯的解剖室里，一对泛着绿光的眼珠子显得格外恐怖，那东西的肚子异常膨胀，好像只剩下一层半透明的皮，肚皮上面的血管甚至里面的内脏都能看得清清楚楚。

　　这家伙把肚子凑到尸体的脑袋前，却突然停住了，它好像发现了异常。随后，实习生发现，那家伙用手从肚皮上拔下一个什么东西，劈头盖脸地扔到这扇门跟前，小姑娘吓了一跳，她以为被对方发现了，缓过神来仔细一看，却是一个尖尖的玻璃碴儿。原来这家伙从窗户跳进来的时候，被碎掉的玻璃扎伤了肚子。

　　那玻璃碴儿刚刚被拔出，那肚子立即就像气球放掉气一样，萎缩起来，直到萎缩到正常大小，那膨胀部分已经皱巴巴地像一块失去水分的橘皮。突然被一片红光闪过，是那家伙从嘴里伸出的一条长舌头，鲜红鲜红的，在自己的肚皮上舔了一下，然后就卷起一块皱巴巴的肉吞下去了，肚子被它啃掉一个大洞。

　　然而更恐怖的还在后面，那家伙肚子上的窟窿突然大张，原来，那是一张更大的嘴！里面的牙齿、舌头样样俱全。那大嘴张得太大了，甚至将这个家伙的身体撑得向后弯曲成九十度，那张长在肚皮上的大嘴，开始对尸体进行疯狂的蹂躏。先是从里面伸出一条更长的鲜红的大舌头，那舌头的顶端竟然长有倒刺，随便在尸体上舔舐一下，就会刮走一大块皮肉。然后那牙齿不停地咀嚼，也终于派上用场了。
一会儿工夫，陈二庆的尸体就变成一副骨架了。那怪物甚至将陈二庆
的头骨砸碎，吞掉了里面的组织……

　　这姑娘已经讲不下去了，可以肯定的是，这姑娘见到的东西，与我们在狗
娃窗口看到的是同一个东西。这东西究竟是不是陈二庆？现在根本没有答案，
如果是的话，那他为什么要吃自己的尸体呢？如果不是，他怎么知道狗娃要
吃糖？

　　看来所有谜底只有找到那家伙才能揭开了，这样，我和五叔下一步的任务
也就确定了。

　　当然，这种事情不能说出去，因为除了我们，没有人会相信这些都是
事实。

　　连那位法医科长也睁大了惊奇的眼睛问我们："你们相信吗？"

　　五叔却干脆利落地说："我们信。因为我们也看到那东西了。"

　　"可是，这种东西根本就没有一点线索可以追寻，无从下手啊！"我不停
地唉声叹气，却想不出办法。

　　五叔却玩起了深沉，他用低沉的声音说道："耐心是美德。"

　　我没好气地想："我可没那么好脾气，什么耐心美德，都是扯淡。"因为
我已经跟单位领导主动请缨，负责这个案子，本来一件普通的抬杠致人死亡的
简单案子，现在变得这么复杂，连尸体都不见了。哎，不对，是尸体上的肉被
人给偷走了，我怎么跟领导交差啊？总不能跟领导说：领导，我们见到那个家
伙了，它把陈二庆尸体上的肉全给吃了！我们领导肯定不会相信，你想啊，只
要任何智商尚算正常而且在没有喝酒，没有被人用砖头拍晕的情况下，肯定不
相信这些是真的！而现在一点线索都没有，我能有耐心吗？

　　恍然间，我想到一个绝妙的主意，这件事情既然因狗娃而起，干脆晚上用
狗娃做诱饵，把那家伙再抓住一次。

　　我赶紧把这想法告诉了五叔，五叔道："一群老爷们没办法，却要靠一个
孩子？我嫌丢人。"

　　"那你想一个更好的办法来。"我不服气。

　　他沉默了一会儿，道："这也算是一个办法。"

五叔和我来到狗娃家，准备正式向刘元劳夫妻提出借狗娃去当诱饵，我却实在说不出口，只好靠五叔。

五叔似乎早有准备，张口就来："家里还有狗娃的东西吗？全部给我拿来！"

哎！不是借人吗？怎么借东西了？这是怎么回事啊？我又不好说话，毕竟我出的主意并不光明正大，只好静观五叔到底要搞什么鬼。

五叔拿了几件狗娃的衣服，还剪掉了狗娃的头发，最后把陈二庆用过的那个大碗和筷子也给要下了。

我百思不得其解，道："您要改行收破烂了？那您也别在自己村里收啊，丢人败兴的。您远点儿，去大荔、浦城、潼关，最好去渭南收。别去西安，去了你也别说我认识你！"

五叔不理我，拿着这些东西就回家了。到家之后，他直奔后院，拿起铁锹就在梧桐树下刨起坑来，这坑大概两米深，井口那么大。之后，五叔将狗娃的头发放在碗里，随后先将衣服放进坑里，然后将盛了头发的大碗压在上面，最后在上面轻轻苫了一点浮土，做成一个陷阱。然后，五叔从屋里翻出来一个奇怪的器皿，从里面倒出一些黏稠的红色液体。

"黑狗血？！"我终于明白了，他这是做了一个盅，引诱那家伙上道呢！我赶紧回到屋里，翻出一袋糯米，抓三把放在水中，将浮在水面上的米粒捡出来，然后用镊子夹起，放在油灯上烧爆。一会儿工夫，整个屋里出现馒头烧焦的味道。

一切准备就绪，五叔在梧桐树的树干上涂了一层厚厚的锅底灰，我问他干吗要抹这个，他说到时候你就知道了。

六月初九的晚上，我和五叔还有一群人都在各自的位置埋伏起来，准备看到这激动人心的时刻——怪物终于被抓住！夜里一点，一切正常。我频繁地看着表，这是我等待的习惯性动作。而且巧合的是，每次我看表的时候，总是危险即将来临的时候，五叔说，这就叫作预感！

那个陈二庆一样的东西鼓着肚子就来了。他一边走一边四处张望，好像并不是什么妖魔鬼怪，倒像一个手艺比较差的小偷，正要溜进五叔家里，偷走他那奥迪汽车。我却非常盼望他就是那个偷车贼，赶紧把那辆烂车偷走，可是那家伙泛着绿光的眼睛显示出贪婪的、喜悦的光芒。他吸着鼻子，渐渐靠近那梧桐树，就要到陷阱跟前了，靠近了，靠近了！我们都屏住呼吸，等待那一刻的到来。谁知，这个狡猾的家伙似乎发现了什么似的停下了脚步。他左右观望，更加高频率地吸着鼻子，好像嗅到什么让他兴奋的气味一般。他脚步更加小心，终于在陷阱前面一尺左右的地方停下了！我心里那叫一个着急呀！你怎么就不多走一步呢？

这时候我身边一个影子迅速蹿出，对着那个家伙就冲过去了！猛烈地撞击之后，梧桐树剧烈晃动，陷阱已经露出了本来的面目，就像地面上张开的一张大嘴。那东西已经掉进去了，我们都松了一口气。正准备对掉入陷阱的倒霉蛋进行攻击，却冷不防那家伙张开肚子上的"大嘴"，对着周围的土就是一通狂啃。人们都不敢靠近，都担心这玩意儿啃得兴起，搞不好连人都啃了！那大嘴比推土机还要厉害，一会儿工夫竟然给它啃出一道斜坡！那东西顺着斜坡就蹿出去了，跑得比狗还快！众人拿着家伙立即追了上去，可是那东西跑的确实太快了，根本没法追。

五叔道："顺着黑印子追。"我这时才知道锅底灰的妙用。

一路无话，众人循着那黑色的印记一路追上去。

"黑印子没了！"不知道谁喊了一句，大家都不免担心起来。

五叔道："放心。锅底灰只是锁定一个方向而已。任桀！弹弓给我！"

我赶紧递上弹弓，五叔顺着那黑印子形成的方向，拉动弹弓，那弹子竟然是沾了黑狗血的糯米！糯米用狗血暂时粘在一起，出了弹弓就变成红色的光点，那光点一路缓缓追将出去，我们众人在后面追着那光点而去。

一会儿工夫，我们到了一个废弃很久的院落，光点在院子边缘的一口井上方停住了。

五叔吩咐道："那家伙就在井里，大家一定要小心！"

众人应了，却都热血沸腾，这家伙可把大家给害惨了。就在我们去法医科的时候，村里能吃的不能吃的都瞬间蒸发了一样。

第二天，有人在后院发现了一大堆奇怪的粪便，那东西非常臭，里面插着半个勺子和瓷碗的碎片，大家一致判断，就是被这个东西吃掉了。

五叔拿出狗血，对着井口就喷下去了。可是半天一点反应都没有！五叔正觉得奇怪，不料井边的一棵树上却传来了恶狠狠的叫声，大家大吃一惊，抬头一看，那东西正坐在那棵树的树顶上！

　　众人大惊，五叔却突然从背后拿出那个大老碗，并用筷子不断地敲击，那东西受到这声音的刺激，捂着耳朵蹿到房顶上，并在房顶上不停地打滚。紧接着这东西变得更加烦躁，五叔不停地敲击着碗筷，它几次想冲下房顶，却受制于这聒噪的声音，不能靠近。这家伙突然间不再捂着耳朵，而是捂着肚子，做出了一个更令众人震惊和困惑的举动，那膨胀的肚子突然间爆裂，那张肚子上的大嘴伸出长舌头在腹腔内部贪婪地吞噬着里面的东西，而另一张嘴则开始从自己的手吃起，一时间众人都忍不住狂吐，五叔甚至扔掉了碗筷。

　　那家伙吃得很过瘾，整个肚子又大起来，可惜的是，它的手脚早就变成了白骨，站都站不起来了。最终，那家伙只剩下一个完整的有血肉的脑袋和膨胀的肚皮，其余的都成了白骨。

　　"它活不长了！"五叔叹道，"这是饕餮鬼，一种贪吃的能吃掉自己的怪物。我昨天晚上终于想明白了。"

　　原来，陈二庆懂一些茅山术，所以才能在每次打赌的时候只赢不输。他在刘元劳家吃饭之前，一定是与饕餮签订了某种契约，要不然陈二庆不可能吃完那么大碗饭。最后他被撑死，一定是陈二庆没有履行给饕餮的承诺造成的现世报，最终被饕餮永远奴役了灵魂。现在，当饕餮没有东西吃的时候，只有吃掉自己了，陈二庆终于解脱了。

　　入夜，寂静的巷道上，两个小孩儿在玩游戏，一个跟另一个说："咱们打赌好不好？我能吃掉自己，你信吗……"

　　后来我不解地问五叔："叔，你说世上真有饕餮鬼这玩意儿吗？"

　　五叔摇摇头道："林子大了什么鸟都有，大千世界，包罗万象，你认为有的它就有，你认为没有它就没有。"

　　我丈二和尚摸不着头脑，到现在还一头雾水。

第二十五章　女鞋

　　常林的葬礼上，其父母哭得昏天黑地，见到的人无不动容。当天夜里，也就是下葬的前一天晚上，常林的妹妹冯常丽在灵柩前守夜，由于还没有入殓，常丽看着哥哥盖着布子的遗体，潸然泪下。想起以前一起玩闹的日子，常丽的精神接近崩溃，就在这个时候，常丽发现了一件怪事：常林的身边多了一具女尸！而且二人一左一右穿着一双一样的鞋子！

有人说：爱情就像鬼，相信的人多，见到的人少。

这个事情涉及两个地方，一个是陕西省大荔县，另一个则是陕西省华县。

那年暑假，在省城西安上大学的大二学生冯常林待在家里已经半个月了。冯常林家在华县，渭河南岸。午后天气燥热，加上又无所事事，他就想去渭河里游上一圈。从小在水边长大的孩子水性都好，冯常林也不例外，技术很全面，在学校他还专门开办了一个游泳培训班。

他来到河边，周围稀疏的桐树上隐藏着无数的知了，它们疯狂的聒噪给这个炎热的午后更增添了几分烦躁。常林想尽快下水，于是加快了脚步，可是快到河边的时候，他看见一个三十岁左右的女人在河边上丈量土地。

"大概她丢了什么值钱的东西了吧？"常林傻傻地想。

由于天生就是个热心肠，常林立即走到那女子跟前："阿姨，您在找什么东西吗？"

那女人穿着时髦，头发黝黑，只是面色苍白得有些吓人，不过总体看来，她还是很漂亮的，成熟而妩媚。

那女人见有人打招呼，就随口说："我一只鞋掉到河里了。"

常林笑说："阿姨，鞋子掉了再买一双吧，在河里找鞋子多危险啊。还不如买一双新的划得来。"

那女人笑道："小伙子，你是不知道，我这鞋可不是普通的鞋，你看我剩下的这只。"

那女人说完脱掉剩下的一只鞋，这时候，渭河滩全是面粉一样细致的黄土，厚厚的一层，在夏日太阳的暴晒下，早已经滚烫了，穿着鞋子尚能感到那灼人的温度，这女人竟然赤脚站在上面，而且没有挪动脚步！

当然，一向细心的常林注意到这个女人的与众不同，他拿着那只鞋子，反反复复地看，没有看出有什么不同。

那女人道："我这鞋子是祖传的鞋子。现在根本没有这种鞋子了。"说完，一副很失望的样子，却又不想放弃，于是便不再理会一脸疑惑的常林，继续寻找下去了。

常林觉得奇怪，想看看这女的究竟想干什么，就跟了上去。

那女人见常林不走，转身过来："小伙子，你试试这只鞋你能不能穿？"

常林一脸疑惑，这女人太奇怪了。但是，出于好奇心，他还是穿上了那只鞋，没想到，这只女士鞋穿着还挺合适。

那女人却突然伤感起来："孩子，脱了吧。唉！"

那女人拿了鞋子之后，却没有再寻找另一只，而是远远地离开了。

常林大惑不解，好像在做梦一样，怎么这事情这么奇怪呢？大概是太热了，他想，游个痛快再说。于是他来到岸边，刚准备跳下去，身子已经在水里了，再也找不到平时那种熟悉的感觉了，而是感到手脚非常僵硬，在水里挣扎着，直到没了顶……

常林的葬礼上，其父母哭得昏天黑地，见到的人无不动容。当天夜里，也就是下葬的前一天晚上，常林的妹妹冯常丽在灵柩前守夜，由于还没有入殓，常丽看着哥哥盖着布子的遗体，潸然泪下。想起以前一起玩闹的日子，常丽的精神接近崩溃，就在这个时候，常丽发现了一件怪事：常林的身边多了一具女尸！而且二人一左一右穿着一双一样的鞋子！

鞋子是哪儿的？这女尸体又是哪儿的？常丽的精神已经极度崩溃，她甚至分不清这究竟是幻觉还是真实。众人立即陷入异常慌乱中，诈尸见过，这尸体旁边多了一具尸体的事情却是闻所未闻。

失去爱子加上这个离奇的事件，冯家上下乱作一团，一时间不知道该怎么办才好。那女孩儿的尸体更是没人敢碰，尸体很新鲜，和常林的尸体一样，看来是刚死不久。这女尸的面部苍白，裸露在稍显漆黑的屋内，更加显得阴森。

没有人敢去碰这具尸体，尽管所有人都看到了。

我和五叔的到来并没有改变什么，只是徒增了事件的神秘感。没有人知道这是怎么回事儿，包括我和五叔。尽管五叔想了很多办法，仍然一点头绪都没有，他唯一能做的就是比村民们胆大一些，用一条布子给这女尸盖上。

此后不久，一伙人风风火火地赶来了，个个气喘如牛，好像赶了很长时间的路。

他们不等坐定就大呼小叫："我女儿在你们这儿，快交出来！"

众人当时就明白了，他们所说的女儿指的是躺在常林身边的那具女尸。那伙人见了尸体，号啕大哭，原本已经渐渐平静的常林家，一时间又热闹起来，在这个漆黑的仲夏夜，哭声又一次响彻天宇。

那伙人带着尸体离开了，冯家人也开始料理自己家的丧事，虽然发生了这样不愉快的事情，日子还是要继续的。常林母亲头上的绷带已经勒到最紧了，在取下来重新勒的时候，都可以看见那道深深的勒痕，常林英年遭此不幸，可怜天下父母心啊！

常林入殓的时候，当村民们把预定的棺材盖子打开的时候，吓得他们扔下棺盖就跑，我和五叔知道又出事了。

那女人的尸体又一次出现了，她躺在棺材的底部，穿着那只鞋，但她并没有躺在正中间，似乎故意给常林留下的地方，整个葬礼正进行到一半，而且是最重要的入殓阶段，却出了这样的事情。

常林的母亲已经昏迷，并开始说梦话："孩子，快回来吧。"

五叔赶紧拿出银针，刺激她的头部，总算缓过劲儿来了。

五叔着急地问她："你梦见了什么？"

她啜泣道："我一直梦见一个女人，穿着一只鞋，在渭河边上走，说是要找另一只鞋。我家常林就跟上她，然后她让我孩儿试鞋，我看见常林穿上了那只鞋子，就是现在穿着的这只，随后常林就下水游泳……"就是本文开头的一幕。

五叔听完之后，立刻明白了："那女人是灵媒。"

"灵媒？什么东西？"

"灵媒并非恶鬼，她是专门为没来得及成亲就死掉的姑娘后生们介绍对象的。而且能在人将死之时，就把整个死后的婚姻安排好。"

"您的意思是，这灵媒让常林试鞋就是要给他找对象？"我还是有些不明白。

"是也不是。她当然知道常林即将面临劫难，让常林试鞋一个是做媒，另一个重要的作用就是想要知道，这个人能不能躲过这个劫难。"五叔认真道。

"所以她见常林穿鞋子很合适，就不停地叹气？"我终于有些明白了。

"是的。现在唯一一点还不能确定，就是那女尸是从哪儿来的。因为根据传说，灵媒只负责说和，二人只是在阴间成婚，遗体并不举行仪式的，而这个尸体同样穿着一双鞋的另一只……真是匪夷所思。"五叔不明白，我当然更不明白，只好看主家怎么处理了。

事情僵在这里，常林的父亲只好出来说话："等一等吧。谁家没有儿女，这么年轻的姑娘不在了，家里人指不定多伤心呢。咱们等等吧。会有人来找的。"

果然，两个小时之后，那伙人又重新来到冯家，抬着尸体准备离开，可是众人都没有想到的是，两具尸体的手竟然拉在了一起！怎么也分不开。

两个孩子的手怎么也不分开，实在是让众人没有办法。五叔意外地想到一个办法，他突然将常林脚上的鞋子脱下来，果然，双方的手立刻就分开了！

"你怎么弄的？"我问五叔。

他却神秘地一笑："我也不知道，只是觉得他们一定跟这鞋子有关系。"

其实我也早想到他们跟这双鞋有关系，可是就是没有想到脱掉鞋子这一招。不得不佩服五叔的老江湖。

冯常林父母一看孩子脚上的鞋子脱下来了，立即给他换上了一双原来准备的大皮鞋。

这时候，五叔突然挡住女尸体的亲人："你们能不能等一下，你们不觉得这件事情很奇怪吗？我们想了解这件事情的原委，所以希望你们配合。"

对方人员来领尸体本来就着急忙慌的，而且早就被这奇怪的事情闹得心神不宁，想着赶紧领了尸体就走，根本没想多作停留，更别说在这里说话了。

被五叔突然这么一问，反倒尴尬起来，一时间有些不知所措。但是他们也确实想知道这究竟是怎么回事儿，所以暂时将女孩的尸体让其他人抬回去，然后其父母留下，负责在此交涉。

面对五叔的疑问，这孩子的父母暂时掩饰了面部的忧伤，开始讲述这两天不可思议事件的原委：他的孩子是跟冯常林同一天落水死亡的，这姑娘比常林早落水三个时辰。而且他们的家乡就在河对岸的大荔县刘家河村，与冯常林家所在的村子隔河相望。

当天中午，这姑娘在河滩上的瓜田里看瓜，因为马上要升高三了，所以她顺便在这里温习功课，可是中午的时候，其母来瓜田给姑娘送饭，却发现孩子已经不在瓜棚里了。附近找遍了都没找到。这下家人都着急了，赶紧发动全村人在河滩上找，最终孩子的尸体在瓜田下游五百米的河对岸找到了，可是这已经是华县的地界了。

大荔、华县两地向来以渭河为界，这姑娘的尸体在华县出现，也算是客死他乡，虽然离得并不远，但是这对于当地人的传统观念来说是很不吉利的。找到孩子的时候，孩子脚上只穿着一双这样的鞋子，而且任凭别人怎么用力，这鞋子就是脱不下来，连给她准备的新鞋子都没法换。

而且孩子当天晚上停灵的时候却发生了一件怪事。

过了夜里十二点，先是孩子脚上的一只鞋子不见了，紧接着这孩子就跟诈尸一样突然之间就坐起来了，一蹦一跳地朝着河对岸奔过去了，众人还没弄明白是怎么回事儿的时候，那姑娘已经过了河了，众人一路追来，就追到了冯家。

他们了解的情况也就这么多了，五叔陷入深深的思考，从目前掌握的线索来看，根本无法确定这是怎么回事儿，把整个事件的残破枝节联系起来：双双落水，相差三个时辰，鞋子，走尸，灵媒……这些元素之间都有着直接或者间接的联系，然而事实上，这些联系根本无法组成一个完整的链条，究竟什么地方出现问题了呢？鞋子！对，就是这双鞋子！

两个孩子肯定是不认识的，不在同一个县，又不在同一个年级，虽然两个地方只隔着一条河，但是自古以来，两个地方经常因水而发生矛盾，从不通婚，所以走动很少。两者之间的联系只有鞋子、灵媒和这条渭河了。

五叔查了一下灵媒的相关资料，仍然不得要领。没有办法，五叔只好还原现场了。

他在那天下午冯常林出事的地点摆好祭台，焚香祷告，烧了纸钱，一等到那个时间，就能知道究竟发生了什么事情。整个河岸上凉风习习，五叔穿着冯常林出事那天的衣服，静静地坐在蒲团上，等待那一刻的到来。

为了整个事件的顺利进行，冯常林和女尸的家人在渭河两岸都设立了专门的控制区域，谨防五叔的法事出现干扰。

我在旁边比五叔还紧张："一会儿真能看见吗？"

"能的。每一个死去的人，在他死去的那一刻，他的灵魂每天都要重复一次死亡的场景，一直到新生的开始。"

这时候，风开始大起来，而祭台上的那三根香火的烟却直直冲上，没有受到丝毫的干扰。

"就要来了。"五叔说。我坐在他的身边，时刻关注着河面上的情况。

河水里开始出现一个淡淡的影子，那影子正是冯常林的，他在河水里挣扎着，翻腾着，手脚根本不受自己支配，我不知道他在河里发生了什么，但是我确实看见，在他挣扎的同时，有一个东西正在缠着他，束缚着他，就像蛛网一样，牢牢地缠住，动弹不得，直到他缓缓地沉到水底。这时候，他身上的束缚解除了，他的尸体又慢慢浮起来，被冲向河对岸……再接着，河面上恢复正常，一切都消失了。

五叔也已经站起身，他只说了很简短的一句话："知道了。"就径自撤了祭台，唤上我回到村里去了，一路无话。

在冯常林家里，五叔对众人说："那天下午，常林遇到一个女人，这个女人就是灵媒，虽说没有什么恶意，但是我觉得这个灵媒另有蹊跷。首先灵媒并不常在白天出现，除非遇到特殊情况：大雨，狂沙和极端的怨气，否则都不会来，那么灵媒是因为什么而选择在白天出现呢？肯定先排除天气原因，只剩下最后一个选项，那就是极度的冤屈，而在这个案子当中，常林根本不可能有那么大的冤屈，只能是你们家姑娘了。她肯定出事了，你们对我有所隐瞒。"

对方的父母感到更加痛心，其母更甚："哪个挨千刀的，让我抓住一定不得好死！"说完断断续续说出了事情的原委。

这姑娘一个人在瓜棚看瓜不假，但是其母送饭的时候却发现孩子有些不对，首先是衣衫不整，头发凌乱，而且有被殴打的痕迹。而且孩子不停地哭，问她究竟怎么了，孩子什么都不说。其母急了，一个嘴巴打下去，这孩子才稍稍调整过来情绪，原来，在瓜棚看瓜的小姑娘被人侮辱了！

其母得知，痛不欲生，却不停地谩骂："哪个畜生！哪个杀千刀的！"

甚至一度将怒气发泄到倒霉的女儿身上，她狠狠地将无辜的女儿打了一顿，然后扔下饭碗转身离开。走在路上，她才后悔，立即前往瓜棚，女儿已经不在。立即跑到河边，却只看见女儿决然投河的身影……

"可是这件事情跟我家常林有什么关系呢？为什么灵媒要把他们俩拉在一块儿？"冯家父母觉得不公平，向五叔抱怨灵媒。

五叔道："人有人道，鬼占鬼道，天公地道，说个道道。你儿子根本就是凶手。"

众人一愣，随即大呼不可能！五叔道，你看你儿子的兜里的东西吧。五叔从上衣口袋里掏出一个字条，虽然已经干了，但是仍然能看见被水浸渍的痕迹。字条上画着河水周围的水文图以及游到河对岸的最佳路线，在对岸的图表中，明显标注着一个目的地——瓜棚！

至此，一切都清楚了。那灵媒之所以叹息，估计是可惜了这么好的孩子，怎么会做出这种傻事儿呢？那试穿鞋子，只不过是确认那个凶手而已。女孩儿死后，有极大的怨气，招来了灵媒，一切故事由寻找鞋子开始，到找到目标之后复仇。之所以出现走尸，却是灵媒的智能所致，因为利用灵媒复仇者，死后无论二人生前有多大的仇怨，都要以冥婚安葬。

"你们如果不信，可以将尸体下葬，然后再开棺看看。"五叔说。

双方都有疑虑，不相信五叔信口开河，于是各自葬人，当天晚上双方互派代表监督验证。果然女方坟冢中只是空棺，而男方恰恰是两个人！至于这次尸体是怎么从坟冢中出来会合的，就不得而知了。

我问五叔，五叔也很迷茫，不过他说有一个可能，也许这是那些为"配阴婚"而盗尸的人玩的障眼法，他们连尸体都敢盗，还有什么事做不出来。

第二十六章　胞衣

　　五爷也想不出好办法，因为这个办法实施的可能性不大。在老太太的一再请求下，五爷说出了一个补救的办法：将张郑氏生孩子时留下的胞衣给那两个被吃掉胞衣的产妇服下！如果这个办法不行，那事情就麻烦了！两个产妇不同意吃这两个看着就非常恶心的胞衣，在老太太的一再劝说下，并以数以万计的饥荒为由，勉勉强强做通了她们的工作。可是吃掉之后，根本一点反应都没有。日头好像在讽刺这伙人一般，更加毒辣地照射这已经非常干涸的土地！

第六十三袋

　　胞衣即胎盘，古时的称谓，亦称"紫河车"。有的地方现在仍然因循旧制，称胎盘为胞衣。比如陕西、山西一带。说到胞衣，就不能不说到稳婆。

　　稳婆也叫接生婆，这个职业早已有之，自从有了产妇，就有专门从事接生工作的稳婆了。近代西医传入中国之后，稳婆渐渐没有了市场，但是在一些偏远地带仍然有稳婆的身影出现。相传民国初年，我的家乡有一位手艺相当高超的稳婆，名郑梁氏，专此事三世，手艺精湛而又经验丰富，堪称当地业界泰斗，无论多么严峻的情况，只要郑梁氏在场，全能应付。经其手的婴儿产妇，绝无生命之虞。

　　一日半夜，郑梁氏早就睡下，门外响起急促的敲门声。这种情况大概经常遇见，郑梁氏根本不用问是谁，甚至连开门都不着急，而是迅速穿好衣服，拿了惯用的工具，这才开门。开门之后根本不问，跟着走便是。

　　郑梁氏按照多年的习惯，开了门出去，见到两个瘦高白衣的汉子，那汉子不容分说，抱了郑梁氏就放在竹轿上。

　　两汉子健步如飞，一会儿工夫来到城南一座宅子里，尚未进门，郑梁氏就听见产妇急促的呼喊声，她大惊："不好！双生子附带难产！"

　　两汉子闻言大惊，立即开门送将进去。

　　这稳婆也喘得厉害，直奔产房，只见产妇面色惨白，满头是汗，下身已然湿透。

　　稳婆一看，大叫道："这锁母（产妇）已经报喜（羊水外溢），还不见人拿杉罗（面盆）、桶坞（澡盆）、尿桶（净桶），快备好温汤！"

她刚喊完，那两个汉子早打发一个丫头准备好了一切。这稳婆在那锁母小腹一处地方按下，即刻阵痛。只听稳婆大喊"用力"，这产妇立即全身大汗淋漓，哪消得一时三刻，一男一女两个婴儿呱呱坠地，母子平安。产妇静静地看着两个孩子，回头感激地看了稳婆一眼，那稳婆也早已大汗淋漓，几乎虚脱。

临走前，那两个汉子各包了一个大红包递给了稳婆，这稳婆兴兴地收了，便一路小跑回了家里。

第二日起床，郑梁氏感到全身酸痛，便道："昨日为人催产，今天起来全身酸痛，看来年纪不饶人啊！"

她的丈夫感到奇怪："昨天晚上你一直在家睡觉，倒是上哪儿接生去了？尽说胡话！"

这稳婆纳闷，明明去了，怎么会一直在家睡觉？于是将昨晚遭遇说给家人，竟都不信。随后拿出红包，打开一看众人大惊，原来是纸糊的银锭。稳婆大骇，联系村里几个胆大的后生去了昨天的那个地方，却发现是一片坟地，约莫找到具体方位，竟听见婴儿啼哭，挖开坟墓，见一女子身旁趴着两个孩子，正是昨晚接生的。那产妇面目全非，已然认不出容貌。

稳婆找了附近的村民，得知该村一户人家三月前失了媳妇，正埋在这里，死时身怀六甲，已然七个月了！于是寻着那家人，说了原委，将孩子送了。

那家人却死活不信，至坟前看了，方才相信。原来那稳婆有一个习惯，每接生之前，必会在那人额头上点出一点，生出孩子额头上也会出现红点，三点辉映，便能证实母子关系了，屡试不爽。这人见三点泛红，这才相信，谢了稳婆，才感喜从天降。

办完了这件事情，这稳婆才细心想想昨晚事件，原本就有破绽：首先这一带村舍她早就了然于心，昨天去的地方，竟然恁的陌生？其次，昨晚所遇之人，都无言语；最后，她回家路上，有人见她，道："婶子刚才去哪了？怎么竟能飘在空中？"她道是唬她，便没有在意，不想还真遇到鬼了！

这稳婆因为替死人接生，名声大噪，莫说是省城的达官，甚至连北平的贵人也都纷纷延请，轿车接送，非常风光。这稳婆恪守祖师爷的规矩，从不越过雷池半步，因活人无数，也让诸多投胎之鬼，不至于因为婴儿的归原（夭折）而投胎不成，因此积下阴德，活到一百零八岁，无疾而终。

老太太死前有一个女儿，同样没有名字，嫁给了张家做媳妇，被人称作

"张郑氏"。张郑氏尽得其母真传，手艺颇高，在郑梁氏谢客之后，便独当一面，手段大胆泼辣又不失细心，名声一时间大噪，大有超过其母之势。这人呀，一旦成名太早，便会有些傲慢。可是张郑氏有一个尴尬，她已经年近四十，却仍然没有生育，而她知道，当年郑梁氏生她的时候，年纪也比较大。于是她想找机会问问，这究竟是怎么回事儿？那天，老太太对女儿说出了母姓家族的事情：

咱们家稳婆有些年头了，这还是从我姥姥开始的，老太太也是偶然接触到这一行的。当年，我姥姥去华山道观拜神，因为她已经四十五岁了，却仍然没有孩子，想让神灵赐个孩子给她。她拜完之后就下山了，在下山的路上，遇到大雨，便在一个山洞里面躲雨，雨越下越大，老太太也越着急，可是着急也没有用，雨根本没有停下来的意思。老太太估计这雨要下一阵子了，也就耐着性子等。无意中见到山洞的石头上刻有文字和图画，她是个有心人，且念过几年书，百无聊赖之下就将这些石刻从头到尾看了个遍，没想到这一看就真给记住了。记住之后，那字突然间就消失了。

这时候，雨也停了，我姥姥也没多想赶紧回家了。这之后，我姥姥就慢慢用那石头上的技术做了接生的活儿，不到半年，生下了一个女孩儿，就是我妈。我妈在四十五岁的时候生下我，我也做稳婆，四十五岁生下你，稳婆这个行当到你这儿已经传了第四代了。所以你想要孩子，只能在四十五岁，而且必生女儿，四十五岁之前，根本别想，想要儿子，更不可能！这是咱们家的命！

张郑氏听完大惊：早知道就不干这一行了！为什么会这样？

老太太说："怎么回事儿那石头上是写得明明白白的，上天定下的这一行的规矩。"

张郑氏知道这事情没办法商量，却仍然不甘心。在她认为，生早生晚不要紧，重要的是要生儿子！她可不想让子孙后代继续这样的传统，实在太可怕了。

她为了改变生女儿的命运，找到一个人，希望他能给自己解除这种家族遗传一样的诅咒，当然，这个人就是五爷。

五爷掐指一算，笑笑说："陈进姑的宗法，谁人敢破？还要不要命了？"

这陈进姑是临水夫人，名陈靖姑，又作陈进姑，为唐代大历元年正月十五生于福州。

　　史料记载：陈进姑幼时天性聪颖。后得仙人教化，懂符箓之术，能驱五丁，成年嫁于古田刘杞。陈靖姑在乡时曾持剑数斩大蛇，为民除害。事闻于朝，惠帝封其为"顺懿夫人"。又传，后唐皇后难产时，陈靖姑幻化前往运法助生，使皇后平安产下太子。皇上闻奏后大喜，当即敕封她为"都天镇国显应崇福大奶夫人"，并在福建古田为其建祖庙。因屡有灵迹显应，各地竞相效仿。据说，陈靖姑二十四岁那年，是为百姓抗旱而毅然"脱胎祈雨"，因身体虚弱而卒。临死自言："吾死必为神，救人产难。"因此，她逐成为闽地最著名的"专保童男童女，催生护幼"的助产神。世称临水夫人、顺懿夫人、大奶夫人、陈夫人等，永安民间尊奉她为"顺天圣母"或"注生娘娘"。

　　这女人听了五爷的话，难免失望。不过她在离开之后并没有直接回去，而是去山上找了一个道人，打卦之后，这道人给了她一个草头方，说是吃了这个方子，保证能破了她身上的咒，一定能生儿子！这女人听了高兴，回去之后打开一看，里面只有五个字"生食紫河车"！她看完之后，顿觉恐惧，因为根据行规，紫河车是婴儿的胞衣，稳婆一定要谨慎处理，小心掩埋，不能被别人拿了去，更不能胡乱埋掉，万一被野狗、野狼挖出来吃了，不仅孩子运势转衰，连着稳婆也要倒霉数年。这让她生吃孕妇胎盘，实在有辱天道，一时间难以决定。

　　在之后的接生中，张郑氏经常出错，因为每每看到婴儿胎盘，她就心神不宁，几次差点出了事故，好在事情不大，主家倒也没说什么。可是从此以后，只要她看见胎盘，那种生吃的欲望就更加强烈，道士那五个字在她眼前打转，但是她尚能控制住自己，每次都将主家的胎盘妥善处理。但是好景不长，在她婆婆和丈夫的整天唠叨之下，张郑氏已经完全无法控制自己了。

　　终于有一次，她背着主家，将紫河车生吃了！而且欺骗主家，说是已经妥善处理。

　　按照规矩，孩子出生后三天，稳婆必须要来"洗三"，也就是以黄花蒿、清风藤、橘皮、柚皮、艾草、枇杷叶等祛风解毒、舒筋活血的中草药煎汤，为之洗浴，还要一边洗一边唱："洗洗头，做王侯；洗洗蛋，做知县；洗洗沟，做知州！"

　　但是张郑氏在来给这家孩子"洗三"的时候，却出现了意外。这孩子竟然看见她就哭，看不见就笑，非常奇怪！竟然最后连说都不能说，一说到她就哭。"洗三"不能进行，没办法，只好由孩子的母亲代劳。众人觉得奇怪，这可是从来没有过的事情啊！

事情仍然传到母亲郑梁氏耳朵里，郑梁氏扭着小脚阴着脸质问女儿："你吃了紫河车，是不是？"

张郑氏不应诺，也不辩解，只是低下头。

老太太相当激动，拄着拐杖往地上杵："你呀！五爷跟你说了不让破戒，你就是不听！行了行了！我也管不了了！你快告诉生产村长，让他赶紧组织人成立挖坟小组，上南山集体刨坟坑预备埋人去吧！"

女儿一听大惊："怎么可能？"

"不可能我不跟你说！吃不饱饭便背不动炕，什么就是什么，都是定下的！唉！造孽呀！"老太太咬牙切齿地离开了。

她知道，凭她的力量已经无法阻止这场即将来临的灾难了！

五爷接待了这个被称作老婶婶的长辈："没事儿！还不至于那么严重吧。"

五爷给她宽心，她却仍不放心，让五爷再卜一卦，五爷没法，只好拿出龟片、龙骨，还有铜钱，连卜三卦，卦象相同：得遇廿日旱灾，收成减二成许！

"二成？且不知道要死多少人呢！"老太太仍然愤愤。

五爷道："去南山挖坟坑就不必了，弄几口深井，并不碍事儿的！"

老太太仍不放心，但事已至此，也没有别的办法，只好怏怏地去了。

不久，张郑氏顺利产下一名男婴，这小子长得结实，人见人爱。

张郑氏心事已了，准备着手继续原来的营生，却遭到老母亲的严词拒绝："你已经坏了这一行当的规矩，根本不能再干这行的生意。会出乱子的！"

可是张郑氏却有大队里开具的证明，成为村里唯一一名在公社注册备案的"妇科赤脚医生"。老太太也阻止不了。

由于第一胎生了男孩儿，加上又成了远近闻名的妇科医生，因为灌溉得利，更没有出现母亲说的那种报应，张郑氏春风得意，渐渐早已把母亲的叮嘱抛诸脑后，甚至觉得母亲有些封建迷信，准备组织人开母亲的大会，批斗她。她又一次生吃了紫河车，产下一名男胎。

老太太知道后，如泰山崩塌，天之将倾！

终于，"打倒郑梁氏牛鬼蛇神"的大型批斗会开始了，对年迈的母亲长达六个小时的批斗却没有达到预期的效果，因为这一带的人，基本上都是老太太接生的。他们本着农民传统的观念和最朴素的意识认为，老太太是个好人，所以前来应景的人居多，会场喊口号的寥寥无几。大会就在这沉闷的气氛中召开了六个小时。

会开完了，老太太没有事儿，而张郑氏却病倒了。

紧接着，大面积的伏旱席卷整个渭河平原。粮食减产已成必然，而之前打下的那几口井，早已干涸，一滴水都没有，井底长出的草都旱死了！眼见一场大饥荒就要来临，生产村长焦头烂额，老太太更是天天往五爷家里跑。

五爷也想不出好办法，因为这个办法实施的可能性不大。在老太太的一再请求下，五爷说出了一个补救的办法：将张郑氏生孩子时留下的胞衣给那两个被吃掉胞衣的产妇服下！如果这个办法不行，那事情就麻烦了！两个产妇不同意吃这两个看着就非常恶心的胞衣，在老太太的一再劝说下，并以数以万计的饥荒为由，勉勉强强做通了她们的工作。可是吃掉之后，根本一点反应都没有。日头好像在讽刺这伙人一般，更加毒辣地照射这已经非常干涸的土地！

五爷他们等了七天，等来的却是太阳的火热。死人的消息也开始传来了，公社的统计数据已经下发，这场旱灾造成的瘟疫，已经导致四十三人死亡。

老太太看着上面的名单，百感交集，她找到五爷："老五！这死的人，都是我早些年接生的呀！"

五爷道："这些我都知道。现在我也束手无策，静观其变吧。"老太太急火攻心，在五爷面前昏死过去。五爷想尽一切办法都没有把她救醒，只好把老太太背回家里。

当天夜里，老太太醒来，见五爷尚守在身边，就告诉他说："老五，我梦见那个死了三个月的女人了，她说了一句话：'自伊而始，自伊而终'。你给我解解这句话。"

五爷听后，道："你的女儿和两个外孙会有危险。你要当心！"老太太老泪纵横："这我早就料到了，我能挨得住！"

当天夜里，老太太的闺女突然暴毙，死时一点儿征兆都没有，而老太太的两个外孙，在张郑氏死亡的瞬间突然呆傻，不能说话，不懂吃饭，只会偎依在母亲的尸体旁边。老太太不忍看，让五爷搀扶着回了家。又有人从外面带来的最新的消息，老太太从死人身上接生出的那对双胞胎死了！时间与张郑氏死亡时间分毫不差!

五爷道:"一切都该过去了!"说完,一声炸雷响起,下雨了!

三个月之后的一天晚上,老太太郑梁氏的大门被敲得震天响。老太太起身之后,拿着自己惯常使用的家伙,开门出去,坐上轿子,去了一个她很熟悉的地方,帮一个女人接生。这女人在老太太的帮助下,顺利产下一对双胞胎男婴。

老太太流着眼泪,看着这两个孩子,道:"一切都是罪孽呀!"那产妇也号啕大哭:"妈!您别说了!"

第二天早上,两个半大小子跑进老太太家:"姥姥,我们来看您来了!"

老太太笑盈盈地接待了他们,自从那天晚上接生完之后,这两个孩子又恢复了正常。只是,当人们挖开张郑氏的坟墓时,却在里面发现了一具大人的尸骨和两个小孩的尸骨,他们额头上的印记微微发红,交相辉映。

第二十七章　山坟

　　这座山坟实在太诡异了。这封信却让我们重拾信心，因为整个事件虽然离奇古怪，但是这封信却让我们找到了一个大致方向：首先这个事件是人为的；其次，这是为钱财而来。但是目前仍然不能排除与灵异事件是否有所关联，因为五魁遇到的一些事情，以及今天上午我和五叔在车上的经历已经很能说明情况，这件事情并不是单为要钱那么简单的。

这是一座山坟，在我们村正南方的秦岭山上。之所以和这座山联系起来，是因为我们警局刚刚接了一个案子，南山上一户村民的坟地被挖，尸体被盗。

这件案子就交给了我，看到这样的安排，我难免有一点儿为难，虽然嘴上不说什么，但是我还是能看出领导对我颇为诡异的家族身世是歧视的。这种案子交给我去办就是很好的证明。

虽然我临走前他反复交代："有什么困难直接说，给你们派辆车，长安之星，新买的！"

我笑笑，解除了五叔的最高配置的奥迪Q5的警报，头也不回地上车离开，留下领导一个人在门口郁闷。

这种事情当然少不了五叔的参与了。我们到达山村的时候已经上午十一点了，正是村民做中午饭的时候，家家户户烟囱里面冒出的青烟，在无风的山村里钩织了一幅"山村数烟直"的景象。当事人家里就在这里了。

我和五叔在当事人这儿了解了一些情况：

> 我叫牛五魁，昨天夜间三点多，我在邻居家打完麻将准备回家，因为我们村子的村民在山上居住分散，从邻居家出来到我家要翻过一个山头，而我母亲的坟地就在这半路上。可是我从母亲坟前过的时候就发现这坟地有异样，我娘刚死不过两个月，原来还比较完整的花圈部件散落一地，坟堆上的土也有被重新挖过的痕迹。
>
> 当时太黑，我壮着胆子到坟前看了看，确实被人动过。我打算

第二天天亮的时候过来仔细看看，给收拾收拾，就没再多待，直接回去了。

躺下之后就开始做梦，梦里面一个女人，穿着一身重孝，在我娘坟前哭，声音很凄惨，也很真切。我始终看不见这人是谁，尽管我拼命往跟前凑，可是就是缩短不了距离，那女人和坟头好像会移动一样，我始终和她保持那么远的距离。

第二天早上我醒来之后，发现我根本没有在家里，而是在我娘的坟跟前躺着。这下给我吓坏了。我看了看坟堆，还是昨天被破坏的样子。我赶紧回家喊了家人，把坟地重新规整了。可是在我们打开坟坑检查物品的时候，发现棺材空了，我娘没了！

那人说到这里，竟然蹲在地上呜呜哭起来。我和五叔提出去坟地看看，这人才抹了几下眼泪，在前面带路。山路非常难走，特别是秋季雨多，比较湿滑。所以在跋涉了一个小时之后，终于到了目的地。可是眼前的情景不仅我们感到意外，连牛五魁也瞪大了眼睛：整个坟地不见了！只剩下一块碑！

由于五魁带着铁锹，便顺着墓碑开始挖土，下挖两米，本来早就应挖到棺材了，可是现在一点迹象都没有。在大约十厘米深的土层里，我还见到烧成灰烬的纸钱。这里应该是坟地没错，可是怎么能连坟坑都失踪了呢？难道真有人有偷井的本事？（关中这一带有一种说法，没人能把井偷走）

无法找到坟冢，这实在是太奇怪了。

五叔问五魁："这碑是下葬的时候就有的吗？"

五魁道："这是前两天重新修整之后立下的。原本就要修的，没想到竟然出了这档子事儿。"五叔点点头，这块地方是山里比较大的一块平缓的土地，这样的地形却只有五魁娘一个人的坟，如今坟头都被平了，若没有这墓碑，还真找不见那坟地所在。

一时间没有任何线索，我和五叔只好先回去，临行前交代五魁："有什么情况及时打电话。"五魁应了。

我们各自回去，我赴警局向领导复明。

第二天一大早，我就接到五魁打来的电话，说是接到一封信，让我们赶紧去看看。我和五叔立即开车前往五魁家。一路上，五叔眉头紧锁，不知道在想什么。我担心他心事太重，开不好车，遂表示自己开车，让五叔认真思考。五叔同意。

刚开了不久，我就觉得不太对劲儿了。大清早的天却越来越暗，连汽车的头灯都因此而自动打开了。而我的眼前即使在头灯的照射下依然漆黑一片。

我觉得在黑暗中有无数的眼睛在盯着，已经完全失去了对汽车的控制。一时间我毫无意识，根本不知道该怎么办，只是一味地往前开，没有目标。甚至连刹车和换挡都不知道。五叔也盯着前方，面无表情。

紧接着，我好像被控制了，车子也被控制。我们在漫无边际的黑暗中前行，却没有终点。这时候，五叔终于打破了沉默，他咬破中指，在车窗上面画了几道符咒，但是没有任何作用。

五叔问我："有没有童子尿？"

我二话不说，解开裤带也没有目标，就是一通狂喷！

"兔崽子你倒是看着点，弄得车上到处都是。还有？怎么那么多？够了够了，不用了！憋着点。真味儿，昨晚上喝酒了吧？"五叔抱怨着。

我们的车子终于停下来了，叔侄二人下了车一看，不禁惊出一身冷汗！车子的一个轮子已经悬在半空，而下面就是一条深不见底的山沟！这块地方到处是我们的车印，车子一直在这个深沟旁边打转，一个不小心，我们叔侄俩肯定就见到五爷了。费了好大的力气才把车子弄到安全的地带，叔侄俩重新上车前往五魁家。

上车前五叔交代："完事儿给我把车洗了，你开车。"

我点头，可是等我上了车我就后悔了，我所在的地方正是我放水的地方，根本没法在跟前坐，他却一个人坐在后面，品着香茶，真够阴险的。

"早知道刚才往你茶杯里加点料！"我一边嘀咕着，一边用大墩布把车子里面擦了擦，勉强能坐上去这才作罢。

"大白天的还能遇到鬼打墙啊？"我问五叔。

"这种事情在人不在鬼，你的精神力差，就容易被控制，精神好，即使在晚上也不会有事儿。"五叔说。

我点点头，昨天玩上确实跟他们闹了很晚，今天精神萎靡，五叔的解释也还靠谱。一路无话。

因为在半路上耽误时间太久，到了五魁家里的时候已经大中午了。五魁正在吃饭，见我们进来，赶紧起身，拿出一封信，信中写道：

> 你娘在我们手里，拿五万元放在牛王庙的香炉底下，我们勘验之
> 后立刻放人。否则，火葬场烧成灰还要加价！

尸体究竟在哪儿呢？我和五叔都陷入了一个没有头脑的事件。

这座山坟实在太诡异了。这封信却让我们重拾信心，因为整个事件虽然离奇古怪，但是这封信却让我们找到了一个大致方向：首先这个事件是人为的；其次，这是为钱财而来。但是目前仍然不能排除与灵异事件是否有所关联，因为五魁遇到的一些事情，以及今天上午我和五叔在车上的经历已经很能说明情况，这件事情并不是单为要钱那么简单的。

下午，五魁的四个哥哥、三个姐姐都来了，商量缴纳赎金的事情。兄弟姐妹七个人，为了五万元大吵大闹，根本不像是一家子。

五魁一个人坐在那儿，一言不发。他在家中最小，母亲生前归他赡养，兄弟姐妹们在其母生前就没少为赡养费吵闹，这时候一下子要五万，更是闹得不可开交。

五魁的大姐见谈不拢，索性骂起来，也得亏她嗓门大："要我看呐！干脆别要了。让那小子拿着去吧，是咱们的妈，又不是他的妈。他拿着能咋地？除了咱们要，谁要那尸体干吗？咱们就不买，他憋不住了，自然就给送回来了！"

她的这一个观点倒是引起了众人的附和，大家认为这个不花钱的方案是最好的方案了，于是纷纷赞同。

五魁双手抱着膝盖，没有任何表示。

第一次家庭会议就这样不欢而散，五魁哥哥姐姐们的表现，难免让他失望。我和五叔虽然属于外人，也都有些看不下去了。据说五魁母亲守寡多年，一个人养着这些孩子，可是临老了，落得个连尸体都找不见、没人找的境地。

五魁倒还算孝顺，他呜呜地哭着，道："俺娘对他们多好，现在死了，竟然什么都没留下！"

我深感压力重大，只是现在的线索实在少得可怜。我和五叔面面相觑，只好先将赎金对付了再说，要不然这么耗着，对谁都没有好处。

我和五叔商量了一下，去车上取了钱，交给五魁，道："你先去把尸体赎回来，然后再作计较。"五魁推辞，死活不收。

五叔说："这些钱可不是给你的，是把嫌疑人引出来的。你可弄清楚了。"

在我和五叔的一再坚持下，五魁总算接受了，天黑时候把钱送到了牛王庙的指定地点。

当天夜里，我和五叔便躲在牛王庙的大梁上。

后半夜的时候，我已经快睡着了，底下一点动静都没有。我上下眼皮开始打架，有些支撑不住了。再看看五叔，他却异常精神。我突然想起来他说过一定要打起精神，才不会被鬼魂迷惑，我立即强打精神，盯着那个香炉，可是没过一会儿，我又支持不住了。就在我快睡着的时候，一个东西突然落在我的肩膀上，我回头一看，吓得立即不再犯困，却开始担心这东西怎么对付——一个巨大的蝎子趴在我的肩膀上，五叔看到我的窘迫，竟咧嘴一笑，在黑暗中露出白森森的牙。他对着那东西吹了一口气，那大蝎子很快僵在我的肩头，我赶紧用手把这要命的家伙弄下去。

这时候，破庙的门有了动静，先是夜风吹得那门晃了几下，紧接着，慢慢响起门轴摩擦的声音，那声音很微弱，可见推门人的动作很轻，很慢。

月光射入破庙留下的影子因为门被缓缓打开而改变了原来的格局。我和五叔开始紧张起来，想看看推门进来的究竟是一个什么样的人——两个人全都盯着那扇被打开的门，这时候，门槛上先跨进来一只光脚丫子。

紧接着连带的那条腿也进来了，一条破烂的裤子，等整个人都进来的时候，我不禁大吃一惊：这人无论从哪个角度看都跟五叔一模一样，除了衣服！我转头一看，五叔什么时候已经不在房梁上了，而一个老太太竟站在五叔刚才站的地方！这老太太乍一看挺面熟，好像在哪儿见过，仔细一看，这不是五魁他娘吗？

等我被推醒的时候，我才知道刚才是我做梦了。五叔见我醒了，就下了房梁，我也跟着下去，可是在放钱的地方，已经空空如也。

我问五叔看到那个人没有，五叔不解地说："我只看见你从外面进来，而你的位置上站着一个老太太。那老太太是……"

"五魁他娘？"

五叔点头。

看来我们做了一个一模一样的梦，不同的是，我们的位置作了调换而已。而就在我们做梦的空当，钱已经被人拿走了！

这时候天开始亮了，我和五叔灰头土脸地回五魁家，一路上我搜刮心肠想主意，不知道该怎么跟五魁说，我见不得他那失望的眼神。不过看得出，五叔也很郁闷。等我们回到五魁家的时候，五魁和他的哥哥姐姐们正在着急地等着我们，看样子又出事了。

果不其然，五魁又拿出一封信，信封里面装着五万块钱，信上说："你们兄弟姐妹们心不诚，这是别人的钱，不是你们家的钱，你们会后悔的。"

五魁的哥哥姐姐们对整个事件的态度大不相同，纷纷表示愿意承担赎回母亲尸体的费用。

我和五叔感到奇怪，就问起他们突然改变主意的原因，五魁幽幽地说："您不用问了！我知道，昨天晚上我们兄弟姐妹们做了同样一个梦。我娘说了，我们要想平安，必须想方设法把她的尸体赎回来安葬。"

我和五叔这才明白。最终他们达成协议，每人八千块，考虑到五魁还要成家，就出两千算了。五魁也欣然答应。他立即从炕席底下拿出两千块钱，连同凑上的四千八，装进了信封，然后准备趁天黑和四个哥哥一起，把钱放到原处。

为了在清醒的状态下揭开谜底，我和五叔吃了点东西立即睡觉，并让五魁送了钱之后立即把我们叫醒，我们准备再去守夜。不相信抓不住这个敲诈的人！睡着之后我做了一个梦，梦见在那个破庙里，一个衣衫褴褛的老太太静静地躺在供桌上，手里拿着钱，对着房梁笑，那笑声非常凄惨，但是可以听出来，老太太的心情很开心。

这时候，五魁已经回来了，他喊了我和五叔起床，然后告诉我们："庙里面刚才出事了儿！"

我和五叔大惊："出什么事儿了？"

五魁道："我们放了钱，我妈的尸体已经出现在供桌上了。可是一会儿工夫她就不见了！我们赶紧看那钱，钱却还在。可是把我娘又弄到哪儿去了呢？"

和那天一样，我和五叔等到后半夜，又开始犯困，噩梦不断，等到醒来之后发现钱早就没有了！

回到五魁家，五魁又拿出一封信："尸体不日归还，等口信！"

口信？这口信是怎么回事儿？我连续蹲守两个晚上，却连嫌疑人的面都没见过，实在太没面子了，而且我看到"口信"这两个字，感到非常气愤，这简直就是对我这个警察的侮辱。

五叔却安慰我："算了，你本来就不是一个好警察。别跟他们计较。"

我无话可说！

当天晚上，五叔、我、五魁在一个大炕上挤着睡，半夜的时候，那个老太太来到炕边上，道："孩子们，这两天你们辛苦了。"

我们顿时感到无法动弹，头脑却异常地清醒。

老太太笑道："莫怕，听我说完我就走。我的尸体其实没丢，这一切都是我安排好的。要不然我儿的婚事怎么办呢？"

老太太说，她之所以这么做，其实是想让其他儿女为五魁的婚事出点钱，也了却她一生的遗憾。但是这些孩子一个个成家之后，早就把母亲忘得一干二净，还能想到这个没娶媳妇的弟弟？不可能，老太太昏迷期间，这几个儿女就为丧葬费的事情闹得差点儿动手，五魁的事情更不可能让他们上心了，老太太只好想出这么一招，谁料大女儿竟然说出不要尸体的话来，让老太太非常伤心，就小小地惩罚了他们一下：在他们回去的半路上设了墙，困了他们两个小时，半夜再给他们托梦，这才彻底解决了。

我和五叔那天遭遇的鬼打墙，应该也是老太太的"杰作"。

第一次是我和五叔出的钱，老太太当然不会要了。这也就是后来把钱又退回来的原因。可是老太太的尸体确实不见了，我们找了半天都没有找到，这怎么解释呢？老太太笑而不答，却转身离去，顺便把一条长凳平转了个一百八十度。终于消失了。

第二天，我和五叔还有五魁三个人拿着家伙到了山坟，五叔这次没有在墓碑的背面挖下去，而是在刻着字的这一面开挖，一会儿工夫就挖到了棺材，棺材里面老太太面容安详，一点变化都没有，就好像刚刚睡着一样。

五魁把怀里揣着的五万块钱拿出来之后，道："娘！我知道你对我好，可是我不能什么都靠你吧？您都死了还操心我的事情，我这好要脸吗？还算个汉子吗？娘，这些钱我会还给哥哥姐姐们，他们也都不容易，我的事情，我自己解决。”

　　说完跪下就磕头，而老太太紧闭的眼睛竟然流出泪来。

　　我问五叔：“老太太死了几个月了，怎么尸体一点变化都没有？你怎么知道老太太的墓碑转了相反方向？”

　　五叔说：“这两个问题其实是一个问题，把墓碑反转一方面是为了误导我们，这一带地形相似，很少人来，加上太阳很少照到，别说生人，就连五魁都搞不清楚方向，这样一来，墓碑反转之后，我们第一次挖到的其实是墓碑的前面，当然什么都没有了。另一方面反转墓碑就是为了反转风水，让尸体保持长时间的不腐。”

　　“那你是怎么知道的？”我还是不大明白。

　　“老太太告诉我的。她昨晚临走前，把那条长凳转了一下。”五叔笑着说。